【臺灣現當代作家
研究資料彙編】72

杜潘芳格

國立台灣文學館
出版

部長序

　　從歷史的角度檢視特定時代的文學表現，當代作家及作品往往是研究的重心；而完整的臺灣文學史之建構，更有賴全面與翔實的作家及作品研究。臺灣文學自荷蘭時代、明鄭、清領、日治、及至戰後，行過漫長的時光甬道，在諸多文學先輩和前行者的耕耘之下，其所累積的成果和能量實已相當可觀；而白話文學運動所造就的新文學萌芽，更讓現當代文學作品源源不絕地誕生，作家們的精彩表現有目共睹。相應於此，如何盤整研究資源、提升無論是專業學者或一般大眾資料查找的便利性，也就格外重要。

　　由國立臺灣文學館規畫、籌編的《臺灣現當代作家研究資料彙編》，即可說是對上述問題的最好回應。本計畫自 2010 年開始啟動，五年多來，已然為臺灣文學史及相關研究打下厚重扎實的基礎。臺文館不僅細心詳實地為作家編選創作生涯中的重要紀錄，在每一冊圖書中收錄豐富的作家照片、手稿影像，並編寫小傳、年表，再由學有專精的學者撰寫研究綜述、選刊重要評論文章，最後還附有評論資料目錄。經過長久的累積和努力，今年，已進入第六個年頭，即將完成總共 80 位作家的研究資料彙編。在本階段所出版的作家，包括詹冰、高陽、子敏、齊邦媛、趙滋蕃、蕭白、彭歌、杜潘芳格、錦連、蓉子、向明、張默、於梨華、葉笛、葉維廉、東方白共 16 位，俱為夙負盛名的重量級作者，相信必能有助於臺灣文學的推廣與研究的深化。

　　這套全方位的臺灣現當代文學工具書，完整呈現了臺灣作家的存在樣貌、歷史地位與影響及截至目前的相關研究成果，同時也清晰地勾勒出臺灣文學一路走來的變貌與軌跡，不但極具概覽性，亦能揭示當下的臺灣文學研究現況並指引未來研究路徑，可說是認識臺灣作家與臺灣文學發展的重要讀本依據，相信必能為臺灣文學研究奠定益加厚實的根基；懇請海內外關心及研究臺灣文學之各界方家不吝指正，以匯聚更多參與及持續前行的能量。

文化部部長　

館長序

　　時光荏苒，「臺灣現當代作家研究資料彙編」第五階段已接近尾聲，16 冊圖書的出版，意味著這個深耕多年的計畫，又往前邁進一步，締造了新的里程碑。

　　「臺灣現當代作家研究資料彙編計畫」乃是以「臺灣現當代作家評論資料目錄」（2004～2009 年）為基礎，由其中所收錄的 310 位作家、十餘萬筆研究評論資料延展而來。為了厚實臺灣文學史料的根基，國立臺灣文學館組織了精實的顧問群與編輯團隊，從作家的出生年代、創作數量、研究現況……等元素進行綜合考量，精選出100 位作家，聘請最適合的專家學者替每位作家完成一本研究資料彙編。圖書內容包括作家生平重要影像、文學活動照片、手稿或文物影像、作家小傳、作品目錄和提要、文學年表；另有主編撰寫的作家研究綜述，再從龐雜的評論資料中挑選具有代表性的評論文章，並附上完整的作家評論資料目錄。這套叢書不僅對文學研究者而言是詳實齊全的文獻寶庫，同時也為一般讀者開啟平易可親的文學之窗，讓大家可以從不同角度、多面向地認識一位作家的創作、生平與歷史地位。

　　本計畫自 2010 年啟動，截至目前為止，以將近六年的時間，完成了 80 位臺灣重量級作家的研究資料彙編，在本階段將與讀者見面的有詹冰、高陽、子敏、齊邦媛、趙滋蕃、蕭白、彭歌、杜潘芳格、

錦連、蓉子、向明、張默、於梨華、葉笛、葉維廉、東方白共 16
人。這是一場充滿挑戰的馬拉松，過程漫長艱辛，卻也積聚並見證
了臺灣文學創作與研究的能量。為了將這部優質的出版品推介給廣
大的讀者，發揮其更大的影響力，臺文館於 2015 年 8 月接續推動
「臺灣文學開講──臺灣現當代作家研究資料彙編行銷推廣閱讀計
畫」，透過講座與踏查，結合文學閱讀、專家講述、土地探訪，以
顯影作家創作與生活的痕跡，歡迎所有的朋友與我們一同認識作
家、樂讀文學、親炙臺灣的土地，也請各界不吝給予我們批評、指
教。

國立臺灣文學館館長　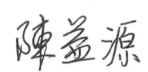

編序

◎封德屏

緣起

1995 年 10 月 25 日，在臺灣師範大學教育大樓的 201 室，一場以「面對臺灣文學」為題的座談會，在座諸位學者分別就臺灣文學的定義、發展、研究，以及文學史的寫法等，提出宏文高論，而時任國家圖書館編纂張錦郎的「臺灣文學需要什麼樣的工具書」，輕鬆幽默的言詞，鞭辟入裡的思維，更贏得在座者的共鳴。

張先生以一個圖書館工作人員自謙，認真專業地為臺灣這幾十年來究竟出版了多少有關臺灣文學的工具書，做地毯式的調查和多方面的訪問。同時條理分明地針對研究者、學生，列出了十項工具書的類型，哪些是現在亟需的，哪些是現在就可以做的，哪些是未來一步一步累積可以達成的，分別做了專業的建議及討論。

當時的文建會二處科長游淑靜，參與了整個座談會，會後她劍及履及的開始了文學工具書的委託工作，從 1996 年的《臺灣文學年鑑》起始，一年一本的編下去，一直到現在，保存延續了臺灣文學發展的基本樣貌。接著是《中華民國作家作品目錄》的新編，《臺灣文壇大事紀要》的續編，補助國家圖書館「當代文學史料影像全文系統」的建置，這些工具書、資料庫的接續完成，至少在當時對臺灣文學的研究，做到一些輔助的功能。

2003 年 10 月，籌備多年的「臺灣文學館」正式開幕運轉。同年五月《文訊》改隸「財團法人台灣文學發展基金會」，為了發揮更大的動能，開

始更積極、更有效率地將過去累積至今持續在做的文學史料整理出來，讓豐厚的文藝資源與更多人共享。

於是再次的請教張錦郎先生，張先生認為文學書目、作家作品目錄、文學年鑑、文學辭典皆已完成或正在進行，現在重點應該放在有關「臺灣現當代作家評論資料目錄」的編輯工作上。

很幸運的，這個計畫的發想得到當時臺灣文學館林瑞明館長的支持，於是緊鑼密鼓的展開一切準備工作：籌組編輯團隊、召開顧問會議、擬定工作手冊、撰寫計畫書等等。

張錦郎先生花了許多時間編訂工作手冊，每一位作家的評論資料目錄分為：

（一）生平資料：可分作者自述，旁人論述及訪談，文學獎的紀錄。

（二）作品評論資料：可分作品綜論，單行本作品評論，其他作品（包括單篇作品）評論，與其他作家比較等。

此外，對重要評論加以摘要解說，譬如專書、專輯、學術會議論文集或學位論文等，凡臺灣以外地區之報刊及出版社，於書名或報刊後加註，如中國大陸、香港、新加坡等。此外，資料蒐集範圍除臺灣外，也兼及中國大陸、香港、新加坡、日本、韓國及歐美等地資料，除利用國內蒐集管道外，同時委託當地學者或研究者，擔任資料蒐集工作。

清楚記得，時任顧問的學者專家們，都十分高興這個專案的啟動，但確定收錄哪些作家名單時，也有不同的思考及看法。經過充分的討論後，終於取得基本的共識：除以一般的「文學成就」為觀察及考量作家的標準外，並以研究的迫切性與資料獲得之難易度為綜合考量。譬如說，在第一階段時，作家的選擇除文學成就外，先考量迫切性及研究性，迫切性是指已故又是日治時期臺籍作家為優先，研究性是指作品已出土或已譯成中文為優先。若是作品不少而評論少，或作品評論皆少，可暫時不考慮。此外，還要稍微顧及文類的均衡等等。基本的共識達成後，顧問群共同挑選出 310 位作家，從鄭坤五、賴和、陳虛谷以降，一直到吳錦發、陳黎、蘇

偉貞，共分三個階段進行。

「臺灣現當代作家評論資料目錄」專案計畫，自 2004 年 4 月開始，至 2009 年 10 月結束，分三個階段歷時五年六個月，共發現、搜尋、記錄了十餘萬筆作家評論資料。共經歷了三位專職研究助理，近三十位兼任研究助理。這些研究助理從開始熟悉體例，到學習如何尋找資料，是一條漫長卻實用的學習過程。

接續

「臺灣現當代作家評論資料目錄」的專案完成，當代重要作家的研究，更可以在這個基礎上，開出亮麗的花朵。於是就有了「臺灣現當代作家研究資料彙編暨資料庫建置計畫」的誕生。為了便於查詢與應用，資料庫的完成勢在必行，而除了資料庫的建置外，這個計畫再從 310 位作家中精選 50 位，每人彙編一本研究資料，內容有作家圖片集，包括生平重要影像、文學活動照片、手稿及文物，小傳、作品目錄及提要、文學年表。另外每本書分別聘請一位最適當的學者或研究者負責編選，除了負責撰寫八千至一萬字的作家研究綜述外，再從龐雜的評論資料中挑選具有代表性的評論文章，平均 12～14 萬字，最後再附該作家的評論資料目錄，以期完整呈現該作家的生平、創作、研究概況，其歷史地位與影響。

第一部分除資料庫的建置外，50 位作家 50 本資料彙編（平均頁數 400～500 頁），分三個階段完成，自 2010 年 3 月開始至 2013 年 12 月，共費時 3 年 9 個月。因為內容充實，體例完整，各界反應俱佳，第二部分的 50 位作家，接著在 2014 年元月展開，第一階段出版了 14 本，此次第二階段計畫出版 16 本，預計在 2016 年 3 月完成。

首先，工作小組必須掌握每位編選者進度這件事，就是極大的挑戰。於是編輯小組在等待編選者閱讀選文的同時，開始蒐集整理作家生平照片、手稿，重編作家年表，重寫作家小傳，尋找作家出版品的正確版本、版次，重新撰寫提要。這是一個極其複雜的工程。還好這些年培養訓練出

幾位日漸成熟的專案助理，在《文訊》編輯部同仁的協助之下，讓整個專案延續了一貫的品質及進度。

成果

　　雖然過程是如此艱辛，如此一言難盡，可是終究看到豐美的成果。每位編選者雖然忙碌，但面對自己負責的作家資料彙編，卻是一貫地認真堅持。他們每人必須面對上千或數百筆作家評論資料，挑選重要或關鍵性的評論文章，全面閱讀，然後依照編選原則，挑選評論文章。助理們此時不僅提供老師們所需要的支援，統計字數，最重要的是得找到各篇選文作者，取得同意轉載的授權。在起初進度流程初估時，我們錯估了此項工作的難度，因為許多評論文章，發表至今已有數十年的光景，部分作者行蹤難查，還得輾轉透過出版社、學校、服務單位，尋得蛛絲馬跡，再鍥而不捨地追蹤。有了前面的血淚教訓，日後關於授權方面，我們更是如臨深淵、如履薄冰，希望不要重蹈覆轍，在面對授權作業時更是戰戰兢兢，不敢懈怠。

　　除了挑選評論文章煞費苦心外，每個作家生平重要照片，我們也是採高標準的方式去蒐集，過世作家家屬、友人、研究者或是當初出版著作的出版社，都是我們徵詢的對象。認真誠懇而禮貌的態度，讓我們獲得許多從未出土的資料及照片，也贏得了許多珍貴的友誼。許多作家都協助提供照片手稿等相關資料，已不在世的作家，其家屬及友人在編輯過程中，也給予我們許多協助及鼓勵，藉由這個機會，與他們一起回憶、欣賞他們親人或父祖、前輩，可敬可愛的文學人生。此外，還有許多作家及研究者，熱心地幫忙我們尋找難以聯繫的授權者，辨識因年代久遠而難以記錄年代、地點、事件的作家照片，釐清文學年表資料及作家作品的版本問題，我們從他們身上學習到更多史料研究可貴的精神及經驗。

　　但如何在規定的時間內，完成每個階段資料彙編的編輯出版工作，對工作小組來說，確實是一大考驗。每一冊的主編老師，都是目前國內現當

代臺灣文學教學及研究的重要人物，因此都十分忙碌。每一本的責任編輯，必須在這一年多的時間內，與他們所負責資料彙編的主角——傳主及主編老師，共生共榮。從作家作品的收集及整理開始，必須要掌握該作家所有出版的作品，以及盡量收集不同出版社的版本；整理作家年表，除了作家、研究者已撰述好的年表外，也必須再從訪談、自傳、評論目錄，從作品出版等線索，再作比對及增刪。再來就是緊盯每位把「研究綜述」放在所有進度最後一關的主編們，每隔一段時間提醒他們，或順便把新增的評論目錄寄給他們（每隔一段時間就有新的相關論文或學位論文出現），讓他們隨時與他們所主編的這本書，產生聯想，希望有助於「研究綜述」撰寫的進度。

在每個艱辛漫長的歲月中，因等待、因其他人力無法抗拒的因素，衍伸出來的問題，層出不窮，更有許多是始料未及的。譬如，每本書的選文，主編老師本來已經選好了，也經過授權了，為了抓緊時間，負責編輯的助理們甚至連順序、頁碼都排好了，就等主編老師的大作了，這時主編突然發現有新的文章、新的資料產生：再增加兩三篇選文吧！為了達到更好更完備的目標，工作小組當然全力以赴，聯絡，授權，打字，校對，重編順序等等工作，再度展開。

此次第二部分第二階段共需完成的 16 位作家研究資料彙編，年齡層較上兩個階段已年輕許多，因此到最後的疑難雜症，還有連主編或研究者都不太清楚的部分，譬如年表中的某一件事、某一個年代、某一篇文章、某一個得獎記錄，作家本人絕對是一個最好的諮詢對象，對解決某些問題來說，這是一個好的線索，但既然看了，關心了，參與了，就可能有不同的看法，選文、年表、照片，甚至是我們整本書的體例，於是又是一場翻天覆地的大更動，對整本書的品質來說，應該是好的，但對經過多次琢磨、修改已進入完稿階段的編輯團隊來說，這不啻是一大挑戰。

1990 年開始，各地縣市文化中心（文化局），對在地作家作品集的整理出版，以及臺灣文學館成立後對日治時期作家以迄當代重要作家全集的

編纂，對臺灣文學之作家研究，也有了很好的促進作用。如《楊逵全集》、《林亨泰全集》、《鍾肇政全集》、《張文環全集》、《呂赫若日記》、《張秀亞全集》、《葉石濤全集》、《龍瑛宗全集》、《葉笛全集》、《鍾理和全集》、《錦連全集》、《楊雲萍全集》、《鍾鐵民全集》等，如雨後春筍般持續展開。

　　經過近二十年的努力，臺灣文學的研究與出版，也到了可以驗收或檢討成果的階段。這個說法，當然不是要停下腳步，而是可以從「臺灣現當代作家評論資料目錄」所呈現的 310 位作家、10 萬筆資料中去檢視。檢視的標的，除了從作家作品的質量、時代意義及代表性去衡量外，也可以從作家的世代、性別、文類中，去挖掘有待開墾及努力之處。因此這套「臺灣現當代作家研究資料彙編」，大部分的編選者除了概述作家的研究面向外，均有些觀察與建議。希望就已然的研究成果中，去發現不足與缺憾，研究者可以在這些不足與缺憾之處下功夫，而盡量避免在相同議題上重複。當然這都需要經過一段時間去發現、去彌補、去重建，因此，有關臺灣文學的調查、研究與論述，就格外顯得重要了。

期待

　　感謝臺灣文學館持續推動這兩個專案的進行。「臺灣現當代作家評論資料目錄」的完成，呈現的是臺灣文學研究的總體成果；「臺灣現當代作家研究資料彙編」的出版，則是呈現成果中最精華最優質的一面，同時對未來臺灣文學的研究面向與路徑，作最好的建議。我們可以很清楚的體會，這是一條綿長優美的臺灣文學接力賽，我們十分榮幸能參與其中，更珍惜在傳承接力的過程，與我們相遇的每一個人，每一件讓我們真心感動的事。我們更期待這個接力賽，能有更多人加入。誠如張恆豪所說「從高音獨唱到多元交響」，這是每一個人所期待的。

編輯體例

一、本書編選之目的，為呈現杜潘芳格生平、著作及研究成果，以作為臺灣文學相關研究、教學之參考資料。

二、全書共五輯，各輯內容及體例說明如下：

　　輯一：圖片集。選刊作家各個時期的生活或參與文學活動的照片、著作書影、手稿（包括創作、日記、書信）、文物。

　　輯二：生平及作品，包括三部分：

　　　　1.小傳：主要內容包括作家本名、重要筆名，生卒年月日，籍貫，及創作風格、文學成就等。

　　　　2.作品目錄及提要：依照作品文類（論述、詩、散文、小說、劇本、報導文學、傳記、日記、書信、兒童文學、合集）及出版順序，並撰寫提要。不收錄作家翻譯或編選之作品。

　　　　3.文學年表：考訂作家生平所進行的文學創作、文學活動相關之記要，依年月順序繫之。

　　輯三：研究綜述。綜論作家作品研究的概況，並展現研究成果與價值的論文。

　　輯四：重要文章選刊。選收國內外具代表性的相關研究論文及報導。

　　輯五：研究評論資料目錄。收錄至 2016 年 1 月底止，有關研究、論述臺灣現當代作家生平和作品評論文獻。語文以中文為主，兼及日文和英文資料。所收文獻資料，以臺灣出版為主，酌收中國大陸、香港、日本和歐美國家的出版品。內容包含三部分：

　　　　1.「作家生平、作品評論專書與學位論文」下分為專書與學位論文。

　　　　2.「作家生平資料篇目」下分為「自述」、「他述」、「訪談」、「年表」、「其他」。

　　　　3.「作品評論篇目」下分為「綜論」、「分論」、「作品評論目錄、索引」、「其他」。

目次

輯一◎圖片集
影像◎手稿◎文物

1927年，杜潘芳格與父親潘錦淮、母親詹完妹合影。（杜潘芳格提供）

1930年代，三代同堂的潘家。前排坐者左為祖父潘成鑑，右為祖母；後排立者左為
父親潘錦淮，手抱杜潘芳格，右為母親詹完妹。（杜潘芳格提供）

1930年代，就讀新埔尋常小學校的杜潘芳格（後排右一）與老師、同學合影。
（杜潘芳格提供）

1940～1943年，就讀新竹高等女學校（今新竹女子高級中學）的杜潘芳格（前排左一）與同學合影。（杜潘芳格提供）

194～1944年，就讀臺北女子高等學院的杜潘芳格（後排左一）與同學合影。（杜潘芳格提供）

1940年代，潘家全家福。前排左起：二妹、小妹（前）、母親詹完妹、二弟、父親潘錦淮、小弟；後排左起：大妹、杜潘芳格、大弟潘鏡洲。（杜潘芳格提供）

1948年12月5日，杜潘芳格（前排左五）與杜慶壽（前排左六）於潘家門前拍攝之結婚紀念照。（杜潘芳格提供）

1960年代，杜家全家合影於中壢中平路自宅門前。前排右起：三女杜祺玉、四女杜佳陽、次子杜興贏、公公、五女杜常愛、次女杜鳳蘭；後排右起：長女杜常華、杜潘芳格、長子杜興政、佚名（前）、杜慶壽。（杜潘芳格提供）

1970年代，杜潘芳格與母親詹完妹（左）赴日旅遊之合照。（杜潘芳格提供）

1987年6月7日，出席《笠》詩社第23屆年會，合影於臺中市上智社教研究院。前排左起：陳秀喜、林宗源、錦連、巫永福、莊金國、趙天儀；二排左起：利玉芳、佚名、杜潘芳格、黃樹根、白萩（後）、張信吉、洪中周；三排左起：鄭炯明、李昌憲、陳明台、詹冰、李魁賢、佚名（前）；四排左起：陳千武、李敏勇（前）、岩上、郭成義（前）、蔡榮勇、林亨泰、沙白、龔顯榮（前）。（陳明台提供）

1980年代末，杜潘芳格與文友聚會之合影。後排右起：杜潘芳格、柯旗化、彭瑞
金、葉石濤；前為楊千鶴。（劉維瑛提供）

1992年，赴日本參加《地球》詩誌舉辦的第四回
「アジア詩人会議」。左起：杜慶壽、杜潘芳
格、利玉芳、林宗源。（劉維瑛提供）

1992年，杜潘芳格出席文訊雜誌社舉辦之文藝界重陽
聯誼活動。右起：杜潘芳格、杜文靖、王昶雄、鄭羽
書。（文訊文藝資料中心）

1995年4月1日，下村作次郎（左）與杜潘芳格合影。
（劉維瑛提供）

2004年7月12日，林瑞明（左）與杜潘芳格合影。
（劉維瑛提供）

2007年10月19日，杜潘芳格出席文訊雜誌社舉辦之
文藝界重陽聯誼活動。左起：趙天儀、杜潘芳格、
鄭烱明。（文訊文藝資料中心）

2007年12月7日，杜潘芳格出席華文文學國際論壇
「臺北與世界的對話」研討會，與陳芳明（左）
合影於臺北教育大學至善樓國際會議廳。（文訊
文藝資料中心）

2014年7月29日，文訊雜誌社「作家關懷列車」前往拜訪杜潘芳格，李敏勇（右）致贈親筆書法「誕生在島上的一顆女人樹」給杜潘芳格。（文訊文藝資料中心）

2014年，靜宜大學臺灣研究中心團隊與劉維瑛、杉森藍一同拜訪杜潘芳格。左起：陳怡伶、杜潘芳格、劉維瑛、藍建春（前）、杉森藍、溫宗翰。（靜宜大學臺灣研究中心提供）

2015年9月12日，出席「2015鍾肇政文學獎」於基督長老教會中壢教會舉辦之文學沙龍，與劉維瑛對談「我是詩人呀！杜潘芳格的文學旅程」。（靜宜大學臺灣研究中心提供）

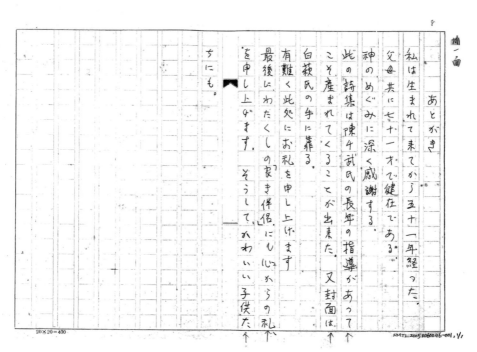

あとがき

私は生まれて来てから五十一年経った。

父母共に七十一才で健在である。

神のめぐみに深く感謝する。

此の詩集は陳千武氏の長年の指導があって

こそ産まれてくることが出来た。又封面は

白萩氏の手に靠る。

有難く此処にお礼を申し上げます

最後にわたくしの良き伴侶にも心からの礼

を申し上げます。そうして、かわいい子供た

ちにも。

1954年2月，詩集《慶壽》之〈後記〉日文手稿。（國立臺灣文學館提供）

用稿紙　　　　　　　　　　　　No. ____

平安戲
杜潘芳格

（宗教詩選得選）
笠笠出版社
1995.7.30.

毎年も毎年も平和がつづく。
毎年平安戯が上演される。
村や里では平安戯が上演される。
従うこと しか知らない平和な人たち
忍耐することのほかは何も出来ない平和な人たち
水・舞台を取り巻き、平安戯を繞っている。
芳也君も、あなたがたが上演することを許したのです！！
澤山たくさんの平和な人たちが騒っぱい本の
あれや甘庶をかじり
実を含み青い甘庶をかじり どんなことが
あろうと 此のかけがえの無い命をふり運そう
と平安戯を見ている。

客語詩
平安戲

年年都係大平年，年年都作平安戲，
就曉得俒從个平安人，就曉得忍耐个平安人。
圍著戲棚下，看平安戲。
該係你究竟肯佢作乜阿！
儘多儘多个平安人
情願囓菜備根
唔甘庶令李仔鹹
保持一條老命
看平安戲。

1969年12月15日，杜潘芳格發表於《笠》第34期詩作〈平安戲〉的日文手稿、客語手稿，以及由杜慶壽翻譯之英文手稿。（國立臺灣文學館提供）

by 杜潘芳格
杜慶壽譯

平安戲
A yearly peace play

This is the year for peace, they say!
But again it's a show, a yearly play!

Men gathered round the stage will see.
Actors performing; patience their fee.

Seemingly content many gather there,
Applauding performers as they beat the air.

You too, by this act can be swept away,
But it's not true peace, it's only a play.

Many are they who seek neutral ground,
Content to stand by the stage around.

Not partaking in applause or act,
But savoring the sweets that shows never lack.

One life is mans, yes, but one alone,
Spent watching plays, yes, plays alone.

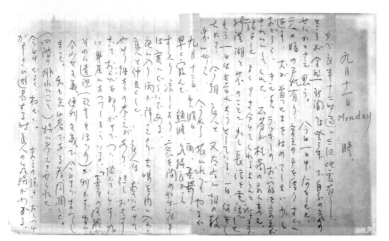

1978年9月11～12日，杜潘芳格日文日記，出自第22卷日記「背德與背德的救贖，遠千湖」（1978年8月21～1979年7月21日）。（國立臺灣文學館提供）

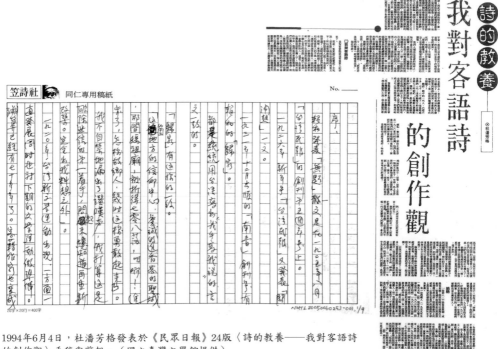

1994年6月4日，杜潘芳格發表於《民眾日報》24版〈詩的教養——我對客語詩的創作觀〉手稿與剪報。（國立臺灣文學館提供）

輯二◎生平及作品

小傳◎作品◎年表

小傳

杜潘芳格 (1927～)

　　杜潘芳格,女,籍貫臺灣新竹,1927 年 3 月 9 日生,曾移居日本,1933 年返臺定居。

　　新竹高等女學校(今新竹女子高級中學)畢業,臺北女子高等學院肄業。曾任新埔旭國民學校(今新埔國小)代理訓導,與杜慶壽醫生結婚後即辭去訓導職務,專心育兒並協助診所事務。1965 年加入「笠」詩社,1995 年任《臺灣文藝》社長、女鯨詩社社長,並為臺灣筆會會員。曾獲陳秀喜詩獎、客家貢獻獎、臺灣新文學貢獻獎。

　　杜潘芳格創作文類以詩為主,兼及論述與散文。自幼受日語教育,為「跨越語言的一代」詩人。創作可按語言略分三期,早期以日文書寫詩、日記、小說等,1949 年戰後方學習中文,1965 年加入笠詩社後開始發表中文作品,至 1980 年代提倡客語創作。其詩文字淺白,意象鮮明,內容多取自生活,投射出內在的心靈活動,包含面對語言轉換與國籍認同的困境、女性自我的生命發展以及篤信基督的宗教情懷。第一本詩集《慶壽》收錄中、日文對照詩作,呈現詩人長年恪守妻職與母職的角色,經由信仰探求永恆的生命真理,從日常中發掘哲思,並將個人生活經驗昇華為普遍性的社會關照。李魁賢評其詩為「在現實的風景基礎上,追求奧祕的心境,不但是現實的,而且是超越現實的。」在詩集《朝晴》與《青鳳蘭波》中,進而嘗試以客家話創作,藉由母語強調其對於身分的認同。

　　除詩之外，以日文出版的《フォルモサ少女日記》，從 1944 年 5 月書
寫至 1946 年 3 月，詳載詩人身處日本統治末期過渡至臺灣省行政長官公署
統治初期的社會背景中，其所思所感、學習中文的始末以及由戀愛入婚姻
的人生歷練。其日記書寫至今不輟，不僅見證了歷史的變遷，也記錄了詩
人的成長軌跡。在論述方面，其多次剖析自我創作的心靈活動，力求超越
性別、族群、國籍等分野，使創作回歸人性的角度思考與判斷。而在散文
方面，則有遊記、生活隨筆等小品，主題環繞在生命哲學、社會關懷、詩
與語言等方面，筆調親切、悲憫，卻不失批評的力道。

　　杜潘芳格身為跨語言一代的臺灣客家女性詩人，多重身分使其自 1960
年代初試啼聲以來，始終面對中、日、客三種語言交錯的困境，不斷思考
自身存在與文化意義的關係；並擺脫女性作家刻板的閨怨風格，型塑出臺
灣女性的多重身影。其詩作表現出內在的心靈投射，或以平淡、嚴肅、批
判的知性風格處理現實社會問題，反映出對人生的認命與無奈；或以女性
的感性與虔誠的宗教情懷觀照自我的內省，呈現真摯豐富的詩情及詩想。
正如陳明台所言：「杜潘芳格的世界是一個回歸內在的富於感情的世界，她
的詩，架設在愛和誠兩座並行不悖的橋上，跨在俗世及超俗世兩個領域
間，同樣的都令人感到在表達一種作為詩人，母親，女性而存在的內心的
特質……她的存在是作為一位具有求道者的愛和虔誠的詩之使徒而產生意
義。」杜潘芳格藉由寫詩對世界發出探問，揭示人類生存的意義、尋找永
恆的真理，表現出一個溢滿愛與希望的抒情世界。

作品目錄及提要

【詩】

慶壽
臺北：笠詩刊社
1977 年 3 月，32 開，317 頁

本書為中、日雙語詩集，收錄中文詩〈春天〉、〈網球〉、〈父母之家〉等 27 首，日文詩〈春〉、〈父母の家〉、〈息子〉、〈空〉等 45 首。正文前有陳明台〈詩，愛和誠──潘芳格的世界〉。正文後有潘芳格日文〈跋〉、潘芳格日文詩〈讚美〉。

淮山完海
臺北：笠詩刊社
1986 年 2 月，32 開，94 頁
臺灣詩人選集 9

本書收錄詩作〈父母親〉、〈墓中眼〉、〈禮拜〉、〈那靈魂〉等 39 首。正文前有高俊明牧師書序，以書法抄寫《聖經》篇章贈予作者留念。正文後附錄潘芳格〈語彙與詩〉、〈潘芳格作品〈平安戲〉和〈中元節〉合評紀錄〉。

遠千湖
臺北：笠詩刊社
1990 年 3 月，13.6×20 公分，120 頁
臺灣詩人自選集 3

本書為中、日、英三語詩集，收錄中文詩〈重生〉、〈低低地生長著〉、〈今朝再登「心嶺」〉、〈非魚〉等 39 首，日文詩〈高山地に入る〉、〈鹽の牛〉、〈相思樹〉等 29 首，英文詩 "Born Again"、"Growing Low"、"This Morning Also I Climb the Mountain of My Heart." 等十首。正文前有鈴木豐志夫；杜潘芳格中譯詩作〈老笠樹〉、鈴木豐志夫日文詩作〈榕樹〉。正文後有杜慶壽英文詩作 "A Dreamy Country, Malaysia"。

杜潘芳格集／劉維瑛編

臺南：國立臺灣文學館
2009 年 7 月，25 開，143 頁
臺灣詩人選集 10

本書為作者各階段詩作之合集。全書收錄詩作〈重生〉、〈唇〉、〈相思樹〉、〈父母親之住家〉、〈背面的星星〉等 50 首。正文前有作家照片與黃碧端〈主委序〉、鄭邦鎮〈騷動，轉成運動〉、彭瑞金〈「臺灣詩人選集」編序〉、〈臺灣詩人選集編輯體例說明〉、〈杜潘芳格小傳〉。正文後有劉維瑛〈解說〉、〈杜潘芳格寫作生平簡表〉、〈閱讀進階指引〉、〈杜潘芳格已出版詩集要目〉。

【日記】

フォルモサ少女の日記／下村作次郎編

東京：総和社
2000 年 9 月，25 開，203 頁

本書為作者 1944 年 5 月 27 日至 1946 年 3 月 23 日間的日文日記，呈現自日治末期過渡至臺灣省行政長官公署統治初期的時代變遷，並記錄學習中文的歷程。正文附錄杜慶壽〈杜慶寿が潘芳格に宛てた一九四五年十月十日付けの手紙〉、杜慶壽〈杜慶寿が潘芳格に宛てた一九四六年一月十二日付けの手紙〉。正文前有杜潘芳格照片與日記書影、杜潘芳格〈序にかえて〉。正文後有〈詩觀〉、〈杜潘芳格自選年譜・著作一覽〉、下村作次郎〈台湾女性史研究にとって必須の文献資料——台湾の詩人、杜潘芳格の日記について〉。

【合集】

朝晴

臺北：笠詩刊社
1990 年 3 月，13.6×20 公分，118 頁
臺灣詩庫 5

本書為論述、詩、散文合集。全書分兩輯，輯一收錄詩作〈上高山記〉、〈希爾比亞山〉、〈有貓的風景〉、〈白楊樹〉等 42 首；輯二收錄〈（我的）Identity〉、〈百合花〉、〈美與宗教〉等六篇。

青鳳蘭波

臺北：前衛出版社
1993 年 11 月，32 開，255 頁

本書為詩、散文合集。全書分三卷，「華語詩」收錄〈一隻叫臺灣的鳥〉、〈無臺的灣〉、〈綠翠呼吸生命的風〉等九首；「客語詩」收錄〈選舉合味〉、〈時流・子宮・打赤膊〉、〈出差世〉、〈日常秋日〉等 43 首，卷後附錄杜潘芳格〈母語个功能〉；「散文隨筆」收錄〈琵琶湖佛寺巡禮〉、〈為何寫作？〉、〈祈禱──為施明正〉等九篇。正文前有李魁賢〈一隻叫臺灣的鳥──序杜潘芳格詩集《青鳳蘭波》〉、李敏勇〈誕生在島上的一棵女人樹──杜潘芳格詩風格的一面，兼序《青鳳蘭波》〉，正文後附錄李元貞〈詩思深刻迷人的女詩人──杜潘芳格〉、李青果〈詩心批判力──評臺灣女詩人杜潘芳格〉、利玉芳〈女詩人杜潘芳格愛的世界〉、陳明台〈慈母心〉、陳明台〈讀詩隨筆〉、趙天儀〈潘芳格的〈兒子〉〉、趙天儀〈潘芳格詩作的位置與特徵〉、蔡榮勇〈我喜愛的詩──讀潘芳格的〈信仰〉〉、陳千武〈臺灣女詩人的詩〉、陳謙記錄；林秀梅整理〈悲情之繭──杜潘芳格作品研討會〉、吳明興〈信函一〉、王瑞香〈信函二〉。

芙蓉花的季節

臺北：前衛出版社
1997 年 3 月，25 開，235 頁

本書為論述、詩、散文合集。全書分三卷，「華語詩」收錄詩作〈鴿仔的聲〉、〈眼〉、〈芙蓉花的季節〉等 11 首；「客語詩」收錄詩作〈店亭下〉、〈有光在个位个時節〉、〈梅花〉等 14 首；「隨筆」收錄論述、散文〈希求高品質的作品〉、〈在荒野結出果子來〉、〈詩月・閏八月〉等 12 篇。正文前有鄭炯明〈語言、記憶與尊嚴〉、宋澤萊〈出版界的一件大事──評介杜潘芳格女士的詩文集《芙蓉花的季節》〉，正文後附錄杜慶壽〈湖頂金暈雲〉、井關えつこ〈語言的細胞──無限的溫暖〉、鍾肇政〈日語・華語・母語〉、曾秋美〈消失中的阿媽──杜潘芳格訪問記〉、黃秋芳〈鮮花水鏡──靠近杜潘芳格的人和詩〉、杜鳳蘭〈我的母親〉、杜興政〈媽媽：女詩人+女強人〉、杜常愛〈我的母親〉、杜興贏〈樓梯下的小房間〉、杜祺玉〈我的母親〉、杜佳陽〈我的母親　杜潘芳格女士〉、杜常華〈母親〉、杜朝生〈我心中的「阿婆」〉13 篇。

文學年表

1927 年 （昭和 2 年）	3 月	9 日，出生於新竹新埔，父親潘錦准，母親詹完妹。隨後與父母移居日本，至五、六歲才返臺定居。
1933 年 （昭和 8 年）	春	就讀新埔尋常小學校，與日本人子弟一同學習。
1938 年 （昭和 13 年）	本年	在小學四年級的課本中讀到一首以「血樣的顏色」描寫蓮蕉花紅豔意象的詩句，開始對詩創作感興趣。
1940 年 （昭和 15 年）	4 月	畢業於新埔尋常小學校，就讀新竹高等女學校（今新竹女子高級中學）。
1942 年 （昭和 17 年）	本年	高三時開始以日文創作散文與小說，作品未發表，後多散佚。
1943 年 （昭和 18 年）	4 月	畢業於新竹高等女學校。
	本年	就讀臺北女子高等學院，學習花道、縫紉等家政科目。
1944 年 （昭和 19 年）	8 月	16 日，認識杜慶壽。
	本年	因空襲頻繁，肄業於臺北女子高等學院，返回新埔擔任新埔旭國民學校（今新埔國小）之代理訓導。
1945 年	10 月	5 日，開始學習中文，並以中文書寫日記。
1947 年	4 月	4 日，住在花蓮的姑丈張七郎及其二子（張宗仁、張果仁）因二二八事件被捕遇害，此事使杜潘芳格成為「二二八受難者」家屬，其詩中也時常出現對政治現實的批判與諷刺。
1948 年	12 月	5 日，與服務於基隆醫院的杜慶壽結婚，婚後即辭去新埔國民學校之教職。

1949 年	9 月	9 日,長女杜常華出生。
1951 年	2 月	28 日,長男杜興政出生。
1953 年	5 月	12 日,次女杜鳳蘭出生。
1954 年	11 月	14 日,三女杜祺玉出生。
1956 年	7 月	1 日,四女杜佳陽出生。
1958 年	3 月	13 日,次男杜興贏出生。
1959 年	本年	受韓戰影響,考慮移民美國。
1960 年	9 月	30 日,五女杜常愛出生。
1965 年	本年	加入笠詩社。

√1966 年　　　1 月　　詩作〈春天〉發表於《臺灣文藝》第 10 期。

　　　　　　　8 月　　15 日,詩作〈相思樹〉發表於《笠》第 14 期。

　　　　　　 10 月　　15 日,詩作〈兒子〉發表於《笠》第 15 期。

　　　　　　　　　　　詩作〈虛空的洞穴〉發表於《臺灣文藝》第 13 期。

1967 年　　　6 月　　15 日,詩作〈山〉發表於《臺灣文藝》第 19 期。

　　　　　　　8 月　　15 日,〈詩的問答〉發表於《笠》第 20 期。

　　　　　　　9 月　　17 日,與丈夫杜慶壽於淡水發生車禍,住進馬偕醫院,後積極參與客家地區傳播基督教福音活動。

　　　　　　 11 月　　12 日,與笠詩社同仁於中山堂參加「中國新詩學會」聚會。

1968 年　　　2 月　　15 日,詩作〈雙層的死〉發表於《笠》第 23 期。

　　　　　　　3 月　　17 日,於中壢自宅舉辦笠詩社四週年年會,與會者有陳千武、錦連、羅浪、趙天儀、陳秀喜、吳瀛濤、羅明河、鄭烱明、林亨泰、林煥彰、林錫嘉、白萩、葉笛、林宗源、洪炎秋、郭水潭、鍾肇政、鄭清文、林鐘隆、辛牧、陳明台、拾虹等人。

1969 年　　　8 月　　15 日,詩作〈天〉發表於《笠》第 32 期。

　　　　　　 10 月　　15 日,詩作〈橋〉、〈悲哀的一塊〉發表於《笠》第 33 期。

	12 月	15 日，詩作〈中元節〉、〈平安戲〉發表於《笠》第 34 期。
1970 年	6 月	15 日，詩作〈荒野〉發表於《笠》第 37 期。
1971 年	6 月	15 日，詩作〈了解〉、〈荒野之花〉、〈因為在旅途〉、〈那靈魂〉、〈禮拜〉、〈曇天〉、〈男人〉發表於《笠》第 43 期。
	7 月	18 日，應邀出席於臺北舉辦之笠詩社七週年年會。
	12 月	15 日，詩作〈獻給吳瀛濤先生〉發表於《笠》第 46 期。
1972 年	12 月	15 日，詩作〈愛與死〉發表於《笠》第 52 期。
1973 年	4 月	15 日，詩作〈背面的星星〉、〈語彙與詩〉發表於《笠》第 54 期。
		詩作〈有一個死〉發表於《臺灣文藝》第 39 期。
	7 月	15 日，應邀參加於臺中市政府舉辦之「星火的對唔」座談會，與會者有陳秀喜、陳千武、林亨泰等人。
1974 年	12 月	出席陳秀喜詩的討論會，與會者有黃靈芝、黃騰輝、李魁賢、趙天儀等人。
1975 年	12 月	15 日，詩作〈山嵐與女人〉、〈鏡子裡〉發表於《笠》第 70 期。
	本年	應邀出席於臺中寶覺寺舉辦之笠詩社 11 週年年會。
1976 年	12 月	15 日，詩作〈同鄉之誼——悼念吳濁流先生仙逝〉（陳秀喜譯）發表於《笠》第 76 期。
1977 年	3 月	詩集《慶壽》由臺北笠詩刊社出版。
	6 月	詩作〈春天〉發表於《笠》第 79 期。
	12 月	15 日，詩作〈聲音〉、〈時間〉、〈夢〉、〈紙人〉、〈母鳥淚〉發表於《笠》第 82 期。
1979 年	6 月	詩作〈陰天〉、〈紙人〉、〈平安戲〉、〈悲哀的一塊〉、〈相思樹〉、〈背面的星星〉、〈山〉、〈中元節〉、〈天〉、〈雙重的死〉十首被選入由臺北笠詩刊社出版之《美麗島詩集》中。
1982 年	5 月	取得美國公民權，陸續送子女出國念書。

1983 年	4 月	15 日，詩作〈鋼鑽機〉發表於《笠》第 114 期。
1984 年	9 月	10 日，父親潘錦淮過世。
	12 月	15 日，詩作〈信仰〉發表於《笠》第 124 期。
1985 年	10 月	15 日，詩作〈出家人〉發表於《笠》第 129 期。
1986 年	2 月	15 日，詩作〈試做中文詩〉、〈異界〉（陳明台譯）、〈有福的溫柔人〉、〈父母之家〉、〈日曆〉、〈愛〉、〈家〉發表於《笠》第 131 期。
		詩集《淮山完海》由臺北笠詩刊社出版。
	8 月	15 日，詩作〈石和花〉、〈今夜窗下也許仍有回響〉、〈琵琶湖佛寺巡禮〉發表於《笠》第 134 期。
1987 年	4 月	15 日，詩作〈非魚〉發表於《笠》第 138 期。
	6 月	7 日，應邀參加笠詩社於臺中上智社教研究院舉辦之笠詩社 23 週年年會，與會者有陳秀喜、林宗源、錦連、巫永福、莊金國、趙天儀、利玉芳、黃樹根、白萩、張信吉、洪中周、鄭烱明、李昌憲、陳明台、詹冰、李魁賢、陳千武、李敏勇、岩上、郭成義、蔡榮勇、林亨泰、沙白、龔顯榮等人。
	8 月	15 日，詩作〈秋天的故鄉〉發表於《笠》第 140 期。
	10 月	15 日，詩作〈百合花〉發表於《笠》第 141 期。
	12 月	15 日，詩作〈故里〉發表於《笠》第 142 期。
1988 年	1 月	14～17 日，出席笠詩社於臺中舉辦之「1988 亞洲詩人會議」。
		編著論述、詩合集《拯層》自印出版。
	2 月	15 日，詩作〈靈命〉、〈百聞不如一見〉發表於《笠》第 143 期。
	4 月	15 日，詩作〈秩序的規誡〉發表於《笠》第 144 期。
	8 月	15 日，詩作〈虛構〉、〈笠娘〉發表於《笠》第 146 期。

9 月　14 日，〈祈禱──為施明正〉發表於《自立早報》14 版。

10 月　6 日，詩作〈好秋（之一）──秋雨〉發表於《臺灣時報》14 版。

11 月　7 日，詩作〈好秋（之二）──偓本身係光个工具〉發表於《臺灣時報》14 版。

12 月　15 日，詩作〈塩牛〉、〈紅蜻蜓的孩子們〉、〈泳〉發表於《笠》第 148 期。

1989 年　1 月　詩作〈嘉德麗雅花〉發表於《臺灣文藝》第 115 期。

3 月　詩作〈月清秋深〉發表於《臺灣文藝》第 116 號。

4 月　15 日，詩作〈四十年前，眼眶盈滿了淚水〉發表於《笠》第 150 期。

5 月　4 日，詩作〈春晴花朝〉發表於《臺灣時報》14 版。

6 日，詩作〈四十年个偓，眼眶盈滿了淚水〉發表於《自立晚報》14 版。

7 日，應邀參加笠詩社於臺中市立文化中心文英會館主辦的「浮沉太平洋的臺灣──兼論白萩〈領空〉一詩」座談會，與會者有李篤恭、鄭烱明、趙天儀、莊柏林、陳千武、林亨泰、白萩、詹冰、江平、曹湘如、張信吉等人。6 月 15 日，座談會紀錄發表於《笠》第 151 期。

6 月　15 日，〈上帝會祝福《笠》〉，詩作〈白楊樹〉、〈希爾比亞山〉、〈有貓的風景〉發表於《笠》第 151 期。

8 月　1 日，出席於日本筑波大學舉辦的臺灣文學研究會，並接受西川滿訪問。

9 月　詩作〈四十年个偓，眼眶盈滿了淚水〉發表於《臺灣文藝》第 119 期。

10 月　15 日，〈訪「笠園」女主人記〉發表於《笠》第 153 期。

12 月　9 日，詩作〈選舉合味〉發表於《自立早報》14 版。

15 日，詩作〈信仰〉英文版（李篤恭譯）發表於《笠》第
154 期。

1990 年　　3 月　〈滴淌血跡的文學道路——二二八事件感思〉發表於《臺灣
春秋》3 月號。

詩集《遠千湖》，論述、詩、散文合集《朝晴》由臺北笠詩
刊社出版。

6 月　15 日，詩作〈復活祭〉、〈柚子樹下〉、〈雲語〉發表於
《笠》第 157 期。

8 月　5 日，詩作〈時流〉、〈子宮〉、〈打赤膊〉發表於《自立晚
報》12 版。

22 日，詩作〈一隻叫臺灣的鳥〉發表於《自立早報》19
版；詩作〈真經・出差有三世〉發表於《臺灣時報》27
版。

詩作〈秋晨〉發表於《散文》第 128 期。

出席於韓國漢城（今首爾）舉辦的第 12 屆世界詩人大會。

10 月　15 日，詩作〈給女兒〉發表於《笠》第 159 期。

11 月　24 日，詩作〈日常秋日〉發表於《自立晚報》14 版。

1991 年　　1 月　29 日，詩作〈巴旦杏〉發表於《民眾日報》11 版。

2 月　15 日，詩作〈二十一世紀走廊〉發表於《笠》第 161 期。

28 日，詩作〈綠翠呼吸生命風〉發表於《自立早報》19
版。

4 月　15 日，〈秀喜姊，您的玉蘭花〉發表於《笠》第 162 期。

6 月　15 日，詩作〈葉子們〉發表於《笠》第 163 期。

8 月　13 日，詩作〈夜車〉發表於《聯合報》25 版。

21 日，詩作〈公民〉發表於《自立晚報》19 版。

9 月　11 日，詩作〈目瞜〉發表於《自立晚報》19 版。

18 日，詩作〈化妝等清秋〉發表於《自立晚報》19 版。

11 月　17 日，詩作〈自然〉發表於《自立晚報》19 版。

22 日，詩作〈講酒話〉發表於《自立晚報》19 版。

1992 年　1 月　文學臺灣基金會於臺北耕莘文教院「寫作小屋」主辦之「悲情之繭——杜潘芳格作品研討會」，與會者有李敏勇、利玉芳、李魁賢、莊柏林、劉捷、錦連等人。

2 月　15 日，詩作〈春雨〉發表於《笠》第 167 期。

3 月　11 日，詩作〈光个「日」〉發表於《臺灣時報》11 版。

12 日，應邀參加由「臺灣客家公共事務協會」於新埔國小禮堂舉辦的演說會。出席者有林光華、羅美文、梁榮茂、鍾肇政等人，主持人為楊國鑫。

20 日，詩作〈菜頭花開囉！〉發表於《臺灣時報》11 版。

4 月　詩作〈紙人〉發表於《客家》第 23 期。

5 月　詩作〈普渡〉、〈到个時揭个旗無根就無旗〉發表於《臺灣文藝》第 130 期。

6 日，出席於臺北環亞飯店舉辦之頒獎典禮，以詩集《遠千湖》獲第一屆「陳秀喜詩獎」。

出席《地球》詩誌於日本舉辦的第四回「アジア詩人会議」。

6 月　〈詩的表現與語言〉（陳明台譯）發表於《文學臺灣》第 3 期。

7 月　6 日，詩作〈𠊎想愛乾淨〉發表於《自立晚報》19 版。

14 日，〈清道婦，玉米梗〉發表於《自立晚報》19 版。

8 月　3 日，〈我的 45 年——「小心」是對的〉發表於《自立晚報》19 版。

29 日，詩作〈打風時水〉發表於《自由時報》21 版。

詩作〈末日〉發表於《客家雜誌》第 27 期。

9 月　28 日，詩作〈摘一蕾花就想起一擺事〉發表於《自立晚

報》19 版。

詩作〈世〉發表於《客家雜誌》第 28 期。

詩作〈𠊎本身係光个工具〉發表於《客家之光》第 58 期。

10 月　8 日，〈水音亭〉發表於《臺灣新聞報・西子灣副刊》13 版。

10 日，詩作〈究竟〉發表於《臺灣時報》22 版。

31 日，詩作〈水球〉發表於《自立晚報》19 版。

11 月　1 日，詩作〈照直大自然〉發表於《自由時報》21 版。

詩作〈雞血玉環〉發表於《臺灣文藝》第 133 期。

詩作〈秋，來香〉發表於《臺灣客協會訊》第 3 號。

12 月　詩作〈照直〉發表於《客家臺灣》創刊號。

1993 年　2 月　接受涂春景訪問。訪問文章〈詩中有真理——與客家女詩人杜潘芳格談詩〉後刊載於《客家雜誌》第 34 期。

3 月　12 日，詩作〈月桃結子像珠串〉、〈養老峽谷〉發表於《自立晚報》19 版。

詩作〈腦庫〉、〈照直〉發表於《客家雜誌》第 34 期。

4 月　21 日，詩作〈心風〉發表於《自立晚報》19 版。

5 月　25 日，〈一民之生重天下〉發表於《自立晚報》19 版。

6 月　10 日，詩作〈樹花開〉發表於《自立晚報》19 版。

詩作〈字紙籃〉、〈含笑花〉、〈怪我〉發表於《臺灣文藝》第 137 期。

7 月　出席於奧地利維也納舉辦的臺灣文學研究會，發表〈母語的功能〉。

11 月　詩作〈月桃花〉、〈等天光〉發表於《客家雜誌》第 42 期。

詩、散文合集《青鳳蘭波》由臺北前衛出版社出版。

12 月　26 日，〈野蠻與毀滅——《白鷺的巢》導讀〉發表於《臺灣時報》22 版。

詩作〈火炎蟲个屋〉，發表於《客家雜誌》第 43 期。

1994 年	2 月	詩作〈價值觀〉發表於《臺灣文藝》第 141 期。
	4 月	15 日，詩作〈再生的客語字〉、〈變成蝴蝶像星星奈麼遠的！〉發表於《笠》第 180 期。
	6 月	4 日，〈詩的教養——我對客語詩的創作觀〉發表於《民眾日報》24 版。
		15 日，詩作〈母地〉發表於《笠》第 181 期。
		詩作〈嘴个果子〉發表於《臺灣文藝》第 143 期。
		詩作〈𠊎个胸脯痛沒停〉發表於《客家雜誌》第 49 期。
	8 月	〈記憶與忘卻〉發表於《臺灣文藝》第 144 期。
	9 月	詩作〈入門喜〉，發表於《客家雜誌》第 52 期。
	10 月	〈轉晴〉發表於《臺灣文藝》第 145 期。
	12 月	詩作〈留糧〉發表於《臺灣文藝》第 146 期。
1995 年	1 月	13 日，詩作〈仙女天使〉發表於《自立晚報》19 版。
	2 月	13 日，詩作〈花〉發表於《白立晚報》19 版。
		詩作〈元宵〉發表於《客家雜誌》第 57 期。
	3 月	23 日，〈希求高品質的作品〉發表於《自立晚報》23 版。
	4 月	15 日，詩作〈裏〉發表於《笠》第 186 期。
		詩作〈女恭〉發表於《臺灣文藝》第 148 期。
	6 月	11 日，詩作〈我的小山〉、〈顏色〉、〈海色〉發表於《自立晚報》17 版。
	7 月	13 日，〈在荒野結出果子來〉發表於《自立晚報》23 版。
	8 月	詩作〈初來颱風〉發表於《臺灣文藝》第 150 期。
		〈擎針連衫〉發表於《客家雜誌》第 62 期。
	9 月	19 日，詩作〈回到地上的我〉發表於《自立晚報》23 版。
	10 月	26 日，〈詩月・閏八月〉發表於《自立晚報》23 版。
	12 月	27 日，詩作〈有光在个位个時節〉發表於《自由時報》34 版。

		30 日，詩作〈梅花〉發表於《自立晚報》17 版。
		詩作〈懶尸个臺頂講話人〉發表於《臺灣文藝》第 152 期。
	本年	擔任《臺灣文藝》雜誌社社長、「女鯨詩社」社長。
1996 年	2 月	8 日，〈「純金」與「紙幣」〉發表於《自立晚報》23 版；〈民主阿媽的我的一生——讀《阿媽的故事》偶拾〉發表於《臺灣時報》23 版。
		20 日，詩作〈一天光就勞碌〉發表於《臺灣文藝》新生版第 153 期。
	4 月	15 日，〈張芳慈的詩〉發表於《笠》第 192 期。
		詩作〈鬧選舉〉發表於《臺灣文藝》第 154 期。
		詩作〈產業上肩——子孫係上帝交託產業〉發表於《客家》第 70 期。
	5 月	12 日，〈兩溪之間的壢地〉發表於《自立晚報》11 版。
	7 月	10 日，詩作〈店亭下〉發表於《臺灣時報》22 版。
	8 月	出席於日本前橋舉辦的第 17 屆世界詩人大會。
1997 年	2 月	15 日，詩作〈眼〉發表於《笠》第 197 期。
	3 月	詩作〈日頭沒落海底背囉〉發表於《客家》第 81 期。
		論述、詩、散文合集《芙蓉花的季節》由臺北前衛出版社出版。
	6 月	應陳秀喜詩獎基金會邀請，擔任「第六屆陳秀喜詩獎」評審委員。
	8 月	15 日，詩作〈兒子〉、〈寫詩〉、〈愛你〉發表於《笠》第 200 期。
1998 年	3 月	9 日，〈三月出生的作家：杜潘芳格——作家生日感言〉發表於《聯合報》41 版。
	7 月	4 日，詩作〈地之歌〉發表於《聯合報》37 版。
	9 月	6 日，詩作〈新生命〉發表於《聯合報》37 版。

		7 日，詩作〈蜥蜴〉發表於《聯合報》37 版。
	10 月	詩作〈贈顏先生・利玉芳仇儷詩〉發表於《臺灣文藝》第 165 期。
1999 年	4 月	30 日，〈我的四個書寫階段〉發表於《聯合報》37 版。
	6 月	15 日，詩作〈因為有人愛倕詩〉發表於《笠》第 205 期。
	8 月	14 日，出席於美國洛杉磯舉辦的客家大會。
2000 年	1 月	〈書信一束憶往昔〉發表於《淡水牛津文藝》第 6 期。
	6 月	詩作〈變瘦又變長介臺灣〉、〈配不配〉發表於《臺灣文藝》第 170 期。
	9 月	下村作次郎編《フォルモサ少女の日記》，由東京總和社出版。
	10 月	28 日，母親詹完妹過世。
	12 月	〈華為先中〉發表於《臺灣文藝》第 173 期。
2001 年	9 月	15 日，詩作〈有限的祈求〉發表於《聯合報》37 版。
	10 月	28 日，丈夫杜慶壽過世。
2003 年	2 月	20 日，詩作〈成了，永生美靈的你〉發表於《自由時報》39 版。
	3 月	15 日，詩作〈苦後有甘甜〉發表於《臺文 BONG 報》第 78 期。
	9 月	12 日，詩作〈「火星」靠近來〉發表於《自由時報》43 版。
2004 年	1 月	"The peace play"（杜國清譯）發表於《臺灣文學英譯叢刊》第 14 期。
	4 月	23 日，應邀參加行政院客家委員會策畫，於臺北光點舉辦的「臺灣客家文學數位化資料庫」啟用典禮。與會作家有鍾肇政、利玉芳、曾貴海夫婦、鍾鐵民女兒、莫渝、林柏燕等人。
	8 月	2 日，詩作〈幸福〉、〈倕个「愛車」畀人盜去〉發表於《自

由時報》47 版。

| 2005 年 | 5 月 | 詩作〈我就是你，你就是我〉發表於《臺灣文藝》第 235 期。 |

將大部分作品、日記手稿捐至國立臺灣文學館。

| 2007 年 | 6 月 | 16 日，獲行政院客家委員會首屆「客家貢獻獎」頒發「傑出貢獻獎」。 |

8 月　11 日，獲第 29 屆鹽分地帶文藝營頒發「臺灣新文學貢獻獎」。

12 月　7 日，出席華文文學國際論壇於臺北教育大學至善樓國際會議廳舉辦之「臺北與世界的對話」研討會。

| 2008 年 | 8 月 | 10 日，詩作〈Chu-sun he Song-ti kau-thok ke san-ngiap 子孫係上帝交托介產業〉發表於《臺灣公論報》7 版。 |

11 月　22 日，出席真理大學語文學院於真理大學麻豆校區國際會議廳舉辦之「第 12 屆臺灣文學家牛津獎暨杜潘芳格文學學術研討會」，獲獎並致謝詞；與會者有彭瑞金、李魁賢、江寶釵、陳明台、利玉芳、張良澤、莫渝、江自得、黃騰輝、邱一帆、陳龍廷等。

| 2009 年 | 7 月 | 劉維瑛編《杜潘芳格集》，由臺南國立臺灣文學館出版。 |

| 2014 年 | 12 月 | 藍建春訪問撰寫《新竹縣客家文史學家口述歷史專書：杜潘芳格生命史》，由新竹縣文化局出版。 |

| 2015 年 | 2 月 | 3 日～6 月 21 日，國立臺灣文學館舉辦「臺灣島上的女人樹——杜潘芳格捐贈展」，規畫「文學創作」、「女性生命史」、「跨越語言的一代」、「客語文學的實踐」四個主題，展出杜潘芳格之書籍、日記、手稿等文物。 |

9 月　12 日，出席「2015 鍾肇政文學獎」於基督長老教會中壢教會舉辦之文學沙龍，與劉維瑛對談「我是詩人呀！杜潘芳格的文學旅程」。

參考資料：

・杜潘芳格，《フォルモサ少女の日記》，東京：総和社，2000 年 9 月。

・藍建春訪問撰寫，《新竹縣客家文史學家口述歷史專書：杜潘芳格生命史》，新竹：新竹縣文化局，2014 年 12 月。

・陳雪姿編，〈杜潘芳格年表初稿〉，「第 12 屆臺灣文學家牛津獎暨杜潘芳格文學學術研討會大會手冊」，臺南：真理大學臺灣文學系，2008 年 11 月 22 日。

・國家圖書館──臺灣期刊論文索引系統網站。

・網站：數位臺北文學館──杜潘芳格文學年表。最後瀏覽日期：2015 年 7 月 30 日。
http://www.literature.taipei/index.php/2014-01-10-09-36-35/2014-02-18-06-48-11.html?view=item&layout=timeline&id=217

輯三◎
研究綜述

如何感知一棵女人樹
以杜潘芳格為中心的文學論述

◎劉維瑛

一、前言：一棵女人樹的誕生

所有的作家都必須從現在去到很久很久以前，必須從這裡去到那裡，
必須向下走到故事保存的地方，必須小心不被過去俘虜而動彈不得。
所有作家都必動手偷竊，或者說重新領回，看你從哪個角度看。
　　　　　　　── 瑪格麗特・愛特伍《與死者協商》[1]

為何寫作？這像問我為什麼活著一樣。為什麼寫作，因有語言的產生
所以寫作。對於每一個人、自身，有何意義？對於他人有何意義？對
於生存，有何意義？可以說為「內在自由之追求」而寫作，即被迫寫
作。
　　　　　　　　　　　──杜潘芳格〈為何寫作？〉[2]

　　無論從何種意義上來說，杜潘芳格（1927～），是當代臺灣詩壇一位很
值得再關注的對象。她屬於思想性的女詩人，跟一些社會使命感強烈，自
覺對家國有意識、有責任、有明顯衝擊力道的文學人不太一樣。閱讀她的
詩，有一種素樸理性的凝視：當她意識，長期觀察，進行體悟，或者檢

---

[1] 瑪格莉特・愛特伍著；嚴韻譯，第六章〈向下行：與死者協商〉，《與死者協商：瑪格莉特・愛特
伍談寫作》（臺北：麥田出版公司，2004年5月），頁228。
[2] 杜潘芳格，〈為何寫作？〉，《青鳳蘭波》（臺北：前衛出版社，1993年11月），頁167。

驗，進而提升到社會層面，關照人們。這些，有時以日常言說，成就了私
我省察的日記，有時以語言、意象為媒介，萌生了文學。

　　杜潘芳格的創作常被 1990 年代後的臺灣文壇認為，其詩想深刻動人，
有細膩的抒情性，作品中常蘊含基督信望愛的宗教意識，所帶給她的喜悅
與美好，文字語句滿是帶亮光的生命感動。她詩中的思想，緊扣著臺灣土
地與人民，以鮮明的女性意識，書寫政治、社會、生態等題材，其詩作呈
顯出深沉力道，以及具有哲思的批判色彩，被讚譽為「是抒情性隱含在剛
性思維裡的詩；是在抒情裡包容著思想的詩」[3]；而經歷日治時期文化語言
之殖民際遇之後，以開拓客語寫作，「我手寫我口」的實踐，來超越語言的
困境，追索創作的獨特面貌。

　　尤其近來許多論述都提及，詩人基督信仰的緣故，使其於許多作品
中，坦蕩直截地述說基督教的題材，明顯地牽涉宗教意涵。由過去相關口
述歷史和訪問報導中，也曾經指詩人自幼來自母親教養的虔敬信仰，以及
她作品裡「永恆的信仰」、「超脫生死的宗教情懷」、「注重靈魂的修養」或
「人的得救和永恆觀念困擾著她的詩心」等精神內涵，可見學者專家一貫
對杜潘芳格這部分的書寫特質有極為深刻的印象。

　　詩人李敏勇先生以「宗教是她的詩，詩也是她的宗教……詩的語言與宗
教的語言一樣，雖須自覺體會，但也是有意味語言」[4]，認為杜潘芳格的文學
風格，對於詩和宗教的語言意味，具深度觀照，也突破修辭的詩歌語言，面
含著文化與哲思的感悟；而莫渝先生則以所謂「神祕主義」，不能訴諸語言
陳述，他觀察杜潘芳格的宗教詩篇，是為「較偏重於超越生死的宗教情
懷」[5]；李青果先生則認為她是來自民間基督徒的詩人，歷史變貌和現實因

---

[3]「杜潘芳格確是一棵女人樹。她的詩，是抒情性隱含在剛性思唯裡的詩；是在抒情理包容著思想的
　詩。雖然，因為她的生涯跨過日本殖民統治時代和戰後國民黨類殖民統治而面臨語言表達運用
　的困境，在戰後的中國國語敘述環境未能受到公允的評價，但是，在我心目中，杜潘芳格的詩人
　位置，與同時代的女性詩人相比較，唯陳秀喜與她最為突出。」引自李敏勇，〈誕生在島上的一棵
　女人樹——杜潘芳格詩風格的一面，兼序《青鳳蘭波》〉，《青鳳蘭波》，頁11。
[4]同前註，頁 22～23。
[5]莫渝，〈綠色荒原的徘徊者——杜潘芳格研究〉，《笠》第 230 期（2002 年 8 月），頁 109～131。

素使她了解「原罪學說」，使其詩心不斷地關注世人的得救與永生問題。

詩人李魁賢先生則在杜潘芳格《青鳳蘭波》詩集序文中提到：

> 在杜潘芳格的理念裡，詩是個人表現的語言，透過詩人的體驗，投影於
> 自身內裡去了解、共鳴才成立，因此，詩的過程是由內向性到外向性在
> 反身於內向性的全部過程，……杜潘芳格的詩較之現實主義，應較偏向
> 神祕主義或奧祕主義，這是基於她的宗教心和以此出發的內心思維所建
> 立的人生觀所歸納。以此主軸來看杜潘芳格的作品，應當是內向性優於
> 外向性才對。[6]

這段說明文字裡，李魁賢先生審視杜潘芳格的作品是以現代主義傾向，強
調內部真實、著重美感經驗與純粹經驗、心境的「神祕主義或奧祕主義」
來觀察杜潘芳格的心象，這不同於前述論者以及莫渝先生所稱超越生死的
「神祕主義」，或更能成為對女詩人文本一種悄然入裡的詮釋。

　　無論是將之歸納為超越邏輯，神祕主義的描寫，或傾向超越生死的見
證，顯然地，各家學者們的論述，對於杜潘芳格的作品，多數都有宗教性
的一致體認。對詩人本身的信念來說，詩創作與信仰，實是緊密連結的：
她一方面認真生活，對於屬靈生命的茁壯，堅毅地操練，一方面追求語言
的純粹性，並步出深刻的詩軌路。藉著理解杜潘芳格詩歌中的靈修、默想
禱告、信仰教義與自身的反省體悟之內容，我們能夠察覺詩人與上帝間的
聯繫，超越生死的情懷，對個人靈命的追求，對基督信仰的感謝信靠以及
在她心靈造成回響，因而體現的神祕經驗。然而，重視語言的杜潘芳格，
將這些感受上帝無可言宣的美好，是如何來持有詩意，書寫這種「有意味
的語言」，我們可以藉著她的創作，管窺一二。

　　在她〈詩的表現與語言〉[7]一文裡，曾如此說明，以詩作品作為個人表

---

[6]李魁賢，〈一隻叫臺灣的鳥──序杜潘芳格詩集《青鳳蘭波》〉，《青鳳蘭波》，頁4～5。
[7]杜潘芳格，〈詩的表現與語言〉，《青鳳蘭波》，頁176～177。

現的語言而經由讀取詩人的作品的體驗，投影於自身內裡去了解、共鳴，這便成了有意味的語言。詩創作是透過詩人自我的體驗與解剖，許多意念都是無法確實求證、檢驗以及測度，於此，更為著解析杜潘芳格基督信仰的神祕經驗，從神來創造與救贖的意涵：

> 為此……讀聖經，禱告一切遵從神的旨意，領受聖靈的感動與啟示，這也就是我的 Identity，身為來自上天的光的傳導體，這是我從未腳踏過的路，而我目前所走的，也正是這一條無法再次重複的路。由於此路很容易受到「自我」這碩固的殼所阻礙，故而雙手合十，祈求神的慈悲與愛，來幫我把這殼剝個精光。[8]

這段是明白地說明她的精神欲求與基督教之內在聯繫，強調其為神國兒女的身分，祈求上帝的愛，將她的自我剝除，並能走在真理的道上，以上帝的話語為指標，冀望尋求靈光的軌跡，展現她內心的詩歌。除此之外，她以《聖經》作為重要創作主題的基本源泉，藉著書寫，強調自我操練與省察，以充滿感情的筆觸，藉著展讀她信仰的詩作，我們應可看做一種來自她靈魂剖析的紀錄。

另外，在女性詩學的範疇裡，杜潘芳格的書寫經常被討論的國族認同、女性意識、社會關照、母語書寫，或是歷史、認同、語言層面的問題，都勾畫出動人、深刻的思想性。

文學史當中，桂冠無數，但一位詩人或小說家的背後，絕對事涉政治社會環境的改變，歷經戰爭、成長、學習、愛情、婚姻等無數生命歷練，如何織就各自斐然的作品，往往成為她們顯影文壇最切身重要的事。針對臺灣文學史上，被認為是本土意識代表之一的女詩人杜潘芳格，在過去 20 年裡，已有相當程度的討論，讓我們理解作為所謂跨越語言一代女詩人的

---

[8] 〈（我的）Identity〉，《朝晴》（臺北：笠詩刊社，1990 年 3 月），頁 92。

個人特質與作品意義。這一切的作家文本的解釋與詮釋，以及詩人文學世界的構設，似乎也塵埃落定，加深了既定評估與印象。

　　杜潘芳格的作品，被李敏勇讚為「誕生在島上的一棵女人樹」，本是從1966 年發表的〈相思樹〉詮釋，詩句風格細膩不哀傷的抒情性，又兼具思想和批判的質地，不同以往的一般女詩人。恰是這女人樹的比喻，形容詩人詩作的風格特性，或許本是評論者所營造的一時詮釋，但女詩人的「女人樹」的的確確誕生在這臺灣島，而這島的位置，是葉石濤所稱：特殊歷史背景、亞熱帶的颱風圈、日本人所留下的語言和文化，終戰的體會，同中國大陸相隔的風土習俗，個人的生命體驗，心理壓抑等這些多重論述，都是萌生、接枝與化育，成為這棵樹的元素養分，激發更完整的思考。

　　帶著這樣的想法，我們或許可以將一般文學史中的詮釋與不足，稍稍鬆綁；運用晚近出土的文獻手稿，以及口述歷史工作，更多擔待，相互為用，包括牽引出她日常的、心理的、歷史的、精神的、文學的內在，重新探勘，讓杜潘芳格的文學評論與考察，如盎然再添新機的女人樹，更增一層研究向度。

二、關於杜潘芳格研究的繁茂成果

　　關於女詩人杜潘芳格，過去已有相當分量的討論，也從笠詩社同仁，無論戰前、戰後世代的詩人文友推薦、分享一類的主題專文；尤其在 1980年代臺灣意識揚升之後，注入更多文學深層的表述，關注臺灣女詩人個別議題的相關研究也乘勢而起，而杜潘芳格的受矚目與被討論，也在這個脈絡下顯影，更為多元盛放。

（一）以女性書寫為取向

　　如從事婦女運動多年，當代重要女性詩學評論家，時任淡江大學中國文學系的李元貞教授，分別於 1993 年〈詩思深刻迷人的女詩人——杜潘芳

格〉[9]；1997 年〈從「文化母親」的觀點論陳秀喜與杜潘芳格兩位前輩女詩人的精神映照〉[10]，後來集結成《女性詩學——臺灣現代女詩人集體研究》一書，針對臺灣現代女詩人作品，觀察她們創作作品和理論中的性別現象，與所開展的詩學面向。書中多篇文章討論「主體性」、「認同」、「女性經驗」，都曾多次以杜潘芳格作品為例證，也因為杜潘芳格與陳秀喜這輩跨越語言一代的女詩人，讓自身思索更多婦女問題。

在〈詩思深刻迷人的女詩人——杜潘芳格〉一文中，她認為，杜潘芳格的詩，以生活化的語言和詞彙，寫出了矛盾複雜的現實面向，也留予大眾思考的詮釋空間；而多次更動國籍的親身經驗，移居他方的心路歷程，讓她處理回鄉議題的時候，比愛鄉土的，更能打動人心；處理夫妻之情，也因「專注而醇厚」的感情，摒除女性主義的立場，直指老夫老妻生死與共的至情至愛，具有強大的感染力量。這篇評論文章，多次分析詩人的作品，需要細細品嚐，末段指出：

> 雖然她善用日文寫作，中文作品常因不同翻譯者呈現不同的文字取捨，甚至意義詮釋，這也是她未能被文壇器重的原因之一，是跨越語言一代作者的時代辛酸……我卻能從最不能翻譯的詩的譯本中，依然感受到杜潘芳格詩思的深刻而迷人，若沒有被時代語言的限制而傷害，則其影響力一定更早、更大。

跨越語言一代的共同悲慨，一再失落，栖惶流離，據此一段，事實上清楚開顯出杜潘芳格文學的特質，別具意義，也希望更多讀者能夠見到當前有限翻譯，跨不過語言背後所映現的詩意。而繼分析杜潘芳格作品意義的出奇與充滿想像美感的詩意之後，李元貞將關注焦點凝聚在笠詩社兩位重量

---

[9] 李元貞，〈詩思深刻迷人的女詩人——杜潘芳格〉，《女人詩眼》（臺北：臺北縣立文化中心，1995年6月，頁 279～290。

[10] 李元貞，〈從「文化母親」的觀點論陳秀喜與杜潘芳格兩位前輩女詩人的精神映照〉，《竹塹文獻》第 4 期（1997 年 7 月），頁 26～30。

級前輩女詩人，母性堅強的陳秀喜與杜潘芳格，放在女性書寫的系譜中，建構出屬於臺灣本土詩學，所謂「文化母親」的象徵意涵，也將臺灣女詩人的書寫，推上典律的道路。

　　〈從「文化母親」的觀點論陳秀喜與杜潘芳格兩位前輩女詩人的精神映照〉一文裡，舉有陳秀喜嘲諷不幸婚姻的〈棘鎖〉、〈淚與我〉，都被視作是揭開女人問題，婦運值得更加把勁的詩作，〈覆葉〉、〈嫩葉〉等溫暖與堅強的作品，是為女兒所書寫的取向。而杜潘芳格的〈兒子〉與〈送界妹鳳蘭〉，則是分別寫給兒女，亦有特出動人深致的意涵。李元貞曾這樣分析杜潘芳格的性別觀念：

> 杜潘芳格關心的仍是女人的社會性（女人集體的方向）要如何走才好的憂慮，她不贊成女人因為生兒育女愛丈夫而被丈夫管治，但是，無法想像女人完全不要丈夫（丟棄男人），不作母親的社會如何存在？[11]

　　值得注意的是，李元貞的立意其實是從自身女性出發，含具政治性的意識建構，特別是，體察女人之間的處境，關心主體／他者的權力問題，也特意在女詩人所開拓的心靈道上，有所承繼與發揚。她擅長凸顯女詩人的作品，以女性為主體，進行細部分析檢視，影射長久以來臺灣社會對女性的不公平，也標誌了臺灣女性處境之艱難，在辛酸愁怨等新舊意識間的步履躊躇，杜潘芳格語言使用簡約、意境淡遠背後的特質，相對於早期同仁印象式的評論，現代詩的社會功能、群眾接受心理的研究，於此，也輻輳出女詩人作為「文化母親」的另外一種意義。

　　不約而同，也屬學院派，從事女性文學研究的成功大學吳達芸教授，也有兩篇相關論述：〈跨越語言一代女詩人的臺灣意象：以陳秀喜、杜潘芳

---

[11] 李元貞，〈為誰寫詩？論臺灣現代女詩人中的女性身分〉，《女性詩學——臺灣現代女詩人集體研究》（臺北：女書文化公司，2000年11月），頁152。

格為例〉與〈變色龍的性別為何？——女詩人杜潘芳格研究〉。[12]而以相關口述歷史訪談資料為前提，再側重以女性主義文學批評的角度，文中有其細膩深刻之處。特別是詩人日本時代家族事業、教育經驗、成長與情戀等生活經歷，以及 1990 年代之後，文壇對於杜潘芳格生命史痕跡等資料的知悉。文中輻輳於「創作」與「詩人身分」的問題，戰前戰後、婚前婚後等不同階段顯隱輾轉的書寫與記憶，所牽引出的性別／書寫／家國的張力，耐人尋思。文中從創作風格、女性處境、信仰養成、語言轉換等基點，詮釋杜潘芳格的詩作，也重新定義，其中透過多元的性別思考，文本實際上可能具有多義的語境，來挑戰過去文壇凝滯的閱讀的局限，鉤沉發微，展演了對於詩人作品不同解構。

（二）以關照現實為取向

　　比杜潘芳格年輕一個世代的詩人李魁賢，曾為詩人《青鳳蘭波》詩集寫序，深度探討過詩人意識，也曾以物性、人性、神性三項層次，討論過她〈蜥蜴〉作品中的語言[13]；女詩人林鷺，則以詩人身分：人妻、人母、人子女與做為基督徒，做為創作詩情的現實觀照，而認為她是一株「信望愛的女人樹」。[14]

　　多年從事臺灣文學研究，以及笠詩社詩人、詩史與臺灣現代詩詩潮變遷的東海大學阮美慧教授，則有〈笠下女詩人〉一文[15]，阮美慧向來專攻臺灣本土詩史，過去分別討論笠詩人群各世代，分析詩人們寫實路線的典律生成，隨著政治環境與傳播情境的轉變，使得她格外關注現代詩論戰、鄉土文學論戰、現代主義的思潮。而她〈笠下女詩人〉一文，分論陳秀喜與杜潘芳格，而以「宗教情懷的禮讚者」來定義杜潘芳格，仔細檢視詩人抒

---

[12]吳達芸，〈變色龍的性別為何？——女詩人杜潘芳格研究〉，《臺灣文藝》第 170 期（2000 年 6月），頁 62～82。
[13]《李魁賢文集・第九冊》（臺北：行政院文建會，2002 年 10 月），頁 198～200。
[14]林鷺，〈信望愛的女人樹——論杜潘芳格的情性與詩蘊〉，《笠》第 296 期（2013 年 8 月），頁 114～136。
[15]阮美慧，〈笠詩社跨越語言一代詩人研究〉（東海大學中國文學系碩士論文，1997 年 5 月）。

情中的詩思，一種充滿自我反省、生命意義、人世關懷的作品底調。臺灣文學重要論述者彭瑞金教授的則以「詩見證存在」來比喻杜潘芳格的文學道路[16]，是一種「心靈開掘的見證」；而與杜潘芳格情誼深厚，從事創作、翻譯與詩論的葉笛先生，則是以詩性語言的獨特，肯定杜潘芳格有個性的書寫。[17]

　　1990 年代後，笠同仁們有「三芳」之稱呼，除了杜潘芳格之外，另有南臺灣的利玉芳，以及北臺灣的張芳慈。不僅老中青三人同為笠詩社的女性成員，也同被劃歸為客家族群，彼此感情甚篤，而她們寫作議題裡的情愛書寫、自我意識與對臺灣土地的關照，互有砥礪，接續崛起、延續，成為笠詩社裡的女性傳統。收錄在利玉芳詩文集〈女詩人杜潘芳格愛的世界〉一文[18]，描述詩人遭受不同政治體制的處境，其實飽含冷酷的政治焰痕與文化印記，化為詩人生活與創作語言中，愛的質素，和宗教救贖的影子；而張芳慈〈天堂之路──杜潘芳格詩作中意象空間虛實反轉表現的探討〉，美術專業的她，不同於文學方法與評論的角度，改以藝術的意象與空間為發端，去強調、解構杜潘芳格的詩：信仰堅立、時空情境、覓尋語言，在性格、意識、書寫等個人意念中，企圖去重新感受，並與詩人對話。這是非常難得的嘗試。

　　然而陳玉玲討論〈變成蝴蝶像星星奈麼遠的！〉[19]、莊金國重新讀早期詩集《慶壽》[20]、岩上分析〈白楊樹〉等[21]，則都是透過選擇詩人作品，重新進行導讀、詮釋，向讀者分享更多杜潘芳格的寫作變貌。年輕一輩的臺文學者，也加入討論前輩詩人作品的行列：陳龍廷〈詩的觀點與詮釋──

---

[16]彭瑞金，〈杜潘芳格──以詩見證存在〉，《臺灣文學 50 家》（臺北：玉山社出版公司，2005 年 7月），頁 307～313。

[17]葉笛，〈論笠前行代的詩人們──跨越語言前行代的詩人們〉，《笠詩社四十週年國際學術研討會論文集》（臺南：國家臺灣文學館籌備處，2004 年 11月），頁 61～64。

[18]《向日葵》（臺南：臺南縣立文化中心，1996 年 6月），頁 236～248。

[19]《臺灣文學讀本（二）》（臺北：玉山社出版公司，2000 年 11月），頁 157～158。

[20]《笠》第 296 期，頁 104～106。

[21]《笠》第 301 期（2014 年 6月），頁 154～155。

論杜芳格對認識論的顛覆〉，論述重點則落在詩人詩作的詮釋，並以當代文學批評和符號學的角度，對於詩人本身與各家評論的詮釋，多所游移轉折，而有所觸發。我們知道書寫一種再現、詮釋也是一種再現，此文則以符號化的詩歌意象，詩人創作當下敘事觀點，現實所對應的社會景況，以及讀者再現的閱讀活動，交叉論證，這樣討論的軌跡，將造就豐沛的象徵意涵；而研究者黃俐娟則以〈笠詩社女詩人政治詩中「朝野政黨的監督」與「政治亂象的批判描寫」〉，收納了笠下女詩人們對於家國、政治、社會議題的關照，而也指出杜潘芳格作品裡，對於國族認同與社會意識，內涵更多細膩與家族情感勾連的感知。

　　將文壇大老鍾肇政先生早年〈日語・華語・母語〉一文納入，理由很明顯，鍾老曾多次協助杜潘芳格翻譯詩作，也洞悉詩人抒情性、思想性的文思脈絡，重要的是，同經歷過戰後語言的跨越，抗拒與接納的姿態，分別造就鍾老的大河小說，解嚴後女詩人以母語發表的客家詩，鍾老這篇短文，言簡意賅，具體而微地指出，如何克服語言轉換，是所有臺灣人（將）會遇見的困局和課題。客家研究者張典婉女士，則以社會學的方法，在臺灣文學中客家女性角色與社會發展的相關研究裡[22]，肯定杜潘芳格寫作中母性的韌性，點出其運用具有性別和族群意識的書寫，作為客語書寫的主力先鋒；杜潘芳格不但進行實踐，多次以文學史發展的論述，強化「我是客家人」、「還我客家話」的理念，同時提倡母語寫作，不但上溯賴和、呂赫若等人「我手寫我口」臺語書寫的意念，還以過去 1920 年代「臺灣新文學運動」所倡，詮釋詩人被殖民壓迫下語言、書寫的困境。而杜昭玫則以〈認同與批判──論杜潘芳格的現代客家詩〉一文[23]，提出詩人客家詩作之寫作策略當中，為求顯現文化認同，顧及自身客家論述，以接近口語的變異，為客家書寫萌生了新的契機。

---

[22]張典婉，〈臺灣文學中客家女性角色與社會發展〉（世新大學社會發展研究所碩士論文，2002 年 7 月）。

[23]杜昭玫，〈認同與批判──論杜潘芳格的現代客家詩〉，《臺灣文學學報》第 24 期（2014 年 6 月），頁 91～117。

　　向陽教授也曾討論過詩人的客語詩[24]，認為她以客語詩創作扭轉了被兩個時代、兩種語言捉弄的命運，讚譽她以客語進行思考、思想、思念與思維的文學理念，是開展客語創作的一棵女人樹。

（三）以個人生命史為取向

　　臺灣大學中國文學系教授洪淑苓多次以杜潘芳格作品為題，提出〈杜潘芳格詩中的生活美學〉[25]與〈杜潘芳格詩中的小宇宙〉[26]等論文，這些敘述後來寫成〈日常的興味——杜潘芳格詩中的生活美學〉此文，晚進收錄於她《思想的視角——臺灣現代女詩人的自我銘刻與時空書寫》一書。杜潘芳格詩作品中的生活涓滴，日常家庭裡的興味，成為她文學成果中傑出的一面，而洪淑苓教授則替我們開了這扇窗，以不同的解讀，意圖開發杜潘芳格研究的豐富視域。詩人理性‧感性所體現的創作走向，包括臺灣民俗節日、本土風物、自然萬物、倫理親情的各樣題材，所投映出對生活的關注，包含情感、思維、習慣、體驗等。我們知道，日常生活是歷史潮流的基礎，洪淑苓的研究，藉由重組瑣碎的記憶，別顯出杜潘芳格作品具有流動特質的關照，開展對話的視域，使作品蘊湧生命的力量。

　　關於個人生命史的部分，除了各文化、學術單位進行的口述計畫，最早深及杜潘芳格日記裡愛戀題材內容的下村作次郎教授，以及天理大學井關えつこ的碩士論文，是比較早窺見杜潘芳格與杜慶壽愛戀故事的兩個關鍵性人物。[27]井關更由於親眼目睹早期書信手稿資料，甚至進一步更以兩人書信為觀察，讓我們隱約知悉他們早年的相處與婚戀故事。而下村作次郎則是最早處理杜潘芳格日記的關鍵研究者。2000 年，下村教授因為獲悉杜潘芳格留有大量手稿資料，進而協助整理其 1944 至 1946 年時值少女芳華，

---

[24]向陽，《寫字年代——臺灣作家手稿故事》（臺北：九歌出版公司，2013 年 7 月），頁 225～234。
[25]洪淑苓，〈杜潘芳格詩中的生活美學〉，《當代詩學》第 3 期（2007 年 12 月），頁 154～176。
[26]洪淑苓，〈杜潘芳格詩中的小宇宙〉，《遠走到她方——臺灣當代女性文學論集（下）》（臺北：女書文化公司，2010 年 5 月），頁 211～233。
[27]井關えつこ，〈語言的細胞——無限的溫暖〉，《芙蓉花的季節》（臺北：前衛出版社，1997 年 3 月），頁 139。

而時代背景也正是二次世界大戰終戰前夕，到戰後初期的日記，編錄《フォルモサ少女の日記》一書，並將其於日本出版[28]，頁首輯為「ひろき門」（譯作「廣闊的門」）這也是詩人日記首度曝光於文壇。李魁賢當時將下村當時的解題譯介[29]，文中肯定這份以抒發個人內心情感為主軸的史料，應是對臺灣戰前到戰後社會、文化史料研究，具有高度研究價值。然而，從被臺灣文學館收作典藏的這三十餘本日記，我們可以進一步地確認，應該可以依此更為廣泛地作為臺灣女性史的重要文獻。

　　而作為長期與詩人進行口述歷史的工作者，過去我進行杜潘芳格手稿日記捐贈評估的工作，也曾經嘗試以杜潘芳格的宗教觀與女性意識，或早期創作，或以日記為討論對象，做過一些析論。結合前述，這些立足於詩作文本的觀察與研究，或許程度地剖析女詩人的作品意義，試圖更多了解杜潘芳格歷經日治、及後殖民的臺灣，分別對女性意識、母妻職、自我觀與家國意識的實踐與表現。

　　許多人都對杜潘芳格雅靜華美的相思樹印象深刻，衍生為有人將其作品視為信望愛的女人樹，有人則以客家詩的脈絡，譽為客家書寫的女人樹，而女詩人本身的生命，所承受的個人經驗、現實環境與時代養成等，也都可能是澆灌這棵樹的重要元素，看得見所成就的華美枝葉、馨香花朵則經由她的意識、她的記憶與她的作品和語言，轉換萌生。由此邏輯，我們實在更有必要重新去梳理杜潘芳格是如何透過生命，書寫她經驗中的現實／性別／生態等議題，如何呈現種種複雜的情緒感應，然而，唯有更仔細挖掘詩人心靈內在，才能更進一步掌握、感知這棵樹的生命記憶。

三、重新看見：跨語言一代的自我追尋與成長

　　文學史迄今似乎只看到杜潘芳格在臺灣本土詩壇受到矚目的盛況，卻沒有留意到最初文壇對於杜潘芳格的接受史，著實經過曲折，這段漫長的

---

[28] 杜潘芳格著；下村作次郎編，《フォルモサ少女の日記》（東京：總和社，2000 年 9 月），頁 15。
[29]《自立晚報》，2001 年 1 月 31 日，17 版。

過程，其實多少還是滲透一些男性史觀的偏見。自 1965 年踏入集團性強大的笠詩社，杜潘芳格便被標註了客家女詩人的存在，與同世代的福佬女詩人陳秀喜並立，尤其在解嚴之後，當笠詩社高舉關懷本土現實，號召臺灣多元族群之旗幟時，這位臺灣女詩人，總占有不可忽略的位置。

然而因世代、族群、語言的關係，客家籍的杜潘芳格，操持日語與客語，似乎在笠同仁的聚會裡，相對是比較沒有聲音，比較寂寞的。根據鄭烱明醫師回顧，每逢開會，早期她似乎還能跟男性詩社同仁陳千武、吳瀛濤、林亨泰、錦連、詹冰、羅浪以日文攀談問候，也和能夠使用嫻熟日語的葉笛與陳明台多所溝通，後來，同輩作家出席得少，和年輕少壯輩的攀談分享，只能用不怎麼輪轉的中文或福佬話交談，涉及人際關係沒有同輩詩人陳秀喜與同仁們來得熱絡。

我們可以回溯至日本時代，殖民地青年又如何借力使力，藉由大量閱讀積累自己的文化資本，建構屬於殖民地的知識體系，展開本土文化論述。日本時代，在皇民化運動推行之後，到了 1942 年全臺日語普及已高達六成，由此可見，帝國殖民地的教育政策，逐漸落實，而培養出如杜潘芳格這一輩「昭和世代」的日文閱讀消費群。

閱讀習慣的養成，跟個人家庭的社經地位，有某種程度的關係。根據當時臺灣知識菁英的回憶錄，他們大多自幼因家庭經濟條件較為優渥，在衣食無虞的學習環境中，培養自己的閱讀興趣，累積文化資本，進行文化再製，以利個人的社會階級。本土社團笠詩社，因為有了客籍的杜潘芳格，在高舉本土旗幟時，我們可以說，對跨越語言一代前輩女詩人來說，進入笠詩社，不但是加入了創作的行伍，也擁有了更多發表創作的舞臺，也有了向公眾論述詮釋的文學空間，同時，提高書寫自身的顯影機會；而對於笠詩社營運來說，實便有了所謂向外的文化資本，這樣的標誌意味，影響直到今日。

這些或許是目前大部分的文學史，或者研究所能知曉，可以視作評論、理解詩人定義，或者其重要生命底蘊的一種方式，無論是實踐在臺灣

女詩人的書寫策略上,或是蘊含於詩作品以及女詩人的寫作態度。

> 臺灣的戰爭期世代,也是一個「失落的世代」。他們在 1945 年 8 月的變
> 局中,失去了辛苦學得的語言和文字,以及附著在這個語文的教育資
> 產;他們當中許多人在新社會變成文盲。教育資產的喪失還是其次,最
> 嚴重的是,在打了八年抗日戰爭的中國的統治下,他們被迫對自己的過
> 去與群體的過去,保持近乎絕對的沉默。
> 他們一直沉默著,直到這個世代以加速度的腳步凋零時,才開始發出聲
> 音。[30]

常常覺得讀杜潘芳格的作品,行距間,從來不是讓人覺得一見鍾情,說她
下筆總是抽象,也不盡是,而是得多咀嚼幾次,也從來不會覺得有「驚
艷」來形容她所寫下詩文作品。我們的確得花上一些時間,反覆思想、閱
讀,也得理解作品完成的背景與她跨越許多障礙,才來到讀者眼前。她的
詩,她的文字,從來就不是向壁虛構,刻意造句,而是真實。

　　杜潘芳格知命暮年,並堅信領受上帝全數豐富,以及來自祂的創造
力,傾向靈修的寫作態度,除了彰顯上帝,她在詩作裡呈顯的神祕經驗,
靈修禱告裡的內心活動,關於:基督教義在生命中的結合,她忠於信、
望、愛的理念,在探問、咀嚼傾聽與言說真理的過程中,注入詩語言的屬
靈修練,希冀用滿布屬靈異象與文學意象來美化、淨化與確立人生理想。

　　在臺灣新文學史的建構,向來以「嚴肅文學」的系譜成為主流,尤其是
跨越語言一代的文學創作者,戰前作品以啟蒙、反殖民進行反覆論證;戰後
則運用後殖民、融合本土意識的史觀來篩選,這類的研究問題,現今學者已
經有所開始檢討。然而,這就涉及文學與社會語境,對文學史其實建構出某
種限制,許多的文學現象,可能便在某些特定的視野中被忽略或遺漏。

---

[30] 周婉窈,〈「世代」觀念和日本殖民統治時期臺灣史的研究(代序)〉,《海行兮的年代──日本殖
民統治末期臺灣史論集》(臺北:允晨文化公司,2003 年 2 月),頁 12。

　　關於杜潘芳格的文學定位，依所見文獻、詩論與文評，認為她的作品牽涉殖民、國族、語言或宗教，目前多以她的詩作語言、基督信仰、歌頌母土與自然等創作質性，作為討論聚焦的對象，如：「詩思深刻迷人」（李元貞）、「偏向神祕主義或奧祕主義」（李魁賢）、「死與生的抒情」（李敏勇）、「現實主義的詩人」（莫渝）。過去我們在評論分析杜潘芳格詩作之時，由緣因著這些論述，以及日文書寫解讀不易的情況下，某部分承自杜潘芳格的真實情感，便在成為翻譯轉介，或成為經典之後，或演繹、分析過程中，幽幽吞吐著。

　　藉著杜潘芳格日記裡自我意識的描寫，以及口述歷史時的分享，促使我們留心。進一步來說，在原生家庭、婚後妻職與老來與兒子居住的空間中，關於愛情的意志和欲望，都是她極為重要的精神寄託。不僅於此，2002 年，經歷喪夫的杜潘芳格，自行整理〈共白髮：島之露草〉[31]一份手稿，以戀愛的本質本是由理性而生的觀念進行破題，兼述人類本能性的身體衝動、人類知識與性格偏見，以及辯證理性在這情感當中的扮演角色等，也詳細追溯家族從祖父母時代、雙親以及她與杜慶壽各別通過自由戀愛的精神同盟，造就了她在年輕時，無法堂皇戀愛的心理回合，與長期壓服的意識，這些都有助於我們理解她的女性自我與性別感受。

　　透過口述歷史訪談，聆聽詩人講述二次世界大戰時期與戰後的過往，曾經一度不太確定這種跨越語言一代長輩的真實心境，他們真實的認同情感，或如杜潘芳格的家族社會、情感波折與日文創作書寫，最近因著接觸許多同有終戰經驗的老者，才豁然明白。原來在這些書寫之中，讓人看見時間，那些缺口、裂縫、水痕和印記，都是時間的內容，都成為歷史的重量。陳芳明教授在討論臺灣文學史相關議題時，曾說過：

　　過分堅持後殖民的立場，有時無法平衡地看待臺灣社會內部所產生的多

---

[31]杜潘芳格提供。是於 2001 年丈夫杜慶壽因病去世後，因追憶思念心切而整理兩人婚前日記與書信十餘篇，命名為「島之露草」，並有題解專文一篇。整份手稿共 77 頁。

元文學。以寫實為尚、以批判為主的文學史觀當然有特定歷史階段的意
義，但是偏頗的一面倒，反而使本土論述窄化了。倘若採取開放態度進
行後結構的思考，後殖民立場的僵化與教條或許可以免疫……活潑的文
學生機，要求文學史家必須從更為開闊的視野來考察。若是僅僅依賴一
把寫實主義的尺碼來衡量，必然無法符合就有史觀的檢驗。[32]

回顧女詩人所經歷過的年歲，殖民、被殖民的文學譬喻，該如何適用
於她自身的文本解讀，對於 2005 年杜潘芳格陸續捐出且已成為國家文化資
產的文學手稿、日記等資料，高達三、四十本的杜潘芳格日文日記，手稿
內容豐富多樣，光是如此，這對於杜潘芳格的文學研究，絕對無法僅僅停
留在過去寫實主義的考察，印象式的批評，或說是寫實主義、神祕主義的
判斷，如此而已。

也正由於日記、書信等新史料的出現，重新讓我們得以在歷史縫隙
中，在文學史紀錄的缺口中，窺見女詩人她自己的心智成長，她的愛戀，
她的困惑，她的選擇，她的絕處逢生，她的沮喪苦悶，父母親的心疼與期
待，心愛丈夫的守護與在現代性體驗過程中，不如過去文學史中想像的那
般閃爍、偉大或高舉，這些都是人生經歷，文學養分，也當然是一種屬她
自身的文學敘述。

究竟是書寫生命，或是生命書寫？

長久以來，歷史多以宏觀的大歷史為探究之基本課題，這樣的看法與
想法，不能意味著歷史便是向前進步的，在歷史洪濤中，有多少女性成長
過程中的生命細節與真實故事，在時代翻滾中，被掏洗無蹤。這是本文期
望以杜潘芳格為中心的的文學研究評論，尤其是能否進一步試圖以女性生
命史為觀察重心，去探其數十年的精神面貌。

我們清楚，歷史本來向前的速度就太快，無人能遮挽。回頭去檢視這

---

[32]陳芳明，〈我的後殖民立場〉，《後殖民臺灣——文學史論及其周邊》（臺北：麥田出版公司，2002
年 4 月），頁 18～19。

樣的一批史料，如同一個個滯緩的鏡頭畫面，明明就是臺灣政治、社會巨大改變的時候，我們看到她（被迫）堅守的日常、情感、價值觀等生命細節，在理性與感性中搖擺，少時的依靠父祖望族，婚後倚賴夫婿，她的生活，她的美好期許，彷彿縈根於歷史飄渺的某處，但這個現實時空，卻只剩下日記和所謂書寫行為裡，關於這個社會，這人間，這國，這島，對於她來說彷彿異域，無論是感受自身，或是擷取現代性知識、體驗過程中，書寫，成就一種真實，也真的如同跨越日本時代的前輩女性，能夠以日記真實地寫下，說出內心企求盼望或者存在思維。

　　臺灣歷史飛快地向前滾進之時，詩人，相較於之前，似乎已成臺灣文學史裡清晰崇高的形象身影。但經歷口述歷史，但仍有許多困境迷團，有待測知。詩人年表裡，日記中或有隱晦，或有不彰，詩創作本身，可以反應時代；但詩人本身，更能反映時代的多元面貌；進行口述歷史，或也能更多了解女詩人為女詩人，往其內心探索，呼喊與認同，或更有飽含人情幽微之處。

　　經過日本皇民化的洗禮，充滿兵燹的戰爭時期，戰後戒嚴、解嚴的時代氛圍，女詩人行列於本土文學的陣營，也續以創作、詩歌的留存其聲音與身影。而杜潘芳格，這一名常民女性，其文學觀與創作作品，被學術研討會摘出討論、被分析，被放大的詩作詮釋，便如今日詩史中常見的論斷，多數重要的評介者，或也只能透過詩人現有的出版作品，理解隔著紗簾，重新感知出近乎珍異、「詩思迷人」的美學方向。

四、未完待續的新生

　　具有旺盛批判色彩的現實主義，某些時候，在文學史上的紀錄，似乎真的比較容易彰顯。我相信，倘若可以更多詮釋詩人生命史歷程，或能鑿深拓寬女性詩學的視野，而這審美的路徑，極有可能將脫離原有政治正確的臺灣文學範疇，但也有可能更為新鮮開闊。我不確定這樣研究的理路方向，是不是有效、穩妥，似乎這種調整，畢竟帶來難度極高的挑戰，我們

皆有義務去尋出路。因此,更多理解臺灣歷史,重新展開再三閱讀女詩人與其作品,所有的文本,所有的縫隙,都不該輕忽,理論與實踐,得要踏實,也得費勁挖出一些聯想力。

臺灣文學史的問題如同世間愛情一樣,千瘡百孔,難以歸諸個人意識。與其說過去對杜潘芳格的了解和詮釋,局限某些層次;當許多文學評論一路探掘杜潘芳格,以透過許多人曲曲折折譯介的詩文作品,或歸之神祕主義的詩學,或認為宗教的、本土意識的,或無法跨越的迷人詩思。是否有可能重新嘗試透過她的日記、書信,關注她深陷感情,埋首於日常,橫亙在眼前生活的苦難現實;或經歷人世雜沓、記憶認同的迷局,我們或許真的能夠長出一些新的資源,一點不同以往的經驗、能量或路徑去談文學,當中詩人的個人情感、妻女經驗、婚姻家庭、生死冤家或苦熬歡顏,嘗試對看或解碼。儘管似乎稍稍規避了時代,如同她的日記手稿,是她數十年來奔波日常背後,以未毀特有的靈犀,一樣是她筆下的反省與復現,日記本身便是她對時代的撫觸。至於這批日記資料的整理、翻譯與應用,以及更廣博地解讀、爬梳與分析,仍還有待更多學界文壇人士與讀者們齊心努力。

然而,當今臺灣文學史的走向,與日俱進地多元延伸,對於詩人本意或者生命史本身,是否能藉著新史料,藉著她早年多本日記、書信資料的整理、翻譯,做為出身日本時代的新知識女性;在現代性的影響之下,做為殖民地臺灣底下她的誕生與雙親家族,做為戰後的國民與主婦的諸多新體驗,讓社會大眾重新看見女詩人,重新讀她的詩文,理解她對於婚姻、性愛、家庭、親子教養、人際、思維等日常經驗,與過程中所掌握的個人觀點與文學創作所感喚的力量,羅織出更為深切的尋索,把那些斷裂當中的真實細節,描摹並列,除了在臺灣新文學中,占有重要地位,我們或又能在其中,更上層樓,捕捉到一段近百年來臺灣女性特出的敏銳感受與嶄新視界,無須更多遲疑辯解,便能呈現、體會更接近主體的杜潘芳格文學。

最終,我們期望能在彼方,感知更多杜潘芳格的文學、她的書寫、她的生命史,真如同一棵根深葉茂,翠繞珠圍的女人樹。

輯四◎
重要評論文章選刊

從「性別敘事」的觀點論臺灣現代女詩人作品中「我」之敘事方式（節錄）

◎李元貞*

在元老級女詩人潘芳格的一首〈紙人〉詩中如此說：

地上到處是

紙人

秋風一吹，搖來幌去

我不是紙人

因為

我

我的身就是器皿

我

我的心就是神殿

我

我的腦充滿了

天賜的力量

紙人充塞的世界

---

*發表文章時為淡江大學中國文學學系副教授，現為淡江大學中國文學學系榮譽教授。

我尋找著

像我一樣的真人。

——《淮山完海》，頁 16～17

　　由於詩中強調「我的身就是器皿」及「我的心就是神殿」和「我的腦充滿了／天賜的力量」，頗隱含女人身心與天（自然）結合的認同，再和「地上到處是紙人」對比，見出詩中「我」所說出的「真人」，乃是與女人身心相繫的某種天賜（自然的力量之人），而與女人身心相連繫的某種天賜的力量如生育、自然的大愛，都易被父權制鏡像扭曲壓抑（地上到處是紙人）。然而詩中所說的「我的身」「器皿」，「我的心」「神殿」，「我的腦」「天賜的力量」的具體內容是些什麼？（在此女人與自然相連仍然為父權制下的含意。）這「真人」是怎樣的「真」？仍與沈花末的詩一樣，只能意會而難以言傳，是否意謂著女人要獨立自主，在父權制鏡像之外另起爐灶是尚未成形呢？

——選自《中外文學》第 25 卷第 7 期，1996 年 12 月

從「文化母親」的觀點論陳秀喜與杜潘芳格兩位前輩女詩人的精神映照

◎李元貞

一、前言

　　此次（1997 年）第六屆陳秀喜詩獎評審委員為了鼓勵我的詩創作而頒獎給我，當然使我十分高興。評審李魁賢先生亦撰文在報紙上評介我的《女人詩眼》的詩作，並盼望我繼續努力且因得此獎而使我的詩能受到詩壇的重視，用心十分良苦。我在頒獎典禮上除了答謝評審委員的鼓勵外，也特別說明我得到「陳秀喜詩獎」有另一層文化上母女相承的女性主義或女權運動立場上的欣喜，因為我是以「文化母親」看待陳秀喜等前輩臺灣女詩人的創作，尤其她與杜潘芳格都曾是我思索臺灣婦女問題的重要母親輩的女詩人，我很願意將「文化母親」這個女性主義的文學觀點，在此較詳盡地說明出來。

二、正文

　　就一個後輩女詩人而言，除了閱讀同儕的男女詩人作品外，當然更早的時候是閱讀前輩男女詩人的作品，從前輩男作家作品中固然獲得不少啟發與詩藝的耳濡目染，但從前輩女詩人作品中更獲得一種女人之間的心意溝通，這種女人之間的心意亦包括對母親輩女詩人處境的同情、了解和崇

敬，很願意在前輩女詩人所開拓的心靈路上承繼與發揚，讓臺灣的文化心靈更加豐富和充滿生氣。當我 30 歲左右讀到陳秀喜的〈我的筆〉一詩，心裡感到很大的震撼：「眉毛是畫眉筆的殖民地／雙唇一圈是口紅的地域／我高興我的筆／不畫眉毛也不塗唇」。此詩開端的這幾句，立刻使我產生認同，認同女人的筆不再被局限（殖民）於女人自身（化妝），而是藉此感到身為臺灣人的悲愴處境：「『殖民地』、『地域性』／每一次看到這些字眼／被殖民過的悲愴又復甦」，只有女詩人才能將女人的日常生活經驗（化妝的筆）與臺灣人的政治上被殖民的經驗結合起來，看到女人被要求化妝才算有女人味，也是一種被殖民的感受。而女詩人陳秀喜既反抗要求女人化妝的強制性，又擴大筆之含意，即被殖民的臺灣人在文化上被視為地域性的悲哀，這種女詩人肩負被殖民的雙重性的複雜感受，正是文化母親所給我的心靈養分。

此外，在臺灣許多的女詩人中，很少女詩人像陳秀喜這樣既以母親的意象來擁抱臺灣（有如她 1970 年代發表的名詩〈臺灣〉），又深刻地批評婚姻制度對女人的傷害。她的一首名詩〈棘鎖〉，在一開頭就說「卅二年前／新郎捧著荊棘（也許他不知）／當做一束鮮花贈我／新娘感恩得變成一棵樹」，將新娘花與荊棘並置來說明結婚對女人的正負兩面的生活內容，對凡有過婚姻經驗的女人而言，都對她的這種並置感同身受。尤其是不幸的婚姻的女人，更對這首詩中「血淚汗水為本分／拚命地努力盡忠於家／捏造著孝媳的花朵／捏造著妻子的花朵／捏造著母者的花朵／插於棘尖／湛著『福祿壽』的微笑／掩飾刺傷的痛楚／不讓他人識破」幾句更會撫胸痛哭，並為女人在不幸婚姻中還要偽裝幸福的模樣感到悲哀的嘲諷。難怪她後來又在〈淚與我〉這首詩中直接痛斥傳統文化對女人的不公平：「我們有五千年堅固的夫權／我們有默認不幸女人的習俗／鮮有爭取公平的妻權／淚不是女人的專利／淚不是女人的武器／被欺負、被壓迫、苦悶時／擠出來的淚是／防衛自己都不如的盾／淚卻是女人的知己」，這幾句充分寫出臺灣婦女在不幸婚姻中的真實處境，雖然臺灣現在因為近二十年婦運的努

力，婚姻不幸（如丈夫外遇、丈夫打太太等）的女人的問題已開始受到社會重視，但支援的系統仍嫌不足，女人在不幸婚姻的處境中都常只能流淚而已，這種婚姻不幸是歹命女人的習俗，看法若要改變，還須更多的社會及文化工作者的努力。

陳秀喜除了寫出母愛的溫暖和堅強（如〈覆葉〉）也寫出母親的辛苦（如〈灶〉），更在〈離別的緘默〉一詩中，以「菜根」的歷經「醃、壓、曬的折磨」帶出做女人—母親修成正果的複雜感受：「香脆中帶著苦澀」。因此此詩第二段要求大家對沉默的女人要深思她們的緘默：「咀嚼菜根的時候／請同時以瞑思含咀我／千言卻嫌少的緘默／有沉重的苦衷」。女人沉重的苦衷通常是男人變了心：「惻然譏笑鏡中人／溺志中竟會產生／渝盟的頑石」，因此彼此離別時也就緘默吧，或者是為母者最後也只得接受兒女的遠離，離別時也只能不說什麼，如菜根一樣沒有語言。陳秀喜的這些詩的確將她那一輩的妻母或女人的一般處境真誠地寫了出來，給予我這後輩的女人對妻母及女人的角色有過深深地反省，不再願意重蹈前輩母親的苦難。然而陳秀喜仍是個堅強的女人，她是不會在女人的苦難中倒下，當我讀到她的〈樹的哀樂〉一詩，更印證她的了不起，她能看清楚「光與影的把戲」，找到自己「札根在泥土才是真的存在」的精神，可與〈臺灣〉一詩中「傲骨的祖先們／正視著我們的腳步」及「切勿忘記誠懇的叮嚀／只要我們的腳步整齊／搖籃是堅固的／搖籃是永恆的」的認同臺灣的心靈合一，讓自己與鄉土結合，女人也有安心做人的基礎。

我是比較晚才讀到杜潘芳格的第一本詩集《慶壽》，立刻被她詩中的「知性」所深深吸引，像〈中元節〉這首詩越咀嚼越多意思。她與陳秀喜的詩風不同，陳秀喜是熱情洋溢的，直接閃爍光輝的，杜潘芳格是沉潛至深的情感，對事物帶有批判（知性觀察）的智慧。像〈中元節〉這首詩一開頭即說：「你／喜愛在紛雜的人群裡／追求『忘我』。／而我／越來越清醒。」兩種不同的人生觀和個性的你我開始對照起來。「貢獻於中元祭典的豬，張開著嘴緊緊咬著一個『甘願』。」這首詩的第二段這一長句子是一句

臺灣民俗祭典常見的意象，代表著大家歡慶節日而滿意於生活的意味，豬嘴中常咬著「柑桔」或「鳳梨」這裡用「柑桔」臺語諧音，表示豬的被獻祭是「甘願」的。接著最後此詩總結為：「無論何時／使牠咬著『甘願』的／是你，不然就是我。」將第一段的你我對照變成你我共犯，而第一段的「而我／越來越清醒。」此句應該是「我」越來越清醒彼此這種共犯的處境了，因為「我」不像「你」在人群裡追求「忘我」。「我」的清醒既可指政治上人民追求「忘我」的一種甘於被愚民的處境，亦可指男女關係中女人甘於「忘我」與男人共犯於甘願獻祭於生活之態度，是一首要求大家自省內心的詩。說明了臺灣社會民主追求如此紛亂，不止是統治者要檢討，人民甘願被愚民也該自我檢討的呀！男女關係的不平等中也包含女人不能反省自身的處境吧！

　　杜潘芳格在《遠千湖》詩集中有一首〈聲音〉之詩，又收到李敏勇編的《傷口的花──二二八詩集》（1997 年）內。這首詩不但可從政治的血腥統治來讀出政治鎮壓下異議分子不能說話的現實：「不知何時，唯有自己能諦聽的細微聲音，／那聲音牢固地上鎖了。」、「從那時起，／語言失去出口。」尤其對有話要說的詩人而言，這種「語言失去出口」是極痛苦的現實，但是女詩人最後卻以虔誠（宗教式）的心情樂觀而莊嚴地耐心等待「新的聲音」：「現在，只能等待新的聲音，／一天又一天，／嚴肅地忍耐地等待。」這種「新的聲音」會到來，當然必須是「新的政治現實」要到來，即是二二八事件能一步一步被平反的臺灣，新的政治現實來臨後，異議分子才能暢所欲言吧！這首詩將臺灣 1950 到 1970 年代戒嚴時期異議分子的痛苦心情寫得相當好，尤其是「那聲音牢固地上鎖了。」十分確切表現了戒嚴時代壓制言論的嚴酷。不過，這首詩亦可有另一種解讀，站在女性主義者的立場，從戒嚴時代到現在（現在雖然女性聲音越來越多，但仍處在邊緣位置）的女人異議分子的雙重感受，既有政治戒嚴的鎮壓所有異議分子的聲音，又有父權的習俗及文化在鎮壓女人的聲音，詩中「那聲音牢固地上鎖了」一句中「鎖」，對女人而言是更重的意象。因此解嚴後，女

人除了要求政治民主也會要求家庭民主，讓女人也有「新的聲音」的期待。所以，做為一個女性讀者來閱讀女詩人作品，往往會擁抱雙系（父系與母系）雙重的文化意涵，在母系（女人與女人的心意溝通）上特別敏感。

杜潘芳格在 1989 年 12 月《自立早報》上曾發表一首以客家女人的立場來幽默地嘲諷「選舉」的詩〈選舉合味〉，後收到她的《青鳳蘭波》詩集內。在詩中她以家庭主婦燒菜的日常經驗來比喻各政黨的關係（當時尚無新黨而是無黨籍），並以「客家好味道」的燒菜（料理青菜）的方式，來比喻政黨相互的競爭，頗有配得好（盡合味）的微妙的現象。此詩先以「婦人家　料理青菜時」說明「𠊎腰菜　一定愛用　桔漿豆油，／紅菜葉　一定要用　薑麻酸酢，／莧菜　煮湯時　愛配　細魚甫干／鹹菜豬肚湯　係客家名菜之一，有傳統个」。然後在第二段就很有趣地說明「一家團圓食飯時／婦娘人（家庭主婦）就想，那係民進黨係𠊎腰菜，國民黨就桔漿豆油。／國民黨係紅菜葉，無黨派就係薑麻酸酢。　盡合味。」表示大家在選舉時不妨就如此搭配投票，用客家菜搭配的方式，一定是「臺灣人大家圓滿享受客家好味道一樣選出好人才」的景況。女詩人以這種客家傳統的煮菜搭配的方式來看嚴肅的政治選舉，將政治選舉的日常面貌暴露出來，頗有不需要大家鬥得你死我活，只要政黨關係有某種料理青菜的主婦手腕，大家都會開心的，而且也會選出好人才。的確是一首以女人經驗及女人立場來看政治選舉不過爾爾的有趣之詩，以一種輕鬆嘲諷的方式顛覆掉男性慣常的政治大議題的大論述的虛張聲勢。

三、結論

陳秀喜女士與杜潘芳格女士都是新竹人，雖然一是河洛人，一是客家人，都曾遭受日本及國民黨政府的殖民統治，也都是日文作家，在國語（北京話）流行臺灣後屬於「跨越語言的一代」，所以她們都對臺灣的政治處境十分明白，不會是只探索孤立的自我內心的女詩人。另外，在身為女

人的那一面，她們雖然都不會說什麼女性主義（臺灣 1980 年代中期以後流行的語詞），但在她們各自的詩中，都常有女人經驗為基礎的批判父權思想的詩作產生，給我們後輩女詩人有雙重的啟發。再加上兩位女詩人的自我都很獨立，看事物的方式都有自己的觀點，她們的作品，可以說給我三重視野的豐富感受。站在同樣愛臺灣、愛女人的立場上，兩位前輩女詩人的詩作的確是我的「文化母親」。

——選自《竹塹文獻》第 4 期，1997 年 7 月

臺灣現代女詩人的詩潭顯影（節錄）

◎李元貞

　　與陳秀喜情感強烈的詩風不同的女詩人杜潘芳格，雖被笠同仁公認詩中所表現的思想十分深刻，早期有一首〈兒子〉詩，完全被陳明台詮釋為「慈母心」：「在這一首詩中，作者已不僅是詩人了，作者更是一個慈祥的母親，……自平凡的現實中，昇華純潔無私的母愛，……」等。這首詩有母愛是不錯的，但卻是頗錯綜複雜的母愛表現：有慈母心，亦有母親與兒子的疏離感、更混合母子在身體上的異性感受，卻被陳文簡化的詮釋而失去。在 1981 年《笠》第 104 期，有一篇〈潘芳格作品〈平安戲〉和〈中元節〉合評記錄〉之文，由於這兩首詩對社會現實批判非常強烈而深刻，扯不上母愛了，但有些發言仍扯上性別傳統的偏見。鄭烱明說：「……一般女性詩人所寫的詩，常只描寫身邊的細瑣或感情，只是陰柔之美，不見陽剛之氣，……」白萩說：「這二首詩寫得很好，以女性詩人能寫出這樣的詩，實在是異數。……」倒是林宗源還比較嚴謹，他說：「說潘芳格和一般女詩人的詩不同，由於我對其他的女詩人不熟悉，所以無從比較。」然而陳千武在讚揚潘芳格詩的知性與政治性的同時，卻有隨意貶斥一般女詩人的毛病。

——選自女鯨詩社編《詩潭顯影》
臺北：書林出版公司，1999 年 9 月

臺灣現代女詩人的語言實踐（節錄）

◎李元貞

蝴蝶會把兩張羽翅整齊地合拼而豎立著停息呢，
然而，蛾卻是把兩羽翅張開不合，像飛機一樣地停
息著。

搬運亡逝的人的靈魂的，傳說是飛蛾呢。

在桑樹的小枝上，生滿了許多鋸齒狀邊緣的葉子；
從那葉叢細細的罅隙向遙遠的山嶺抬舉了眼。

看到天使們開朗地成群結隊在微笑，裡
爸爸，我也可見到您的笑容，
死，是一點都不可怕的事吧，
是要去好地方的嘛。

從桑葉那細細的鋸齒狀的罅隙，我正向著遠遠的，
遠遠的那邊，那高高山巒抬舉 17 歲少女的眼眸。

——〈在桑樹的彼方〉，《遠千湖》，頁 52

　　杜潘芳格許多詩都是用日文寫作再與人合作被譯為中文，近期出版的
《青鳳蘭波》詩集，卻以客家語（她的母語）寫作為主。在這本詩集的序
中，李魁賢稱讚她能「以『思想先行』的克制，控制了語言的隨意犯濫」，
的確點出杜潘芳格富於思辯的詩風。此外，更因為她接觸日文、中文（北
京語與福佬話、客家語）等不同語言，尤其浸入日語甚深，使她的詩句

（不論是翻譯或後來她自寫）常有不同於中文俗套的新鮮想像，再加上她
對語言本身有所思考，相當能夠在意象與詩行間掌握新意、鑄造新詞。至
於這首〈在桑樹的彼方〉，卻將死亡寫得很美，尤其首段寫出「蝴蝶」與
「蛾」有著不同的停息方式。兩種停息的意象都描寫得生意盎然：「蝴蝶會
把兩張羽翅整齊地合拼而豎立著停息呢，／蛾卻是把兩羽翅張開不合，像
飛機一樣地停／息著。」將死亡看成停息的方式，死亡變成靈魂的快樂世
界，飛蛾正好像飛機一樣來載運亡魂去到桑樹的彼方。在詩的第四段第一
行最後一個字「裡」，即代表桑樹的彼方，那個大家要去的好地方，有成群
結隊的天使們和故去的父親的笑容，實在是一個非常吸引人的地方。

　　更高妙的是詩人在詩的第三段及最後一段用虛的筆法（留空間的筆
法），來寫這個罅隙（快樂的靈魂的空間）：「在桑樹的小枝上，生滿了許多
鋸齒狀邊緣的葉子；／從那葉叢細細的罅隙向遙遠的山嶺抬舉了眼。」由
鋸齒狀的葉縫（小小空間）可抬眼看向遙遠的山嶺（無限的空間）皆是桑
樹的彼方。最後一段加上一句：「那高高山巒抬舉 17 歲少女的眼眸」，亦說
明出美麗的靈魂空間是可以用青春想像的眼眸（詩人我的眼眸）搜索到。
這種視死亡等於「重生」的意境，常常感受到靈魂空間的存在，使她的詩
具有神祕感，也一向是杜潘芳格信仰基督教所得到的美感與智慧。此詩的
兩組意象：「蝴蝶」與「蛾」及「葉縫」與「遙遠的山嶺」，在意象之間互
相既有關連也有差異，這種交織的表現，非常適合詩要抓住的生死同存的
感受。

——選自李元貞《女性詩學——臺灣現代女詩人集體研究》
臺北：女書文化公司，2000 年 11 月

變色龍的性別為何？
女詩人杜潘芳格研究

◎吳達芸[*]

一

百年來，臺灣歷經日本殖民與國民政府的統治，無論政經、社會、文化諸領域，均產生極大的變革，對文學的影響也至為深遠。其中，有關性別議題、族群關係（本島／日本、臺灣／大陸、漢人／原住民、福佬／客家）、語言糾葛（中文／日文、國語／母語）等問題，更是特別重要而複雜，亟待深入的探討與爬梳。

然而在廣泛的臺灣文學範圍中，這三項課題在個別作家與作品中，可能只分別呈現其中某一面相，能兼而包含三種主題者，並不多見，在這意義下，女詩人杜潘芳格的存在便深具意義。

第一，作為一位女性，在性別歧視仍相當嚴重的臺灣社會裡，能扮演好傳統要求的賢妻良母角色已屬不易，而她還想成為夠水準的知識分子之努力（詩人身分的定位），帶來的是生活上與母職衝突頗多的掙扎，甚至不受家人諒解。另外，她在婚姻上曾經被辜負極痛苦卻又主動地挽回，至今與先生恩愛不渝，文壇蔚為美談；她是怎麼做到的？第二，她出生時是日本「國民」，18 歲變成中華民國國民，二二八事變時是受難者家屬、隨之而來的白色恐怖陰影，後來又受到 1960 年代因越戰而引發對臺灣地位危急唯恐淪為「海上難民」之焦慮，使她另尋國籍，於 1982 年獲得美國國籍；

---

[*]發表文章時為成功大學中國文學系教授，現已退休。

再加上身為相對少數的客家人，其族群／國族的認同焦慮至為明顯，使她的作品成為臺灣前輩女作家中較能切入現實社會議題的創作者。第三，杜潘女士是「跨越語言一代」的詩人，其文學語言的駕御經過相當痛苦的奮鬥；先是從日本跨越到中文，晚近又從中文跨越到客語，其間所遭遇的困難及其對治的方式態度，頗具有普遍的代表性，可以說是一個相當具有研究意義的個案。

本文之寫作，乃先以田野訪談的方式，就作家傳記作一了解，再以女性主義的觀點論釋其文學世界的義蘊內涵。接著用田野訪查所建立的資料與作家文本所表現的情境相互參證，勾勒出臺灣知識女性在性別角色上的反省與彷徨，也指出由於氣質與信仰，蔚成杜潘作品的特色。最後則希望透過研究過程的後設觀察，指出「性別閱讀」之特質與局限。

本文也要述說她如何從文學的角度從事語言的奮鬥，她如何在語言的霸權下，經由屈服委順進而顛覆再予超越，進一步思考母語文學的可能性及其所面臨的難題。至於國族／族群此一敏感議題的面對與化解，以及杜潘芳格作為相對弱勢族群──客家人的身分認同，也企圖經由她的語言策略以及人格氣質作為觀測的起點，予以同體心的思考，希望能對戰後第一代作家，特別是女性，作一深入的同情了解，從而體察一顆這一代臺灣人的心靈印記（烙印）。

二

1927 年生於新竹新埔望族的杜潘芳格，小的時候因為父親考上東京日本大學，長女的她隨父母在日本生活，六、七歲時搬回臺灣定居。她小學時仍與日本小孩讀同樣的小學「小學校」，結婚後對照後來與她年齡相當的先生所讀的殖民地小學「公學校」的教材，杜潘芳格發現日本人教育殖民地小學生的教材乃是一段一段不連貫而支離破碎的內容，充分反映了日本人的殖民策略，相對起來，富家千金的她因為能讀日本小學校，就讀到了講究完整的教材，從而培養了她要強自信的世界觀，與活潑的人生思

考態度。

雖說如此，她也不能免的嚐到臺灣小孩在日本小學，受日本小孩歧視欺負的可憐遭遇。她回憶著；日本小孩不客氣的稱呼他們「你呀！你呀！」（日語有「離開！離開！」的意思）而不名，已經十分汙辱人，再加上推揉的動作，一個勁兒地將她往骯髒的垃圾堆上推去，讓她跌倒在地才肯罷休，好像她只配與垃圾為伍，她就是垃圾！這種對待被殖民者的歧視態度對他人格的形成當然有很大的影響，再加上她的母親也是一個獨立思想、不肯隨便委屈、苟且妥協的人，更由於客家婦女的堅定強悍性格傳統，這些都蔚成了杜潘芳格的特殊人格特質。

她的先生杜慶壽醫生一次在訪談中說，有稜有角、堅強正直不肯馬虎，正是杜潘芳格的真性情。她的一位臺北女子高等學院的同學提起一件約二十年前偕杜氏夫婦出國旅行歐洲的往事：話說當天晚上大家各自散開結伴逛街遊玩，很晚才回旅館時，只見杜醫生獨自一人坐於他們房間外面，問他何故？他說忘了帶鑰匙……。而事實呢，後來大家才知道原來是他倆夫婦二人齟齬；杜醫生要藉機邀太太一起去看電影，杜潘芳格不願，她打算留在旅館整理次日的行李，意見相持不下的情況下，杜潘芳格就對先生說：「那你若去了就不要回來！」她果然說到做到，在旅第中真的將先生鎖在外面，不讓先生進房間睡覺。由此可見她率性的脾氣，當她如此做時當然是不在乎旁人的指點了。她果然因此在友朋間贏得「壞脾氣」「大小姐」的「美」名……。更有意思的是；以上段落是藝文節目製作訪談杜潘芳格的內容之一，片中面對朋友的舊話重提她毫無不悅之色，最近杜潘芳格將帶子借給筆者看時，有關這部分她也未特意說明，由此看出對自己對他人她都很真實不偽、認真誠實；而，這也是透過她的作品中所能看出的人格氣質之一。[1]

---

[1]見女權會策畫；曾秋美採訪整理，〈戰時的生活——訪杜潘芳格〉，《自由時報‧自由副刊》，1995年 9 月 3 日，29 版。又〈消失中的阿媽——杜潘芳格訪問記〉中亦載，見《芙蓉花的季節》（臺北：前衛出版社，1997 年 3 月），頁 153～161。

　　杜潘芳格說，小學四年級 11 歲時，讀詩讀到形容蓮蕉的花很紅如「血樣的顏色」這樣的句子就心裡一驚，不斷思量琢磨「血」字用的警譬動人，可見當時幼小的她早已對語言文字敏感了，特別該說是對詩的感動尤其敏銳吧。到她 15、16 歲時她已以日文寫過詩、散文、小說了，而她原都是自己留著看的。杜潘芳格說，事實上，她年少時讀了一些世界名著的小說，自我期許是要寫小說的，但是 22、23 歲時拿了一篇小說上臺北去給某編輯家；三省堂的李先生看，這位娶了日本老婆的「文壇星探」說，她不是寫小說的料，乃是寫詩的料。她年紀大之後回想也許真是受到了這番話的影響，從此改而專注寫詩。她的第一首詩〈春天〉[2]，原是以日文寫的，受到吳濁流先生的鼓勵，由吳濁流先生翻譯後發表於 1966 年她 41 歲時，詩是這樣寫的：

　　許久，我遺忘了你，
　　你是誰？
　　是詩，春天，溫柔的心。
　　啊！不錯！

　　人生是荒海，而常聽詩和春天和溫柔的
　　心，似盛開的花，那麼美麗而優雅，可是如此從心靈深處
　　思慕著你，憧憬著
　　你，這又好像是第一次。

　　想念你，我很高興，不過，
　　不知為何，覺得悲傷欲哭，是因你太慈祥了不是嗎？
　　是啊，一定是這樣的。

---

[2]首度刊載於《臺灣文藝》第 3 卷第 10 期（1966 年 1 月），後又轉載於《笠》第 79 期（1977 年 6 月），頁 67。

跟著太陽和風，春天呀！你回來了。

輕輕地敲我的心扉，

然後以那舒快的詩，

好比美麗的小姐在華美的陽臺上踱著輕盈的步子一般，

從心扉裡出現。

春天呀！許久我遺忘了你，

抱住我這疲倦於生活的心靈吧！

　　這首詩就彷彿是王昌齡的〈閨怨〉一樣；閨中少婦由於看到春天的美好，惋惜春光流逝未能好好珍惜而愁怨。所不同的是，一般少婦是「忽見陌頭楊柳色，悔教夫婿覓封侯」，期盼的是出外謀功名的良人早歸，共效于飛。潘芳格則是「忽見陌頭楊柳色，悲覺心靈久疲倦」，體會到現下的生命的愁苦，「因為人生像荒海」以致於日子過得竟遺忘了像詩一樣的春天；以及像春天一樣的詩情。詩人一思及此刻「思春」的無奈，竟至「悲傷欲哭」而不能自己。

　　檢點當時促使潘芳格心靈疲倦的原因是什麼？多年之後已是 70 歲老婦人的她回憶說；41 歲那年，有一天忽然憬悟：難道她的歲月就得在生孩子、養孩子、生孩子、養孩子的重複包袱、了無止盡的家務勞苦之中流逝嗎？往日文學少女的美夢何在呢？竟然久矣不復夢見、亦復無跡可尋，難道自己一生就甘願如此耗擲了嗎？就這樣善罷甘休嗎？老婦的她追憶年少以來，「善盡母職」與「成為詩人」的兩難齊全，成為她過往生命中恆常的掙扎擺盪與衝突，一直到進了暮年，孩子都相繼成家立業一一離巢了，才終於獲得自由紓解與釋放。由此可見在臺灣婦運開始、女權主義興起之前，杜潘芳格輩的女性知識分子，早已在傳統的社會結構、家庭結構的桎梏中承受了足以抹殺自我存在快樂及價值意義的沉重負荷，而孤獨自苦不

知何時了局了。[3]

　　她的老么常愛在杜潘芳格最近出的詩集《芙蓉花的季節》書後附錄中這樣寫著:「雖然媽媽的脾氣不好,但一個女人在對人生最充滿憧憬的時候,十年內肚子漲了七次,每次十個月,換成我,搞不好更慘,不是嗎?」[4]老五佳陽則說「在我小時候的印象中,媽媽是如烈火一般性格的人,不論何時、何地,甚至在爸爸的診療室,只要她在場,必成為眾人注目的焦點。她的聲音、氣勢,是任何人都不會忽視的,我非常怕她,尤其是她生氣的時候,她的聲浪會把我的膽子震破,童年最恐怖的惡魔影像,最切心的懼怕,就是在她身邊慢慢形成的。」佳陽在成年後仍難忘懷從他懂事開始,媽媽常會帶著怒氣地抱怨他們道:「生你們七個,是捆綁我,使我失去自由,不能寫作看書的主因,……我真痛苦,沒有自由離開你們。」[5]

　　由這些深藏在不同子女心中個別的深刻記憶,一方面可看到不同子女對父母的看法會有如此迥然的差異,一方面也可體會;對渴盼自我實現的女人而言,一旦生兒育女,在盡好母職方面要有多大的掙扎痛苦與努力。第三方面也可讀出潘芳格具有一種非凡可愛的性格;忠於真相的誠實及包容批判的雅量。在她的詩集後,她毫不保留地把成年子女所寫往昔對母親的埋怨原文照登出來,由這動作可以讀出她對屬於孩子的筆墨與生命體驗的珍惜,讀出作為母親的她似在藉此機會當眾認錯的自我懺悔、以及尋求母子之間的相互寬恕與包容,十分動人。

　　這樣的特質,未必能在所有的母親身上找得到,但是筆者以為,在杜潘的作品中;在她生命實踐的記錄品——詩中,杜潘芳格卻非常恢弘自然的表現了出來,而這樣的生命呈現;毋寧可說是她的道德修練,無疑,必

---

[3]陳義芝〈臺灣女性詩學的建立〉一文之開始即引蓉子於 1960 年寫成之〈亂夢〉,闡述其身在臺灣女權運動興起之前,對女性處境的困桎與覺悟。杜潘芳格詩亦發表於同一年代而稍晚。(陳文發表於「臺灣現代詩經緯:第四屆現代詩學研討會」,彰化師範大學,1999 年 5 月 29 日。)
[4]杜常愛,〈我的母親〉,《芙蓉花的季節》,頁 215。
[5]杜佳陽,〈我的母親　杜潘芳格女士〉,《芙蓉花的季節》,頁 221。

定帶領杜潘芳格的生命迤邐行來，揮灑出波瀾壯闊柳暗花明的風景。果然，佳陽在同一篇中繼續寫著：「媽媽很喜歡讀書，她的思想，雄壯有力，當我開始聽懂她的話時，她常把讀到的東西與我分享，她說話時，熱情奔放，意氣昂揚，而我，則是目瞪口呆地看著她，她詮釋各種各樣的作品，都有獨到的看法，而且十分有趣，連艱澀的哲學作品，也可以說明得連八、九歲的孩子都懂，……」「從小時候，看母親像惡魔一樣，到今天，看她越老越寶貴，這當中，她和我的變化，都多得無法詳述……」母子的和好，作為母親身為女性的、常得是主動積極的這一方；至於做得到與否則端看自己願不願意，現實生活中，事實上我們看到有很多這樣兩難衝突的女性，特別是非常重視自我的女性，是並不願意如此多方努力委曲求全的。由〈兒子〉[6]這首詩中，我們這樣讀到：

考進了夜間部的兒子
穿過街燈的蔭影向我走來，那個行動
猶如昔日的你搶著同樣的風——。

兒子喲
該這樣，或是那樣
為何反覆著愛的嘮叨與激辯
疏誤的出發就是必然的負數嗎。
你和我從兩極凝視所產生的一點，後退……。

檸檬的切片，靜寂地
浮沉在你我的杯子裡顯得青酸。

又到半夜兒子才如被我胸脯吸住般回來說：
「媽媽，您又等得這麼晚！」

---

[6] 杜潘芳格，〈兒子〉，《慶壽》（臺北：笠詩刊社，1977年3月），頁31。

　　這首詩中是只有母與子的衝突關係而沒有如某位詩評家所說的，有父親一起參雜在內的[7]，而陳明台所說「跨在俗世與超俗世兩個領域間，同樣的都令人感到在表達一種作為詩人、母親、女性而存在的內心的真實。」[8]則差近之。這首詩寫的是母子之間由衝突到和好的過程，叛逆期的兒子（讀夜間部的兒子；未嘗不可以象徵他的所有學習都是來自「暗夜」的孩子），往往如狂風一般飆野，不知感恩，在母子怨懟中，雖然也曾彼此殺傷，給對方生命投下巨大陰影，特別是作為母親常因疏誤而被埋怨時。但在相持中，身為母親者若能體會出這種酸苦，是孩子成長過渡期的酸苦，這種酸苦是有如檸檬般的具有豐沛維他命的、是具建設性的、是不必因而灰心喪志而否定一切的，便有足夠的勇氣和力量，堅持一貫的奉獻哺育，持續如前的敞開胸脯胸懷，終竟能等到兒子的回來吮奶覓食、尋求孤寂夜行後的慰藉，以及體會到母親「媽媽，您又等得這麼晚！」的苦心。

　　反省批判與寬恕可以說是杜潘芳格對他人對親人最典型的修持態度，不錯，或許她是如兒子所說，具有烈火般的性格，一但爆發時足以焚去一切，但若待其溫度稍降後（「靜寂地自我凝視」時便能降溫，而這也是她的詩作中常常有的動作），便能化為溫暖的懷抱，足以包容一切了。以這樣的模式來看杜潘芳格人生中另一個重大事件，可以更具了解，且發現了相同的解救之道與心路歷程。

　　那就是她先生的外遇事件。

　　發現先生外遇的苦澀與煎熬，可自〈悲哀的一塊〉及〈更年期〉兩詩中看出端倪。在前一首詩中，原來她也是不能原諒而憤怒的詛咒著對方：

　　我是
　　地，水，火，風

---

[7]趙天儀的〈潘芳格的〈兒子〉〉一評，評論的起頭即這樣說：「這首詩，表現了一對夫妻，…」（原載於《笠》第 123 期，1984 年 10 月），《青鳳蘭波》（臺北：前衛出版社，1993 年 11 月），頁 223。
[8]原載《慶壽》〈序〉，轉錄至《青鳳蘭波》，頁 222。

是崩潰的一塊！
曾經三個小時
用木炭，重油燃燒過的，
白骨灰，
現在屏息在木箱裡。
……
啊！你也是
地，水，火，風
只是
那，滅亡之子才會滅亡。

—〈悲哀的一塊〉[9]

而在後一首詩中則充滿旋風般的猜忌、自傷老去的痛苦與預知事件曝光後
帶來死亡的晦澀：

俯伏，在山野，把耳朵貼在地面上
仍聽不到你的聲音

那是，紅紅的夕陽
染沾了油加利樹梢，渡過鄉道
你跟我，坐在同一部車子裡

頭痛，是車禍引起的
不，也許是秋天引起的吧

不擁抱在一起
就揣測不到

---

[9]杜潘芳格，〈悲哀的一塊〉，《慶壽》，頁95。

真實嗎？

我

在框外

框著一九七二年的東洋，波爾諾旋風在東洋也漩渦著。

　（清純而死，卻是不潔）

在誕生神的屋子裡

為了守護，清純，聖潔。

我

在框外

膽怯地建築城堡

即將燃燒殆盡的生命

申斥著身軀

抑壓繼續著

抑壓

終於悄然

俯伏

在山野，要聽的是

死者的聲音

——〈更年期〉[10]

　　事件發生時，她由於正遠赴美國為全家的安危而忙著打點另一個國籍另一個家而被蒙蔽毫不知情（我／在框外／框著一九七二年的東洋），回來才發現端倪卻已為時已晚。一思及二人在生命的夕陽之境竟然是同車而離

---

[10]原載《慶壽》，頁 171，再載於《淮山完海》（臺北：笠詩刊社，1986 年 2 月），頁 52。關鍵字有更動，原為「我們／在框外」，改為「我／在框外」，原為「波爾諾」殆怕讀者不解，改為「波爾諾旋風」。

心，當然要憂傷以終老，更何況自己正面對更年期的生命秋天，卻得與對方的所謂清純對照，當然這是尤其難堪的事。可是，「我」也非常知曉此刻的所謂清純，勢必不潔而死。雖然隔著東洋，「不擁抱在一起」「我」被隔在框外，「就揣測不到／真實嗎？」「我」依然知曉了一切，「我」是那麼痛苦，以至於回歸自然也無助於「我」，「我」竟聽不到你了（「俯伏，在山野，把耳朵貼在地面上／仍聽不到你的聲音」）在抑壓的持續下，我竟然是：「要聽的是／死者的聲音」。（不知是在盼望聽到誰死？但是在一再的抑壓下，知道死亡將至，總有人會死滅！也渴望它至，所以才說「要聽」。）

這樣明白毫不諱言清楚地表現出心中的負面感覺、幽黯心情，真正顯示了杜潘芳格一貫的亮烈性格。但是，也就因為亮烈，所以陰影是不會長久的，所以前述的人格特質又再度抬頭，幫助她渡越生命中幫助她披荊斬棘的重要動力，那就是信仰。潘芳格在她的許多詩文中強調基督信仰對她生命的重要性，〈祈禱〉[11]：「我成為每天揮動雙手謀生的大人／緊握著十指而祈禱。」「每天，每天緊握十指而祈禱。」在〈神〉[12]中她強烈地表現了對神的不懈敬仰畏懼與信託：

> ……
> 無論如何。
> 唯有神，
> 　才能改變人們的命運。
> ……
> 神啊！
> 在很多人痛苦的世界上。
> 神啊！
> 您為什麼創造它？

[11]杜潘芳格，〈祈禱〉，《淮山完海》，頁64。
[12]杜潘芳格，〈神〉，《淮山完海》，頁68。

您為什麼？
　創造它又摧毀它。
神啊！
您能聽見我的祈禱嗎？
如果您聽到人們的祈禱，
　請您幫助他們。

　　由於虔信基督教，基督精神是她理想人格形塑的指標，以及對事物人
生的解釋本源。譬如說，在這次「九二一大地震」後她所寫的一首詩〈細
細長長的一條白雲〉[13]中也充分的反映了這份信仰：

向南，慢慢靜靜地移動位置。
一九九九年九月廿一日臺灣大地震，
島嶼南北安平，中央山系西側並日月潭西方犧牲。

活生生的細胞是個體有機生命的源本
和宇宙生命一起成長並繼承生命。
「耶路撒冷啊！耶路撒冷，
我多次願意聚集你的兒女好像母雞
把小雞聚集在翅膀下，只是你們不願意」（注）
歎息的是誰啊，
千禧年是祂的，是祂和她們的，
祂和穿綠的白的守望天使們在耀眼的光中
她們齊唱
「我們上路了，去很遠很遠的地方」。
就進入了雲彩中。

---

[13]杜潘芳格，〈細細長長的一條白雲〉，《聯合報》，1999 年 10 月 13 日，37 版。

（黎注：〈馬太福音〉第 23 章第 37 節。）（芸按，此「注」為原註。）

　　所引的聖經原文是：「耶路撒冷！耶路撒冷！你常殘殺先知，用石頭砸死那些派遣到你這裡來的人。我多次願意聚集你的子女，有如母雞把自己的幼雛聚集在翅膀底下，但你卻不願意！你看吧！你們的房屋必給你們留下一片荒涼。因為我告訴你們：自今以後，你們斷不能再看見我，直到你們說：因上主之名而來的，當受讚頌！」（哀耶路撒冷）由所引的經文可見，杜潘芳格乃是以信仰的角度、天譴的角度來詮釋這場本世紀家國的浩劫悲劇，因為大家正是宇宙生命的共同體，所以一體同罰一體同悲。可見又哀憐那些無辜罹難的同胞，於是詩人的心靈之眼乃看到「祂和穿綠的白的守望天使們在耀眼的光中／她們齊唱／『我們上路了，去很遠很遠的地方』。／就進入了雲彩中。」因為有信仰，所以詩意中呈現的反而是了然之後的祥和無怨，以及仍有盼望。

　　杜潘芳格說，她的這份珍貴信仰來自母親，她說：「母親是很虔誠的基督徒，善惡、正邪她都分得很清楚。」可見這份來自母親的信仰賦予她的是一份剛強的智慧判斷能力，使她免於作愚婦被欺負而不知。但是這信仰也教給她一份柔韌的犧牲愛人、與人和好的精神，為她在面臨生命中的正負事件、以及自己遭遇考驗而陷入正負的修養道德抉擇時，有所遵循。〈紫色的現在〉[14]說「結合你和我的，只有一位神的愛，／唯有那個結子，能給我們平安。／……嫉妒使我瘋狂。／瘋狂了我這年邁女人。／因為不再年輕，使我煩惱得發瘋。／聖經上確實寫著『為來日歡笑』。」她並不諱言在婚姻的被負事件中，她心中滿含嫉妒這足以毀滅人我的瘋狂情緒，但她也祈求神的愛會帶來拯救，因這拯救包含著來日的歡笑，所以值得努力。

　　另一首〈花與蘋果〉[15]更是非常清楚地敘述了事件中內心痛苦掙扎與主動追求和好的過程：

---

[14]杜潘芳格，〈紫色的現在〉，《淮山完海》，頁 71～72。
[15]杜潘芳格，〈花與蘋果〉，《淮山完海》，頁 74～77。

尋覓　花與蘋果　獨自　走進斜陽街

「該隱　罪惡埋伏在門口，該把罪惡治理好，不然會被罪惡統治啊！」

是怎樣的罪惡，憤怒又嫉妒的罪惡嗎？

「為什麼要低頭？溫順地聽我（主）的告誡吧！」

受過洗禮就不再犯罪　應該是不再犯罪
可是被憤怒的惡魔纏住著，不平安。

雖然那麼說
卻事實，只因奢侈又任性
而已

把花插好
而誠懇地抑壓憤怒道歉吧
……
憤怒就是罪惡
該隱的罪惡就是憤怒　而且
弟弟亞伯被殺死了
……
審判　經過了批判
寬恕　治理了憤怒

再一次去買
蘋果　到街上的日子
是什麼時候？

（註：該隱及亞伯是聖經創世紀第四章人物。）

基督徒的信仰說：誰也沒有資格去審判人，你判斷人也就被批判，唯

有心中先寬恕別人、自己也才被寬恕。花的美麗芬芳與蘋果的香甜滋潤，象徵「和好」的善果，詩人要帶著這個善果趁斜陽猶在；生命的時日無多時，及時悔改去求寬恕，免得自己因為憤怒與嫉妒而犯了兄弟鬩牆之大罪啊。而廣義的說，天下所有的人豈不都是我的兄弟姊妹嗎？「再一次去買／蘋果　到街上的日子／是什麼時候？」也就是說「寬恕」不是只求一次；聖經上說：「那時，伯多祿前來對耶穌說：主啊！若我的弟兄得罪了我，我該寬恕他多少次？直到七次嗎？耶穌對他說：我不對你說直到七次，而是到七十個七次。」[16]所以詩人要常常提醒自己，下一次去街上買蘋果是什麼時候？可不要隔太久了呢！

　　讀了這首詩，應該便能了解她的自白：「我，若是離開了宗教、信仰、神……就無法寫詩或寫文章。」[17]因為她的詩就是她生命信仰實踐的記錄。也由於不斷回歸內在、不斷自省修持，蔚成了她的生活態度與天人之間和好的心路歷程（天路歷程）。

　　她是這麼心靈美麗坦蕩純潔的女子，非但不計前嫌，而且她始終不諱言她對先生的愛，後來她還真誠的寫出這麼動人的情詩〈吾倆〉：[18]

　　　被強勁的海風吹拂，被炎熱的太陽灼曬，
　　　綠濃濃午后，雌雄野鳥又來了。
　　　吾倆成對的夫妻樹在搖撼的美麗島上，
　　　至今，你仍讓十七歲的我繼續長在你的心中。
　　　初戀的我，如花將怒放的我，在頭髮灰白的
　　　你心懷中伸張活潑如羚羊的四肢，到處跑，
　　　到處奔，卻而無意地站住。
　　　擁有一對宛如聖僧般澄明眼眸像學生兵的你

---

[16]〈瑪竇福音〉第 18 章第 21、22 節。
[17]杜潘芳格，〈語彙與詩〉（原載《笠》第 54 期，1973 年 4 月），轉載於《淮山完海》，頁 82。
[18]原載《朝晴》（臺北：笠詩刊社，1990 年 3 月），頁 12。同年再載《遠千湖》（臺北：笠詩刊社，1990 年 3 月），頁 54。並日譯，改名為〈夫妻〉。

呵！

盼望你活著，再接再厲地，追越過年老而活下去吧。

願你，請你活著，活著，活下去吧。

　　以鮮活的意象將時空交疊，寫出結髮夫妻倆自青年相交，胼手胝足結伴同行，那歷久彌新永在戀愛的婚姻境界。所謂的白首偕老；乃是在雙雙老去的身形中，住著的是唯有彼此才能見證的那曾經有過便是永遠、而且也真是永遠年輕的生命！也互相打氣鼓舞；要克服老年堅強地活下去。這真是一首真情流露深刻雋永的愛情詩。

　　必定是她那即使遭遇極大的傷害，雖然處心在怨懟憤怒中，仍能時刻警醒自省，視負面情緒如仇讎，而亟思與對方和好、努力求寬恕的態度，感動了先生杜慶壽醫生，杜醫生後來也領洗信了基督，這毋庸是潘芳格以愛與虔誠生活出信仰的成功見證。後來，她還以她的母語客語寫了〈婚後四十年〉[19]這一首詩見證她老來對婚姻帶來夫妻命運共同體的喜悅：

你還生生　偃也生生

剩下一蕊　粉紅玫瑰花

唔返轉去看，只有向前看。

綻開芬芳　繼續郁馨

只剩下一蕊花蕾，

儘燃燒吾倆生命體，

天空也儘燃燒著，猩紅个黃昏。

「綻開芬芳　繼續郁馨」，表示她自 40 年的婚姻體驗中，獲得芬芳郁

---

[19]杜潘芳格，〈婚後四十年〉，《朝晴》，頁 88。

馨的結論，欣喜感恩於都還好好地活著，珍惜雙雙作伴的生命歲月，於是鼓舞對方只要一起往前看而不再回頭望，以愛火溫暖兩人夕陽無限好的餘生。臺灣文壇上，杜氏夫婦老來相伴（杜醫師現在也自職場退休了）形影不離，杜潘芳格以「夫妻樹」自比的意義，是最為人樂道的，此次筆者往訪杜潘芳格女士時，受到杜氏夫婦一同親切熱誠的款待，杜醫師沉靜柔弱、杜潘女士則熱情強健，杜潘女士滿懷甜蜜侃侃而談少女時在諸多可擇良偶對象中選擇下嫁杜醫師的往事，有關杜潘女士作品中性別議題及前述婚姻事件的談及，似乎也不必迴避杜醫師而能在夫妻都在場的情況下訪談；筆者乃天真地問杜醫生他會介意嗎？他說這就是藝術家具有的特殊氣質多半如此，他便也用帶有距離的角度像聽故事一樣地欣賞這一切，也蠻快樂的，不必以為意⋯⋯等，夫妻二人相處的自在和煦氣氛給筆者留下了深刻的印象。

三

　　杜潘芳格早期的作品都以日文寫作，直到 1949 年政權轉移後，開始重新學習並嘗試用中文寫詩。但因為從小接受日本教育，寫中文詩較感吃力，而別人為她譯詩也未必能保留她的原來風貌，李元貞就曾如此指出並遺憾不平地說：

> 杜潘芳格還有不少好詩值得細細品味。雖然她善用日文寫作，中文作品常因不同翻譯者呈現不同的文字取捨甚至意義詮釋，這也是她未能被文壇器重的原因之一，是跨語言一代作者的時代辛酸。然而在比對她的不同的中文詩譯本時，也許在詩的語言上無法完全信賴中文譯本，我卻能從最不能翻譯的詩的譯本中，已然感受到杜潘芳格詩思的深刻而迷人，若是她沒有被時代語言的限制而傷害，則其影響力一定更早、更大。[20]

[20] 李元貞，〈詩思深刻迷人的女詩人──杜潘芳格〉原發表於《文學臺灣》第 3 期（1992 年），後收入《女人詩眼》（臺北：臺北縣立文化中心，1995 年 6 月），頁 289。

　　我非常贊同李元貞對杜潘芳格的抱不平，以及她以女性閱讀觀點對跨越語言一代作者時代辛酸的體會。杜潘芳格自己當然一定深覺其中苦澀，在訪談中她甚至表示，早先由於無法自由舒暢以中文寫詩，她甚至隱隱感受到在初出文壇時受到某位男性譯者的輕視，說她什麼都不會，就只會日文……，也許就是這樣，在鄭清文的鼓勵之下，她終於恢復以日文寫詩，讓日文詩與透過翻譯成的中文詩並陳面市，1990 年 3 月出版的《遠千湖》就是這樣完成的。

　　自 1988 年底始，潘芳格也開始嘗試客語詩的寫作，在 1993 年結集的《青鳳蘭波》[21]詩集中，一共收錄了 43 首客語詩，詩後並錄〈母語（的）功能〉一文，是她赴維也納參加「臺灣文學研究會」發表的論文，文中闡述她以客語寫作的思考背景與決心。她說，語言文字有兩種作用，一是溝通，二是文化機能，人以之來「教育耕（耘）心田，建構精神內容思想等成為一個人格」。她說人生來就有自己的母語，不過一但被異民族殖民後，被剝奪了母語，便成了異民族的奴隸，變成無國籍、無自信、無自覺的人，只會恐懼別人，看別人的臉色，成為奴隸性強的人。她主張在臺灣，由於是多族群，有多種語言，「大家來學自家的話」之外，並且從今天起就「開始學習對方的語言」，讓臺灣成為一個有愛心有和諧的美麗島。由此文可以看出她雖主張母語的重要，晚近並積極創作母語（客語）詩，但這並不意味她是一個「大客家主義者」，相反，她反而因為珍惜自己的母語，便也能以心體心呼籲大家互相尊重別人的母語，人與人相處之道不是拼誰贏，而是互相配合包容溝通，學別人的語言，如此這般的語言策略便不是包辦統一的霸權思考，也不是委屈順服的殖民心態或後殖民現象，而是人與人之間的真正溝通工具、以及彼此相愛尊重的起點。

　　當然我們不能忽視她做為一位詩人在跨越語言的語言轉換過程中所忍受的艱辛與痛苦，在〈「純金」與「紙幣」〉[22]一文中，她由於日本教授下村

---

[21]杜潘芳格，〈母語个功能〉，《青鳳蘭波》，頁 149～162。
[22]杜潘芳格，〈「純金」與「紙幣」〉，《芙蓉花的季節》，頁 88～90。本文原載《自立晚報》，1996 年

作次郎在日本「咿啞之會」刊行的第 28 期同仁誌中對她下的評語，「鄰接於死亡，被言語翻弄的詩人，她的武器像尖銳的利器般敏銳的……」而有感而發的說：

> 我自己做為一個詩人也自認語言是詩人的武器。……詩人的武器是需要用「真正的金幣」來表現的，不能用在世俗流通的薄薄的紙幣般的沒有內容的只溝通用的言語。這差距在哪裡呢？差距就在「純粹性」以及「精神內部的深奧性」，詩人個人生命裡的豐盛內涵。真的東西是很寶貴有價值的，和「善」、「美」一樣有「純金」味道。詩人日常生活原體驗裡的思維、對抗世俗求真理的修養等等都是屬於「真」。……詩人應該最先向自己內在鋒利的鎗，扎刺。……詩人是不能（也不敢）媚俗的。詩人必須對自己有嚴格的要求。一方面詩人自己也是讀者，詩的讀者用最嚴屬的尺度來評審，就有嚴肅的期待，以後作者的詩作才能耐得住最嚴苛的評審。……我（遺憾自己）用的是青澀的字句，但我實實在在不甘心，只（好）用「咿啞」裡讚我的日語來表達（我）做為一個臺灣的客家詩人的詩意。

由下村作次郎教授的評語可見杜潘芳格以日文寫詩受到日本教授的推崇，相對之下便更對比了杜潘芳格在自己的母國臺灣所受到的忽視，而這是什麼原因呢？原因應該就正如李元貞所說的譯詩不足以傳神傳真而有以致之。讓我們以心體心設想一下像杜潘芳格這樣自我要求謹嚴；在生活和德行上如修道者般有潔癖般高標準的人，[23]她對自己的詩人尺度也把關甚嚴有如上文所述，卻格於語言轉換上的局限而不能暢所欲言，對詩人而言這是多麼苦澀的心情啊！所以我們真該正視她所說的「實實在在不甘心」的心情，了

---

2 月 8 日。
[23]杜潘芳格在〈兩溪之間的壢地〉一文中說：「人生的道途是朝聖者的路，只向上，不往下。想做一位自勝者嗎？我們靠著聖道走。」載《芙蓉花的季節》，頁 94。

解跨越語言一代被冷落的處境以及積極尋求補救文壇遺珠遺憾之道。

有一位研究杜潘芳格詩作的日籍學生井關えつこ女士在其〈語言的細胞——無限的溫暖〉[24]一文中即對此處境深致同情：

> 杜潘芳格……他們的北京話會不流利，並非他們的責任，只是因為受到當時日本政府的強制，而他們只是聽從而已。結果竟然成為她從事創作活動的枷鎖了，為什麼呢？是因為他們寫的全是日文之故。……加上最近懂得日文的人逐漸減少，而真正理解他們思想的人也就更稀少。我想，沒有比自己寫的文章無人能理解這件事更痛苦難受的。不知有多少人受到這種遭遇而苦惱、飲泣，甚至絕望而封筆吧。為什麼像她這樣留下美好的作品，卻以日文之故而遭到特別的處理，使她不得志而受苦呢？

井關えつこ因此建議：如果我們想要真正了解戰爭中的臺灣（應是指日治時期），就該鼓勵他們這群接受過日文教育的這一代，以他們最能確信的語言來創作，因為在他們飽嚐各種苦難後，言論上的每一個字句都洋溢著對臺灣關懷思念的深厚意義與思想，或是對語言被排斥得苦悶、悲哀等情緒。井關えつこ擔心「假如他們投筆不寫作的話，真正的臺灣原貌不就無法傳到現在了嗎？」[25]

臺灣文壇大老、提攜文壇慧星不遺餘力、評論頗具權威性的鍾肇政先生評杜潘詩說：「說到女詩人杜潘女史的作品，環顧吾臺詩壇，堪稱獨樹一幟，詩思之深、詩格之高，殊有令人不可通視者。」[26]可見鍾老不單是以女性，而且是以整體詩壇的角度予以肯定的評價，可謂是十分稱許，但是他說「筆者曾經受託將杜潘的若干日文詩文譯成中文……有一件在女詩人來

---

[24]井關えつこ，〈語言的細胞——無限的溫暖〉，《芙蓉花的季節》，頁142。
[25]同前註。
[26]鍾肇政，〈日語‧華語‧母語〉，《芙蓉花的季節》，頁149。

說，好像是不容讀者、欣賞者忽視的事實，是她跟為數不少的從日文過渡到中文的詩人、小說家一樣，思考時往往仍會在有意無意之間，讓日語語詞在腦中馳騁，其間華語與客語，往往是被『帶』出來的。」言下提醒我們注意杜潘女士輩跨越語言寫作的經驗，以及在這樣的困蹇周折不易中創作，在效果呈現上不得已所可能打的折扣。他接著說：

> 思考的方式，也就是文體；文體，也就是思維的轉達。吾人所比較熟悉的日本作家，川端被譽為「幽玄」，實則文體本身是明淨的；三島則富於邏輯格句，反見晦澀。女詩人即令驅用日文，也與這些日本當代文風截然有異。或許我們可以聯想谷崎的深邃複雜，但我也會忍不住把聯想上溯到紫式部與清少納言等古代女作家。杜潘的思考方式，常見曲折幽邃，顯現出深奧晦澀之妙，往往在朦昧中透露出絲絲芒光，卻令人為之目眩神迷；迻譯之際，忽覺忘言而陶醉。

以鍾老文壇的尊位、文學的品味及日文的造詣，譯杜潘日文詩，就語言文體的呈顯對杜潘的詩源作一評斷，認為頗有日本文學史上不朽女文人的典雅大材之風，這種評斷當然絕非溢美虛言，益發令人為杜潘女士格於語言工具，使她的創作不能自然順暢地為我們這不同一代的讀者掌握閱讀，從而密切與其詩契合，成為作其作品知音的干擾，而深自遺憾！鍾老以其也是跨越語言一代之過來人經驗，繼續思考著：

> 在這當中，吾人不免深覺客語的精緻度，以目前狀況言，確實還不足以表達這種複雜、曲折的思維。由母語而日語，而華語，最後回歸母語，這是臺灣人（無分福客），尤其活過戰前戰後的臺灣人的悲劇。如何克服這種困局，該是女詩人——也是所有臺灣作家、詩人的課題吧。[27]

---

[27] 以上幾段引文皆出自鍾肇政，〈日語·華語·母語〉，《芙蓉花的季節》，頁149～150。

　　鍾老與杜潘芳格的語言轉換經驗相同；都是日、客、漢語皆通，也都對文學創作的無求精益求精，他的體會及對杜潘女士現階段以客語創作的諍言，頗值得珍視，也預言了客語創作路程的必然坎坷，杜潘女士現已寫作客語詩約七十首，用力不可謂之不勤，如何能將精緻的客語在文字上表現出來，並且還能邀得原先不通客語的人也能讀懂進而欣賞、愛讀，可能還是一段遙遠辛苦的路吧，但無論如何，杜潘女士已經領先上路了，充滿了開創勇敢的客家女子精神，希望她終底有成。

　　笠詩社於 1964 年成立後的第二年，杜潘芳格即正式加入成為會員，婚後繁忙的家務曾使她的寫作一度中斷，直到小孩長大後才又繼續提筆，至今共寫了三十多年的詩，累積了相當豐碩的詩量。（筆者初步估計已發表作品，漢語詩約有一百多首、客語詩七十餘首、以日文詩面市的有 30、40 首，但是這三種詩作當中互為重疊者亦不少。）詩質深為評家稱許有如上引，詩作多發表於《笠》詩刊與《臺灣文藝》，1992 年她以自選集《遠千湖》榮獲第一屆「陳秀喜詩獎」，目前擔任《臺灣文藝》的社長與「女鯨詩社」社長，她與陳秀喜常被並稱為戰後第一代（年長一輩）優秀女詩人，現在更是大力開步倡導客語詩，老來生命氣質更顯寬廣豁達從容，儼然當今詩壇一介女盟主，但是說也奇怪，她至今仍為她沒能作成小說家而深覺不甘呢。

四

　　本篇論文之結束，打算以潘芳格的一首詩〈蜥蝪〉來討論在閱讀潘芳格的詩時，所引發的性別議題。

　　從什麼時候　就
　　棲息在我家院子的
　　蜥蝪，鮮綠搭配豔彩的變色龍

　　因為羞於表達情感
　　幾千年來務實木訥

　　它的視覺不是眼睛
　　是心靈。

　　杜潘芳格的這一首短詩發表於 1998 年 9 月 7 日的《聯合報》副刊，同
年選入創世紀詩雜誌社印行的《八十七年詩選》，在該詩之後由詩人及評論
家陳義芝寫的「賞析」這樣的說：

> 杜潘芳格是臺灣戰前世代傑出的女詩人，她能寫國語詩也能寫客語詩，
> 優秀的詩篇每有自覺女性的象徵，例如「葉子們／知道　自己的清貧／
> 也明白　自己的位置搖晃不安定／有時候確實也虛偽地裝扮自己」。這首
> 〈蜥蜴〉也當如是讀：女性生活空間不大，只在院子裡；女性雖有豔
> 彩，卻羞於表達情感；女性不以見識多取勝，但有一顆細膩的心。用
> 「變色龍」形容從前父權家庭中，女性必須隨時變色（掩飾情緒）的處
> 境，非常深刻。[28]

　　陳義芝以其詩人的敏感體察及評論者的銳利筆鋒，直接了當地點出他
以為的本詩詩心：指出變色龍乃是杜潘芳格自覺的「女性的象徵」，換句話
說，也可以說是自喻。這樣的閱讀本來無可挑剔，甚至對於許多讀者而
言，這樣的賞析指引可謂乾淨俐落一針見血，減去了一般讀者讀詩時，面
臨多義詩語的徬徨摸索，立即帶領讀者進入對詩義及創作技巧的玩味，可
謂十分高明便捷的閱讀指引手法，實在應是無可挑剔的。
　　但是有關本段論文議題的引發，卻與這篇詩評有關。今年九月，當我
在訪談杜潘芳格時，她提出這首詩的被選入該詩集，以及談到陳義芝對此

---

[28]《八十七年詩選》，（臺北：創世紀詩雜誌社，1999 年 6 月），頁 125～126。

詩的詩評，當我問她對「女性象徵」的評析意見時，杜潘芳格當即用手指著從訪談開始即一直坐在旁邊的杜醫生說：「但是我是在寫他啊！」只見杜醫生的表情十分泰然，臉上非但沒有因為被如此指出為描寫對象而有任何不悅之情，並且似乎還微微點了一下頭，表示他早已知道了呢。

當天的訪談中類似這樣作者原意不同於詩評的情形不只這一首詩，杜潘女士又提起她那首頗為人稱許的〈平安戲〉的體會與論釋，她說，知道她有關這首詩的創作動機的女兒就曾經問過她：媽媽，別人都這樣子誤會你的詩了，怎麼辦呢？轉述這樣情境時的杜潘女士的態度非常安然，甚至一絲無奈或不喜都沒有流露出來，倒像是在轉述著與己無干的事實一般，純然是客觀的陳述。

聽了這樣的敘述，甚於我自己的文學理念，我並沒有也不想藉機詢問「那麼對於〈平安戲〉，你這位作者的本意到底是什麼？」這樣的問題，但是卻深深的思考著這個現象後面的意義。此刻並不是要為〈蜥蜴〉或〈平安戲〉求所謂的「正詁」；當作品完成之後，就像一個孩子誕生之後，他／她就成為一個完整獨立的生命體，他／她的父母對他／她的生命存在就再也沒有置喙（決定）的餘地（權力）了。也就是所謂「作者已死」的觀念；羅蘭巴特說：「書寫成章（作品）的統一性，關鍵不在於它的源頭（作者），而在於它的目的地（讀者）。」[29]作者並非作品的源頭，亦非意義的唯一主宰。作品中的詞章往往會含有某些意義是作者自己所始料未及的，一部作品固然是出於作者一個人之筆，但作品中所傳達之意見或聲音則是多元化的。讀者並非再造（reproduce）文章的影射意義，而是要自己去創造（produce）它的意會義（significance）。[30]讀者既然是由作品的組織架構字裡行間去營構體會出他與作品間互生的意義，則讀者反應的來源當然具有決定性。讀者的反應築基在許多因素上；傳統、社會、個人、乃至性別都

---

[29]引自蔡源煌，〈「作者之死」新詮〉，《從浪漫主義到後現代主義》（臺北：雅典出版社，1987 年 12 月），頁 249。

[30]同前註。參考〈無盡的迴旋：讀者取向的批評〉，《當代文學理論》（臺北：合森文化公司，1991 年 9 月），頁 143。

有關係。我們由陳義芝的評析可以很清楚看到以男性為主體對女性的思考位置，以及對女性的了解認知體會，因為陳評正是毫不諱言地直接指出了這一點。

容許我們對陳評做進一步的分析了解，姑不論「變色龍」本身的雌雄兩性皆有，陳評既毫不猶疑地指出「變色龍」是杜潘詩的女性象徵，是否有其體會上的開創性？事實上，除了可以同意陳評在剖析時所指出的詩中「情境」，是足以成立所認知的作品意義之外，變色龍本身的醜怪樣子，其實應該是很不得女性之心以之來自我比擬的，加上「龍」在我國文化中的陽性象徵思考，所以陳評以其為女性象徵應該反而是很特殊的看法才是。

「閱讀」是一個徹頭徹尾的主觀歷程，陳義芝以詩人兼文學家，透過閱讀而有另樣的體悟也是事實。但無可諱言的即使是他這樣一位對性別創作／性別閱讀十分在意，刻意追求客觀持平的評論者，也難免呈現仍是以男性為主體的思考判斷，而這種反應與現象也與其他男詩人或男文評家對杜潘詩作的態度一樣。以下不嫌贅瑣地將一次一群詩人（多為男性）聚會討論杜潘芳格詩的現場意見摘要如下：

> 他們如此評說著杜潘芳格：「她……很明顯的不同於臺灣詩壇上其他的女流詩人。一般女性詩人所寫的詩，常只描寫身體的細瑣或感情，只是陰柔之美，不見陽剛之氣，而潘芳格……目前臺灣的女詩人，能寫出以現實為立足點，而又有深度的作品的，實在很少，潘芳格可以說是其中的一位」[31]、「這種強烈的批判性是和一般女性詩人所不同的地方。」[32]、「這二首詩寫得很好，以女詩人能寫出這樣的詩，實在是異數。」[33]、「一般女詩人大抵常離不了古宋李清照似的窠臼，皆喜鴛鴦蝴蝶式的顧影自憐與感懷傷情，以豔麗或消沉的筆法表現自我。而潘女士獨以平淡

---

[31] 〈潘芳格作品〈平安戲〉和〈中元節〉合評記錄〉，《淮山完海》，頁 87、92。鄭烱明語。
[32] 同前註，頁 88。錦連語。
[33] 〈潘芳格作品〈平安戲〉和〈中元節〉合評記錄〉，《淮山完海》，頁 88。白萩語。

寓意深遠的手法來處理現實的問題，反映出上一代的無奈與認命的人生，實屬不可多得之作品。」[34]、「一般女詩人所寫的，大都是身邊的家庭瑣事，而潘芳格能從家庭走入廣大的社會，可說非常難得。」[35]、「一般來說，女性詩人由於天賦的直覺本能，和豐富而細緻的感情，作品的風格多屬婉約的、哀怨的抒情。而潘芳格的詩，卻是冷的、嚴肅的、批判的，屬於知性表現的風格。這樣的風格，在當今我國女詩人中，恐怕是一種稀有的異數吧。」[36]

以上六種評論意見從上下文之間都可以讀出來是讚美之詞，而支持他們之所以如此讚美的原因是因為杜潘的詩表現了他們以為不屬於女性氣質的陽剛面。不論以此做為好壞評價的標準是否公允，但也由此見出因為「性／別差異」造成的刻板印象，常是閱讀時評斷所謂「好壞」難以脫卸的有色眼鏡。

無論如何，正如本段開端所述，此處所感興趣的並不是作品的分析，而是經由男性讀者對杜潘芳格作品的閱讀反應，探討杜潘詩的特質以及女性的心靈意象書寫策略。

正如西索斯（Helene Cixous）在〈美杜莎之笑〉中所說：「真正打動我的是她們（普遍的婦女）無限豐富的個人素質：就像你無法談論一種潛意識與另一種潛意識相似之處一樣，你無法細述一個劃一的、完全相同的、甚至可利用符號分門別類（按規則編碼、分等分類）的女性性別。婦女的想像是無窮盡的（取之不盡用之不竭），像音樂、繪畫、寫作，她們湧流不習的幻想令人驚嘆。」[37]

回頭細味〈蜥蜴〉詩中令陳義芝「跌破眼鏡」的關鍵，乃在「棲息在

[34]〈潘芳格作品〈平安戲〉和〈中元節〉合評記錄〉，《淮山完海》，頁89。何豐山語。
[35]〈潘芳格作品〈平安戲〉和〈中元節〉合評記錄〉，《淮山完海》，頁93。棕色果語。
[36]〈潘芳格作品〈平安戲〉和〈中元節〉合評記錄〉，《淮山完海》，頁91。楊傑美語。
[37]埃萊娜・西索斯著；黃曉紅譯，〈美杜莎之笑〉，《女性主義經典》（臺北：女書文化公司，1999年10月），頁88。

我家院子的」「羞於表達感情」「幾千年來務實木訥」諸意象所營構成的情境，本以為是女性的自我描繪，絕沒想到竟能是女性描述男性的語詞，卻偏偏杜潘芳格在詩中卻以自己為主體，如此泰然自若地以此「陰性情境」來描繪她的先生，對照前三節自作品分析中所歸納的杜潘芳格的性格，設若認定其中呈現出來的心靈意象是顛覆一般習見的女性氣質；恢弘亮烈、深思自省、真誠包容，導致了男讀者出於性別思考而如此反應評判；這是兩性認知的幸？抑是不幸？面對這樣的評價，杜潘芳格應該高興嗎？

變色龍到底是什麼顏色？答案應該是不猜自明的；即：那思考的主人以自己為設想主體，可以「賦予」變色龍不同的性別，可以是她或他，這當然也是詩的語言是多義語的迷人之處！換另一個角度看，杜潘芳格透過詩作，給與閱讀者顛覆性別刻板印象的呈現，從而提供讀者對性別有不同的（另類的）思考方向，也正是她的詩中心靈意象的特色。西索斯說：「從某種意義上說，婦女是雙性的」「雙性即：每個人在自身中找到兩性的存在，這種存在依據男女個人，其明顯與堅決的程度是多種多樣的，既不排除差別也不排除其中一性。」「男人—人人皆知—則泰然自若地保持著榮耀的男性崇拜的單性的觀點。」[38]可以說，透過性別閱讀的觀察，以及杜潘詩中透顯的特質，正巧印證了這一點。

五

有關杜潘芳格的本土意識／鄉土之愛，由她的許多作品都可以清楚地讀出，論者也多提及，筆者擬另提一首〈母地〉作為例證，因為她自己也以題目清楚的標明了她此詩的主題：

> 往鄉下去傳福音，回來的晚上
> 關上私房門，跪下問耶穌

---

[38] 同前註，頁 93。

我‧今天這樣做

主‧您高興嗎？

主‧您有滿意嗎？

那裡爽朗的翠綠水稻苗長

白鷺鷥的翼膀映照著大蕾青桐白花，

木棉花盛開滿樹，相思花也綻金黃色了。

綺麗的臺灣，我的母地

綠茵默默地承著春雨

耶穌回答說

是，我很高興！

再說

我會愛你！保守你和我環繞你的一切的一切。

　　邱貴芬在〈女性的「鄉土想像」──臺灣當代鄉土女性小說初探〉[39]一文中說：「『鄉土』最深層的定義，不是一塊牢固不動的土地或純淨、令人懷念的農（漁）村社會問題，而是意義不斷流動，提供我們不斷反省身分認同建構問題的文化想像空間。」這樣的界定，特別適用於曾經具有三種國籍身分的杜潘芳格。對於無可選擇的獲得了前面兩個國籍，以及由於鄰境越戰，生出亡國恐懼；為尋求避難處所而主動爭取的第三國籍而言，杜潘芳格的國族意識應該是十分現實而實際的吧。既然仍舊回到臺灣作為平時主要的居住地，又寫出〈母地〉這首詩，詩中稱「綺麗的臺灣，我的母地」，這裡的「母地」意義十分耐人尋味。

　　「母地」是「我」傳福音的地方，是「鄉下」；自然的景致綠滿水潤、草木欣榮、物產豐饒，是「我」祈求天主庇佑的地方。詩中的主耶穌是作者的「隱含讀者，作者在創作時「心中有祂」，創作乃是與祂的對話。而有

---

[39] 邱貴芬，〈女性的「鄉土想像」──臺灣當代鄉土女性小說初探〉，簡瑛瑛主編《認同、差異、主體性：從女性主義到後殖民文化現象》（臺北：立緒文化出版公司，1997 年 11 月），頁 21。

意思的是「主耶穌」又是「我的主宰」、「我」的創造者，操控「我」命運的掌控者，也就是說是作者背後的「隱含作者」。這種寫作心靈狀態是杜潘芳格的普遍創作心靈模式，也是在她的詩文中她一再要特別闡明的。由以上分析令人憬悟「母地臺灣」乃是杜潘芳格鄉土想像的「空間」、美好的「原鄉」、她心靈的歸宿，她積極傳福音並希望上主特別福佑的地方。以她的基督信仰思考；乃是希望成為福地；流奶流蜜的地方。至此，杜潘芳格的鄉土之愛及愛鄉的方式便十分明確了。從而了解成為上主的愛子，也便是杜潘芳格甘願珍愛的心靈印記啊。

誠如鍾肇政先生所說，杜潘芳格「詩思之深、詩格之高」果然不同凡響，她也是一個不斷自我惕勵精益求精的創作者，我們願再以一段她的話語作為她的詩評的總結以及檢閱標準，她是這樣說的：「期盼有高品質的作品，只有作家本身在高品質的日常生活中具體化實踐才可得……高品質的作品是靠著謙卑、深省、祈禱並感謝的態度，成為自己創作的導向」[40]。大哉斯言！

——選自《臺灣文藝》第 170 期，2000 年 6 月

---

[40]杜潘芳格，〈希求高品質的作品〉，《芙蓉花的季節》，頁 78～79。

一隻叫臺灣的鳥
序杜潘芳格詩集《青鳳蘭波》

◎李魁賢*

　　杜潘芳格檢討詩的表現和語言的時候，在被歸類為「無意味的語言」的宗教性或文學性語言，和被視為「有意味的語言」的敘述性或檢證性語言之間，歸納出「作為個人表現的語言而經由讀取詩人的作者的體驗，投影自身內裡去了解、共鳴」的詩作品，雖然是無法確實加以檢證的詩語言的意味，然而，斷定「詩的語言絕非無意味而是有意味的語言」。

　　我在最近一項詩的討論會上，曾把詩概括分類二種傾向：一為現實主義的，強調外部真實的、著重生活經驗或現實經驗的、記述的、風景的、隱含繪畫性的；另一為現代主義的，強調內部真實的、著重美感經驗或純粹經驗的、想像的、心境的、隱含音樂性的。這種模式當然很難典型化，成為極端的標準，因此，不如以光譜上的傾向性來指稱，或許較具彈性，則前者為外向性的詩，後者為內向性的詩。

　　如果參照杜潘芳格的詩觀，外向性的詩因偏向記述，可以檢驗，傾向有意味的語言；而內向性的詩因偏向想像，難以檢證，傾向於無意味的語言。不過，在杜潘芳格的理念裡，詩是個人表現的語言，透過詩人的體驗，投影於自身內裡去了解、共鳴才成立，因此，詩的過程是由內向性到外向性，再反身於內向性的全部過程，不但在創作層面，在欣賞層面亦然。

　　這正和我在那一次討論會上所推衍和舉例說明，如何由內向性和外向

性的彼此匯通、結合、共生，完成詩的若即若離的經驗的想法相符。

我在題為「悲情之繭」的杜潘芳格作品研討會上，曾提到杜潘芳格的詩較之現實主義，應較偏向神祕主義或奧祕主義，這是基於她的宗教心和以此出發的內心思惟所建立的人生觀所歸納。如果以此主軸來看杜潘芳格的作品，應當是內向性優於外向性才對，這當然是以總體來看，而不以任何一首例詩為基準。

可是就杜潘芳格近期詩的發展方向，我發現她正走向內向性和外向性交匯中和的道路。她心眼所發現的心象，透過內心的思惟，投射到外在的現實，而外在的真實又不時與內在的真實呼應，然後以外在風景的記述巧妙布達出內在心境的想像，而傳達她做為一位詩人或（更重要的是）一位社會人的觀點和意念。

這種發現在展讀她新輯的詩集《青鳳蘭波》時，獲得更明確而鮮活的印證。茲以卷首詩〈一隻叫臺灣的鳥〉為例：

只因羽毛未豐，翅膀緊貼體軀，
睜眼仰望天空。
蒼天下，大地上
堆積如山的破爛，
早晚
瀰漫混濁霧靄的天空，
越是高處，越迷朦。
清流已斷絕
相思小花流過的黃金水流淤積著汙泥，
依然沖不走的是
那萬股汙泥般的奔流。
到底是：東、南、西、北？
何處得以立足？

何處得以翱翔，

當羽毛已豐，正亦展翅而起的時候。

不，那絕不屬於彼岸，

那是一隻叫臺灣的鳥，

　　叫臺灣的翅膀。

　　詩中明顯著重在描述外在現實的風景，「堆積如山的破爛」、「瀰漫混濁霧靄的天空」和「那萬股汙泥般的奔流」。在記敘這樣生活經驗的時候，詩人並不止於外在現實的描寫，她的美感經驗時時會滲透進來，因此插入「清流已斷絕／相思小花流過的黃金水流淤積著汙泥」詩句，不但以「清流」雙關語連接詩人內心對社會現象的批判，並把環境的汙染和人文的汙染進行隱喻連結，而以「相思小花流過的黃金水流」，把清純的美麗世界形象化，但這種想像的心境，畢竟屈服於「淤積著汙泥」的現實風光。

　　困於現實的無奈，詩人欲化身為鳥，飛離現實以求脫困。這樣的轉化純粹是美感經驗的想像，而且有擺脫異化世界的外在存有，以進入與自然和諧的生命本質之企圖和努力。

　　而最後，把這隻鳥叫做「臺灣的鳥」，不但把可能過度超脫異化的理念，又拉回現實的境地，以免飛向虛幻的「彼岸」（現實的彼岸或隱喻來生的彼岸），而且達成了內在真實超越提升的心境。

　　「一隻叫臺灣的鳥」本身是神祕的存在，這是杜潘芳格以詩的靈視塑造的意象，而那種超越性的思考隱含著脫離俗世的宗教觀，可是又不脫棄屬地性的人文思考。杜潘芳格的詩就在這樣內向性和外向性的交匯融通中，在現實的風景基礎上，追求奧祕的心境，不但是現實的，而且是超越現實的。

　　杜潘芳格的新詩集《青鳳蘭波》以客語詩占有絕大優勢的分量。詩人並不因使用日常生活的客家語言，而使詩境的表達土俗化，主要她以「思想先行」的克制，控制了語言的隨意氾濫。這也印證我認為運用不同語

言，可能影響思考模式，但不必然就會截然改變美感的運作和表達方式。

　　本書除了卷一華語時，卷二客語詩外，卷三的散文和隨筆，讓我們窺見詩人心靈的另一面向，由更易記述性的文字，或許能比較浮現作者人生和文學的經歷。至於書末的附錄，透過他人對杜潘芳格詩作的解讀，更能清晰型塑出詩人心靈的側影。

　　從上舉〈一隻叫臺灣的鳥〉一詩為例，清清楚楚可體認到杜潘芳格「作為個人表現的語言而經由讀取詩人的作者為體驗，投影於自身內裡去了解、共鳴」的詩，確實是「絕非無意味而是有意的語言」，我願在結束時再一次重複文前引用過的話，表示我的了解和共鳴。

——《自立晚報‧本土副刊》，1993 年 11 月 14 日

——選自彭瑞金主編《李魁賢文集‧第六冊》
臺北：行政院文建會，2002 年 10 月

物性、人性、神性
釋杜潘芳格的詩〈蜥蜴〉

◎李魁賢

　　在差不多同一世代的前輩女性詩人當中，杜潘芳格常常與陳秀喜相提並論，就跨越語言的寫作情境，詩作中透示的批判精神，不以柔性委婉的文字訴求等方面，有相似的基點，可以算是同一系譜的詩人。但就詩的風格和表現手法，卻有明顯的不同。

　　簡單說來，陳秀喜在詩的塑造上採取漸進的表現方式，而且感情比較外爍，讀者很容易進入情況；杜潘芳格正好相反，她在詩的布局方面往往採取跳躍式的思考，情緒相當內斂，讀者同樣要有相當程度的思想準備，才能跟上她在拐彎抹角當中發現豐富的內涵。如果說陳秀喜在散步，則杜潘芳格是在跳躍。

　　例如，杜潘芳格在被選入《八十七年詩選》中的一首〈蜥蜴〉，便具有相當的這種特色。詩曰：

> 從什麼時候　　就
> 棲息在我家院子的
> 蜥蜴，鮮綠搭配豔彩的變色龍
>
> 因為羞於表達情感
> 幾千年來務實木訥
>
> 它的視覺不是眼睛
> 是心靈。

詩的起頭很平常，院子裡出現一隻蜥蜴，詩人形容蜥蜴只有一句話「鮮綠搭配豔彩」，這種純粹外表的描述，掌握到「物性」的一面。人與物站在對立的位置，人的視線從物的外面看物，看到的當然只有物的表象。

詩轉入第二段，蜥蜴立刻具有了「人性」，因為「羞於表達情感」、「務實木訥」，這些性格是某種典型人物的特質。這時，人和物成為一體，詩人一方面提出了對蜥蜴觀察的詮釋，另方面不無自況的意味，人的視線在物的內在自我審視。

最後說蜥蜴的「視覺不是眼睛／是心靈」，實際上提升到「神性」的層次，有如佛陀垂首閉目入定，但全世界都在祂的視域內，因為神不用眼睛看，是用心靈看的。所以，此時詩人的視線已經從物的內在向外看萬象，或者說從自己的內心看外面的大千世界。

詩的三個段落，轉折跳躍快速，視線鏡頭從外向內，到從內向內，而從內向外，急速轉移，物象的本質也從物性到人性，而進展到神性。在詩想的發展上，表現手段在水平方向轉換角度，而精神內涵則在垂直方向層層上升。

杜潘芳格詩的精華在此充分表現了她的特質，語言更是要言不繁，不摻雜質。以最少的文字負載最大的思想空間，畢竟精密簡潔是詩最大的要義。

——《民眾日報》，2000 年 5 月 25 日

——選自彭瑞金主編《李魁賢文集·第九冊》
臺北：行政院文建會，2002 年 10 月

信望愛的女人樹

論杜潘芳格的情性與詩蘊

◎林鷺[*]

> 他在那黑灰色粗獷堅硬的黑硅灰石裡站立，寫男和女的戀情故事，又反
> 覆唱道：「若一切無」。
>
> ——杜潘芳格，〈琵琶湖佛寺巡禮〉

前言

那天我進入杜潘芳格擺掛各式各樣的照片的客廳時，還是與她相識多年以來的頭一次到訪。從屋門望過去，最先撞擊到視目的是戴著黑色漁夫帽的她，與滿頭銀髮的夫婿杜慶壽醫師，一起捱著身子坐在一棵老樹綠蔭罩頂下的長板凳上，共看她手上展開的一本書。那是一張用畫框式的相框，框起來的彩色放大照片，不仔細看還以為是一幅生動的油畫；後來我翻閱杜潘芳格為這張照片所寫的一首詩，題名為「雙思樹下」，才知道杜氏夫婦當時閱讀的是清朝沈復所著《浮生六記》第六卷的〈養生記〉。

「那個看似無風、陽光從身後和煦地穿透枝枒的雙人身影，無語共享書中情境的安祥時刻，也是一則男和女的戀愛故事吧？」我這麼想著。

再往牆壁的左下方望去，很自然的，又被一張加框的，粉紅底色的結婚證書所吸引，心想：「把結婚證書框懸廳堂，是否暗示著這位習慣冠夫姓的女詩人在以自然的意志，顯露她對新舊時代女性的愛情觀？」況且，她

[*]本名林雪梅。詩人、《笠》詩刊編輯委員。

就是一位敢於向舊時代威權主張自我幸福感的女性。這促使我對於這位已逾八十高齡的客家女詩人的人格特質與作品屬性產生探討的動機，以下從兩大方向提出我個人的感想：

壹、從不同角色看杜潘芳格所隱含的情性特質

1927 年出生於新竹新埔鄉的杜潘芳格女士，比較起同世代的女性，無論教育程度與文化背景，都是其他女性難以望其項背的。她保守的客家生長環境與家庭素養，伴同被異族殖民統治的人生經歷，混合了得自母親虔敬實踐基督教義的薰陶，使得杜潘芳格的生命情性展現出既保守又超越的獨特魅力。

我試著從幾種不同的角度來觀察她的生命特質：

一、為人妻的情性

> 吾倆成對的夫妻樹在搖撼的美麗島上，至今，你仍讓 17 歲的我長在你的心中……
>
> ——杜潘芳格，〈吾倆〉

當杜潘芳格走過五分之四世紀的人生旅途，回憶起她一生忠貞不二的愛情時，你會十分訝異於她對「時間」與「地點」的驚人記憶，也終能感知她那清晰得彷若昨日的陳述，乃是發生自生命深處與時間對抗的珍惜。

婚前家庭富裕，讀畢新竹女高，又進入臺北女子高等學院兩年制專科學校就讀，爾後在家鄉從事教育工作的千金小姐；婚後卻必須面對七個小孩接二連三出世的事實，並且與夫婿共同承擔起夫家人口眾多的經濟負荷。杜潘芳格曾經在電話中回憶：當初父母反對他嫁給家庭經濟不很理想，身體也不挺健康的杜醫師，她卻執意不從，等到婚後必須照顧一堆嗷嗷待哺的孩子，又得幫助夫婿打理耳鼻喉科診所的業務，裡外忙得喘不過氣來時，才深深體會現實婚姻生活的不簡單。她對我說：「哎唷！幾次想回

家去跪著向父母親懺悔喔！」不過，有著「思考」情性的杜潘芳格，對於愛情與婚姻終究有她理性且務實的心得。她說：

「『愛』雖是人與人之間的必要條件，但也要知道，只有『愛』還不夠。」

「婚姻不是終點站，而是夫妻雙方不斷學習、共同成長的過程。」

「篤信愛情可以突破障礙，可以移山填海的男女，往往會錯失了對於差異的認知。」

杜潘女士與杜慶壽醫師的愛情故事與婚姻生活，曾有多篇文章述及，我特別注意到，她在〈美與宗教〉的散文裡所提到的：「某日，因細故與外子起勃谿。當冷戰持續到快日暮，腦子裡閃過了聖教：『日暮以前好回去吧。』是聖教，所以我要遵從。我這麼禱告著哭起來，溫柔的外子馬上和我和好。」這證明對於「愛情」有著堅貞情性的杜潘芳格，面對如何實現圓滿婚姻的過程，懂得善用宗教所賦予的寬恕情操來自我消解，難怪她會說：「一個自我價值感高的人，他有能力接受任何新經驗，也沒有既定的成見或恐懼，也不會因以前的缺憾，而讓新經驗陷入缺憾中。」

關於杜潘芳格的婚姻，我找到一首她發表在《臺灣文藝》第 170 期，頗具趣味性的詩作，值得讀者細細玩味這位女詩人隱藏在精神深處的特殊情性：

初識你時

我感覺

我配不上你

因為你的學歷高

結過婚後

知道了你不是童真・處男

真真心身都全處女的我

有感到………。

一起生活五十一年，
洗禮以後
在這現世天國裡
你我之間沒有配不配！！
只有平安、喜樂。

——杜潘芳格，〈配不配〉

這「有感到……」的後面隱藏了多少女性複雜的愛情心理，想來是頗值得探索的吧？少女時代，對於因為堅持婚姻的自主性而採取「以時間換取空間」策略的杜潘芳格，慨嘆地說：「從 17 歲認識杜醫師到結婚，前後總共等了七年的時間，實在不容易。」她寫這首詩時，夫妻已經在一起 51 年，自然免不了歷經生活上的高低起伏。然而，為人妻的杜潘芳格，對於兩人世界的婚姻經營，最終卻只濃縮成一句平淡的——「只有平安、喜樂。」

　　這經由漫長的生活修練所成就的願力，看似簡約，仔細體會起來，不正是那「紫式部」所唱道的：「若一切無」的至高心境嗎？

二、為人母的情性

只有覆葉才知道　夢痕是何等的可愛　只有覆葉才知道　風雨要來的憂愁

——陳秀喜，〈嫩葉〉

　　1997 年由前衛出版社出版的杜潘芳格女士的詩文集《芙蓉花的季節》裡，收錄她七個孩子，外加一位與其說是長孫，不如說是么兒的孫子，所寫的八篇文章。我們從這些孩子如實地述說他們心目中的母親，並回述親子相處記憶深刻的片段，可以看見杜潘芳格有著容納非常誠實的母親角色

的情性。因此：

　　自稱從小膽小的長子興政說：「母親是水做成的女人，像河流般的潺潺而過，源源不斷，靜靜地。有時也像瀑布一樣，兇猛，奔騰而下，更像海洋寬廣無涯，包容一切。」

　　老四祺玉心中的母親，除了有著「三頭六臂的怪物」的厲害功夫以外，更是一個讓他們兄弟姊妹嘖嘖稱奇的「做夢大王」，因此常常把他們家的七隻小豬忘記在腦後。

　　對於「在我小時候的印象中，媽媽是如烈火一般性格的人」的老五佳陽，則有著這麼一段生動地描述：「媽媽很喜歡讀書，她的思想雄壯有力，當我開始聽懂她的話時，她常把讀到的東西與我分享，她說話時，熱情奔放，意氣昂揚，而我，則是目瞪口呆地看著她，她詮釋各種各樣的作品，都有獨到的看法，而且十分有趣，連艱澀的哲學作品，也可以說明得連八、九歲的孩子也懂，不過…」

　　在他們的父親突然重病危急時——「爸爸是他的終身伴侶，她表現得十分膽怯，順服神意，不敢強求，聲音也變得軟弱無力，一時之間，把我們嚇壞了！」

　　雖然杜潘芳格和一般母親一樣，在面對孩子不聽話的時候，也會口出怨言地說道：「生你們七個，是捆綁我，使我失去自由，不能寫作看書的主因……，你們只知道玩，功課落後也不知羞恥，我真痛苦，沒有自由離開你們。」然而由她一手帶大，已經在美成家行醫的長孫朝生，在〈我心中的「阿婆」〉一文當中，卻非常貼心地如是說道：

　　"Mother's get angry, but they'll never leave. It's their nature, they can not stay away from their children, not even a day."

　　所以，以一個俗世母親的角色，不論管教孩子時言詞有多麼嚴厲，其心深處總是無時無刻充滿著無私的愛與慈祥的心念。讓我們來看杜潘芳格在《慶壽》詩集裡的：

考進了夜間部的兒子
穿過街燈的蔭影向我走來，那個行動
猶如昔日的你搶著同樣的風———。

兒子喲
該這樣，或是那樣
為何反覆著愛的嘮叨與激辯
疏誤的出發就是必然的負數嗎。
你和我從兩極凝視所產生的一點，後退……。

檸檬的切片，靜寂地
浮沉在你我的杯子裡顯得青酸。

又到半夜兒子才如被我胸脯吸住般回來說：
「媽媽，您又等得這麼晚！」

———〈兒子〉

這首詩的陳述，不曉得是多少母愛情性的寫照？而那浮沉於母子兩人杯中，顯得青酸的檸檬切片，浸漬著的，豈不也是眾多母親言語之外共同的隱喻？

三、為人子女的情性

我沒有父家，也沒有遺失的家；母親把我誕生到這世界。

———里爾克，《最後的人物》

杜潘芳格出生於西元 1927 年的日治時期，她留學東京日本大學攻讀法律的父親，讓她有機會享有比一般孩子更好的受教機會。小學時，她上的是日本子弟所讀的「小學校」，而不是臺灣孩子讀的「公學校」，雖然這並

無法使她擺脫時常被日本小孩欺負的噩運，然而在〈父親的悲哀〉一文裡，她回憶道：「當時日本的壓迫是很深刻的，父親在日本留學時接受了很多新思想，但是回來臺灣後，日本人要利用他，所以其實他是很痛苦的，但是母親認為沒有必要去跟那些日本人周旋」、「兩人因而常常爭吵，為了不讓父母再為我們擔心，所以都不敢告訴他們我在外面的遭遇。」

　　我對於這段陳述的看法是：一個遭受異族欺負的小孩，能夠顧及父母親的處境而長期暗自忍耐，除了顯示她的心智早熟以外，主要還是杜潘芳格具備了「善體忍耐」的情性。

　　她的母親雖是養女出身，因著聰慧突出的特質與表現，養父遂以一種榮耀門楣的心態，栽培她接受臺北第三女高的教育，後來獲得新埔街上最有名望人家長子的青睞，並戀愛成婚；不過從杜潘芳格私下的敘述，我知道她的母親依然無法克服當時女權不彰的悲哀，所以杜潘芳格以一位無奈子女的心情與深刻入微的旁觀者身分，寫下這引人唏噓的詩作：

> 母親的姿影
> 在午後靜寂的禮拜堂院子
> 傲耀的玫瑰花。
>
> 看不見了　母親呢？
> 因為父親的大影子。
> 就母親而言
> 父親是
> 拔掉花瓣和葉子殘存的枝椏。
>
> 馨郁的父親花
> 母親卻看不見
>
> 住在十字架裡的母親

　　住在母親裡的父親

　　倆人住在傲耀的玫瑰花的一支荊棘。

——〈父母親之住家〉

　　這首詩寫的不只是杜潘芳格父母之間隱含的兩性關係與心理，同時便是無數傳統夫妻婚姻關係的縮影。父權或夫權的的龐大陰影，在舊時代裡，經常使得弱勢的女性，無法不隱身，甚至得消失在那個陰影裡，只不過她也別無選擇地，讓那畏縮的情感，像一顆無法拔除的種籽，埋藏的內心深處的泥土裡，為的是要成就一株有如荊棘一般，外觀傲耀的玫瑰花。

　　如今，因著時間的流逝而一再回憶寫出〈故里〉與〈秋天的故里〉的杜潘芳格，雖然現在已經「沒有父家」，但是她那「也無遺失的家」，卻以她的詩篇永遠存在她所認知的天國裡。

四、做為一位虔誠基督徒的情性

　　凡自高的，必降為卑；自卑的，必升為高。

——〈馬太福音〉第 23 章第 12 節

　　杜潘芳格曾經說過：「在我的一生之中對我影響最大的，是宗教信仰和哲思，信仰對我而言，也是最重要、不可缺乏的，它是支持我有力量，它不但是精神上的支持，更是永遠的指導。」她還說：「人生的道途是朝聖者的路，只向上，不往下。想做一位自勝者嗎？我們靠著聖道走。」

　　我觀察她處理人生難題的方式，除了用自己的意志力去克服以外，還是「以道為師」，尤其在無助難解的時候，她和一般的基督徒一樣，以所信賴的「神」為依靠，這使得她的情性裡，因為有著一個崇高的指導者，所以顯得「謙卑」。

　　這位曾經在年輕時被女兒以可愛而親切的口氣說道：「從小我們就在她

的『夢』中起起落落。」、「她的最狂的夢想是她要得『諾貝爾獎』。可怕吧？！這個女人！」的杜潘芳格，卻時時不忘以對神的教誨來自我約束：「每當我希望自己有名，或者希望稍稍變得有名，便馬上俯伏在神前，謙卑地認罪悔改自己，即使是片刻也好，被世俗的名譽俘虜住是不對的。」雖然她還是慨嘆人的本性是多麼可悲！一不小心欲望就會過來抓人。

　　然而，當親愛的人已經不在浮世，唯一留在她身邊，從事藥劑師工作的兒子，每天為了工作早出晚歸，以致必須長時間獨處的杜潘芳格，閱讀仍舊是她的主要嗜好。曾經，她翻閱過一本杜醫師年輕時送給她的書，書的扉頁有杜醫師特別寫給她的一段題字，想來對她而言，那就好比珍貴的婚戒一般，是一本具有個人特殊意義的書，後來不知為何卻百尋不著。她說自己現在「頭腦呆呆的，忘得快」，我體會她的心情，為此覺得可惜而替她難過，她卻說：「這是神的旨意，祂要我別再看了！」

　　從這件事情可以讓人意會行動不再俐落的杜潘芳格，從極端簡樸的生活修為當中，已然成就自然「放下」的情性，顯然不必再擔心她那顆越活越謙卑的心，得刻意去抵抗世俗人的欲望了。這讓我頓時想起：一個人的內心如果不夠謙卑的話，是無法臣服於所謂的「信仰」的，也無法真心去「禮拜」他心中的「神」。做為一個虔敬的教徒，不只是禮拜「神」，他必然還會因著信仰的奧祕而去禮拜「生」、禮拜「死」、禮拜「一切自然宇宙的法則與運作」。姑且讓我們從杜潘芳格的詩來捕捉一位詩人的「心靈禮拜」吧！

主啊

人是什麼？

絕於語言的

此刻。

毫無鹹味的淚水

慈愛。

慈悲。

主啊

人究竟是什麼？

啊啊

托身於柔和的讚美

飛翔天空吧！

乘在很大很大的堅強而溫柔的羽翼。

疊起羽翼擁抱我誘導於

平安的憩息

在感謝和感激裡

呼吸的感動和永恆

多麼藍高廣大的

天空啊！

——〈禮拜〉

這首詩讓我們從感受杜潘芳格對於「生為人的疑惑」，而自覺一己之渺小必需謙卑地托身於造物主的引領，才能面對「堅強而溫柔」的誘導，領受感恩的淚水。因此，她用生命感知一種無法測量的恩典，不知不覺敬畏地喊出：「多麼藍高廣大的／天空啊！」

五、做為一個國家與世界公民的情性

觀念的人，即純粹的、理想的、客觀的人，體現了永不改變的一體性；時代的人，即經驗的、主觀的人，則表現出始終變換的多樣性。

——席勒，《審美教育書簡》

　　一生經歷過三個不同國籍的杜潘芳格，對於人與世界有「前瞻性」的情性。在「世界公民」這個名詞還不很流行的時期，她就有著超越一般女性的思維，她曾經主張：「我認為全世界的人都要有『太空人看地球』那樣的眼光，來看待我們所生存的地方。」

　　對於性別的看法，她認為非但男性有比較柔弱的，女性也有比較強悍的，所以她主張：「要超越男人與女人的分別，要以『人』來思考與解決問題，因為許多問題是『人』的問題。」然而人所要面對的不是只有自己的問題，她說：「在這地球上，從小小的螞蟻到大象，無論是地上的植物或海中的生物，命運都被人類的良心掌握著。」所以，以一個世界公民的身分為出發點的杜潘芳格，同時也鼓吹人類必須具有「良知」的情性，這和佛教徒「同體大悲」的主張不謀而合；因為唯有多數具備良知情性的世界公民，才不至於把人類和環境帶上無可挽救的悲劇當中。

　　基於身為一個國民所應具備的「反思」情性，杜潘回顧臺灣的歷史，提出：「因為半世紀之久屬於日本的殖民地，所以大部分的臺灣人心裡還留著『認罪反應』、『孤兒意識』等等卑屈、奴隸心態。」主張：「記憶是智的起點。」，「正視二二八事件是使臺灣人追溯自己文化原點、找到自己尊嚴的契機。」她說：「我們可以饒恕，不可以遺忘。」

　　對時局保持關注的杜潘芳格在〈一民之生重天下〉的短文裡，特別引用王安石的一首〈收鹽〉詩，其最後一句正是「一民之生重天下，君子忍與爭秋毫」，並大聲呼籲：「請有心人啊！的確要小心。」「你不要去參加『賣臺』比賽。也特別拜託你不要『挖我的臺灣一塊聖地』。」這篇發表於1993 年 5 月 25 日《自立晚報》的文章，如今看起來依舊是那麼地切合這個國家的需要，有權力的施政者與有見識、有覺知的國民們，的確應該時刻戒慎恐懼呀！

　　記得杜潘女士有次與我通話，曾經慨嘆地說：「那些激進的回教徒在鄉下種植大麻、製造毒品，賣到世界各地謀取暴利，再換成武器來擾亂世界的和平與安寧；雖然他們一天向阿拉禮拜五次，但信徒卻被教育成甘心當

人肉炸彈，搞得這個世界很不安寧。想到這些事，我就想：『自己還去得什麼文學獎，比起來這好像沒那麼重要嘛！』」這是杜潘芳格以她的公民情性來提醒大家：不管身為一個困於無法光明正大被定位為一個正常國家的國家公民，抑或在籠罩著全球化威脅，與所謂「又平又擠」的地球村裡，當一個微不足道的世界公民，都應該自我反省或自我意識到，是否能夠成為她所詩寫的，那朵足以超越「尊榮的所羅門王」的：

> 野百合花喲！
> 被焚毀的百合花啊！
>
> 原來你就是
> 今天還在
> 明天就丟在爐裡的那百合花呢！
>
> 就是那蒙祝福，賜恩的，
> 「他不勞苦，也不紡線然而所羅門王及榮華的時候，王所穿戴的還不如
> 這野百合花一朵呢！」的那
> 一朵。
>
> 你會繼續開花。
> 因為，你就是她。
> 野地裡的百合花，永遠開在聖經上的那一朵。
>
> ──〈野地裡的百合花〉

貳、杜潘芳格身為詩人的角色與詩作的意蘊

現在我常寫一些詩，不過感覺上像是那些言語自己來找我、來催我趕快

寫出來的，寫出來之後就像是生了一個小孩一樣，不然沒生出來之前，肚子一天天大起來，很難過的。

——杜潘芳格，〈我的寫作〉

據說接收了父親的因子，而成為一個詩人的杜潘芳格，其詩作含蘊了各種不同情性所顯露出來的人格特質與風貌。依照文學創作的基本要件，我循著她創作的主要路徑，探究呈現在她生命裡的精神價值，並實現身為一個讀者的單純願望。

以下是簡要的路徑提示：

1.語言：杜潘芳格和老一輩的詩人一樣，因著時代歷史的無所選擇，成為詩人黃騰輝所稱——悲哀的「混血語言」一代的成員之一。儘管日文寫作才是她最駕輕就熟的創作工具，杜潘芳格除了精進自己的中文能力以外，還努力用客語寫了不少作品，但是根據鍾肇政先生對杜潘芳格客語詩作的感想，認為客語的精緻度，以目前狀況言，確實還不足以表達杜潘思考方式所常見的曲折幽邃、深奧晦澀、曖昧中透露出絲絲光芒，令人為之目眩神迷的特色。其文字的運用，雖是不懂客語的我難較難深入體會的，但是，我認為杜潘芳格之所以從事客語詩的寫作，乃是出自她反思情性的驅使，因為針對她自己對於客語詩的創作觀，所寫下的〈詩的教養〉一文當中，就曾明白說道：「北京話和日本話兩種都不是臺灣人的言語。我們臺灣人各族群有各族群的語言，這才是真正的臺灣話。」還說：「我們臺灣人近一百年歷來受精神文化的侵略，言語文字都給外來人剝削去了。」所以，對於寫作的語言工具，杜潘芳格有一句近乎自剖的話說：「我用的是青澀的字句，但我實實在在不甘心，只用『咿啞』裡（應是「禮」）讚我的日語來表達做為一個臺灣的客家詩人的詩意。」

此外，關於詩與非詩的語言區別，杜潘芳格用了一個頗為精準與傳神的比喻：「純金」與「紙幣」。她說：「語言是詩人的武器。」「詩人的武器是需要用『真正的金幣』來表現的，不能用在世俗流通的薄薄的紙幣般的

沒有內容的只溝通用的語言。」

　　2.形式：杜潘芳格認為歷來中文因為使用漢字已經有了 5000 年的包袱，所以有著太多貴族氣味的文字典故，所以現代的新詩作者如果學到了這一套，把技巧看得太重，反而會束縛自己的自由，變成不天真，會失了詩的精神。唯有自由地書寫，才有可能做到歌德說的：「是詩來做我！並不是我來做詩。」也才可以像 T・S 愛利爾德（即艾略特）所說：「把思想像玫瑰的馨香一般地噴發出來。」

　　3.內容：大約 15、16 歲起，就開始用日文寫詩，也寫散文和小說的杜潘芳格，自稱她寫作的主要目的只在「把苦悶化作文字」自我抒發情緒罷了！又因為「詩是暗喻，只有有心人才看得出來」，所以讓她在不知不覺當中，選擇了「詩人」成為文學旅程的主要角色。

　　我想杜潘芳格從懷抱「少女情懷」的初始寫作，到後來意識到自己可能成為一位真正的詩人或文學家的歷程與歷練，其內容與層次自然是很不相同的。她對於身為一位詩人所應該經營的內容也認為：應該從對抗日常生活原體驗裡的思維與修養去實踐「真」、「善」、「美」的「純粹性」，這才是一個詩人生命裡的豐盛內涵，也才可能表達出詩人「精神內部的深奧性」。

　　　詩的熱情原是可以鍛鍊和煥發精神的力量的

　　　　　　　　　　　　　　　　　　　——薄伽丘，《異教神譜系》

　　2008 年 8 月底我去她家造訪的幾天前，喜歡花草也教授過插花藝術的杜潘芳格，在電話中很興奮地告訴我，她等了好幾個月，一直納悶著的是，她家花園裡一株紫色的花，不知為何今年過了時序還不開花，直等到突然的那一天，才發現：花又開了！於是她立刻用「很感動，很感激」的心情寫了一首詩，詩的內容依據她的口述，我大致替她這樣寫下：

神沒有給你生命
你是沒辦法開花的
神給你生命
你才可以開花

看到你
我就看到神

——〈花〉

年輕的生命或許無法從如此簡單的詩句裡，去體會對於禮敬生命奇蹟激起
的煥發精神，以及所含蘊的深刻詩意。然而，走過杜潘芳格另一首〈花〉
裡的「荒原，有時是發狂暴風雨的演場」之後，還能看到「浮雲輕飄，渺
小的野花被朝露叫醒，夜晚靜思／瘦細的莖枝頂有花顏清爽淺紫色的
它。」並了知，除了「被拔根」、「以外不能切斷她的生命」的生命密碼是
「在母胎以前／它已經是花。」的詩蘊，那麼自然而巧妙地對應了禪門要
你去參的，那個——在你尚未出世之前的「本來面目」的公案以後，我們
或許就可以多少意會出鍾肇政為杜潘芳格的詩所下的評語了！

確實有不可表述的東西。這種東西顯示自身；這就是神祕的東西。
神祕的不是世界是怎樣的，而是世界是這樣的。

——維特根斯坦，《邏輯哲學論》

雖然一提起杜潘芳格的詩，總會讓人想起就那兩首具有指標性的作品
〈平安戲〉與〈聲音〉。前者被認為具有社會批判性質，後者則屬隱喻性政
治批判的傑作。然而當我反覆閱讀，並感受杜潘芳格詩作的情蘊時，卻越
來越浸沉於李魁賢為她的詩集《青鳳蘭波》所寫的序文裡，指稱的——
「杜潘芳格的詩較之現實主義，應較偏向神祕主義或奧祕主義」的那一塊。

英國研究宗教哲學的詹姆士‧利奇蒙德（James Richmond）教授曾經提出：「神祕的東西是許多維特根斯坦的實證論證崇拜者所輕視的一個概念。這是否意味著《邏輯哲學論》中絲毫沒有宗教的東西的地位？根據維特根斯坦的見解，並不完全這樣。因為他關於神祕的東西談得不少；也有人指稱：或許海德格的存在主義哲學真的達到了人類神祕主義的最深處，因為他將詩人界定為『一個聆聽語言無言地言說的人』；而我們更不要忘記，柏拉圖也曾經把詩定義為『神的話語』，並認為『詩是置放於作品中的真理』。」

有人說神祕體驗就是一種宗教體驗。站在「宗教是人類的終極關懷」，虔敬的宗教信仰，在人我關係的提升、自我淨化的導引之下，認真追尋生命本源，努力向真理靠近的生命特質，才是杜潘芳格散發著的，彷彿有著超驗能量的迷人詩思之所在。以下我節錄了幾則得自杜潘芳格詩集裡的詩句，讓我們用心來「感受」她超越現實世界的形而上詩藝：

難耐，肉體重量的浮雲／仍然，被允許幾顆星星在此閃爍的天
藍藍而無底，抓也抓不到／但，仍然，存在的天喲。

——〈天〉

「老」來抓住我／嫩葉的綠色／染不沾我的身子

——〈橋〉

黃色絲帶／和／黑色絲帶／以桃紅色柔軟的絲帶／打著蝴蝶結的／我的
死

——〈重生〉

對於只剩莖骨的你，我的內心湧起靜寂

——〈石和花〉

小小的蟲兒，細細的嫩草，／樹木，花蕾，鳥兒……，／連吹拂浮雲的

風，也痛愛悲情之繭。／而將蔚藍的天空捲入白色的懷抱裡，／緊緊地擁著，用滋潤和藹的眼神和輕柔的語言，／加以擦拭使天空明亮。

——〈悲情之繭〉

拂曉的星空染紅／禪寺的鐘鳴了／人世間的白、綠、黃、藍逐漸清晰起來

——〈泳〉

故里光亮明朗，原為閉著又漆黑的我的心，／被光浸進逐漸地放晴。

——〈故里〉

是的！／「聖」就是「靜聽」。。就是「天真無邪的嬰孩的姿勢」

——〈嬰孩〉

變成蝴蝶像星星那麼遠的父親喲！／我深深地在祈禱。

——〈變成蝴蝶像星星那麼遠的！〉

那女人搖幌著嬌媚的身姿走過去，引誘著太陽光。／把引誘著太陽光的那豔麗的春天之花，從那女人的花筐一朵一朵／摘下來丟開。

——〈笠娘〉

雪的清白是可愛的嗎？／生命在問／不可愛？那麼，就是憎惡嗎？／語言向生命詢問，用問號自答。／噢！妳們曖昧的語言。

——〈雪〉

現在是何時？／果真是過去、抑或是未來？
啊！／那個回響是／在昏暗的海底／又更深之處的珍珠，所吐露的吟哦之聲。

——〈今夜窗下也許仍有回響〉

如此在詩作裡充塞著宗教信仰、哲學思維，與美學涵養的杜潘芳格首經說
過：「破碎性成了我們日常生活的隱痛，我們的腦子裡集合了不少的粒子知
識，但卻缺乏消化成統合性、整體性的智慧。我們內心的河流被阻塞，生
活藝術的河流被功利效用所乾涸。」我認為以下這首詩，正好可以呼應以
上她身為一個詩人所說的話語：

> 插花
> 凝神的插花
> 恣意地塑造形象
> 有山有水有谷瀧（瀑布）村里，
> 是虛構
>
> 然而
> 能看見的生命，一切形而下的姿影
> 生時都是脆弱的。
> 雖然留下圖象或照片，
> 但英雄美女鮮花都不能免於枯萎。
>
> 只有語言
> 你被寫成後，得到的生命
> 會死也會永生，
> 虛構。但鬼斧神工的虛構，
> 是活生生的。
> 決定你的生與死的
> 是什麼力量呢？

——〈虛構〉

這首由造形花藝所引發，對於語言、文學與生命終極交錯的探討，正是我

們所熟悉的，杜潘芳格詩藝的縮影。

　　我發現比較有趣的是，中文語言對於杜潘芳格產生的困境，正如她用北京話講太久就讓人感覺她容易累一樣，但這樣的困境在詩的創作上，卻反而經常出現不可思議的語言的驚喜。例如：

　　剛出生來的嬰蝶
　　騎著春馬由北方來

　　　　　　　　　　　　　　　　　　　──〈柚子樹下〉

　　主啊！
　　人是什麼？
　　絕於語言的
　　此刻

　　　　　　　　　　　　　　　　　　　　　──〈禮拜〉

　　秋天接近了　紫色山龍膽花笑了
　　筍子長成年青竹子

　　　　　　　　　　　　　　　　　　──〈紅蜻蜓的孩子們〉

　　在愛的旗幟飄逸下，頂滿銀霜的你我，靜坐樹林中的蘋果樹蔭裡嘗他果子的滋味覺得甘甜。

　　　　　　　　　　　　　　　　　　　　　──〈秋晨〉

詩是語言的藝術，也是文字的探險。身為一個「語言像生命一樣，獨自溢出，所以我就寫它們」的女詩人，有著：「春晨　我在睡醒的枕上輕輕撫摸嘴唇／撫摸著今天還沒有語言來找的嘴唇。」──〈唇〉的浪漫。杜潘芳格告訴我們：「思想是從儲蓄在我腦裡的語彙抽出來的。」她所等待的是：「精粹鮮活的語言直接結連在日常生活的每日奇蹟中，以及現存之過往等

等……。」我雖然無法一一向讀者提示她那具有不可言說的情境與意蘊的
詩作，在此願意以我特別喜愛的一首：

菊花馥香，天高秋晴
最後一顆無花果成熟了。
鳥兒，蟲仔都忘了吃它，
我吃了。

忽然，我的眼睛澄起來，
看透，
微風輕揮光筆，寫成一個個雲之文字，

憫字，悲字，捨字，淨字。
雲的長舌。

悠悠，
雲之文字

——〈雲之文字〉

來分享那瀰漫著「無法一對一的相互對應」的「無意味的語言」，正因為那
是無法驗證的語言，才有可能是杜潘芳格所說的：「詩的語言就是宗教的語
言。」而所謂宗教的境界，不也是現實世界很難加以檢證的嗎？（註：杜
潘芳格曾經在〈詩的表現與語言〉一文引用哲學家維特根斯坦《寫像理
論》對於語言的概略主張是：語言必須一一對應於客觀的事態，可加檢證
才能持有意味。宗教與文學無此特性，所以稱之為「無意味的語言」。）

結語

杜潘芳格自許著：「靈魂喲！長胖吧！離解肉體欲念而長胖」。她在人

生的旅程上，一方面在有形的現實世界，不斷地以「愛的呼喚」來提升、鼓勵周遭的生命——「因為在旅途／終會到達／終點的。」、「你，愛吧。／該深深地／該以堅強的耐心／繼續愛到底呀。」，當陪伴她一生的愛侶面對生死交關時，也呼喊著：「啊！盼望你活著，再接再厲地，／追越過年老而活下去吧。　願你，請你活著，活下去吧。再接，再厲地」；另一方面則在形而上靈命地提升，不斷自我釋放到足以真正體會「『放棄』確實地把人導向『自由的境地』。」所以她才會說：「我的詩觀就是死觀。死也不悔，不把今天的善惡帶過明天。……因此持著死觀，超脫死線的意象而寫詩」。所以她像超驗的神祕家一般，用詩人的文字寫下：「墨水寫盡的／地方　恰好是『夢』字。」的詩句。

　　杜潘芳格既是一位懂得「華道」（花道）「選擇亦即捨棄」之奧祕的花藝家，也是一位想望成就「內在自由之追求」而寫作的詩人。她說：「假使有另一世界，那麼與其在那兒成一名幽靈，我寧願再轉世生在現世，成為一隻小麻雀，或者在秋野裡頂著頭向路邊人問安的一莖秋菊。」追求生命美的杜潘芳格，顯然已經在精神上超越了有限的生命，她提醒大家：「總有一天，會結束這現世生活的有限生死命體的你，我來思維，美，究竟能不能取代宗教呢？」我因此認為：花藝與寫詩只不過是杜潘芳格讓有限的生命邁向真理之路的階梯，宗教的歸屬才是她戮力以求的終極殿堂。

　　這位迷戀著島上開著小小黃花蕾相思樹的女詩人說：「我也是／誕生在，島上的／女人樹。」對我而言，她豈只是一棵女人樹？她是一棵實實在在掛滿著「信」、「望」、「愛」葉片的女人樹呀！

——2013 年 7 月 9 日修訂

參考書目

・杜潘芳格，《芙蓉花的季節》（臺北：前衛出版社，1997 年 3 月），頁 88〜90、94〜97、100、118〜120、150、180〜189、212、219、221〜222、224。

・杜潘芳格，《青鳳蘭波》（臺北：前衛出版社，1993 年 11 月），頁 4、166〜168、

174、176、188、190。

- 杜潘芳格,《慶壽》(臺北:笠詩刊社,1977 年 3 月)。

- 杜潘芳格,《朝晴》(臺北:笠詩刊社,1990 年 3 月),頁 102～104。

- 杜潘芳格,《遠千湖》(臺北:笠詩刊社,1990 年 3 月)。

- 陳秀喜(1921～1991),《覆葉》(臺北:笠詩刊社,1971 年 12 月)。

- 里爾克(Rainer Maria Rilke,1875～1926);李魁賢譯,《形象之書》(高雄:大舞臺 書苑出版社,1977 年 1 月)。

- 《聖經》,漢語聖經協會印行。

- 席勒(Johnn Christoph Friedrich Von Schiller,1759～1805);馮至、范大燦譯,《審美 教育書簡》(北京:北京大學出版社,1985 年)。

- 張瑞德,《詩與非詩》(山東:山東友誼出版社,2007 年 1 月)。

- 韓林合,《邏輯哲學論研究》(北京:商務印書館,2000 年 8 月)。

- 維特根斯坦(Ludwig Wittgenstein,1889～1951),《邏輯哲學論》。

- 毛峰,《神秘詩學》(臺北:揚智文化公司,1997 年 1 月)。

- 詹姆士・利奇蒙德(James Richmond);朱代強、孫善玲譯,《神學與形而上學》(四 川:四川人民出版社,1997 年 6 月)。

- 海德格爾(Martin Heidegger,1889～1976)等,《海德格爾與神學》(香港:漢語基 督教文化研究所,1998 年)。

——選自《笠》第 296 期,2013 年 8 月

宗教情懷的禮讚者

杜潘芳格

◎阮美慧[*]

一、文學歷程

杜潘芳格[1]，1927 年生於新竹縣新埔鎮。父親潘錦淮，母親詹完妹。潘家在新竹縣係屬望族，父親於日據時期曾任庄長，1934 年（七歲）入新埔「小學校」就讀，有別於一般臺灣人就讀的「公學校」。在日據時期父親生存在中國人、日本人雙重身分的境遇下，曾給杜潘芳格留下悲慘的印象：

> 在日本時代，父親很有中國思想，常常偷看三民主義、五四運動等書，但是我們又處在日本統治下，他是很無奈的，一天到晚要跟日本人周旋，那時他是鎮長的部下，真是所謂的「三明治」，因為他很愛自己的臺灣同胞，可是又受到上級的壓力，他看到太多的不平，他想要反抗、想要革命，卻都無法實行，內心非常痛苦，後來竟成了「人格破壞者」，回到家裡竟不會說話了。[2]

從小杜潘芳格即從父親身上，感受到這樣人格矛盾及分裂的時代，因為民

---

[*]發表文章時為東海大學中國文學研究所碩士生，現為東海大學中國文學系副教授兼系主任。
[1]她出生時取名為「潘芳格」，1943 年（昭和 18 年）改名米田方子，1945 年戰爭結束後才又改為潘芳格。1948 年與醫師杜慶壽結婚，後冠夫姓而成為「杜潘芳格」。
[2]杜潘芳格訪問稿，曾秋美記錄，1994 年 8 月 18 日、10 月 20 日、1995 年 6 月 14 日，中壢市住宅，訪問紀錄由杜潘芳格提供。此稿後收入於江文渝編，《消失中的臺灣阿媽》（臺北：玉山社出版公司，1995 年 9 月）。

族意識的扞格對立，所造成的精神苦悶與壓抑。

　　至於母親，從小即被詹姓醫師夫婦所收養，其家庭為虔誠的基督徒，故在日後母親的宗教信仰，也深深的影響到杜潘芳格，使她成為一名具有宗教熱忱的基督徒。由於母親資質聰穎，日據時畢業於第三高女，在保守的時代，是非常特異的。母親性格強烈，具有濃厚的正義感，無形中對於杜潘芳格灌輸批判、反省的人格教育。

　　1940 年（13 歲），小學畢業入州立新竹高等女學校就讀。從這時候起開始以日文寫詩，對於寫詩的動機，杜潘芳格曾說：「我開始寫詩的動機是一種少女的夢。人既有生命的活動，就感到有創作的意欲。但寫小說、日記、書信並無法滿足我的創作欲。於是我開始寫詩，追求人生真、善、美。」[3]但由於當時社會風氣保守，一個女人寫詩簡直被視為荒謬之舉，因此，她最初寫的詩早已散佚。[4]

　　1944 年（17 歲），進入臺北女子高等學校就讀，為為期兩年的專科學校，專門教授插花、泡茶、縫紉等家政方面的課程，此外還上一些歷史、詩歌等普通科目。因戰爭的緣故，於第一學年中途便結業[5]，之後杜潘芳格即至新埔旭國民學校裡教書，於此認識了日後的丈夫杜慶壽先生。

　　1947 年發生了二二八事件，家住花蓮的姑丈張七郎無故被殺[6]，這對她造成了很大的衝擊，因為這位姑丈在她年輕時代，曾給她許多人生思考的啟蒙與解惑，她追憶說：

---

[3]〈詩的問答〉，《笠》第 20 期（1957 年 8 月 15 日），頁 46。

[4]杜潘芳格訪問稿，曾秋美記錄，1994 年 8 月 18 日、10 月 20 日、1995 年 6 月 14 日，中壢市住宅，訪問紀錄由杜潘芳格提供。此稿後收入於江文瑜編，《消失中的臺灣阿媽》。

[5]日本天理大學，井關えつこ訪談記錄，1994 年 4 月 24 日，訪談紀錄由杜潘芳格提供。

[6]有關張七郎在二二八事件被殺，據許極燉在《臺灣近代發展史》中的記載為：「花蓮的名醫、制憲國代張七郎，於 1946 年 3 月當選花蓮縣參議會議長。10 月當選國代，12 月赴南京參加制憲，於 1947 年初回鳳林後即臥病。他原本跟事件無關，只因陳儀表示可以推選縣市長候選人，因被推舉而遭忌恨。4 月 4 日，被 21 師的獨立團第二營第五連的部隊所逮補，連同他的長男張宗仁醫師、三男果仁醫師父子三人被槍殺於鳳林公墓。後來，警備總部竟誣指他們父子三人叛國，組織暗殺團，抵抗逮補才予射殺。」許極燉，《臺灣近代發展史》（臺北：前衛出版社，1996 年 9 月），頁 497。

那時候我也看到社會上悲觀的那一面，看到日本人欺侮臺灣人，看到很多
不公平的事情，所以心裡有很多的不平與不滿，但我又找不到解決的辦
法，幸好我有一個很好的姑丈……是日本京都大學畢業的醫生……是他一
直在教育我，陪我度過那些歲月，他真是我的貴人，對我的影響很大。[7]

　　日據時期，正值年輕的杜潘芳格，對於殖民社會中種種不平的待遇，
極為忿恨，幸而這位姑丈給予許多的人生指引，才使得她那顆激怒的心，
稍稍可以平息。然而使料未及，戰後姑丈卻因二二八事件被殺，這對她而
言，是難以接受的事實。正因為如此，使得她成為「二二八事件受難者」
的家屬，在心境上總是對政治懷抱著恐懼及不信任，因此在她的詩作中常
有對政治現實尖銳、深沉的批判與諷刺。

　　1948 年與醫師杜慶壽結為夫妻，體驗到自己戀愛與婚姻之間的差別。日
後育有二男五女，在扮演母親的角色後，使得她更能感受到為人母的辛勞，
同時再與父母的戀愛與婚姻做比較，對父母之間的情感產生了不同往昔的看
法。像〈父母之家〉、〈愛〉、〈吾倆〉等即從不同的角度來描寫夫妻之情。

　　戰後「語言」的跨越，對於重新執筆的女性跨越語言一代詩人更是難
上加難。但憑著一顆不死的詩心及對文學的狂熱，使她至今還持續寫作。
寫作對她而言是一種與自己心靈對話，足以安慰現實中的挫傷的良藥。故
戰後縱使有「語言」的障礙，她仍然創作不斷，關於戰後語言的學習及創
作的情形，她表示：

我是受日本教育的人，過去都是講日文及客家話，後來光復之後要再重
新學習北京話有些困難，但是或許我們客家話過去也是和北京話同根
的，學起來快了一些，但也慢慢才學起來，我那些初期的詩也都是用日

[7] 杜潘芳格訪問稿，曾秋美記錄，1994 年 8 月 18 日、10 月 20 日、1995 年 6 月 14 日，中壢市住
宅，訪問紀錄由杜潘芳格提供。此稿後收入於江文渝編，《消失中的臺灣阿媽》。

本話寫的，再請人幫忙翻譯，有時候她們翻錯了，我自己也不知道。[8]

　　身為客家系的跨越語言一代女性詩人等多重身分，使得杜潘芳格更能體驗到處在邊緣文化的悲哀，於她而言，「語言」的困境，較諸閩系的跨越語言一代男性詩人，感受又更深一層，由於她對語言掌握的不確定，使得她有一份莫可奈何及不安的心情，如〈聲音〉一詩所揭示：

不知何時，唯有自己諦聽的細微聲音，
那聲音牢固地上鎖了。

從那時起，
語言失去出口。

現在，只能等待新的聲音，
一天又一天，
嚴肅地忍耐地等待。

——《遠千湖》，頁 94

　　自己的語言是「牢固地上鎖了」，表現她無法發出自己的聲音的痛苦，她只能以「等待」的生存方式，來忍受這樣的悲情，可見其創作歷程的艱辛。1964 年笠詩刊社成立，笠成立的第二年杜潘芳格才加入該社，成為笠詩社的一分子，此後受到李元貞、李敏勇、鄭清文等人的鼓勵與支持，陸續地將中文詩作發表[9]且持續創作至今。

　　1977 年出版處女詩集《慶壽》後，陸續出版了《淮山完海》（1986年）、《朝晴》（1990 年）、《遠千湖》（1992 年）、《青鳳蘭波》（1993 年）[10]，

---

[8]杜潘芳格訪問稿，曾秋美記錄，1994 年 8 月 18 日、10 月 20 日、1995 年 6 月 14 日，中壢市住宅，訪問紀錄由杜潘芳格提供。此稿後收入於江文渝編，《消失中的臺灣阿媽》。
[9]同前註，在訪談紀錄中，對於三位的協助與技持，特別提及並衷心感謝。
[10]杜潘芳格的詩集其命名都極為特殊，像《慶壽》：係以從事醫事的夫君名字「慶壽」命名，是為

而在《朝晴》與《青鳳蘭波》中更嘗試以自己的母語客家話進行詩及散文創作，杜潘芳格曾說：「母語是心靈的細胞」[11]，故以母語來創作，不僅是語言的轉換，同時是身分的認同。由於歷經過日據、國民政府的統治，使得她有三個不同的國籍的認同，〈（我的）Identity〉一文中她表示：

> 昭和 2 年（1927 年），我誕生在日本殖民地臺灣，直到昭和 20 年（1945年），被灌輸日語，以日本人身分活過來。19 歲那年 8 月以後，成了中華民國國民，開始學習在新的制度與北京話之中生活，同時結婚、育兒、組織家庭、賺錢，拼命過了常見的女人生活；另一方面，因受了使自1959 年的越戰影響，開始作移民美國的打算。[12]

如今，她已認同了所生存的土地，不再背負時代的十字架，故《朝晴》與《青鳳蘭波》不斷地以自己的母語作為書寫的工具，其創作從日文到中文，再由中文到客家語，在在都顯示她不斷在思考自身處境與文化意義的關係，「為什麼現在我們要努力學習母語？最重要是明瞭我是誰？我是怎樣的人？我們生存最基本的根要抓到才是一個人。」[13]在〈母語功能〉一文中，更可見其對語言的尊重與寬闊性，或許親歷「語言」壓迫的痛苦，更使得她堅持語言的多元並存，並回歸到自己的母語創作，最後她用客語主張：

慶祝她父親壽辰而出版的。《朝晴》：「朝」字取自孫子名，「晴」字取自孫女名。「朝晴」成為一個完整的詞語。《淮山完海》：淮山的「淮」是父親名字，完海的「完」是母親的名字。「淮山完海」以山海引喻父母，且成為一組詞語。《遠千湖》：「遠」和「湖」兩字，分別取自少女時代男性友人的名字。他們曾是她夫君人選，雖未結締仍和他們夫婦成為友人，而且他們也都是醫生。而「千」字則是向陳千武借用，「遠千湖」亦成為一組詞語。《青鳳蘭波》：「鳳蘭」是女兒的名字，「青」和「波」也是杜潘芳格少女時代異性友人的名字，前後組成詞語。參考李敏勇，〈誕生在島上的一棵女人樹──杜潘芳格詩風格的一面，兼序《青鳳蘭波》〉，《青鳳蘭波》（臺北：前衛出版社，1993 年 11 月），頁 12～13。由此可了解到杜潘芳格匠心獨運的詩心，及其獨特的詩想。

[11]杜潘芳格，〈滴淌血跡的文學道路──二二八事件感思〉，原載《臺灣春秋》1990 年 3 月號，收錄於《青鳳蘭波》前記，頁 174。

[12]杜潘芳格，〈（我的）Identity〉，《朝晴》（臺北：笠詩刊社，1990 年 3 月），頁 90。

[13]「悲情之繭──杜潘芳格作品研討會」，原載《臺灣文學》第 7 期（1993 年 7 月），收錄於《青鳳蘭波》，頁 246。

> 現在臺灣有多種語言，不論麼个人毋關係，大自家來學大自家个話，特
> 別來努力痛惜，愛弱勢个原住民等。毋好驕傲，各儕人自家會作个事就
> 快快起始行動，毋使講多也毋使大聲，各儕人從今晡日這下就開始學習
> 對方个語言，來畀臺灣變成有愛心、有和諧个美麗島。[14]

　　臺灣最早是移民社會且又受過多種外來政權的殖民，因此不管在語
言、文化上，都呈現出多元化的面貌，然而因政治因素的干擾，使得這樣
多元化的元素，常被加以剔除，使得臺灣人民患了歷史失憶症。然而我們
應該思考到尊重不同族群的聲音，如杜潘芳格所言，使臺灣變成「有愛
心、有和諧的美麗島」。

　　1992 年，杜潘芳格以《遠千湖》榮獲第一屆「陳秀喜詩獎」，其得獎
評語，特別推崇說：

> 杜潘芳格以女性特有的溫柔感情從豐富的生活經驗中，捕捉交織感性與
> 知性的詩情與詩想，涵蓋了自我追尋，生命觀照、現實觸探與社會批評
> 的詩作主題裡，透露著特有的真摯感與宗教觀，深刻而動人。[15]

　　由以上的評語，可以得知杜潘芳格詩作中所呈現的是──內在心靈的
投射，其中透顯自我與社會的關照，擴大而言是對於「人」的關心，這來
自於生長經驗及宗教情懷，以及詩人不斷的內省思索。因此，她曾敘述自
己的詩觀說：

> 我的詩觀就死觀，死亡也無悔，不把今天善惡的行為帶過明天。活一天
> 猶如度一天，是我的理想。在生死的明理上，明理生；對於現實此時此
> 刻，人與人的關係，自然的風景、樹影、以及路旁的小孩的笑臉，都成

---

[14]杜潘芳格，〈母語的功能〉，《青鳳蘭波》，頁 160。
[15]第一屆（1992 年）陳秀喜詩獎揭曉公告，《笠》第 169 期（1992 年 6 月），頁 101。

為我詩觀裡珍貴的懷念。[16]

　　在杜潘芳格的詩觀中「死觀」為她堅持的信仰及理念，在日常生活中她潛心思考深刻嚴肅的主題，探求生命宇宙的哲思，並且以「活一天猶如度一天」的謹慎態度，去面對現實中的種種現象。因此舉凡一個小孩的笑臉、一片樹葉的姿影都可成為杜潘芳格詩中的要素，做為一位臺灣女性詩人，她的詩不耽溺在修辭的華美上或空虛的夢境中，而能兼具理性與知性的詩風，故不僅在內容上有深厚的情感，同時也為臺灣女性詩人開放另一種別於閨怨詩派的風格。除此之外，做為一位「跨越語言一代」的「女性詩人」，杜潘芳格的詩確實讓我們體驗到，弱勢族群在文化霸權中所面臨的政治壓迫、社會角色扮演的困境等。

　　杜潘芳格認為詩的創作是由於外界現象與內在精神複雜錯綜所構成的，因此，「在表現上必須尋找最逼真適當語言來編綴，何種語言始能說出內部的感動令人接受，且保持最高純度，即新詩語言的發現，是詩人必須認真去考究的問題。」[17]正因為她對於詩懷抱著熱切與真誠的人，在外在現象與內在精神之中，不斷地去探索她的詩魂淬煉她的詩語，因此使得她在詩文學中，留下了許多可貴的足跡與紀錄。

二、作品主題的探討

（一）愛與誠的內省

　　由於她的宗教觀，使她服膺她所信仰的上帝，在生活中她充滿祈禱、感謝、反省，在詩作中則流露著愛與誠的信念，在〈美與宗教〉一文，便可以看到她悲憫、謙遜入世的心：

　　假使有另一世界，那麼與其在那兒成一名幽靈，我寧願再轉世生在現

---

[16]《美麗島詩集》，（臺北：笠詩刊社，1979 年 6 月），頁 218。
[17]〈詩的問答〉，《笠》第 20 期（1967 年 8 月 15 日），頁 46。

世，成為一隻小麻雀，或者在秋野裡頂著頭向路邊人問安的一莖秋菊。[18]

杜潘芳格所強調的是一種現實的真實感，她希望能夠真正地接觸到事物的核心，而有所作為，而非只談高調的言詞。在〈因為在旅途〉一詩，可看到杜潘芳格對於「愛」無悔的信仰。

因為在旅途
終會達到
終點的

你看過什麼？
你做過什麼？

你，愛吧。
該深深地
該以堅強的耐心
繼續愛到底呀。

——《慶壽》，頁 146～147

在這裡我們看到杜潘芳格如一位修行者，因為堅持「愛」而存在，因此，「她的存在是作為一位具有求道者的愛和虔誠的詩的使徒而產生意義。她不是一位虛有其表的詩人」[19]，這正印證了杜潘芳格帶著慈悲與愛的理念投入到現實世界中，她在詩觀中表示說：

語言是映照心靈的鏡子，不能只耽於空虛的夢。在日常生活上浸於很多
悲哀，是心靈無法顯出適當的語言之故，因此持著死觀，超脫「死線」

---

[18]杜潘芳格，《朝晴》，頁 102。
[19]陳明台，〈詩，愛與誠——潘芳格的世界〉，《慶壽》（臺北：笠詩刊社，1977 年 3 月）。

的意象，就是我的詩觀。[20]

　　因此，杜潘芳格的詩觀即是在表層的情緒中去沉澱情感，再將之昇華成普遍性的關照，從這裡去介入實存世界及真實自己，而在這份關照中則是毫不遲疑的，如〈因為在旅途〉一詩所表明「你，愛吧／該深深地／該以堅強的耐心／繼續愛到底呀。」那是一種徹底的貢獻與永恆的追尋，即是〈禮拜〉中所說的：「毫無鹹味的愛／慈悲／慈悲」（節引自《慶壽》，頁150～151），其中包含著她對生命個體及人類整體的反思。

　　杜潘芳格不斷地追尋人生存在的真諦，如〈祈禱〉，藉著 30 年前目睹一位「因為瘧疾而發抖地，從南洋歸來」的男人，「他的兩眼失去外界而空洞／那是受飢餓和疾病摧殘的敗戰勇士」，然而「三十年後／我成為每天揮動雙手謀生的大人／緊握著十指而祈禱／每天，每天緊握十指而祈禱」（節引自《淮山完海》，頁 64），她將愛化為一種具體的行動，她為曾經悲痛和恐懼的生命合十祈禱。杜潘芳格處處秉持著一種宗教的情懷：

　　因為我，若離開了宗教、信仰、神，不！更確定的說，若是離開了耶穌、基督留給我們的和平的聖靈，就無法寫成詩或寫文章。[21]

　　她自剖內心所信仰純潔的世界。在這片聖潔的淨土中，去挖掘生命中的真、善、美。而關於「愛」的實踐，杜潘芳格的表現手法並不拘於一點，不像陳秀喜是以一種母性的愛為主軸，去貫穿她的詩。李敏勇〈死與生的抒情〉中特別談到兩者的差別：

　　兩位詩人的作品都是具有濃厚的抒情性，但杜潘芳格的詩沉鬱，陳秀喜

---

[20] 杜潘芳格，〈滴淌血跡的文學道路——二二八事件感思〉，《青鳳蘭波》，頁 174。
[21] 杜潘芳格著；陳千武譯，〈語彙與詩〉，原刊載《笠》第 54 期（1973 年 4 月），收錄在《淮山完海》（臺北：笠詩刊社，1986 年 2 月），頁 82。

的詩明朗，杜潘芳格的詩是女性的多重面影，陳秀喜的詩是以母性做為
中心的面貌。[22]

陳秀喜與杜潘芳格同為跨越語言一代的女性詩人，她們的作品都偏向
抒情，但杜潘芳格的作品卻在抒情中，包含了更多面性，並非只是一種柔
美、恬靜的風格。例如在描寫親情、愛情、友情之間的關係時，她常能提
出自己視察的觀點，像〈父母親〉[23]所揭示的父母間的感情，即是一首令人
深刻的詩作：

母親的姿影
在午後寂靜的禮拜堂的院子
傲耀的玫瑰花

看不見母親了
因為父親的影子
就母親而言
父親是
好像拔掉花瓣和葉子殘存的枝椏

馨郁的父親花
母親卻看不見

---

[22]李敏勇，〈生與死的抒情〉，《臺灣詩季刊》第 1 期（1983 年 6 月 15 日），頁 44。
[23]早期杜潘芳格皆以日文寫作再經由人翻譯，這首收錄於《淮山完海》的〈父母親〉，原本最早是
收錄在杜潘芳格第一本詩集《慶壽》中，題名為〈父母之家〉，其詩的內容稍有不同：「母親的姿
影／午後寂靜的教堂院子／傲耀的玫瑰花 看不見母親／因為父親的影子 就母親而言／父親是
／像拔掉花瓣和葉子殘存下來的枝椏 馨郁的父親花／母親卻看不見 住在玻璃製十字架裡的母
親／住在母親裡的父親 以倆的家是伊莉莎白女王的一枝荊棘」，（伊莉莎白女王是玫瑰花名），
另外亦收錄至《遠千湖》提名為〈父母親之住家〉：「母親的姿影／在午後、寂靜的禮拜堂院子／
傲耀的玫瑰花。看不見了 母親呢？／因為父親的大影子 就母親而言／父親是／拔掉花和葉子
殘存下來的枝椏 馨郁的父親花／母親卻看不見 住在十字架裡的母親／住在母親裡的父親。
倆人住在傲耀的玫瑰花的一枝荊棘。」

　　住在十字架裡的母親

　　住在母親裡的父親

　　以倆住在傲耀的玫瑰花的一枝荊棘

──《淮山完海》，頁 8～9

　　這首詩杜潘芳格以女兒的角色來看待父母親的感情關係，以「母親」的立場來訴說彼此感情的矛盾與衝突的原因。由於母親從小即是養女，與父親的家世背景迥異，在封建制度下女性註定要被犧牲，縱使母親在當時接受了新知啟發及良好的教育。然而母親在傳統道德觀及女性自主之間掙扎孤獨，因而使得父母親兩人猶如「以倆住在傲耀的玫瑰花的一枝荊棘」，「荊棘」意味著危險、傷害，然而「玫瑰花」與「荊棘」天生卻又必須共存而相容與相斥。另外這首詩難得是以「女性」的聲音來書寫，以「女性」的地位來傳達兩性關係，有別於以男性為中心主義的詩作。或許藉著對父母親的觀照，也特別可以借鏡於自己與丈夫之間的關係，因此，格外珍視丈夫與自己倆人的生命交流與體驗；在〈愛〉一詩中所揭露的即是一種真實愛情的寫照：

　　你把前額

　　緊緊

　　按住我的前額

　　而不說一句

　　「愛我」

　　卻流著淚

　　不說

　　我也了解你

　　緊緊

抱住你

我也流了淚

你和我的淚，融化在一起

為了，你遭受死的不幸而哭在一起

——《慶壽》，頁 178～179

在此，杜潘芳格所揭示的是一種生死與共的感情，相互尊重扶攜的愛
情，它不是建立在言說之上，而是建立在一種生命的默契中。另外在〈吾
倆〉一詩也可見到相同意義的詩語：

啊！

盼望你活著，再接再勵地，

追越過年老而活下去吧。

願你，請你活著，活下去吧。

再接，再勵地。

——《遠千湖》，頁 54

杜潘芳格所企盼的是一種無私的愛，超脫個人情感境地。因此在這些
詩篇中特別感受到一份溫馨、平和對等的愛情，透顯專注而醇厚的感情。

杜潘芳格是一位自我內省很強的詩人，她不會只在單一的思考模式，
通常在正面中也見到了反面的意義，如〈背面的星星〉一詩，即是對絕對
永恆的愛情作了質疑：

那個影子　在湖面

亮著

卻

消逝

在深沉的幸福的

背面

常常哭泣著

一顆星星

不論處於怎樣柔弱的時候

也都很堅強的星星

依稀那樣的姿態

今晚

仍然沉澱在湖底

依稀那樣的姿態

依稀那樣的姿態

背負著不幸

而燦爛亮著

是一顆背面的星星

——《遠千湖》，頁92

　　詩中以「星星」來況喻自己的處境，星星的國度原本應是廣垠無涯的天空，然而卻成了沉澱在湖底的虛像，詩中以「背面的星星」暗示著連永恆的天象也產生了背叛的意義，何況是人間的情感，或許詩人體驗到的愛情並非全然是完美無缺的，故而「在深沉的幸福的／背面／常常哭泣著」。這似乎把愛情真實與浪漫的面相全呈現出來，在此我們仍可見杜潘芳格作為一位女性詩人的特色。

　　以女性的社會經驗來看，透過生育、撫養小孩，而成為一位母親，是「女人」的成人禮與成為女性的象徵。在父權的社會結構中，婚姻不能使

一位女性成為真正的女人，因此孩子成為女性面對現實掙扎的角色，以去
對抗父權結構的權威。然而有時孩子卻成了對破滅愛情的一種慰藉與替
代，這也就是在女性的作品中，有關母親、母性，母愛的作品不斷出現的
原因，在杜潘芳格的〈兒子〉一詩，可見到她作為一位母親的心情：

> 考進夜間部的兒子
> 穿過街燈的蔭影向我走來，那個行動
> 猶如昔日的你搶著同樣的風——。
>
> 兒子喲
> 該這樣，或是那樣
> 為何反覆著愛的嘮叨與激辯
> 疏誤的出發就是必然的負數嗎。
> 你和我從兩極凝視所產生的一點，後退……。
>
> 檸檬的切片，靜寂地
> 浮沉在你我的杯子裡顯得青酸。
>
> 又到半夜兒子才如被我胸脯吸住般回來說：
> 「媽媽，您又等得這麼晚！」

——《慶壽》，頁 56

　　這首〈兒子〉是將母子之間的情感，戲劇式的陳述出來，真切而動
人，第一段描寫兒子與丈夫影像的重疊，「猶如昔日的你搶著同樣的風——
。」昔日的你即是指今日的丈夫已被兒子取代[24]，並且為兒子的努力而喜，

---

[24]根據心理分析學家雅‧拉康（Jacques Lacan）的理論而言，女性在父權社會中將永遠蒙受著陽具
（Phallus，它不只代表男性生殖器的圖象，更是一個符號，是父親、父權的隱喻、象徵）缺失的
焦慮與恥辱，她只能通過從男人處或取得一個孩子——一個想像中的陽具，並藉以進入想像與象
徵體系之中，因此一個有性別、正值存在的兒子，才使女人掙脫缺失的焦慮與無名的狀況。參考
孟悅、戴錦華，〈女人、母親、作母親〉，《浮出歷史地表——中國現代女性文學研究》（臺北：時

期待既起的生命意義風發，然而母親愛的嘮叨與兒子不耐煩，所產生的激辯、冷戰，也描寫得極為準確深刻：「你和我從兩極凝視所產生的一點，後退……。」這裡將母親無怨、包容、慈愛的心顯現無遺，「母親」對於孩子的一切都具有無限的寬恕與等待，「後退」即是將彼此的歧誤拉開，產生一個疏解的空間。

再者，她以「檸檬切片」來比喻自己與兒子之間相處的真實感受，將「青酸」略澀的滋味體現，而「檸檬切片」寂靜地浮沉在你我的杯子，這樣的意象給人一種心境上不可言喻的沉默，更凸顯母親與兒子之間一種無形的相依與背離，隨著檸檬切片於杯中載浮載沉。

詩的末段有趣地描寫兒子回歸母親（女性）的異性情懷[25]，母親（女性）胸脯吸住了兒子，代表了母親（女性）溫柔如大地的象徵，也釋放了壓制的情感回歸到安全的幅地之中。如〈紗帽山〉一詩首段所寫的「謙虛溫柔是母性，／伏下來，伏下來，終於到了父親也不及的高聳處／冬去春來，緋櫻花的紅色，嫩葉雨燦燦」（《遠千湖》，頁 60）。

這首詩與其說是創作，不如說是杜潘芳格生命的體驗，自然不造作的抒發為人母親的情感，在樸素的語言之中見到詩的美及感動，同時在詩語中展現一種戲劇性的魅力，利用獨白、對話、意象的呈現，使這首詩的詩情真摯而豐富。

另一首〈母鳥淚〉，更將母親為子女犧牲寬容的心情吟詠出來，同時也表現身為母親面對子女成長的喜悅與離去的寂寞，「但／已經／所有的小鳥都離巢／飛走了　瞳孔／釘著地上／母鳥看自己脫落的羽毛／隨著秋風／一片一片／飄飄飄」（《淮山完海》，頁 28），關於女性在「母親的神話」中，往

報文化出版公司，1993 年 9 月），頁 311。及 Torll Moi（托里莫依）著；陳潔詩譯，《性別／文本政治：女性主義文學理論》（臺北：駱駝出版社，1995 年 6 月），頁 90。

[25] 根據拉康理論認為，想像（Imaginary）相當於前戀母情結時期，當小孩相信自己是母親的一部分，並感覺自己與世界並無分隔。在想像中，沒有差異，沒有缺少，只有認同及存在。戀母情結危機代表進入象徵期，在此危機中，父親分開了母親與小孩的結合，並且阻止小孩再接觸母親及身體。因此當他失去母親的身體以後，從此對母親的欲望或與她幻想之結合必須壓抑，拉康稱此最初的壓制正是開啟潛意識的來源之一。同前註，頁 90～92。

往成了現實生存之下的唯一拯救，子女的存在安慰她們的寂寞、填補她們的空虛，給予她們生命之火，然而一旦子女成長離去，所有的空虛與寂寞又使她們陷入另一個陷阱之中，它傳達了一種女性經驗中最深處的恐懼與哀傷。或許由於「母親」的角色的扮演與體認，讓她再次檢視母親的愛，在〈秋〉一詩中面對母親的離逝，更有無限的悲淒：「讀著詩而哀傷地／浮現與母親分別而落淚的／秋天，我要獨處。」（節引自《淮山完海》，頁 62）母親常是心靈的原鄉，故對「母親」的眷戀的割裂是一種難以掩抑的憂鬱。

由於從母親、子女中間，杜潘芳格經歷了為人「女兒」至「母親」的過程，特別體悟到生命的奧祕與女性經驗的特殊，如〈子宮〉一客語詩，將這個特殊的經驗描寫出來。

就有一隻子宮，產出各種各樣个生命。

子宮係脈个呢？　就係一隻過路站。（係：是。　脈个：什麼）

——《青鳳蘭波》，頁 62

子宮蘊含著生命，生命的誕生與成長，對成長的個體而言，子宮雖然像過路站，但卻也是另一個生命的起站。由於杜潘芳格不斷地思索著，故在她的筆下，母親（女性）往往是多重的，它包含著歷史的、經驗的、主體的建立，不僅僅只是母親慈愛的化身，同時兼備著具有自由意志的形象，故在此杜潘芳格乃撐起一個母親（女性）形象的新觀念，打開了女性生存的空間，這多緣於她能在愛與誠兩端基礎中，不斷思索內省的結果。

（二）生命意義的探尋

杜潘芳格是一個著重詩思的詩人，因此在她的詩作中對於「生命」的迷失，不斷地進行探索著，此外由於她的宗教信仰，使得她在這一主題的詩作中能夠兼具深度與美感，且昇華成一種救贖的力量。

杜潘芳格曾於〈為何寫作〉中，表明其寫作的態度與意義，同時也闡釋了寫作與生命的關係：

為何寫作？這像問我為什麼活著一樣。為什麼寫作，因有語言的產生所以寫作。對於每一個人、自身有何意義？對於他人有何意義？對於生存，有何意義？可以說為「內在自由之追求」而寫作，即被迫寫作。[26]

　　對於杜潘芳格而言，寫詩亦是成為她追尋，創造生命意義的途徑，而對於生命的探尋如〈信仰〉一詩：「探索永恆的生命，你想參加嗎？／不然，你會只變成墳墓裡的塵埃而已。」（節引自《淮山完海》，頁 22）生命的稍縱即逝，使得她敏感地感知道生命實存的意義，因為生命誠如她詩中〈悲哀的一塊〉所言：「我是／地、水、火、風／是崩潰的一塊！」（《慶壽》，頁 96），當生命消逝之際，人無疑也只是自然界中一顆小小的粉塵而已。因為生命的頓悟與意義，在杜潘芳格的詩作中，她人多歸到宗教的省思與上帝的信仰。如〈那靈魂〉一詩揭示信仰神的真誠與靈魂的昇華：

有靈魂，沒有智識也不聰明又不偉大，但確實擁有起源於天上的標誌。

向所有的「道」，謂
信啊
所有的一切
一切，不是一部分

不依靠自己的智識
過著祈禱的生活

無窮無涯的上升開始了。

　　　　　　　　　　　　　　　　　　　──《慶壽》，頁 156～157

---

[26]杜潘芳格，〈為何寫作〉，《青鳳蘭波》，頁 167。

　　在此，可知杜潘芳格從宗教中去探尋肯定「自我」，並且希望真誠地生活，藉此提高精神上更崇高聖潔的靈魂。然而生命的永恆為何？在〈微微小野風〉[27]，可探知她對生命的認知：

　　　　誰知道，祂的旨意。

　　　　死，戰爭，苦楚，痛疾，慘虐的，

　　　　無涯的地上，

　　　　我看見永恆生命，

　　　　在大地上，天空下

　　　　抹消著賤血腥臭而吹逝

　　　　那小小的野風

　　　　朗爽的春天

　　　　　　　　　　　　　　　　　　　　──《遠千湖》，頁81

　　人生有無限的悲苦，「死，戰爭，苦楚，痛疾，慘虐的，／無涯的地上」，在生之悲哀中，因生命有許多良善真美，而透顯生命的永恆，如同那小小的野風，吹拂著大地天際之間，消抹人間「賤血腥臭」的殘酷，恰似「朗爽的春天」的到來。在這裡杜潘芳格所呈現的「永恆生命」是一種真實的感動，是至真、至善、至美的情懷，即便如那「微微小野風」亦可吹散那世間的醜惡，達到清明爽朗的境地。這樣的體驗在〈低低地生長著〉（節引自《遠千湖》，頁 8）亦有同樣的表示，人在自然界中，與萬物對話學習自然，對於人生的困境，即可以較寬廣的心情去坦然視之，「野花呀，／由於你那無聲的溫柔的交談，／從我這愚昧的心根生出的，／傲慢，失

---

[27]在《慶壽》詩集翻譯為〈微少的野風〉：「誰知道祂的旨意」「死的，戰爭的／辛酸的，苦楚的，慘虐的／無涯的天空下」、「我能看見尊貴的生命」、「在大地上／抹消著賤血腥臭而吹向／朗爽的天空／那小小的野風」。杜潘芳格，《慶壽》，頁 106～107。

意，悒鬱，懊惱，抑鬱或自虐／迸出著銳利似要刺撕我神經的聲響／一直
在被消除了」、「你／實在是／低低，低低地生長在地上／任著自由自在地
奔馳於天地間的風／輕巧地搖晃著」，生命中輕與重的取捨，一般容易陷於
沉重的桎梏之中，如對人的沉重、對宇宙的沉重、對城市的沉重……等，
而杜潘芳格以野花的存在，自在地享受天地和風，而輕輕地反撥她對人性
的不信與猜疑。卡爾維諾曾在講述有關「輕逸」中說：「一個小說家如果不
把日常生活俗物變作為某種無限探索的不可企及的對象，就難以用實例表
現他關於輕的觀念」[28]。在此揭櫫了一位作家，不管是小說家或詩人，在面
對沉重議題時所採取的表現態度，他是「輕」視為一種含有哲學觀點的呈
現手法及策略，以此去處理生命之「重」。杜潘芳格對於生命的探索亦常透
顯在她日常生活之中，包括家庭、宗教所給予她的思考。因此舉凡生命情
調的思索，不時在她詩作中跳躍，故李元貞特別稱美杜潘芳格為「詩思深
刻迷人的女詩人」[29]。

　　由於杜潘芳格曾說過她的詩觀即是「死觀」，因此有關生命中「死」的
課題，在她的詩作中亦可見到，〈桃花色的死〉，採用極美的意象來呈現
死：

　　黃色絲帶
　　和
　　黑色絲帶

　　以桃紅色柔軟的絲帶
　　打著蝴蝶結的
　　我的死

　　　　　　　　　　　　　　　　　　　　　——《慶壽》，頁 129

---

[28]卡爾維諾著；楊友德譯，《未來千年備忘錄》（香港：社會思想出版社，1994 年 8 月），頁 6。
[29]李元貞，〈詩思深刻迷人的女詩人——杜潘芳格〉，原載《文學臺灣》第 3 期（1992 年 6 月），收
　錄於《青鳳蘭波》，頁 193～202。

　　這首詩在《遠千湖》中翻譯成〈重生〉，在她的詩觀中說：「因此持著死觀，超脫『死線』的意象，就是我的『詩觀』」，對於「死」杜潘芳格並不沉溺在死的悲傷或虛無中，而是超脫死線獲得重生。此詩她以「黃色」、「黑色」沉重色感的顏色來對比「桃紅」輕柔、浪漫的顏色，化解對於死亡的不安與恐懼，超越死亡本身的意念。而「蝴蝶結」是一種莊重的裝飾，象徵對死亡嚴肅的思考。在杜潘芳格的生命中，生與死並非全然對立，兩者常是相互涵融。藉由這首詩我們也可看出杜潘芳格詩作中意象的新穎及想像的美感。

　　然而對生命的流逝，杜潘芳格總也能夠體會到其中的況味，所謂「逝者如斯不捨晝夜」，在〈更年期〉一詩中，她所呈現的是生命的無奈、歲月的剝駁、時間的催逼所交錯而成的一種複雜情境：「即將燃燒殆盡的生命／申訴著身軀／抑壓繼續著／抑壓／終於悄然／俯伏，／在山野，要聽的是／死者的聲音。」（《淮山完海》，頁 53～54）人在生到死的兩極之間，填寫自己生命過程中的喜、怒、哀、樂，其中有所困惑亦有所徹悟，在此杜潘芳格顯然有一種更大的超越，她以「俯伏」的姿態靜聽死亡之聲，「死亡」成了一種生命中不可承受之輕。人生的意義與死亡的問題，恆常是人類普遍性的課題，而杜潘芳格卻常在生死對立之中，越過死亡邊緣，發揮一種宗教救贖的力量，使生命的痛苦、悲傷轉化為希望、良善。如〈希爾比亞山〉的末節所揭示的：「不訴苦　在安慰的十字架下／埋掉嘆息　淚珠笑聲」（節引自《朝晴》，頁 4）。在〈悲情之繭〉之中，杜潘芳格對生死做了一次完整的詮釋：

　　一切生命，都會絞盡全力奔赴死，

　　向生命的彼端。

　　人，

　　也不例外。

你和我，彼與此，甚至幼稚之軀，

瀕死時也絞盡一切，向春蟬吐盡其絲，

包裹自己在光亮的繭包裡。

跟隨一切生命的軌跡，

在不可計數的生命歷程之後，

如今，你我也正絞盡全力奔赴生命的彼端。

小小的蟲兒，細細的嫩草，

樹木、花蕾、鳥兒……

連吹拂浮雲的風也痛愛悲情之繭，

而將蔚藍的天空捲入白色的懷抱裡，

緊緊地擁著，用滋潤和藹的眼神和輕柔的

語言

加以擦拭使天空明亮

──《朝晴》，頁 13～14

　　在「死亡」的基調中，她藉著風的吹拂及雲和天空間的擁抱，來做為自己對待死亡態度的比喻，以呈現詩的意象及感悟，同時誘導我們去體現一位充滿愛、平和的詩人的心。

　　由於杜潘芳格是一位極為虔誠的基督徒，因此她將生命最後的意義放在神的世界裡，以神為生命的核心，在〈原點〉中告示了自己對神的忠誠：「神是原點／原點就是只有一個才叫原點／（中略）神是一切的根源，一切的原點／神是原點」（節引自《淮山完海》，頁 39），在〈讚美〉中，神超越了真善美，成了永恆生命的真理。

　　主，我大聲讚美您

　　如聽從您的，就如此好關懷著

具備整個的，超越整個的。

容許進入永生的喜悅裡的我
以感激涕零報答這無上的幸福。

聖靈云：
神與我同在。

真、善、美的極致
透過我的軀體呈現
超越而來的。

主，我大聲讚美您
耶穌我大聲讚美您。

——《淮山完海》，頁 40～41

在此杜潘芳格全然地呈現了她生存的信仰，將自身對生命的迷茫與命運難以掌握皆交給了她所仰賴的神，在〈神〉中更清楚地禱告：「神啊！您能夠傾聽嗎？／啊！請幫助我，／我不是祈求您，／給我生命上的助力。／我是希望，／能讓我很舒適的早日昇華。／我深深知道，／用我自己的力量，／不能使我的肉體，／改變和精神相結合的，／悲傷與寂寞」（《淮山完海》，頁 69），這裡企求的是一種精神層次的生命探索，並非是肉體上生命的延續，如〈靈命〉的完成：「靈魂啊！長胖吧！／離解肉體慾念而長胖」、「接受神那裡來的糧，聖糧，長胖聖潔的細胞」、「密西岸的蒼空即就黎明，遲遲的放開晨光。」（《遠千湖》，頁 45）。

在杜潘芳格的詩作中，我們不但看到她對生命的關愛，也看到她無瑕的宗教情懷，使其生命的命題具有寬宏的悲憫，因此趙天儀曾分析其「詩的特徵」：

在詩的世界裡，潘芳格該是一位素樸詩人，與其說她重視詩的形式要
素，倒不如說她更重視她的心靈的投射。[30]

換句話說，她是一位更具備生命反思的詩人，不耽溺在表面的語言
上，她將受困的靈魂與挫折的人生歸結到愛的世界，正視生命的無常，而
不耽溺在其中無法自拔，使其生命情結的探尋超越了表面的意義，而更富
一種深沉的人道關懷。

（三）人間的關懷

杜潘芳格曾就詩的本質提出了她的看法：

所以在本質上有無具有批判的精神才是問題，能提出這種批判的精神，
才能從一般民眾脫出，成為智識分子。因而現代詩的人們，不能僅以原
來陳腐的感受，來寫風花雪月，或戀愛生活的情歌；因為詩人的批判精
神，會更使思想深刻的從各方面各種角度，看清事實而學習。[31]

可見杜潘芳格所強調的是詩中的「批判精神」，因此她在實存的現實
中，具有濃厚的批判意識，傳達她對社會現實的寫照。另外她亦極力擺脫
閨怨的書寫風格，不以「風花雪月」、「戀愛生活的情歌」為書寫的主題，
故李青果說她的詩，「以男性特有凸顯的理性力量，以女性獨具的細膩的感
性經驗，一反臺灣女性詩人所形成的唐宋詞派不食人間煙火的特徵」[32]。

而有關杜潘芳格的實存批判，不僅只在社會議題中表現，另外對於女
性的角色、國家民族的認同等，亦有深度的思索，而非只是生活雜感而
已。如〈平安戲〉[33]一詩，即對只知滿足於表象太平的人，給予沉痛的諷刺

---

[30]趙天儀，〈笠下影——杜潘芳格〉，《笠》第 131 期（1986 年 2 月），頁 17。
[31]杜潘芳格，〈語彙與詩〉，原載《笠》第 54 期（1973 年 4 月），收錄於《淮山完海》，頁 85。
[32]李青果，〈詩心批判力〉，《笠》第 161 期（1991 年 2 月），收錄於《青鳳蘭波》，頁 203。
[33]此詩在《青鳳蘭波》中，以客家語言呈現另一種詩的面貌，也可見杜潘芳格在自己文化的認同
　上，採取了自醒的態度。杜潘芳格，《青鳳蘭波》，頁 131。

與批評。

　　年年都是太平年
　　年年都演平安戲

　　只曉得順從的平安人
　　只曉得忍耐的平安人

　　圍繞著戲臺
　　捧場著看戲
　　那是你容許他演出的

　　很多很多的平安人
　　寧願在戲臺下
　　啃甘蔗，含李子鹹。

　　保持僅有的一條生命
　　看
　　平安戲

──《慶壽》，頁 48～49

　　〈平安戲〉一詩利用與現實境況的落差，出現弔詭的敘述語句，而形成詩的戲劇性張力。在詩的起頭「太平年」、「太平戲」對應著「順從的」、「忍耐的」平安人，反映著詩人對現實社會的觀察與批判，這裡詩人所批判的是一種苟且偷安的人性，「寧願」二字夾雜著她的嘆息與憤怒，因為「那是你容許他演出」，彷彿生活太過於容易妥協而顯得消極平庸，失去抵抗的能力。杜潘芳格以一個女詩人的身分揭露社會人心的冷漠與苟延殘喘的陋習，同時直指人的惰性與卑微。

　　另一首與〈平安戲〉具有相同詩質的〈中元節〉[34]亦表現一凝視自我的
批判：

你
喜愛在紛雜的人群裡
追求「忘我」
而我
越來越清醒

貢獻於中元祭典的豬，張開著嘴緊緊咬著一個「甘願」。

無論何時
使牠咬著「甘願」的
是你，不然就是我。

──《慶壽》，頁 56～57

　　杜潘芳格善用對比來凸顯其表面之下深層的含意，首段藉著不斷矛盾
衝突，拉大詩的思想空間。「紛雜人群」、「忘我」、「清醒」層次交錯重疊，
透顯你、我一種生存的沉重感。被犧牲的豬，咬著「甘願」，是因人性的懦
弱，無力承擔罪行，而欲脫罪的一種心態反應，然而「你」、「我」的現實
的壓迫下，卻都成為有知、無知的共謀者。在此不僅看見杜潘芳格在批判
之下，亦有深厚的悲憫，而臺灣被殖民的傷痛，都使得人活的委曲求全，
無法自主，杜潘芳格遭受過這段歷史的逼迫，故特別感受深刻。她藉由民
間的習俗來指陳體制下的困境與人性的弱點。人如何生存在兩端，而又不
失自我，是杜潘芳格所要探索與思考的主題。
　　身為一名女性，使得杜潘芳格除了受到現實體制的壓力外，更感受自己

----

[34]此詩杜潘芳格亦在《青鳳蘭波》133 頁中，改以客家語。

「性別」所帶來的種種沉思，如〈山風與女人〉：「黑色的內衣，使玻璃裡的女人，／肌膚淨白。／逼離窗外全是山風」（《慶壽》，頁 186），「內衣」、「玻璃裡」都是一種桎梏的象徵，「女人」如同溫室中的花朵，感受不到玻璃窗外的山風，因此，生命顯得蒼白，虛弱，甚至不堪一折。英美女性主義批評家卡特・米蕾（Kate Millet）於 1970 年出版《性別政治》一書，其標舉「性別政治」一題，按照其說法：「性（sex）本身決定於生物學，是自然天生的；性別（gender）則是心理學的概念，係源自於文化上性的認定（sexual identity），而性角色（sex role）被永久的劃定，無疑是有壓抑的色彩，來自於性角色的行為，則是基於一種不平等的支配與從屬關係──這就是她所謂的『性政治』」[35]。然而在當時杜潘芳格或許並沒有「女性主義」思潮去刺激她反省有關兩性的問題，而是在她的潛意識中，根植一種批判理念，導致於她能夠敏銳地觀察到體制中的不平等。在〈鏡子裡〉她如是寫道：

鏡子裡的女人
不揹小孩，卻揹著
長長的黑髮在跳舞。

「不配做情人」
那麼說的那個男人
卻未曾說過
「可以做朋友」。

「如果，做丈夫，也好。」
「我的妻子必會是幸福的女人。」
也那麼說過。

---

[35] 參考孟樊《當代臺灣新詩理論》（臺北：揚智文化公司，1995 年 6 月），頁 290。及鄭明娳主編《當代臺灣女性文學論》，（臺北：時報文化出版公司，1993 年 5 月），頁 144。

在鏡子裡

捎著的黑髮　哭泣著，

搖晃又搖晃　哭泣著。

——《慶壽》，頁 192

　　在卡特・米蕾的「性政治」的理念下，女性在父權結構下遭受到的壓制，是後天「人」為所建構出來的一套意識型態的論述（ Ideological discourse ）[36]，其「支配」的權力來自於一種虛構。杜潘芳格在此詩中亦以「鏡子裡的女人」的意象來呈現女人被幻化的過程，蓉子在〈我的妝鏡是一隻弓背的貓〉，亦有相同的意象表徵：「我的妝鏡是一隻蹲居的貓／我的貓是一迷離的夢無光　無影／也從未正確的反應我的形象。」（《蓉子自選集》，頁 179～180）兩者皆揭示女性無法成為一個「人」（與男性權力對等而言），不管在社會、政治、經驗、文化……中，無法完全的掌有自己。因此「不捎小孩，卻捎著／長長的黑髮在跳舞。」註定了她被視之為不守婦道的悲哀命運，最後，「在鏡子裡／捎著的黑髮　哭泣著，／搖晃又搖晃哭泣著。」一種實存的批判態度，使得杜潘芳格在同輩的女詩人中，可以作為其「女性意識」的先聲，啟發了近代女性詩人的寫作、閱讀的新觀點。在〈笠娘〉一詩中所展露地即是一種女性自由心靈的追求：「那女人霎時間將頭上的笠拿下來翻開，／相思迷戀的貞女，花蕾般的貞女，／翻開的笠，裝滿了早春的櫻花，盛開的杜鵑花。／那女人搖晃嬌媚的身姿走過去，引誘著太陽光。／把引誘著太陽光的那豔麗的春天之花，從那女人的花筐一朵一朵／摘下來丟開。」（《朝晴》，頁 28）「太陽」象徵「男性、陽剛」的一面，「春天之花」象徵「女性、陰柔」的一面，女性追求自我人格的獨立，將「引誘太陽光的春天之花」，一朵一朵自花筐中摘下來丟開。在

---

[36]據廖炳惠所稱的「意識型態的論述」為：「是將現象加以研究、分析、歸納、然後成立『規矩』，好做為行為規範的論述。其論述較事實式的論述更為抽象，它是由其一階層、群體所發出，其功能在促使每一位成員接受此一論述。」廖炳惠，《形式與意識型態》（臺北：聯經出版公司，1990年 10 月），頁 4～95。

此女性跳脫了傳統道德的束縛，建立「女性」的存在價值。另外在客語詩當中，亦有相關詩作，呈現杜潘芳格的女性詩心，如〈巴旦杏〉、〈化妝等清秋〉、〈月桃花〉[37]等，或許杜潘芳格在寫作這些詩之際並未將「詩」與「性別政治」結合，她只是藉詩來傳達她內心的意念與思想，然而也正因為她特有的詩心，使她的詩的精神一貫，而具有批判的力量。

跳脫「性別」的思考批判之外，站在生活現實當中，杜潘芳格也以她的詩來作為一種對社會現象的批判。首先，她思考到鄉土的認同問題，在〈相思樹〉一詩，呈現她抒情細膩的詩思：

（前略）
剛離別那浪潮不停的白色燈塔
就接近青色山脈
和繁茂在島上的相思樹林呵。

或許我的子孫也將會被你迷住吧
像今天，我再三再四地看著你。

我也是
誕生在島上的
一棵女人樹。

　　　　　　　　　　　　　　　　──《淮山完海》，頁 44～45

「相思樹」為臺灣多產的樹種之一，其耐強的生命力可代表著臺灣精神的象徵。而杜潘芳格除了將自己竊比「相思樹」，富有著臺灣精神外，同時也將「相思樹」雅靜華美，開出小小的黃花蕾直喻成「女性」的意象，「我也是／誕生在島上的／一棵女人樹」，具有「女性」與「民族」的自覺，在〈故里〉一詩，更可見她對於成長的土地的愛與批判。

---

[37]〈巴旦杏〉、〈化妝等清秋〉、〈月桃花〉三首詩作，分別收於《青鳳蘭波》頁 70、78、137。

巴士載了一直閉著眼睛的我，跑。

向著故里跑。

故里光亮明朗，原為閉著又漆黑的我心，

被光浸進逐漸地放晴。

（中略）

明朗的光，但也有陰影，

有一場葬禮：那今之古人的腦細胞和他的意識全部死了嗎？

（後略）

──《遠千湖》，頁 109

〈故里〉一詩描寫詩人的返鄉的心情，「原為閉著又漆黑的我心，／被光浸進逐漸地放晴。」先前因故里的漆黑而離鄉至異域尋找光亮，然而待在返鄉發現原來尋找的光即在「故里」之中，因它有熟悉的話語，有成長的記憶，還有父親種植的油加利樹。在「明朗的光，但也有陰影，／有一場葬禮：那今之古人的腦細胞和他的意識全部死了嗎？」顯現他的批判意味。在光與暗的交疊中，詩人透顯了對故里的質問，她沒有正面性的嚴厲批評，反以疑問的語句，表達了她的企望。

而對於故里的批判，才使得她真切關懷鄉土的心凸顯。由於所處環境的惡劣，使詩人用一種呼籲式的語調，殷切的告知在臺的人民，要珍惜所處的環境。〈無臺的灣〉一詩痛責造成臺灣環境嚴重汙染的人，「你自從四十多年前到現在／慢慢失去你的／最基礎的最重要的／支撐你的一切的／二仟萬生命的／臺。／腐蝕、崩潰，不能作用。／啊！／無臺的島嶼／只殘存汙染重度的／漂流的灣。」（《青鳳蘭波》，頁 37～38）失去潔淨的土地，使人們無法植根於生長的鄉土，而流放海外，是生長在島上人民的悲哀。因此她在〈綠翠呼吸生命風〉中大力的呼喊其熱切的關懷：「我的臺灣，是美又麗的美麗島，／為住家，為生產，經濟發展正在熱中的臺灣人喲！／別殺綠翠，綠翠是生命的根源，／抱緊綠翠呼吸，讓生命細胞活下

去！」（《青鳳蘭波》，頁 39～40）她之所以諄諄教誨，在於「然而，我只有一個心願／真實、清淨、美麗的一個臺灣」／「九重云云，我全不需要了呢！」。這裡我們看到杜潘芳格對臺灣的關愛，是自省而真實的，同時對臺灣的認同是確立而不移的，在〈一隻叫臺灣的鳥〉的末節：「當羽毛已豐，正亦展翅而起的時候。／不，那絕不屬於彼岸，／那是一隻叫臺灣的鳥，／叫臺灣的翅膀」（《青鳳蘭波》，頁 36），詩人以斬釘截鐵的語氣，訴說他認同臺灣的心。

　　杜潘芳格視詩的寫作為生命意義的追索，誠如她在〈道路〉一詩所說：「留下語言／語言是道路／將道路留下吧。／無形跡的道路」、「開拓它／以你的語言／將方向和世界」、「為那些隨即到來的／想了解這些真相的人。／以所有的力量向前推進／留下語言的道路吧。」（《淮山完海》，頁 60～61）透過詩作的語言，不僅記錄了杜潘芳格自己的生命體驗，同時也記錄了她對現實的關懷與批判。然「語言」的問題對於「跨越語言一代的詩人」而言，有太多難以抹平的傷口亟待填補，心靈的扭曲、書寫語言的轉換、陌生，思考模式的扼殺、困躓等，都使得他們在創作的歷程上顯得艱辛，而這些不平及遺憾，我們更可透過女性詩人的語言轉換現象體察得更深刻。在這波「語言禁令」之下，連教育不普及的女性詩人都備嘗語言轉換的艱難，更可知戰後語言的壓迫是極為普遍且影響深遠的，至今杜潘芳格仍以拗躓的中文或以日文創作後再翻譯，都可見語言跨越對她的創作的傷害。

　　　　　　　　　　　　　　　──選自阮美慧〈笠詩社跨越語言一代詩人研究〉
　　　　　　　　　　　　　　　東海大學中國文學研究所碩士論文，1997 年 5 月

杜潘芳格
以詩見證存在

◎彭瑞金*

　　杜潘芳格（1927～），出生於新竹新埔，詩人，與吳濁流同鄉。新竹高女畢業後，雖曾考上「臺北女子高等學院」，因就任教識而未卒業。她出生不久即隨赴日留學的父親旅居日本，返臺之後和日本小孩一起念「小學校」，即備嘗日人小孩欺負凌辱，深切體會到臺灣人的悲哀。她說：「詩對我而言，是個可以讓我脫離喧雜的現實環境，一個可以幻想、一個很美的地方，也許是現實太令人痛苦了，所以想找一個可以逃離的地方吧！」

　　其實，杜潘芳格出生在相當富裕的家庭，也有充分接受良好教育的機會，所以，他從 15、16 歲開始寫詩，動機雖是逃避現實的痛苦，但應該是針對大環境的發言。她說那時候用日文寫的詩、散文和小說，是像寫日記一樣，並沒有想到要拿給別人看，「只當作是心靈上的一個祕密的地方……把苦悶化作文字寫出來……」「感覺上像是那些言語自己來找我、來催我趕快寫出來的，寫出來之後就像是生了一個小孩一樣……」這是她在中年以後的寫詩心情。杜潘芳格回憶她在日本人手下任職的父親時說，他深愛自己的同胞，看到太多的不幸，想要反抗、想要革命，卻未能實行，內心非常痛苦，一天到晚又不得不與日本人周旋，後來甚至成為「人格破壞者」，回到家裡竟然不會說話。

　　她在〈消失中的阿媽——杜潘芳格訪問記〉中說，這些縈繞她腦海中的、歷史性因素造成的念頭「影響了我，那些影響好比是一片泥土，而不

*發表文章時為靜宜大學臺灣文學系副教授，現為靜宜大學臺灣文學系教授暨臺灣研究中心主任。

知在什麼時候種子已播了進去，隨時要準備出芽，就是那些念頭不斷地催促我寫作」。不少詩評家都特別提示不宜以一般女性詩人的角度去看杜潘芳格的詩，指的是她的詩在表面的抒情性下隱藏著不容被忽視的剛性思維，與一般女性詩人普遍欠缺的思想性不同，有她獨特的詩人位置。這或許在「歷史性因素」造成的念頭之外，和她堅持的詩觀有關。她說，有人問她：「為何寫作？這像問我為什麼活著一樣。／為什麼寫作，因有語言的產生所以寫作。／……／可以說為『內在自由之追求』而寫作，即被迫而寫作。／所有文化支撐著我們的精神，建立在追求內在自由之根源，由於它的衝動所趨。即從一個精神到另一個精神的承襲，人類強韌的生命力，向其無盡限界的未來發展下來。」（〈為何寫作〉）這些有關寫作觀的發言，除了清楚表示文學是受語言驅動之外，也明確地表達了驅動語言的乃是內在心靈追求自由能量的釋放。因此，寫詩對杜潘芳格而言，則是存在的見證。

21 歲結婚後，12 年間生了七個小孩，被家庭和孩子綁住，固然是她未能盡情釋放詩思、展現她的詩生命的主要原因，但熟習日語、從日文出發的杜潘芳格，經歷著一段不短的與語言搏鬥的歷程。她從 1965 年笠詩社成立的第二年加入，開始發表作品，有些日文作品，由別人或自己翻譯後發表，有些則艱難地拚命用中文寫出來，1977 年，出版了她第一本詩集《慶壽》。1980 年代，她開始以母語——客家語寫詩，1990 年出版的詩集《朝晴》已收有客語詩作。因此，從 1960 年代以後，長達近三十年的時間，她是以日語、客語和中文三種語言交叉思考和創作，不斷地在語言的困境裡尋求突破。從三種不同混雜語系苦鬥過來的杜潘芳格詩語，不可諱言，的確有難解的地方，卻有特色，仍然無損於她凸出而優秀的詩質，應該得力於她的詩思。

她說：「身為一個女性，其實我很少刻意去區分男性或女性，認為性別是天生的，生下來就決定好了，我們應該超越男性與女性的分別，而以人性為出發，站在人的立場去思考問題，現在有很多所謂女權主義者是站在

女性的立場來思考問題，但是我認為更應該站在人性、人格上來判斷與思考，這樣才能更有永久性……不要再去分男人或女人……」超越性別之分，讓杜潘芳格的詩文學也被放在沒有性別區分的高度衡量，凸顯了這些詩的普遍的人性思考及價值。

　　杜潘芳格很早就寫下了兩首和客家風俗、思維有關的詩——〈中元節〉與〈平安戲〉。後來，她還刻意以客語再寫了一遍。這兩首受到普遍而熱烈討論的詩，不僅證明她的詩作在起步的就時候超越性別，更將現實批判的立足點站穩普遍人性的中心點上，沒有族群、黨派、宗教……的預設立場。

　　你，
　　歡喜在个紛雜个人群知背
　　追求「唔記得你自家係嚙儕。」

　　佢，在人群知背
　　越來就越清楚
　　佢係孤獨心蕉人。
　　貢獻畀中元節祭典个大豬公
　　打開大大个嘴，含一隻「甘願」。

　　不論脈介時節
　　畀佢含「甘願」个
　　就係佢，沒就係你。

——〈中元節〉（客語詩）

　　「中元節」指的是鬼節，祭拜的對象是無主孤魂「好兄弟」，客家習俗中最厚重的「犧牲」就是豬羊大禮，「大豬公」又比羊普遍。這首詩的重點是人。關於人看待以大豬公為犧牲而讓牠嘴裡含一隻「甘願」這件事，迷

失在人群裡的「你」和清醒卻寂寞的「佢」立場不同。人殺了大豬公替人當犧牲品，討好、賄賂「好兄弟」，強迫被宰殺後的豬公咬住一顆柑子，說是牠「心甘情願」犧牲，未免太不厚道、太不仁道了吧！不管這件事是誰做的，「你」或「佢」都脫不了責任。杜潘芳格是虔誠的基督徒，這首詩無關宗教信仰，指的是人道問題，在人間社會不正普遍充斥著這種弱者被迫犧生、口中還不得吐怨言的不公義嗎？詩人要指陳的是這種人間不義。

　　年年都係太平年，年年都作平安戲，

　　就曉得順從个平安人，就曉得忍耐个平安人，

　　圍著戲棚下，看平安戲。

　　个係你兜儕肯佢作个呵！

　　儘多儘多个平安人

　　情願嚙菜舖根

　　K甘蔗含李仔鹼

　　保持一條佢个老命

　　看，平安戲。

——〈平安戲〉（客語詩）

　　〈平安戲〉和〈中元節〉都是利用意象曲解的方法，達到對世俗習以為常的思維棒喝的目的。「平安戲」的緣起應該是慶幸平安順利過了一年，一為感謝神恩庇佑，一為彼此慶賀，但先決條件是平安過了一年；現在已不問平安與否，卻都在作戲慶祝，就是不誠實的粉飾太平。以「順從」和「忍耐」苟求「太平」，是因為人間已失去正義、失去是非，畏縮縱容的結果。這首詩雖然沒有特定的批判對象，甚至可以說是一首自省詩，事實上，批判的力道鋪天蓋地而來，是一首社會譴責詩。

　　詩人說，寫作應該是「心志最深處的可能性的醒覺」，假如作品缺乏此

種浸透力，不能做為精神的工具，文學就只好變成空洞的形式紀錄。杜潘
芳格的詩，可以說是一種心靈開掘的見證。

——選自彭瑞金《臺灣文學 50 家》

臺北：玉山社出版公司，2005 年 7 月

論《笠》前行代詩人們
跨越語言的前行代詩人們（節錄）

◎葉笛[*]

杜潘芳格

　　新竹縣新埔人，1927 年生。臺北女高畢業，為一虔誠的基督徒。著有《慶壽》等中文詩集多冊，日文詩集《拯層》和日記《フォルモサの少女》。這幾年來摸索著用客語寫詩。戰爭結束後，杜潘芳格剛好 19 歲。讀《フォルモサの少女》，就知道她已經是個驅使日文自如的知識分子。在這樣的條件下要跨越語言，實在不是輕而易舉的。然而杜潘芳格似乎很在乎語言，對語言很敏感。這一點從能以中文寫作，然後，回過頭來，又嘗試以客語寫詩，可以得到證明。這種不斷地探求詩底語言的精神，令人佩服。她的詩面貌多變，對於擷取的題材切入的角度獨特而富有個性。現在先來看〈聲音〉：

　　不知何時，唯有自己能諦聽的細微聲音，
　　那聲音牢固地，上鎖了。

　　從時起
　　語言失去了出口。

　　現在，只能等待新的聲音。

---

*葉笛（1931～2006），本名葉寄民，詩人。臺南人。發表文章時專事創作與研究。

一天又一天，嚴肅地忍耐地等待。

這個「上鎖」，失去「出口」，只能「等待」的聲音是什麼？是無法表白的心語，是斷了弦的詩語，抑或，天籟？這些都沒有關係。我想：那也許是會觸響詩弦的聲音。像生命經由時間才能成熟。一種詩的誕生，一定要經過醞釀的時間，耐不住這一段時間的等待，就聽不到聲音。這是一切文學、藝術誕生前的陣痛。詩人每一次撥弄豎琴，不一定都能發出美妙的「聲音」的。接著來看〈紙人〉：

地上到處是
紙人
秋風一吹
搖來晃去。

我不是紙人
因為
我──
我的身軀是器皿
我的心就是神殿。
我的腦袋充滿了天賜恩惠。

紙人充塞的世界
我尋找著
像我一樣的
真人。

「紙人」和「真人」一對照起來，詩人活著在尋找什麼？就不言而喻了。這是冷眼看社會上形形色色的人，而又回過頭來，審視自我的，有銳

利的諷刺卻是真摯的，讓人沉思的詩。自己的心，如果不是自己的神殿，那麼就得像秋風裡的落葉，就得永遠膜拜別人了。詩人對自己的生活、人生充滿著信心。

　　四十五年前
　　我看到一位男人
　　因為飢餓而蜷伏在車廂，
　　因為瘧疾而發抖地，從南洋歸來。

　　十六歲的我，滿懷悲痛和恐懼，
　　從手指的空隙中，窺伺他的眼睛，
　　看不出故鄉濃厚的綠。
　　他的兩眼失去外界，而空洞，
　　那是受飢餓和疾病摧殘的敗戰勇士。

　　四十五年後
　　我成為每天揮動雙手謀生的女人
　　緊握著十指而祈禱，
　　每天，每天緊握十指而祈禱。

　　這首〈祈禱〉寫於 1990 年，回憶 1945 年戰爭剛結束後看到的景象。用不著多詮釋戰爭的影響多麼深，多麼廣，多麼大。19 歲的記憶在 45 年後，猶然不曾磨滅。詩人在當時就看不出「故鄉濃厚的綠」，只看到「敗戰勇士」把「飢餓和疾病」帶回來，而像陳千武所說的：把「死」留在南洋，忘了帶回來。

　　杜潘芳格詩的觸覺纖細、靈敏，時常走進別人看不見的角落，挖掘詩。這是她詩心的特色。

——選自鄭烱明主編《笠詩社四十週年國際學術研討會論文集》
臺南：國家臺灣文學館籌備處，2004 年 11 月

女詩人杜潘芳格愛的世界

◎利玉芳*

　　杜潘芳格（杜為夫姓）1927 年生於新竹縣新埔鎮。新竹女中畢，臺北
女專肄業。現年 65 歲。當她 17 歲開始談戀愛時就已寫情詩，並勤寫日
記。現在扶助杜慶壽醫師在中壢開設的醫院事務。笠詩社同仁、臺灣筆會
會員。已出版《慶壽》、《淮山完海》、《拯層》（日文）、《朝晴》及《遠千
湖》等詩集。

　　今年五月杜潘芳格的自選集《遠千湖》榮獲第一屆「陳秀喜詩獎」，她
以女性持有的溫柔感情從豐富的生活經驗中，捕捉感性與知性的詩情與詩
思。

　　5 月 6 日，我參加了在臺北市環亞飯店舉行的受獎典禮，杜潘女士當
眾把這份殊榮贈給她年事已高的母親，正逢母親節來臨，這是女兒送給媽
媽最佳禮物吧！她的詩集《淮山完海》是取父親錦淮；母親完妹之名而題
的。由此詩集的第一首〈父母親〉可得知她了解父母的心細：

　　　母親的姿影
　　　在午後靜寂的禮拜堂院子
　　　傲耀的玫瑰花

　　　看不見母親了
　　　因為父親的影子

---

*詩人，「笠詩社」成員。

就母親而言
父親是
好像拔掉花瓣和葉子殘存的枝椏

馨郁的父親花
母親卻看不見
住在十字架裡的母親
住在母親裡的父親

以倆住在傲耀的玫瑰花的一支荊棘

　　杜潘芳格以做女兒的角色透視父母親之間的感情，描述其母美麗聖潔但又驕傲的玫瑰花；美中不足的是父親常以大男人主義的態度對待母親，缺乏體貼，使得倆人好像是玫瑰花的一支荊棘，不美好，但必須生活在一起的夫妻關係。

　　但是自杜潘芳格的父親在 1988 年死後，再細讀這首詩時，又有不同的感覺，作者似乎想把對父親的思念投射在母親身上——從前傲耀如玫瑰花的母親，因為再也看不到父親的影子，所以母親好像拔掉了花瓣和葉子殘存的枝椏而感覺寂寞。

　　我與杜潘芳格同屬笠詩社，也許都是客家人的緣故，所以她常常寫信問候我的先生、孩子、我家的白鵝以及詢問庭前的玫瑰花開了幾朵……萬物在她的心目中都是有生命的語言。

　　記得兔年杜潘女士寄來一張賀卡，卡片上畫了一個望日的月亮：月亮上有一隻搗米的母兔，小兔則從米臼裡一隻隻地蹦出月亮，遊戲人間。杜潘比喻自己為生了七個孩子的母兔，月亮是她的父親，她和月亮是不能分開的，滿月之後，她就會奔回故鄉。

　　讀過杜潘芳格一首〈故鄉的庭院〉，即知那是一個緩緩起伏的小丘的家鄉，有綠色的水田及木瓜樹呆立的純樸景緻。她稱讚故鄉的天色比夏威夷

的陽光更安詳。比喻青青山脈的故里，有如島上的相思林，自己則是誕生在島上的一棵女人樹。在《遠千湖》詩集裡的一首代表作品〈故里〉更可發現她對故土的懷念了：

巴士載了一直閉著眼睛的我，跑。
向著故里跑。
故里光亮明朗，原為閉著又漆黑的我心，
被光浸進逐漸地放晴。

我座位周圍的小孩互談著，被他們的話語誘發，
我終於微笑了。
從此，我就能夠關懷這個人那個人了。

故里那棵樹仍舊站著：
是一百年前祖先們殺死河南營兵吊死的。
父親種植的油加利樹長長長長地
延續在街道。

明朗的光，但也有陰影，
有一場葬禮：那今之古人的腦細胞和他的意識全部
死了嗎？

白蝴蝶飛舞在亮光中，
秋天的香氣白菊花，黃菊花。
原產地在遙遠的異國那可愛的小花
如今變成了野生無名草花叢開著。

我不得不現在立即回去，
回去昏暗曇天的我的住所。

　　故里阿，可親的故里，再見吧。

　　給我，短暫卻是明朗的時間和場地，真是多謝了。

　　杜潘芳格表示，這是在夕陽下山時寫下的一首詩。返鄉是人性追求的夢。例如離鄉背井的遊子、出嫁之女兒，甚至異國學人，歸故鄉的心願極其自然。

　　杜潘芳格這一輩子命中註定要更換三次國籍，昭和 2 年，她誕生在日本殖民地臺灣，直到昭和 20 年（1945 年），被灌輸日語，以日本人身分活過來。19 歲成了中華民國國民，開始在新的制度下學習北京語，同時結婚、育兒、組織家庭，拚命過起了普通女人的生活。受到 1959 年越戰的影響，開始做移民美國的打算。直到 1982 年 5 月，才獲得了美國公民權。從日本籍到中華民國國籍到美籍，更換兩次國籍本是很多的臺灣人不能逃避的悲哀命運，杜潘芳格摒棄了缺乏安全感的島嶼而遠離故里，有了這樣的追求，難免就產生了離情及思鄉的詩。

　　一次，我受到杜潘女士到中壢家中小酌的邀請，與會者還有詩人羅浪、錦連、李篤恭、林宗源、李敏勇等。除了嚐到她親手烹的客家菜之外，更聽到大家生活性的閒談，十分愉快。此外令我注目的是擺在客廳裡的一盆生氣盎然的火鶴生花，也是杜潘女士的傑作。

　　記得 1988 年 5 月，詩社在臺灣神學院展開「笠年會」，當杜潘女士進入了布置得別開生面的會場時，訝異地問：「按靚！是誰插的花？」告知是吾妹玉敏的作品時，好像多了一位愛花的朋友那般高興！此後每跟她在一起，就向我問候我那個會插花的妹妹。

　　杜潘芳格與花有緣是有一段故事。她在 30、40 歲時，是處在一個戰後物資匱乏的年代，為了建立家庭經濟，她曾跨一雙長統膠鞋在花市蒐集材料，捆成一大包揹著，熬過來回要花三小時之久的巴士路程，教學生們「插花道」。

　　有花道修養又有宗教信仰的杜潘芳格，寫出來的詩表現是溫柔、智慧

與溫馨的。她有一首〈在《向日葵的圖畫》房子裡〉，試摘錄欣賞之：

一枝枝垂下花頸
像將要枯萎的向日葵的畫
被掛在房子裡

儼然
要求正義的
是你

不容許
偎依的
也是你

但
完了之後
在「向日葵的圖畫」房子裡
安靜地
擁抱著我的
也是你

（中略）

你坐在床上
我跪在地
你輕輕地念著
約翰福音的第八章

杜潘芳格天天看著畫中的向日葵，花的姿態給予她新的意象吧！如此

在日常生活中挖掘出來的經驗作品，不但給與梵谷的名畫有了新的詮釋及奧妙的欣賞角度，更表達了對丈夫杜醫師既保守又美麗的恩愛。最末一段運用祈禱的詩語，有拉回原來自我的效果，這樣的詩結尾也許不被一般讀者所了解。

但是杜潘芳格的多篇詩章裡常出現宗教的影子，使得她的思想有了脫俗的哲人靈氣及智慧。因為杜潘女士像許多經歷戰前戰後不同統治體制的臺灣詩人一樣，受到語言跨越的障礙，所以筆觸略顯生澀，但這卻反映了臺灣文學的特殊歷史條件，是戰後臺灣文學的文化印記與政治烙痕。

堅信有靈界的基督信仰者杜潘芳格，她認為我們現在活著，是第二次的生命，第一次是在母胎十個月的細胞生命，是無心的赤子，出生後，母胎「空」了，留下來的是死了的包衣（客語：胎盤）。所以詩中不時表現了自我追尋及對生命的關照，透露著特有的真摯感與宗教觀。

杜潘女士在日常生活中一切的事都要祈禱，等候神啟示才去做。看起來並不經濟的行為，但虔誠的她，似乎聖靈隨侍在側，使她獲得紓解。

有神論者——杜潘芳格，相信生活在祈禱中、感謝中、反省悔改中，可以得到平安；相信主宰天地美物最高靈的宇宙之神——大節理、信祂，心裡就得平安。

寫到平安，就想到杜潘芳格一首很出色的〈平安戲〉：

年年都是太平年
年年都演平安戲

只曉得順從的平安人
只曉得忍耐的平安人
圍繞著戲臺
捧場著看戲。

那是你容許他演出的。

> 很多很多的平安人
> 寧願在戲臺下
> 啃甘蔗含李子鹹
> 保持僅有的一條生命
>
> 看,
> 平安戲。

今年寒假,我曾將這首詩推介給在美和中學接受客家民俗文化營活動的「六堆大專」青年欣賞。因為這是一首對現實的觸探及社會的批判性特別強烈的詩,有別於僅依賴流利修辭且詩想貧乏、詩質空洞的詩篇而甚獲喜愛。與一般女性詩人常描寫身邊細瑣的感情而樹立風格。

杜潘芳格的這首〈平安戲〉早已提升到基督之上,透視了社會民間的苦難狀態,流露著內心的掙扎,反抗與不安並給予慈悲的安撫。詩中意謂著做為一個人如果必須忍辱偷生,奉承阿諛,才能得到平安的話,這是很悲哀的。

1988 年亞洲詩人會議在臺中展開時,杜潘女士以親切流利的客家話朗頌這首〈平安戲〉,在國際交流上,這是十足具有本土味道的一首詩。

1990 年 8 月,世界詩人大會在漢城舉行,杜潘芳格以盛裝出場,也以客語朗頌一首〈非魚〉,這是視野廣、較之有世界性的詩,也獲得異國詩人的友誼。

此外,國內各大學詩社、鹽分地帶文藝營及客家文學營等盛會,只要受邀請,必能聆聽到女詩人杜潘芳格朗頌愛的詩篇。

——選自利玉芳《向日葵》

臺南:臺南縣立文化中心,1996 年 6 月

天堂之路
杜潘芳格詩作中意象空間虛實反轉表現的探討

◎張芳慈[*]

一、前言

　　1986 年加入笠詩社後，認識了詩人杜潘芳格，從那時起就喜歡她的作品，因為那無以言喻的境界裡，在其中沉思是件美好的經驗。除了普遍為人熟悉的〈平安戲〉和〈中元節〉之外，其他諸如〈背面的星星〉、〈桃紅色的死〉、〈夢〉、〈葉子們〉……等詩作，彷彿具有一種神祕的力量，總是召喚著個人一再閱讀，同時，也隨著個人生命歷練的累積，每一時期的體會都有不同的發現，而這就是藝術奧妙之所在吧！

　　藝術家是如何看待這世界，同一個世界，每位畫家所呈現的畫作是有著極大差異，詩人所描述的意象也截然不同，為什麼呢？如果說兩者同樣都是有深度的立體層次，通過視覺所構成的畫面空間，或者是經由心靈迴盪而呈顯的意象空間，隱藏其中的時空場域，是如何變化延展？而又是什麼引發讀者想像的燃點？以迸發那虛實交替卻又沉靜的靈魂對話。

　　本文試著以追求信仰的誠懇態度、展現時空情境的真實性，和找尋語言的出口等三個角度，來了解杜潘芳格的人和詩作，此外，對她作品裡深邃的語境，個人希望藉由意象空間的表現，探討其作品虛實反轉表現特色。在研究過程中，對於選詩的部分，不免受到主觀的限制，但是也盡量透過詩人自身的意念，和一些客觀條件交替思辯，從線索找出可以發展的

---

[*]詩人，「笠詩社」成員。新北市秀朗國小藝術與人文教師。

觀點，試著呈現心靈深處所觀照的人間世態。

二、杜潘芳格的人與詩作

　　每個從事創作的人，可能都會被問到：「為什麼要創作？」藝術家是為了要創作而創作嗎？杜潘芳格當被問到這樣的問題時，她說：「為何寫作？這像問我為什麼活著一樣。」[1]的確是如此，藝術家其人的日常生活，就是作品內容的泉源，而每個人活著的態度不同，這也就是攸關是否要透過創作，或者是作品所呈現意象空間特色的差異。杜潘芳格（1988）也提到為內在自由而寫作[2]，這是值得玩味的一句話，這裡「內在的自由」所呼應而出的就是「外在的不自由」，在現實生活的世界，詩人的感覺是被壓抑的困窘，因而被迫尋找另一個空間，透過寫作來紓解。那麼，在現實的空間裡，被壓迫的情境，如何轉化成作品，這是本段落所要論述的要點。

　　個人所理解到：好的創作來自於渾然天成，並不是做出來的，而所謂「渾然天成」源於什麼？個人相信越優質的作品所釋放的訊息是豐富的，也經得起不同角度的探索。就杜潘芳格的創作來談，可以歸納以下三個部分討論：

（一）追求信仰的誠懇態度

　　在杜潘芳格的〈「小心」是對的〉（1992）一文中，提及世界宗教無論是以哪一國語言呈現，都是人類的寶典，極具尊貴價值。[3]這段話表露出對宗教抱持肯定而尊重的信念。雖然直到三十多歲才受洗，但是從小就深受堅毅的母親詹（鄭）完妹啟蒙，在整個成長過程，到結婚後至今，都是倚靠著虔誠的基督信仰，度過人生中的難關。此外，個人曾經與她談話得知（2008），有一段時間她也以書法抄寫佛教心經，在那過程中的靈感所得，寫下〈夢〉這首詩，可見她對不同宗教信仰的態度是包容與嘗試理解的態

---

[1]杜潘芳格，〈為何寫作？〉，《青鳳蘭波》（臺北：前衛出版社，1993 年 11 月），頁 167。
[2]同前註。
[3]杜潘芳格，〈「小心」是對的〉，《青鳳蘭波》，頁 181。

度。[4]當她與我敘述種在頂樓裡的花與樹，是一再感恩神的創造，她也說起一段體會（2008）：「下過雨的地面坑洞，積了一灘水，清淨地可以映照天光。人的心也是要這樣，才可以感覺神的想法……在這裡，坐著看天空、看樹看花，好像坐禪一樣……」[5]信仰無論是基督教或佛教，都已經是她日常生活密不可分的大部分了。

　　李魁賢（1993）認為杜潘芳格的詩，偏向神祕主義或奧祕主義，是由於以宗教心出發的思維和人生觀所致。[6]的確如此，經常靠聖經和禱告的靈魂，是以嚴肅而謙虛的態度看待生命萬物，她的詩是以信仰真理為起點，難怪劉捷也讚嘆地說她的語言是靈魂的聲音。[7]個人歸納宗教生活與詩的範疇，又可細分幾個面向：其一是內省的對話，先來看看這首〈復活祭〉的第三、四段：

復活！
是軀殼的再現嗎？
靈眼凝視對照之時。

曾經活在歷史裡
祖先們的意識
無意識仍舊存在肉身現形的自己。

　　宗教裡談及的死，是軀殼的死亡，而靈魂藉由生前的修為，死後可以到達天堂，或者墮於地獄。那麼復活或者輪迴之說，詩人質疑只是軀殼的再現嗎？那繼續在肉身裡運作的意識，「無意識」地存在軀殼裡活著。這首詩的開始「心在旅遊，以放浪的心情／身子不動，照常過著日子」卻感到

---

[4] 此次訪談於 2008 年 6 月間，多以信仰話題為主。
[5] 2008 年 7 月 15 日與客家電視臺一起作詩人專訪，在住家陽臺花園的談話。
[6] 參李魁賢，〈一隻叫臺灣的鳥——序杜潘芳格詩集《青鳳蘭波》〉，《青鳳蘭波》，頁 4。
[7] 杜潘芳格，〈「小心」是對的〉，《青鳳蘭波》，頁 250。

身心的不同調，而啟動了內省的對談，身體所承載沉重的歷史、傳統或者其他等等，如果「復活」仍然是為了這些，杜潘芳格的靈心閃現的是「不只是光，但願赤裸裸地奔跑。／那豈止是他們而已？」以某種幽默說出對生與死的想像，意味深遠地道盡困在現實裡的身體，其實心靈是如此想要出離的啊！另外，像是〈究竟〉這首作品：

> 信神也一樣
> 「道成肉身」究竟結論是更走更明白自己向
> 無限際無窮盡的路跑，
> 雖然方向是對光去找「真理」。
>
> 夫婦道也是，走了四十多年了，差不多金婚
> 的黃金日子迫近還是天天都有問題和那一盆
> 華道「花」一樣。不完美。
> 更活更明白自己追求的每一個所謂「道」是
> 究竟……。

　　詩人想要「究竟」關於世間諸相所呈現的「道」，那無邊無際的追尋，不斷地自問和領悟，更活更明白的是因為不完美而對著光去找真理，還是只是為了窮究……那個神給予的結論。這首作品猶如夸父追日的圖象，一幅悲劇的生命對照。曾教學花道的杜潘芳格，深知花藝在空間造形中的和諧必要，在完成過程中不斷在主客觀之間微調那恰到好處的位置，但是追求「完美」是多麼不容易啊！在〈美與宗教〉裡提到：「『放棄』確實地把人導向『自由的境地』，古賢教給我這樣的訓練，我相信這就是宗教的真髓。」[8]文章後段接著提到：「這裡，我想起了『華道』是插花藝術。省略

---

[8]杜潘芳格，〈美與宗教〉，《朝晴》（臺北：笠詩刊社，1990 年 3 月），頁 104。

枝葉並花朵，選擇亦即捨棄。」[9]尤其是人世間的事物，透過信仰來解脫，然而宗教的「道」由知到行的距離，不也是在心靈活動的動態中，有時候可能達到的短暫接近罷了。於是，詩人對信仰採取的思索路徑，是從生活的點滴裡發現真理，像插花時的取捨判斷，存於起心動念之間，很誠實地面對困惑與自我的辯證，而不是一昧地盲從附和形式。

　　其二是悲天憫人情懷，在詩人談話中知道（2008），其幼年時，曾經目睹拾荒的阿伯拖著三輪車，而不禁以日文說出好可憐的悲嘆，因此被長輩誇讚有愛心。[10]作為富家女的她，天性中的悲憫之心，使得她在人生中的價值判斷，充滿著良善與正義，事實上，宗教的教義不也是教人如此嗎！但可以實踐的當下，如何不遲疑地義無反顧這才是重點。她的作品中常常觀照的不知名，或者不起眼的萬物，就是這樣的個性和修養使然。例如〈葉子們〉這首詩：

　　葉子們
　　知道
　　自己的清貧
　　也明白
　　自己的位置搖幌不安定
　　有時確實也虛偽地裝扮自己

　　葉子，葉子們
　　終究　要把自己還給塵土
　　堅忍地等得到最後一刻
　　那燃著夕陽紅豔逝去的一剎那

　　葉子們

---

[9]同前註。
[10]2008 年 7 月 15 日與客家電視臺一起作詩人專訪，在住家陽臺花園的談話。

> 相信
> 聖經上的每一句話
> 都是創造的葉子
> 不是人造的葉子

　　藉由葉子們描述世間因為清貧困境受苦的人們，相信自己的信仰，日子總會熬過去。而南洋歸來的傷兵，對當時還是小女孩的她，印象多麼地深刻啊！在戰爭的陰影下，即使事過境遷的 30 年後，為一個陌生的敗戰勇士，詩人的〈祈禱〉依舊：

> 三十年前
> 我見到一位男人，
> 因為飢餓而蜷伏在車廂，
> 因為瘧疾而發抖地，從南洋歸來。
>
> 我是女孩，滿懷悲痛和恐懼，
> 從手指的空隙中，窺伺他的眼睛。
> 看不出故鄉濃厚的綠，
> 他的兩眼失去外界而空洞。
> 那是受飢餓和疾病摧殘的敗戰勇士。
>
> 三十年後，
> 我成為每天揮動雙手謀生的大人
> 緊握著十指而祈禱。
>
> 每天，每天緊握十指而祈禱。

　　戰亂的時局下，人民如草芥，一切的不由自主，猶如風雨飄搖中的殘

舟，杜潘芳格的三種國籍，就是臺灣人民難以抹滅的歷史印記，同時也是她生命裡無法蛻去的黑色烙痕。然而信仰使得她勇敢面對，以堅毅而新生的力量再起。同樣的意念與堅持，也在許多隨筆中，以同理悲憫之心看臺灣二二八事件、中國六四天安門事件和西藏問題。

其三是命運的反思，當詩人在〈神〉這首詩中，提問「是神，／把命運給了每個人？／否則，是每個人自己，／把命運給予本身？」生命的主體意志是被動？還是主動的？面對未來的下一刻，人透過祈禱所獲得的是超越和昇華，還是麻木於現實，以阿 Q 的無知覺只求苟活著就好。或許說每個人的態度就決定自己的命運！在〈平安戲〉作品裡，似乎看到杜潘芳格從生活中透析這樣的意味。

年年都是太平年
年年都演平安戲

只曉得順從的平安人
只曉得忍耐的平安人

圍繞著戲臺
捧場著看戲
那是你容許他演出的

很多很多的平安人
寧願在戲臺下
啃甘蔗，含李子鹹。

保持僅有的一條生命
看
平安戲

　　透過宗教時時面對自我，而且是嚴格地沒有模糊地帶呢！在〈紙人〉詩中對於「我」的要求是如此絕對：

　　　地上到處是
　　　紙人
　　　秋風一吹，搖來幌去

　　　我不是紙人
　　　因為
　　　我
　　　我的身就是器皿
　　　我
　　　我的心就是神殿

　　　我
　　　我的腦充滿了
　　　天賜的力量

　　　紙人充塞的世界
　　　我尋找著
　　　像我一樣的真人。

　　這首作品閱讀到強烈的意志，來自信仰也來自主體的明確追求。李敏勇（1993）在〈誕生在島上的一棵女人樹〉提及杜潘芳格的反省和批判意識非常濃烈，反映了社會現實的觀察，對她詩思的深刻性表示肯定。[11]以另一角度貼近杜潘芳格的創作，對信仰虔誠的追求態度，是來自她對真理探

---

[11]參李敏勇，〈誕生在島上的一棵女人樹——杜潘芳格詩風格的一面，兼序《青鳳蘭波》〉，《青鳳蘭波》，頁16〜20。

索的精神所致，從許多詩作裡，我們看到這條「道路」，是透過外在世界的現象流轉，卻是迴返凝視內在心靈活動的軌跡。詩人（1995）這麼說：「哀愁、苦難重疊的不幸是在人生途徑每個人難逃的桎梏。我們只有一個辦法就是積極正面地以明朗的態度去迎受處理它。」[12]作為行動主體的人，是要鍛鍊成為一個有思考能力的人，生命才能彰顯出意義和力量吧！

（二）展現時空情境的真實性

　　一個有主體意識的詩人，是能夠清晰展現時空情境的真實性。在〈記憶與忘卻〉裡，杜潘芳格（1997）這麼說：「這『時間』兩字之中，包含著很多的要素。記憶必須對抗忘卻無止盡地戰鬥下去。」[13]這篇文章點出許多歷史的時空情境，談到臺灣人的宿命，從 16 世紀末到日治時代、國民黨政府統治下要消滅人民共同的記憶，後來發生了二二八事件等，同時也關注了中國天安門六四事件。對於強權擅於捏造假象愚民，以抹滅真相的手法，在〈中元節〉作品裡以像一幅清淡白描的表現方式，可是敘述的場面卻是血淚斑斑的傷痕：

　　你
　　喜愛在紛雜的人群裡
　　追求「忘我」。

　　而我
　　越來越清醒。

　　貢獻於中元祭典的豬，張開著嘴緊緊咬著一個「甘願」。

　　無論何時
　　使牠咬著「甘願」的

---

[12]杜潘芳格，〈希求高品質的作品〉，《芙蓉花的季節》（臺北：前衛出版社，1997 年 3 月），頁 79。
[13]杜潘芳格，〈記憶與忘卻〉，《芙蓉花的季節》，頁 100。

　　是你，不然就是我。

詩人好像只是表陳社會的民俗祭典情境，可是那強烈的時空感，彷彿令人在那個當下，是你，還是我允許……放棄自我，甘願將靈魂獻祭呢？多麼犀利的指涉啊！「強權者常會要求我們被他管的草根民眾『失憶』。但臺灣人已經覺醒了。『我們可以饒恕，不可以遺忘』。」[14]詩人從時空的現實出發，知覺主體的在場，在過去高壓政權的時代下，她以詩作作為控訴，是有其十足的勇氣和智慧的，在當時的詩壇也是少見的。她（1997）也表示：「臺灣的詩人也對於臺灣的過去發生過的各種事件，要做出不可磨滅的詩出來，才是真正的臺灣詩人。」[15]作為一個女性詩人，她的作品深刻的力道是不容忽視的，即使放到國際的詩壇，也應該有代表亞洲的一席位置呢！

　　從另一個角度來看，詩人對時空情境的知覺脈絡清晰，使作品的意味有更深遠的空間感，讓文字之間的張力更強，所鋪展的意象無限延伸，例如〈時間〉作品所呈現：

　　凝視

　　過

　　沉重的時間

　　那麼

　　現在的時間就

　　不沉重嗎

　　後來的時間

　　會

---

[14]杜潘芳格，〈記憶與忘卻〉，《芙蓉花的季節》，頁100。
[15]杜潘芳格，〈詩的教養——我對客語詩的創作觀〉，《芙蓉花的季節》，頁120。

決定。

對於過去、現在以及未來因為主體「我」的凝視，才會產生意義。詩人是不容自己虛度光陰的，緣於我的存有，並真實知覺這客觀世界。而這首〈秋〉又是主客觀交融下的佳作：

讀著詩而哀傷地
浮現與母親分別而落淚的
秋天，我要獨處。

今年十一月　我四十歲
多雲的那天
見過母親後的歸途
我憂鬱
無終盡的憂鬱。

今天，
秋深了。
無終盡的秋深
會持續到何時何處？

秋。

我。

人的知覺隨著時間與空間有了連貫性，詩人點出母女分別後，深秋和我彷似一前一後，在沒有盡頭的歸途上……加斯東‧巴舍拉（Gaston Bachelard，1884～1962）認為潛意識深居在空間中，空間化越好，回憶沿

著時間序列而越發穩固。[16]杜潘芳格的作品關於父親和母親的懷念，是在回憶裡鋪陳虛實的對照，在時間和空間構成中，文字之間進入觸發狀態，從模糊到清晰，抑或是逆向處理，個人的閱讀經驗，察覺那像導演運鏡推移般，有一種不落痕跡的自然與巧妙，卻那樣地扣人心弦。

而這段話，說了重點：「因為觸發了真實，一個詩人的字眼便能撼動我們存在的最深處。」[17]為此，我們應該讚嘆詩人給予這世界如此美好的超越。除此之外，發覺這首能呈現像是畢卡索的立體派作品的詩作〈多倫多之秋〉：

> 什麼時候樹葉會紅？
> 什麼時候樹葉轉黃？
> 當秋風吹起，
> 沙沙地響著時
> 樹葉一邊哀叫著
> 「冷啊，好冷啊！」的同時
> 變黃了！變紅了。
>
> 在我們正睡得溫暖的夜晚之時。

詩中把秋天時序的自然景物，透過提問而碰撞時間的骨牌，心靈之眼透視到人們熟睡的時候，樹的生機未曾停歇，另一寫實之筆，勾出室內的溫暖以對照戶外的冷冽。整首作品在加入時間元素的四度空間所形成的場域，我們猶如看見時空同時性的存在，像電影的分鏡，由時間串聯的畫面，當然這一切因為人對時空的知覺而起，更重要的是這知覺有著集體的共感，也深藏了個人背景下的獨特性。

---

[16]參加斯東‧巴舍拉（Gaston Bachelard）著；龔卓軍、王靜慧譯，《空間詩學》，（臺北：張老師文化公司，2003 年 7 月），頁 71。
[17]同前註，頁 75。

（三）找尋語言的出口

杜潘芳格在〈「純金」與「紙幣」〉（1996）裡指出關於語言的觀點，第一是詩的語言，文中說道語言作為詩人的武器，應該最先殺掉自己內在媚俗等不純潔的意念，並且要追求像純金的價值，而非只是如市面用的紙幣一樣，流於溝通用的語言。「純粹性」和「精神內部的深奧性」所發顯的，源自於詩人生活原體驗裡的思惟，對抗世俗追求真理的「真」。[18]從她的諸多作品裡，我們用心靈傾聽，那真實的聲音就娓娓而來。像是〈今夜窗下也許仍有回響〉：

> 不是那開在樹上的花朵。
> 所以　並不是相思樹花或櫻花。
> 更不是黃橙與深紅的
> 鬱金香和薔薇
>
> 啊！
> 那個回響是
> 在昏暗的海底
> 又更深之處的真珠，所吐露的吟哦聲。

詩的存在並不倚恃技巧，或者絢爛的形式，「不是那開在樹上的花朵。／所以　並不是相思樹花或櫻花。／更不是黃橙與深紅的／鬱金香和薔薇」詩人應該要聽到的回響，是深海裡宛如真珠吟哦的靈魂之音，然後將那樣細微的體會，轉譯成有意味語言。而在〈荒野〉……我們似乎看到詩人覺察到語言貧乏所造成的荒涼視野：

> 肉眼看上去

---

[18]杜潘芳格，〈「純金」與「紙幣」〉，《芙蓉花的季節》，頁89。

那是青綠的菜園或水稻成長的田園
卻像沒有任何事物的荒野。

那是一座大橋或工廠的建築物
卻也像是荒涼
沒任何事物的荒野。

從載著肉體疾駛的車窗，
看上去
那是重疊的農作物或綿延的民房
卻像沒任何事物的荒野。

我是怎樣了
是死了嗎？
是否為了復活
才死去了呢？

像幻惑中的青翠的草原
遙遠的山脈
河水的細流　野地的青菜
只在動盪無意義的人群裡

突然急迫地
堵著一扇厚厚的大理石懸崖
遮住了我的視野。

在生活裡名詞的指稱，只是詞彙的紀錄，就像陳列在風景中的物質，而這些名詞充斥在人群的語言裡。語言的死亡，意義流失殆盡，所形成的荒涼情境，令人無從感動，不就像是冰冷的大理石懸崖嗎？詩人從車窗內看窗

外的風景，描述內心無可敘說的膠著感，而自問是為了復活而死去嗎？在這樣內外迂迴的線路上，語言的存有，或者是生命的存有，反覆在杜潘芳格的心靈裡思索著。而〈虛構〉第三段裡談到語言被書寫後賦予了生命，衍生了意義，構成了意象：

> 只有語言
> 你被寫成後，得到的生命
> 會死也會永生，
> 虛構。但鬼斧神工的虛構，
> 是活生生的。
> 決定你的生與死的
> 是什麼力量呢？

「決定你的生與死的／是什麼力量呢？」換句話說，是什麼讓　首詩有力地活著？詩中第一段提到插花可以虛構形象，然第二段卻直指形而下的姿影，無法避免枯萎的命運，那麼詩的語言是否要追索形而上的意義，才是重要的？詩人拋出了問號。

關於第二部分是語言的斲傷。在日本奈良天理大學的演講紀錄裡，杜潘芳格（1996）說：「我用的是青澀的字句，但我實實在在不甘心，只用『咿啞』裡（禮）讚我的日語，來表達做為一個臺灣的客家詩人的詩意。」[19]因為臺灣特殊的歷史背景，使得人民的母語一再被斲傷，迫使學習主流的語言，而自己的語言快速流失，一併連族群文化也隨之滅絕。這種失去自己的語言的體會，是強權的殖民心態的人們無法理解的痛苦。像是〈聲音〉所展現：

---

[19]杜潘芳格，〈「純金」與「紙幣」〉，《芙蓉花的季節》，頁 90。

不知何時，唯有自己能諦聽的細微聲音，
那聲音牢固地上鎖了。

從那時起，
語言失去出口。
現在，只能等待新的聲音，
一天，又一天，
嚴肅地忍耐地等待。

當德希達（Jacques Derrida，1930～2004）提出：「我只說一種語言，而這語言不是我的。」[20]這裡透露著多少語言的消失和遺忘。同時也在多數的不自覺之下，習以為常成為扼除母語的幫兇。杜潘芳格是一位有高度自覺的詩人，也是臺灣倡導創作客語詩的先驅者，同樣是作家的前輩鍾肇政（1993），也為文讚許她的努力和用心。[21]在〈花〉這首作品中，我們閱讀詩人對開出自己語言花朵的堅定意志：

湖水，森林，很多的小小生物
蝴蝶低低，低低地徬徨。
荒原，有時是發狂暴風雨的演場
曠野抱住大自然的瘋狂，不知不覺地慢慢
又恢復平常。

浮雲輕飄，
渺小的野花被朝露叫醒，夜晚靜思，
瘦細的莖枝頂有花顏清爽淺紫色的它。

---

[20]德希達（Jacques Derrida）著；張正平譯，《他者的單語主義：起源的異肢》（臺北：桂冠圖書公司，2000年8月），頁1。
[21]鍾肇政，〈日語・華語・母語〉，《芙蓉花的季節》，頁148。

除了盡出大力折枝，
強勁韌性的它如何也折不斷。

生存在這塊地
只用拔根，一點不留地乾乾淨淨，徹底消滅
以外不能切斷它的生命。

在母胎以前
它已經是花。

在出生之前，基因就已決定你是誰，是哪一族群？像是生物中所謂界、
門、綱、目……等，所以說「在母胎以前／它已經是花。」而詩人曾提到
受到但丁《神曲》的啟示，而努力以客語創作，因為沒有語言就沒有文化
了。[22] 在許多隨筆和作品裡，激勵著臺灣人要努力發出自己的聲音，認真學
習能夠累積保存文化的母語。〈平安戲〉這首從日語思考而寫的作品，輾轉
翻作華語到客語版本的過程：

年年都係太平年，年年都作平安戲，
就曉得順從个平安人，就曉得忍耐个平安人，
圍著戲棚下，看平安戲。（圍著戲臺／捧場著看戲）
个是你兜儕肯佢作个呵！（那是你容許他演出的）

儘多儘多个平安人
情願嚙菜舖根
K 甘蔗含李仔鹹（啃甘蔗含李仔鹹）
保持一條佢个老命（保持僅有的一條生命）

---

[22] 參李敏勇，〈誕生在島上的一棵女人樹──杜潘芳格詩風格的一面，兼序《青鳳蘭波》〉，《青鳳蘭波》，頁124。

看，平安戲。

括號內為華語作品，就華、客語的對照，其中似乎也可以看出部分的差異與困境，而這差異不只是因為語言，也帶有族群背後的文化以及情感。透過翻譯常常造成語意的失落與死亡，例如「介是你兜儕肯佢作介呵！」的「你兜儕」意指集體而非單一個人，比華語「那是你容許他演出的」，意義表態上的強調在翻譯過程中失去。較華語多出的「情願嚙菜脯根」，這句連結的是客家的素樸生活情境，平安戲是客家族群一來為了敬天酬神，二來也是凝聚宗族情感的活動，而作為客家人的杜潘芳格，卻從這樣年年例行的民俗中，提出批判與反省。在當時臺灣社會，政府的愚民政策，怎容許有這麼複雜的心思？生計困苦的人民能活下來看平安戲，也都是奢求的幸福。直到現在的臺灣，我們不也是看到各族群文化中的信仰與慶典，在政治操弄下被扭曲地陷入某種難堪。〈平安戲〉除了是客家詩人的文化反思之外，在幾種翻譯版中，也看見杜潘芳格對母語的不死心，和一種迫於語言政策現實的極度不甘願。

語言的斷傷一直造成詩人內心的困惑與無奈，也曾因此一度失去信心，在言談中常有幾許不被了解與認同的寂寞處境。[23]然杜潘芳格所擁有無窮思考的活力，使她的作品反而呈現不受陳腐語言的汙染，以一種乾淨清新的姿態開展，至於，除了母語之外的語言，她懷抱一種吸收不同文化的認知，做為豐富自己更多元且寬廣視野的寶庫。這是作為臺灣人的宿命，難得的是在逆境中詩人有堅持也有包容，並且涵融自成一格的獨特作品情致。

本文第一段落，從追求信仰的誠懇態度、展現時空情境的真實性，和找尋語言的出口等三個方向的探討，對於了解杜潘芳格的人和詩作，提供了背景的厚實度，尤其是其作品意象空間虛實反轉表現的部分，期待找出

---

[23]杜潘芳格，〈水音亭〉，《青鳳蘭波》，頁188。

一些能更深入研究的可能路徑，相信或能追索出杜潘芳格詩作的風格特色。

三、杜潘芳格作品意象空間虛實反轉表現的探討

　　閱讀杜潘芳格的詩作，也許會覺得她看到的世界，一如我們所看到的那般平凡無奇，然而在詩人筆鋒中隱隱約約挑起的線頭，彷彿你再運用些思索的力量，那麼那一整片的現實表象，便有了意義。何以抽象的文字會有了象徵，以及載荷著經驗的背景？隨著意象而來的空間，也必定有著時間的縱深，當你拉開了這扇屏風，綿延的幕篷就展示眼前。

　　藝術是視覺加上思惟的表現，也就是物我相互觀照下，心物合一的主客觀和諧的結果。由於藝術家的情思運作，重新組合或消融物質世界於情感的形式當中，而成為藝術品。那麼如何「觀」以及如何「想」是創作的核心問題，杜潘芳格（1987）曾經到飛來峰，寫下〈百聞不如一見〉提及：「這些佛的姿態，臉部的表情，所呈現的並不是眼睛所見到的『實在』，而是在這些一個個作品的作者心眼中，依他的信仰所顯現的『佛』的姿態，臉面與持物。」[24]的確，藝術並不是將肉眼看到的自然物再現，而是在自然中以「心眼」尋找美的質素構成，並賦予形式。這也是王國維表示：「有造境，有寫境，此理想與寫實二派之所由。然二者頗難分別。因大詩人所造之境，必合乎自然，所寫之境，亦必鄰於理想致也。」[25]所有的藝術家都可能窮盡一生之力，都想表現出蛻於自然的理想境地。

　　德國詩人諾瓦理斯（Novalis）說：「混沌的眼，透過秩序的網幕，閃閃地發光。」[26]換言之，那通過我們肉眼的現實混沌，如何變成閃閃發光的琉璃世界？關鍵是「秩序」所在，而這裡秩序的指涉是創作歷程裡，力量生發的網絡。探討杜潘芳格的作品意象空間裡的「秩序」，個人認為「虛實反

---

[24]杜潘芳格，〈百聞不如一見〉，《朝晴》，頁 115。
[25]王國維，《人間詞話》（臺北：臺灣時代書局，1976 年 8 月），頁 1。
[26]宗白華，《美學的散步 I》（臺北：洪範書店，1981 年 8 月），頁 24。

轉」是很重要的特色，個人試圖從這部分論述切入，並就作品來印證說明：

（一）關於意象空間的虛實反轉

關於「意象空間」是什麼？它不是所謂單純的印象，應該要含有更豐富的延展性的一個力場，一個不斷生成繁衍的空間。柏勒克（William Blake）曾說只有想像才能造就一位詩人，且認為「想像」即神性的視力，推崇著唯有透過視力和想像才有真實而永恆的世界。[27]個人認為意象空間是在視覺與想像之中合成的思惟。在一篇給完形學派定名的文章中，梵・艾倫斐斯（Von Ehrenfels）指出：視覺不只是知覺之機械性記憶，它也是一個極有創造力的真實的把握者，同時內含著想像力、創造力、機智且富美感。[28]知覺像是內在的眼睛，主動選擇與判斷，哪些是要保存的，並且在環境中不斷再知覺，喚起舊經驗裡的記憶，貫串、累積陳列在生命的抽屜。另一方面，具有意識的記憶，則是有意義的、細微的、豐富、有統合的能力，透過身歷其境的身體，發揮了知覺功能，使時間與空間同時統一在情境之中，才能使每一過程的意識成為有綿延感的記憶。

梅洛龐蒂（Maurice Merleau-Ponty，1908～1961）的著作《眼與心》（1961）裡提及：「讓視覺變成一種思想。」[29]視覺是由身體知覺這世界的圖象，可是在環顧周遭的同時，也能夠凝視自身，具有「可見」卻也能「不可見」的微妙感通。如果「可見」是代表「實」，「不可見」是所謂「虛」，非常有趣的，我們透過身體知覺的迴路，圖象與心像，視覺與想像可以在有限與無限的境界，具象與抽象的意味，以及虛與實之間反轉，而體會自我內心的真實空間。

在視覺心理學裡有「圖地原理」的現象，有關圖與背景，虛與實之間

---

[27] 姚一葦，《藝術的奧祕》（臺北：臺灣開明書店：1993 年 12 月），頁 22。

[28] 參安海姆（Rudolf Arnheim）著；李長俊譯，《藝術與視覺心理學》（Art and Visual Perception）（臺北：雄獅圖書公司，1985 年），頁 15。

[29] 梅洛龐蒂（Maurice Merleau-Ponty）著；龔卓軍譯，《眼與心》（臺北：典藏藝術家庭公司，2007 年 11 月），頁 109。

因為視覺意欲的主動性，所見的圖象或心像會有反轉的現象。從《易經》的一陰一陽生「太極」，到東方哲思下的中國書畫表現，以虛實明暗、計白當黑等，乃至詩詞都不乏空間流動節奏的佳作。例如蘇軾：「靜故了群動，空故納萬境。」「靜」與「群動」、「空」與「萬境」各成一組對位，在文字衍生的意象空間裡，隨著每個人當下的時間，感受「可見」與「不可見」、「虛與實」的反轉，同時因為對位的強度不同，會發覺其中的張力也在變化著。

　　從存有的世界，知覺了作為審美的對象物，詩人在視覺與想像的思惟之中，把內在深邃的心靈活動，經過第一次反轉、第二次反轉……不斷地自然分娩產出意象。杜潘芳格（1988）就曾經表示她的寫作是心志最深處被醒覺的語言，而這語言像生命一樣獨自溢出。[30]經過視覺等感知的現象，在心智最深處陳列，我們可能很難說出這種存在的意義，而習慣思索的詩人，一旦被觸動那微妙的神經，那語言的網絡統合經驗中的種種，給予意象空間的秩序化，而隨之流暢地訴諸於作品。

（二）杜潘芳格作品意象空間虛實反轉的表現

　　關於作品中意象空間的虛實表現，個人曾經提出問題：如何看待藝術創作的「留白空間」，也就是「虛」的部分？杜潘芳格（2008）說：「因為曾經學習日本的花道藝術，指導老師或者一些書籍上，都提到關於空間的重要。插花，不是在看枝葉或者花這些實體，而是那空間中緊張的力量。眼睛看得到的不能決定什麼，反而是那不可見的存在是精神所在。」[31]接著又說：「『虛』的事物要如何顯現呢？那還是要像『框』一樣的『實』來對應，空間才會存在。」[32]因為有花藝學習的經驗，詩人對於視覺原理有更深入的感知，的確，視覺藝術強調空間中緊張的力量，在那看不見的場域裡，任何的挪移翻轉，都是一個新局面。藝術家就是擅於體會與調整那種

---

[30]杜潘芳格，〈為何寫作？〉，《青鳳蘭波》，頁 168。
[31]2008 年 7 月電話訪談，與杜潘芳格談空間與虛、實的奧妙。
[32]同前註。

細微虛渺，讓每一個實存對應產生意義的聯結，同時也表現一種恰當的必要。詩人把視覺的思惟和自我的想像表現，掌握了虛實相生的意象空間，且透過知覺和記憶生活點滴，然後不著痕跡地在詩句裡閃閃發光。

李元貞（1992）曾經指出〈非魚〉這首詩作具有意象反轉的功力，[33]個人覺得可以深究的是，詩中充滿想像的摹寫之餘，透過「浮上　沉下　浮上　沉下」引導反轉的意圖，帶出「海中有龍門／洪波頻頻洶湧／魚等渡過／必成龍。」的神話圖像，經典的一句「此處遠離時空的此處」虛空的背景出現，之後的耐人尋味的反轉，在閱讀者的心中各自「浮上　沉下　浮上　沉下」。

> 很大很大的魚
> 龐大龐大的海
> 大魚向天空噴出飛濺水柱
> 懸著七彩五色虹。
>
> 厚大的魚背　揹著七彩五色的虹
> 慢慢地浮上　忙忙地沉下
> 浮上　沉下　浮上　沉下
> 　　「海中有龍門
> 　　　洪波頻頻洶湧
> 　　　魚等渡過
> 　　　必成龍。」
> 此處遠離時空的此處
> 大魚揹負著七彩五色虹
> 浮上　沉下　浮上　沉下
> 　　　　　　…………

---

[33] 李元貞，〈詩思深刻迷人的女詩人——杜潘芳格〉，《青鳳蘭波》，頁200。

燦爛　輝煌地太陽照耀著
此處。
非魚住的天　海
半圓形的虹　圍繞著它
與它同在　不論什麼時候
與它同行　不論到了那裡

慢慢地浮上　忙忙地沉下
浮上　沉下　　浮上　沉下

詩作中的「虛實反轉」，不單是文字字面的意義反轉，所隱喻的義涵部分，
最重要的是意象空間的「可逆性」，「魚」到「非魚」的空間顯然已有了差
異，是天還是海？彷彿「虛空」的背景，才是決定身分的關鍵。除此，在
〈夢〉裡展現另一番高妙的虛實對位，意象生發的如此渾然天成：

墨水寫盡的
地方，

恰好是
「夢」字。

灼熱的愛情，海邊的小庭
都如紫丁香的
落花般的
「夢」字

這首作品的節奏是：實─虛─虛─實─虛，「墨水寫盡的／地方，」在
意象上的起落，以「夢」字延盪那餘韻，而愛情承續這份虛幻，再穿透小

庭、紫丁香的實相，就在落花處，與「夢」再一次對位，空間的反轉也在
此完成了高潮。值得一提的詩作〈桃紅色的死〉，也深具這樣的調性：

> 黃色絲帶
> 和
> 黑色絲帶
> 以桃紅色柔軟的絲帶
> 打著蝴蝶結的
> 我的死。

以絲帶的色彩和造形，勾畫出具體的圖像，卻是用來說明「死」的抽象意
義，強烈的對照下，反轉出「死」也可能是背景，絲帶所象徵的形式，反
而是可見的主題，而其想要表遠的是「生」的主動操作的欲望。當然，每
個人隨著虛實相應的反轉，尋找著屬於自己的答案。另一首〈背面的星
星〉則以大面積的「虛」來描寫那個湖面，是為了彰顯出雖背負不幸，但
仍然堅持燦亮的柔弱星星。

> 那個影子　在湖面
> 亮著
> 卻
> 消逝
> 在深沉的幸福的
> 背面
> 常常哭泣著
>
> 一顆星星
> 不論處於怎麼柔弱的時候

也都很堅強的星星

依稀那樣的姿態

今晚

仍然沉澱在湖底

依稀那樣的姿態

依稀那樣的姿態

背負著不幸

而燦然亮著

是一顆背面的星星

意象空間以多層次的穿插表現，包含湖面、湖底，象徵深沉幸福夜空的正面與背面。在浩瀚的虛空意象裡，星星更顯得渺小虛微，但卻是空間裡唯一的存在。有著相當強度的反轉力道，也使得其中的緊張迫力更為凸顯。「藝術的極妙，就在餘白，與空間」[34]因為詩人有這樣的見解吧！在作品中，常不自覺地隱藏著這樣的結構，同時這也是她的詩之所以能夠散發出獨到特質的竅門，當然這是成為她個人風格不容忽視的章法。

　　杜潘芳格（1989）說：「只因被稱為『彼岸』，故而恍似在外部──儘管所明顯地覓求的，目的地乃內裡的『目的地』。」[35]在〈美與宗教〉文章中如此說著，好像是談宗教，其實不然。所有的修行或者學習，我們都外求「法」，求形式、求技巧，可是真正的「道」猶如無法的「虛空」境界，不是外求的，反而目的地是內心。宗教如此，創作亦是如此。王國維亦表示：「大家之作，其言情也必沁人心脾，其寫景也必豁人耳目。其辭脫口而出，無矯揉妝束之態。以其所見者真，所知者深也。詩詞皆然。」[36]個人也深為認同，好的作品是把握了真實，沒有矯飾、虛浮的美感樣式，詩的作

---

[34]杜潘芳格，〈百聞不如一見〉，《朝晴》，頁 117。
[35]杜潘芳格，〈美與宗教〉，《朝晴》，頁 99。
[36]王國維，《人間詞話》，頁 27。

品也因為這樣的純淨而令人由衷受到感動吧！

四、結論

　　透過探究詩人追求信仰的誠懇態度、展現時空情境的真實性，和找尋
語言的出口等面向，探討詩人的本身和作品之間的緊密關係，並就作品裡
意象空間的表現，來分析作品虛實反轉表現特色，發覺閱讀杜潘芳格的詩
作，如同面對一座山，有許多路徑任由讀者探索，但是也必須在登高前自
我訓練一番，本文就視同為了體會詩人作品所表現的內斂含光，探索她的
詩作意象空間之所以豐富，且為什麼具有如此深刻的感染魅力？個人試圖
從研究中摸索出一條路，所得到的結論是：因為其中展現了：1.時空情境
的清晰度；2.語言意象的深度；3.生命經驗的廣度；4.精神層次的高度等散
發的力量，而正是這些基因在作品中若隱若現，誘發每個人心中自我靈魂
的對話。

　　除此之外，由於詩人對花藝造形藝術的研究與體會，並巧妙運用視覺
心理的「虛實反轉」的表現，更讓作品意象層出不絕，引領人們進入詩的
真實與永恆之境。所以，杜潘芳格的作品會讓人有深邃但不虛幻的感受，
語言平易卻熠熠發光，總是激起讀者想要掀起那緊裹自我的薄翳，重新凝
視隱藏在內面那不可見的存在。當然，這篇淺論並不意味著是探討詩人的
唯一視角，而卻是尋找個人所感知到的訊息，試著歸納出一幅充滿點線的
素描筆意，在具有「面」的可能的探索下，希望可以呈現較為接近真實輪
廓而所作的努力罷了。

　　是這樣吧，詩人總把不完整但真實的世界示現於我們，卻也在心領神
會的時刻，看見生命在追求真理的流動中，閃現所嚮往的那一幕美好天
堂。

五、參考文獻

‧王國維，《人間詞話》（臺北：臺灣時代書局，1976 年 8 月）。

・杜潘芳格，《淮山完海》（作者自印，1985 年）。

・杜潘芳格，《朝晴》（臺北：笠詩刊社，1990 年 3 月）。

・杜潘芳格，《青鳳蘭波》（臺北：前衛出版社，1993 年 11 月）。

・杜潘芳格，《芙蓉花的季節》（臺北：前衛出版社，1997 年 3 月）。。

・宗白華，《美學的散步 I》（臺北：洪範書店，1981 年 8 月）。

・姚一葦《藝術的奧祕》（臺北：臺灣開明書店，1993 年 12 月）。

・加斯東・巴舍拉著；龔卓軍、王靜慧譯，《空間詩學》（臺北：張老師文化公司，2003 年 7 月）。

・德希達著；張正平譯，《他者的單語主義：起源的異肢》（臺北：桂冠圖書公司，2000 年 8 月）。

・安海姆著；李長俊譯，《藝術與視覺心理學》（臺北：雄獅圖書公司，1985 年）。

・梅洛龐蒂著：龔卓軍譯，《眼與心》（臺北：典藏藝術家庭公司，2007 年 11 月）。

—— 選自真理大學麻豆校區語文學院臺灣文學系主編《第十二屆
臺灣文學家牛津獎暨杜潘芳格文學學術研討會資料彙集》
臺南：真理大學麻豆校區語文學院臺灣文學系，2008 年 12 月

〈兒子〉、〈一隻叫臺灣的鳥〉、〈蜥蜴〉、〈變成蝴蝶像星星奈麼遠的！〉、〈吾儷〉導讀

◎陳玉玲[*]

考進了夜間部的兒子

穿過街燈的蔭影向我走來，那個行動

猶如昔日的你搶著同樣的風——。

兒子喲

該這樣，或是那樣

為何反覆著愛的嘮叨與激辯

疏誤的出發就是必然的負數嗎。

你和我從兩極凝視所產生的一點，後退……。

檸檬的切片，靜寂地

浮沉在你我的杯子裡顯得青酸。

又到半夜兒子才如被我胸脯吸住般回來說：

「媽媽，您又等得這麼晚！」

——〈兒子〉

只因羽毛未豐，翅膀緊貼體軀，

---

[*]陳玉玲（1965～2004），宜蘭人。作家、學者。發表文章時為臺北師範學院語文教育學系（今臺北教育大學語文與創作學系）教授。

睜眼仰望天空。

蒼天下，大地上

堆積如山的破爛，

早晚

瀰漫混濁霧靄的天空，

越是高處，越迷濛。

清流已斷絕

相思小花流過的黃金水流淤積著汙泥，

依然沖不走的是

那萬股汙泥般的奔流。

到底是：東、南、西、北？

何處得以立足？

何處得以翱翔，

當羽毛已豐，正亦展翅而起的時候。

不，那絕不屬於彼岸，

那是一隻叫臺灣的鳥，

　　　　　叫臺灣的翅膀。

　　　　　　　　　　　　——〈一隻叫臺灣的鳥〉

從什麼時候　　就

棲息在我家院子的

蜥蜴，鮮綠搭配豔彩的變色龍

因為羞於表達情感

幾千年來務實木訥

它的視覺不是眼睛

是心靈

——〈蜥蜴〉

白白小小的蝴蝶
像是祝福的象徵
住在很遠很遠的星星的父親喲！
蒙了神的祝福變成白白小蝴蝶來訪問我。
你靠近我的時候我深深地禱告。

此刻我要展開愛的雙臂伸出愛的能力
開始愛最靠近我的人，慢慢至及遠方的人，
不只是人、植物、動物、所有生命的東西，
我愛它。
特別是對人。人是寂寞的生命體。
無我夢中就出生到世上來的，
自出世到離世，生死之間彷彷彿彿繼續生活。
雖然有了及時的行樂。

變成蝴蝶像星奈麼遠的父親喲！
我深深地在祈禱。

——〈變成蝴蝶像星星奈麼遠的！〉

被強勁的海風吹拂，被炎熱的太陽灼曬，
綠濃濃午后，雌雄野鳥又來了。
吾倆成對的夫妻樹在搖撼的美麗島上，
至今，你仍讓十七歲的我繼續長在你的心中。
初戀的我，如花將怒放的我，在頭髮灰白的
你心懷中伸張活潑如羚羊的四肢，到處跑，
到處奔，卻而無意地站住。

擁有一對宛如聖僧般澄明眼眸像學生兵的你

呵！

盼望你活著，再接再厲地，追越過年老而活下去吧。

願你，請你活著，活著，活下去吧。

——〈吾倆〉

導讀：

　　青春叛逆的成長歷程，往往造成家人的衝突；但是愛的包容與親人的呼喚，可以化解對立與衝突。〈兒子〉這首詩寫的正是母親的心情。長大的兒子有丈夫昔日的風采了，然而，母親總是不放心的反覆愛的嘮叨，深怕錯誤教育造成了傷害。在家庭的對峙中，正如同檸檬切片一般的青澀，令人心酸。詩的轉折是，母親在久候之後，兒子終於歸來，對她說：「媽媽您又等得這麼晚！」這句話，化解了母子的衝突，也說明了母子的親情。在你成長的過程中，是不是也有類似的情境呢？

　　在〈一隻叫臺灣的鳥〉詩中，女詩人將對臺灣的愛化為一種批判，批判臺灣的外在環境：「堆積如山的破爛」、「瀰漫混濁霧靄的天空」和「那萬股汙泥般的奔流」，讓詩人失望的是這曾經是「相思小花流過的黃金水流」，如今卻受到如此的破壞！詩人以鳥瞰的角度，全面的審視臺灣所受到的傷害。由愛生恨，恨鐵不成鋼，詩人想化為鳥，飛離混濁的天地，卻又提醒自己不屬於彼岸，是一隻「臺灣的鳥」。女詩人由飛翔高空，超然的批判，直到意識自己其實正是臺灣的一部分，心中的感慨，可想而知！

　　從院子常常出現的蜥蜴，聯想到自我性格的特質，是〈蜥蜴〉這首詩的神來之筆。對於蜥蜴原本只是簡單物象外表的描述「鮮綠搭配豔彩」，進入了第二段，蜥蜴具有了人性，「羞於表達情感」、「務實木訥」，這也不無自況的意味，以蜥蜴作為內在自我的審視。最後說明，蜥蜴的「視覺不是眼睛，是心靈」，這將蜥蜴的特質由人性提升到神性的層次。正如全知者，不用眼睛觀物，而是由心靈領悟。這似乎也說明詩人的境界，也不在外表

觀察物象，而是以心去了解認識。

〈變成蝴蝶像星星奈麼遠的！〉一詩，寫對過世父親的懷念。父親，像蝴蝶飛向天際，最後變成星星，讓詩人覺得父親其實並沒有消失，而且無時無刻不在關心著她。如今，飛來的蝴蝶，讓她認為是父親的探訪，她也虔誠地為父親祈禱。她決定在活著的日子中，展開雙手愛她所能愛的人，以及所有有生命的東西。這樣生命便無遺憾，這也是父親給她的啟示。

〈吾倆〉一詩寫出夫妻的深情。年老的妻子回憶著自己初戀時，如花怒放，如羚羊奔躍的青春；也想著丈夫年輕時澄清的雙眸，像學生兵的模樣，這都是她生命中美好的回憶。兩人在臺灣島上，同甘共苦，如比翼雙飛的鳥，也像一同被強風吹拂，被太陽灼曬的夫妻樹。現在妻子的祈禱是：丈夫能好好活著，與她一同走過晚年。深情的回憶與祈禱，令人感動。

——選自陳玉玲編《臺灣文學讀本（二）》

臺北：玉山社出版公司，2000 年 11 月

《慶壽》
一本持續追求完美的詩集

◎莊金國[*]

　　《慶壽》是杜潘芳格的第一本詩集，1977 年由笠詩社出版，書名來自其夫杜慶壽的名字，著者未冠上夫姓，直到 1990 年推出《朝晴》詩文集，才冠夫姓迄今。

　　這本詩集，包括中文詩 27 首，其中 18 首為中、日文對照，日文詩較多，有 45 首，作品附注寫作日期，僅日文詩〈鬥牛〉：1973 年 10 月 2 日。

　　在日文「跋」中，杜潘芳格首先提到自己時年 51 歲，寫詩方面，多年來承蒙陳千武的指導，序則請正在日本進修的陳明台撰寫，封面孔雀開屏圖象由白萩設計。

　　陳明台是陳千武的長子，陳千武與杜潘芳格同屬跨越語言的一代，杜潘芳格何以未請陳千武寫序，而請年輕一輩的陳明台代言其詩？這在另兩本詩集《青鳳蘭波》、《芙蓉花的季節》，亦請比自己年輕的李魁賢、李敏勇和鄭烱明、宋澤萊寫序，可見她一向重視新世代的聲音。

　　2012 年 9 月，筆者忽然萌生探訪杜潘芳格、羅浪的念頭，隨即告知魁賢兄，恰巧他也掛念著，於是相約在桃園高鐵站會合，先往中壢杜宅，再到平鎮羅家。

　　分別與兩位前輩詩人訪談時，若無諳日語的魁賢兄從旁協助，勢將難以順利進行。訪談結束後，面對兩位前輩尚未中譯的日文詩，不禁感嘆臺

---

[*]詩人。曾為「主流書局」老闆，後進入新聞界工作，曾任《臺灣時報》記者、《民眾日報》地方新聞組副主任、《新臺灣》新聞週刊南部特派記者。

灣不乏日文系所出身的通譯人才，但有心從事研究、譯介跨越語言一代文學創作者，似乎少得可憐。臺灣文學存在這一塊灰色地帶，亟需加緊彌補，否則將變成歷史的斷層記憶。

細讀《慶壽》集子裡的 27 首中文詩，可以發現一些看似樸拙，卻是令人眼睛一亮的詩句，如〈兒子〉收尾兩行：

又到半夜兒子才如被我胸脯吸住般回來說：
「媽媽，您又等得這麼晚！」

（陳明台於序：〈詩，愛和誠——潘芳格的世界〉譯為：「今又到半夜，兒子才像被吸住我的胸脯般回來，說「媽媽，你又等著這麼晚！」）

儘管這兩種中譯，就中文來看，還有值得推敲之處，但從「兒子才如被我胸脯吸住般回來」流露出濃得化不開的親子之情，其表現方式則迥異一般中文詩的寫法。

再看〈父母之家〉第二段五行：

看不見母親
因為父親的影子
就母親而言
父親是
好像拔掉花瓣和葉子殘存下來的枝椏。

（此詩收錄於詩集《淮山完海》，詩題改成〈父母親〉，劉維瑛編的《杜潘芳格集》又易為〈父母親之住家〉，這五行在兩集中均調整為兩段，原來一、五行文字也有所增減，前者如次：

看不見母親了

……
拔掉花瓣和葉子殘存的枝椏。

後者前段兩行又改為：

看不見了，母親呢？
因為父親的大影子。）

〈桃紅色的死〉六行不分段：

黃色絲帶

和

黑色絲帶

以桃紅色柔軟的絲帶

打著蝴蝶結的

我的死。

此詩重現於詩集《遠千湖》，題目改為〈重生〉，型式變成兩段：前三行，後四行，詩句也有部分更動：

黃色的絲帶
和
黑色絲帶。

我的死，

以桃紅色柔軟的絲帶
打著蝴蝶結的
重生。

　　杜潘芳格贈送《慶壽》詩集時，顯得有些不捨，苦笑說家裡僅存三、四冊。翻開目錄一至四頁，每頁均有塗改及補寫的痕跡，就像前舉詩例，改了又改。我在想，這些中文詩，原作大抵是日文，幫她中譯的或許不只一人，不知何故未予署名。有部分可能自譯。詩比散文、小說更不容易翻譯，她之所以改來改去，可想而知，仍有不盡滿意的地方，為臻達完美詩境，詩人年逾八十，猶持續不斷地追求著。

——選自《笠》第 296 期，2013 年 8 月

試論笠詩社女性詩人詩中的物觀（節錄）

◎岩上[*]

　　物之可觀，有自然物與人造物。人造物必具有其日常生活的實用性，也與地域空間與時代性有關。灶，是早期一般家庭特別是農村，廚房炊事生火煮食的必需用具。一般家庭主婦每日三餐，農忙時五餐，必在灶前灶後忙碌不完。廚房是總管家庭口食生計的所在。灶則是生滅主軸之點，也是主婦掌控家庭的火線樞紐。灶，所要描述書寫的角度層面很廣，此詩重點有畫龍點睛，以小喻大的象徵手法，關懷灶的燃燒的苦悶與痛苦。現象面寫灶，另一面該是同情在灶炊事的婦女的辛勞。灶是無情物，經詩人之筆喻為家中無人知曉的辛苦的婦女群沉默的表徵。其託物寓情之關切，選擇材題表達的精準，作者本身是婦女也有炊事用灶的經驗，才能如此契合。此詩中，前段的「煙囪」與末段的「炊煙」成為意象轉換的張力，給了此詩在寫意之外，有了視覺上的詩味感，是手法上可圈點之處。

　　觀物寓情不一定要訴怨，同樣具有母性之愛的關懷，杜潘芳格的〈白楊樹〉是對植物的關懷。其詩分三段，僅錄前前段與中段一部分如下：

　　你的誕生　　只為了樹為了花？
　　我問院子的花木。

　　然而　　白楊樹獨立在曠野

---

[*]本名嚴振興。詩人，「笠詩社」成員。

冬天把樹皮改變紫色

……

帶著冰冷的樹皮

活著

我真不懂　你為甚麼

活得那麼冰冷。

——選自《朝晴》詩集

　　此詩關懷之情，表現在冬天寒冷中的白楊樹，是專指白楊樹或另有寓指？可由讀者裁定，具不定性；但觀物之情是純真不移的，移的是表現的移情作用的託物手法。

　　《笠》同仁中有多位與宗教結緣，其中杜潘芳格是信奉主耶穌的虔誠基督徒，她的詩中常有意無意間流露與神主接繫的契機。從物項中、物與我的交感有著精神昇華的領略。

　　「毫無鹹味的淚是／聖靈的感動」（〈禮拜・詩句〉）。淚的鹹味物性消失而成為聖靈的感動，是化物性為精神的昇華。

面向遙遠的山，

墳墓的視線，

切實地，喊著，

「噫！我要知道呵」。

——錄自〈墓中眼〉末段

　　杜潘氏面向山與墳墓的物之景象，喊著要知道，要知道什麼？墓之喻死與山的遙遠景象所感悟的「知道」默然存於心中，是因物的變化激起的昇化。

——選自《笠》第 301 期，2014 年 6 月

詩的觀點與詮釋

論杜潘芳格對尋常認識習慣的顛覆[*]

◎陳龍廷[**]

前言

　　杜潘芳格是「跨越語言一代」的詩人，其創作的經驗先後跨越了日文、中文、客語，而個人生命閱歷的奇特且精彩，光是詩人本身就已經具有戲劇性。2008 年剛啟用的新竹縣史館，杜潘芳格的〈平安戲〉成為獨特入口意象。而她的詩作也在各種文學研討會場合出現，而相關的學位論文更是不少，無論是從客家女性角度討論的〈臺灣文學中客家女性角色與社會發展〉[1]，貼近詩人生平來討論詩作理念的〈原鄉的召喚——杜潘芳格詩作研究〉[2]，或從語言來討論其詩作的〈臺灣戰後客語詩研究〉[3]等。可見她已經是一個公共所認可的，具有代表性的客家詩人。

　　詩人林亨泰曾說過，他們受過日本教育的那一代人，對詩的看法，特別注意到認識論的顛覆，甚至是切入人生、死亡的問題。[4]乍看之下，雖有點奇怪，不過如果善意地解讀，這段中文論述所說的「認識論」，並非哲學

---

[*]原副標為「論杜芳格對認識論的顛覆」，作者現改為「論杜潘芳格對尋常認識習慣的顛覆」。

[**]發表文章時為臺灣師範大學臺灣文化及語言文學研究所助理教授，現為臺灣師範大學臺灣語文學系教授。

[1]張典婉，〈臺灣文學中客家女性角色與社會發展〉（臺北：世新大學社會發展研究所碩士論文，2002 年 7 月）。

[2]謝嘉薇，〈原鄉的召喚——杜潘芳格詩作研究〉（臺北：淡江大學中國文學研究所碩士論文，2002 年）。

[3]徐碧霞，〈臺灣戰後客語詩研究〉（臺南：成功大學臺灣文學研究所碩士論文，2005 年 6 月）。

[4]陳謙，〈悲情之繭：杜潘芳格作品研討會〉，《文學臺灣》第 7 期（1993 年 7 月），頁 205。

術語 épistémologie，即研究人類如何認識世界，了解這種認識的本質、發展規律等邏輯規則的學問，而可能比較接近法國學者傅科（Michel Foucault，1926～1984）所說的認識模式（épistémè）。認識模式，即是指某個歷史階段，都有其支配人類科學認知的重要形式。不同的時代各有其不同的認識模式。從這個角度來看，臺灣詩壇老前輩林亨泰所說的「認識論的顛覆」，應是指顛覆一般人習以為常的觀看模式，或認知方式。尤其是回頭閱讀杜潘芳格具有深刻文學感染力的詩，不由得讚嘆她觸角廣泛的詩作，每每超乎一般人思考的常軌之外。

杜潘芳格曾經表示過：早年她很想成為小說家，也寫過幾篇小說，包括〈繭〉、〈給 L 的信〉、〈月桃花〉等，但後來卻成為詩人的過程。[5]如果有機會看到詩人所寫的小說，將會是相當有趣。依照筆者的文學授課經驗，一篇詩雖然只有短短幾行而已，卻往往需要花一個小時以上時間討論，並不見得比一篇小說要耗費的時間更經濟。如果想要脫離被考試磨頓磨笨的文學感受，或許可以重新琢磨一下這樣的問題：詩與小說有什麼差別？

從創作的角度來看，杜潘芳格認為：詩，雖然是用較為精簡的文字表達，也許需要很長的時間來醞釀。[6]可見至少外觀看來，詩的篇幅比小說要短，但是創作一樣需要很長的時間醞釀。而讀者是否也要花相對的時間，才能淺嚐箇中滋味？

讀者對詩的義涵所理解的方向，如果與詩人原始源頭有所差異的話，甚至讀者之間的詮釋也有所差異，那麼該如何看待這種現象？這種現象，是否是文學誕生的必經過程？而文本的詮釋，是否純屬無政府狀態，或有規範可依循？這樣的文本為什麼會造成理解的曖昧性？詩的這種曖昧性如何形塑，又如何對我們所習以為常的認識模式予以顛覆？藉著杜潘芳格的詩，或許更能夠深入了解文學的本質，還有詩的特質及其詮釋的可能。

---

[5]莊紫蓉，〈當代成名作家訪談錄──訪杜潘芳格〉，《臺灣新文學》第 11 期（1998 年 12 月），頁 24。
[6]同前註。

　　基於前人研究的成果，本文將不再重複詩人生平事蹟，而將焦點放在如何發掘這些詩本身的美感，如何發掘這些詩本身曖昧性的來源，尤其是探尋藉著觀點與人稱的轉換達到令人出乎意料的意境。本文受益於符號學相當多，尤其是法國結構語言學家班維尼斯特（Émile Benveniste，1902～1976）。討論的材料，將包括杜潘芳格的〈蜥蜴〉、〈兒子〉，還有成名作品〈中元節〉。

符號化過程的任意性

　　1998 年杜潘芳格曾發表一首饒富趣味的詩〈蜥蜴〉，最早刊登在《聯合報》副刊，同年也選入《八十七年詩選》。這首詩如下：

> 從什麼時候　就
> 棲息在我家院子的
> 蜥蜴，鮮綠搭配豔彩的變色龍
>
> 因為羞於表達感情
> 幾千年來務實木訥
>
> 它的視覺不是眼睛
> 是心靈。

　　詩選的評論人陳義芝指出：這首詩的「變色龍」，指處於父權家庭底下，女性必須隨時變顏色（掩飾情緒）的處境。[7]詮釋得相當一針見血，但是吳達芸採訪杜潘芳格時，卻指出這首詩作，所描寫的原始對象是杜醫師，而杜醫師當場的表情十分泰然，「臉上並沒有因為被如此指出為描寫對象而有任何不悅之情，並且似乎還微微點了一下頭，表示他早已知道了

---

[7]商禽、焦桐編，《八十七年詩選》（臺北：創世紀詩雜誌社，1999 年 6 月），頁 125～126。

呢」。可見這首詩最早的讀者，恐怕就是杜醫師，而不是我們經由詩選才參與的讀者。但問題的重點是，如何解釋這種差異？吳達芸引用羅蘭巴特著名的「作者已死」的概念，認為當作品完成之後，就像一個孩子誕生之後，他／她就成為一個完整獨立的生命體，他／她的父母對他／她的生命存在就再也沒有置喙（決定）的餘地（權力）了。閱讀，是徹頭徹尾主觀的歷程，而讀者是由作品的組織架構字裡行間，去營構體會出意義，那麼讀者反應的來源，包括傳統、社會、個人，乃至性別等，都有決定性的因素。而陳義芝的評論，是以男性為主體對女性位置的思考。[8]

　　這篇文章相當有趣地讓我們了解：讀者的閱讀經驗，未必與作者所構想的完全一致，而且這樣的閱讀經驗，多少受到個人、傳統、社會乃至性別的影響。但閱讀，是否只有徹頭徹尾的主觀？如果都是完全主觀的經驗，其實也等於完全沒有討論的餘地，只能將每個讀者不同的主觀經驗羅列展示而已。但本文的旨趣，認為閱讀還是有客觀詮釋的空間，問題是詩的閱讀，為何會造成理解的曖昧性？主觀與客觀詮釋之間的界線在哪裡？這樣的問題，其實不僅存在詩論的範圍，也是文學批評相當基礎的問題。為了了解詩的曖昧性，必須對詩的語言符號的特質有所了解，首先尤其應釐清符號的任意性。

　　對當代文學批評與符號學影響相當深遠的法國語言學家班維尼斯特，他在〈語言符號的性質〉一文，試圖釐清現代語言學之父索緒爾（Ferdinand de Saussure，1857～1913）所說的符號任意性（arbitraire）。索緒爾曾提出語言符號（signe）由能指（signifiant）與所指（signifié）構成的現象，例如「樹」的音響形象（image acoutique）與相對應的概念（concept），組合成我們所謂的語言符號。然而他卻指出語言符號首要的原則，就是任意性，這樣的界定引發不少爭議。班維尼斯特認為爭議的源頭，是來自他在語言符號構成的嚴謹雙重關係之外，還必須引進第三個因素，也就是現實

<hr>

[8]吳達芸，〈變色龍的性別為何？——女詩人杜潘芳格研究〉，《臺灣文藝》第 170 期（2000 年 6 月），頁 77～78。

世界。符號構成要素，能指與所指之間是必須的對應關係，而非任意的關係。而任意性，則是指語言符號化的過程當中，符號與現實（réalité）的對應關係。[9]同樣一個「樹」的概念，所對應的音響形象，不同的語言系統都有所不同，例如法文 arbre、英文 tree、臺語 tsiu 等，而且符號與現實的對應關係，是不可論證的（immotivé）。

這樣的論證，不但有助於符號學基礎原理的釐清，也使我們更能了解符號化過程的任意性。一旦掌握這種任意性，將有助於我們了解語言符號的曖昧源頭。

這首詩的詞彙「蜥蜴」，其名詞所對應的概念是嚴謹的，無非是指一種學名 Lacertilia 的蜥蜴亞目爬蟲類動物。但如果停留在這個詞彙的原始意義，不但無法了解詩，可能也無法感受日常生活語言的樂趣。詩人所創造蜥蜴形象，並非一般的蜥蜴，而是指棲息在我家院子，鮮綠搭配豔彩的變色龍，個性內向的，非常羞於表達感情，外表看起來是務實木訥，其實心靈卻是相當敏感的。如果讀者開始試想這樣的形象是指射什麼時，已經開始跟詩本身玩起猜謎遊戲。

這種蘊含猜謎的樂趣，不僅存在於詩的欣賞過程，而生活的語言也是處處充滿詩意，一點都不是如此單調枯燥。例如臺灣的日常生活，有時我們以職業，如「做水電的」，或生理特徵「歪嘴的」來稱呼某人，甚至為他取「水蛙」或「老猴」等親暱的綽號。這些詞彙在符號化的過程當中，已經脫離原始的對應概念，也就是說因使用者的特殊的偏好或旨趣，而對應到不同的現實。語言符號的這層任意性原則，也就誕生了詩學所津津樂道的隱喻（metaphore）。其實文學的隱喻，不就是在我們生活周遭？古希臘哲學家亞里斯多德（Aristotle，384～322 B.C.）的《修辭學》早已論及這些術語。隱喻的希臘文原意就是轉移（transfer），指的是直接將某物的名詞，轉移到另一個與它具有某些相似點的物體上。[10]這種轉移，也就是符號化的

[9]Émile Benveniste, *Problemes de linguistique generale I* (Paris: Gallimard, 1966), p.51.
[10]Etienne Souriau, *Vocabulaire d'esthétique* (Paris: P.U.F., 1990), pp. 1004-1007.

過程，讓原始的符號對應不同的現實。例如我們日常生活中以「水蛙」戲
謔地稱呼某人，其實已經讓「水蛙」這個詞彙對應到此人身上，並非僅停
留在兩棲動物的概念而已。所謂的隱喻，就是來自符號化過程對應現實的
轉移，由此而產生的一種曖昧特質。

　　從文學創造來看，作者宛如宇宙的創造者，他們當然擁有創造命名的
權力。這層權力，可以將語言符號的任意性原則發揮到淋漓盡致的地步，
他／她喜歡或厭惡的對象，無論要命名「水蛙」、「老猴」或「蜥蜴」等，
悉聽尊便。更深入來思考命名在文學上的意義，如何形成隱喻的程序，是
很有趣的。

　　索緒爾提到：語言，是以各要素之間的關係為基礎。其中一項基礎關
係是：聯想關係（rapports associatifs），也就是將不在場的（in absentia）要
素，聯合成潛在的記憶系列。[11]雅柯布森（Roman Jakobson，1896～1982）
思索後設語言與詩學關係時，據此而指出的：從各個可以替換的群組當
中，根據不同層次的相似性（similarité）來選擇替換。這種的相似性原
則，相當是隱喻的程序。[12]換句話說，命名所產生的隱喻，是來自於一種聯
想，例如命名「水蛙」，可能因某人的某些特質而聯想起青蛙。這樣的聯想
雖然是任意性的，但卻基於一種相似原則的替換，例如這些特質或外貌，
與所命名的符號之間具有相似性。

　　評論人陳義芝認為「變色龍」，是指女詩人本身，他所設想的是處於父
權家庭底下，女性必須隨時變顏色，以掩飾情緒的處境。可能是從詩人所
創造的特殊義涵，從「棲息在我家院子的」「羞於表達感情的」「幾千年來
務實木訥」，而發掘這樣的變色龍與女性特質所具有相似性。一旦了解到詩
的對象是指杜醫師，也是針對這層相似性提出質疑：「變色龍的醜怪樣子，
其實應該很不得女性之心以之來自我比擬的」。[13]

---

[11]Ferdinand de Saussure, *Cours de linguistique générale*, éd par Tullio de Mauro (Paris: Payot, 1985),
p.171.
[12]Roman Jakobson, *Essai de linguistique générale: les fondations du langage* (Paris: Minuit, 1963), p.61.
[13]吳達芸，〈變色龍的性別為何？──女詩人杜潘芳格研究〉，《臺灣文藝》第 170 期，頁 78。

　　這首〈蜥蜴〉詩，所營造的「變色龍」意象，已經不是一般人所知的生物本身，而是基於詩的上下文所營造的隱喻。這個語言符號所對應的現實，如我們所了解的是任意性的，讀者並不見得能夠完全確定其所對應的現實。雖然在符號化的過程，所憑藉的是詩人個人生活的經驗，如同文學史上許多著名的例子都是如此。而作品一旦公開發表受到讚賞，其實意味著這種個人的私密經驗，已經蛻變為公共文化財。讀者很可能不認識作者，但可以從書刊、報紙、書店、圖書館、網路等不同途徑，接觸到這些本文。從閱讀現象出發，文本如果不曾公開發表過，或缺乏讀者的回響，那麼稱得上文學作品是很有問題的。重點是，此時的讀者，已不再僅限於當初私語的單一對象，而轉變成不確定的、多數的對象。杜潘芳格所創造的「變色龍」符號，最原始的讀者也許就是當事人的杜醫師。然而公開發表後，讀者不再是單數的，也不再是確定的對象，而是開放給不確定的、多數的讀者。讀者當然可能在各自的生活經驗中，尋找對應的概念，如評論人陳義芝所想像的父權社會底下的女性，亦無不可。讀者既不是當事人，可能很難了解詩最原始的指射對象，或他們之間的關係。即使確定這層關係，這些非當事人的讀者，恐怕也僅能隔靴搔癢，憑著字面意義去想像那種親密。

　　杜潘芳格以「鮮綠搭配豔彩的變色龍」「因為羞於表達感情／幾千年來務實木訥」「它的視覺不是眼睛／是心靈」所創造的「變色龍」符號，即使不直接指射現實世界的杜醫師，也顯得張力十足。一旦了解其所指射的現實，雖然是那麼任意，卻可能使一般讀者會嚇一跳的反應。如何從「變色龍」符號，與現實世界找到某種相似性的特質，可說是閱讀活動相當具有挑戰性的任務。

詩的陳述與人稱

　　詩，是文字寫成的。詩所再現的真實，可說是由語言文字所塑造出來的。詩，很多是從抒發個人主觀經驗出發，而敘事的觀點可能自覺或不自

覺地採取第一人稱。而杜潘芳格的詩很獨特的是，藉著觀點與人稱轉換而
造成一種特殊的境界，例如她著名的作品〈平安戲〉、〈中元節〉。這種手法
比較接近小說等敘事體所採取的對話方式，但又有其特殊之處。

　　首先，我們要大膽地節錄一段杜潘芳格的詩句，並重新分段。在此本
人強調：一點都並沒有冒犯詩人原始創作的意思，而只是為了讓討論能夠
得到更清晰的輪廓。這段詩句如下：

> 穿過街燈的蔭影向我走來，那個行動
> 猶如昔日的你搶著同樣的風——。
>
> 該這樣，或者那樣
> 為何反覆著愛的嘮叨與激辯
> 疏誤的出發就是必然的負數嗎？
>
> 你和我，從兩極凝視所產生的一點，後退……。
> 檸檬的切片，靜寂地
> 浮沉在你我的杯子裡顯得青酸。

　　當然明眼人可以發現，經過我們的處理，其實已經遮住原始詩作的某
些重要部位，特別將人稱與現實對應的關係處理成「馬賽克」，不過讀起來
仍是饒富趣味。最有趣的是，這些空白留給讀者相當大的想像空間，尤其
是「你」與「我」之間，「從兩極凝視所產生的一點，後退……」，好像一
場奇妙卻又無言的默劇，而「檸檬的切片，靜寂地／浮沉在你我的杯子裡
顯得青酸」，藉著靜悄悄的茶杯所泡開的檸檬切片，那種青酸的滋味是在描
述什麼樣的人際關係？是偶而會發生口角的情人，常見的因理想或現實考
量而爭吵的親子，或慘澹經營家庭生活的年輕夫妻？這些猜想，可說是讀
者從詩的空白處，尋找某些與自己相似性的生活經驗。此外，讀者如果熟
悉偵探小說推理，還可以繼續猜「你」與「我」的性別：「你」是男的，或

「我」是男的？亦或相反？從這些猜想過程中，很多讀者可能會編出料人意想不到的故事，甚至可能早已經超出詩人當初所設想的。

　　從讀者的角度來看，詩，其實是相當不容易解讀。讀者所必須耗的時間，不見得會比一篇短篇小說來得少。尤其是李商隱的無題詩，或擷取首句為題的〈錦瑟〉等詩，只要反覆讀幾遍，總會引起讀者無限的遐想，無論是刻骨銘心的幽會，或社會所不見容的戀情等，後代讀者為他的詩所做的詮釋、箋註或賞析，大概可堆得跟屋子一樣高，彷彿是一場極富趣味的猜謎遊戲，而眾所矚目的那些詩句，也不過幾行字而已。筆者認為，這可說是詩本身的一種特質。詩的精簡，需要讀者以更多豐富的想像力，去填補文字空白的縫隙。空白越廣闊，讀者就需要花越大的力氣去串連珠璣文字。有的讀者甚至僅憑幾個珠子所透露的有限訊息，就可想像神奇國度裡一個公主或貴族的日常生活。這種曖昧性，也是詩的迷人之處。

　　同樣的，杜潘芳格的詩，經常給予讀者相當大的想像空間，引發不同的詮釋。李商隱詩最讓人費疑猜的，就是缺乏作者自身的解釋，那麼想要倚賴作者的詮釋更是不可能。而杜潘芳格是活在當下的臺灣詩人，問題似乎簡單多了，只要看詩人如何解說自己的作品義涵就是標準答案。但是杜潘芳格卻是謙虛為懷的，對於別人如何解讀自己的詩，卻處之淡然。[14]

　　回過頭來，比較我們所引用的詩句與杜潘芳格的原詩〈兒子〉[15]，聰明的讀者一定可以發現：首先，經由原詩的比照，大家必然可了解杜潘芳格的詩，不但能夠隱，也能夠顯。其次，我們將原詩特殊對象的部分遮住，目的是讓讀者在有限線索中扮演偵探。當然如果完全揭穿謎底，提供這首詩的背景是母親與考進夜校的兒子之間的衝突與對話，那麼留給讀者的想像空間可能就沒有這麼大。第三，擷取原詩某些部分來解讀，可能只會得到意義，與經由全文解讀的意義有所不同。最後，刻意凸顯杜潘芳格將「你」與「我」人稱放進詩作的特殊問題，藉此將有助於了解她頗為人稱

[14]吳達芸，〈變色龍的性別為何？——女詩人杜潘芳格研究〉，《臺灣文藝》第 170 期，頁 77。
[15]杜潘芳格，〈兒子〉，《慶壽》（臺北：笠詩刊社，1977 年 3 月），頁 31。

許的名作〈中元節〉。

　　「你」與「我」的關係，是來自人與人之間的對話，也就是班維尼斯特語言學最有趣的核心概念：陳述行為（énonciation）。語言再一次生產出（re-produit）真實。經由語言，真實重新被生產出來。說話者，通過他的話語，使得事件，以及他對事件的體會重新誕生。接收話語者，先把握話語，才能夠把握到語言所產生的事件。簡單說，在交流與對話的語言實踐過程中，對說話者（locuteur）而言，語言再現真實；對聽者而言，則是重新創造這種真實。從這種角度看來，說話者只有包括他者（l'autre）時，才能做為一種主體。他者，可說是個合作伙伴，可與說話者共同分享相同的形式清單，相同陳述的句法，相同組合內容的手法。[16]

　　從陳述行為的觀點來看，詩人也可說是相當於一位說話者，他運用詩的語言再現真實，而且這樣的說話者必須包含一個他者，甚至將最原始的讀者包含進來而成為「你」與「我」的陳述，如此才能夠算是完整的主體。例如〈兒子〉這首詩，再現的是母親與兒子之間的對話，至少必須包含詩作最原始的對象「你」的存在，這樣「我」才能夠算是完整的主體。從這層意義來看，兒子與母親是一體兩面、相互依存的關係，如果缺乏叫媽媽的兒子存在，那麼母親似乎也喪失實質的意義或實踐的功能。說話者與他者之間最簡單的關係，也就是說話者與聽者。從人稱代名詞（pronom）來看，說話者與聽者，是最基礎的「我／你」的來源。「我」就是陳述者，而「你」是「我」說話時獨一無二的對象。如果依照上述大膽節錄的版本，這個「你」雖然是某個獨特的對象，應該是這首詩的第一個讀者，但是所有的讀者可能都還是會猜想這個「你」到底是誰？是男是女？而依照原詩，不但標題已有所提示，詩句也出現過三次「兒子」，很明顯地將「你」限定得相當清晰。

　　但如果原詩沒有明顯的界定，而「你」與「我」的解讀，恐怕就不是

---

[16]Émile Benveniste, *Problèmes de linguistique générale I* (Paris: Gallimard, 1966), p.25.

這麼確定。至少讀者不會一開始就出現很肯定的目標，而往後的解讀都朝某個明確的對象想像。如此一來，「你」與「我」可能變得比較抽象，不但其關係不一定清楚，可能連性別都可能很模糊。例如杜潘芳格著名的詩〈中元節〉就是如此：

　你
　喜愛在紛雜的人群裡
　追求「忘我」。

　而我
　越來越清醒。

　貢獻於中元祭典的豬，張開嘴緊緊咬著一個「甘願」。

　無論何時
　使牠咬著「甘願」的
　是你，不然就是我。

這首詩在臺灣引起很大的回響，一般人常將喜歡自己不願承擔或面對的，都推給「你」來承擔，而詩人不僅檢討別人，也批評自己。不但批評「忘我的你」，同時也批判清醒的我。

　　班維尼斯特的語言學更清楚地讓我們了解到：人與人的對話溝通當中，人稱的交互關係只有「我／你」的對立。當「我」離開我自己，而與一個存在建立活生生的關係時，一定會遇到或需要設定一個「你」才能夠對話。這個「你」是在我之外，唯一可以想像的人稱。因此，第三人稱「他」，是被這樣關係排除在外。

　　「我／你」的差異主要有兩個不同面向，首先，「我」具有內在性（intériorité）。如果說「我」屬於被陳述的內在，而「你」相對的，是外在

的，有時也可能是虛構的。其次，「我」具有超越性（transcendance）。相對於「你」，「我」永遠是超越的。

對話中的「我」與「你」是可以互換。被「我」所定義的「你」，可以在發言時自動轉換為「我」，而原先的「我」可以轉換為「你」。而「我」所具備的內在性與超越性等特質，都可反轉給「你」。班維尼斯特因此將「你」定義為：非主體性的人稱（personne non-subjective），而「我」，則是主體性人稱（personne subjective）。[17]

可見在陳述行為當中，作為主體性人稱的「我」，因其內在性與超越性，原本就具有比「你」更高或更優越的位置，可以任意擺布「你」，尤其是這個「你」如果是虛構的，更是可以為所欲為。通常我們只會檢討「你」的缺失，而不會反省「我」自身的弊病。而〈中元節〉這首詩，卻雙向地反省著：「無論何時／使牠咬著『甘願』的／是你，不然就是我。」

從歷來這首詩的詮釋，大致可看出兩個方向：一個是政治角度的詮釋，另一個是男女關係的詮釋。

關於政治的詮釋，大抵是著眼於中元節祭祀的形象。例如李敏勇〈誕生在島上的一棵女人樹〉，認為〈中元節〉與〈平安戲〉都是具有強烈社會批判的詩：

> 〈中元節〉悲憫臺灣人在專制統治體制下缺乏反抗意志的社會像，透過中元節祭鬼呈顯那樣的社會心態，且直指詩人自己的罪責。[18]

不過，這首詩本身對於「中元節祭鬼」的著墨並不多，反而較特殊的是凸顯祭祀豬的形象。如果曾經在客家地區做過宗教田野調查，一定會對於「神豬」等賽豬公的活動印象深刻。李元貞從詩所凸顯的臺灣民俗祭典中

---

[17] Émile Benveniste, *Problemes de linguistique generale I* (Paris: Gallimard, 1966), pp.230-232.

[18] 李敏勇，〈誕生在島上的一棵女人樹——杜潘芳格詩風格的一面，兼序《青鳳蘭波》〉，《青鳳蘭波》（臺北：前衛出版社，1993年11月），頁9。

的豬，以張開著嘴，緊咬著一個「甘願」（近似柑仔之音），來批判臺灣順服強權而受壓迫的形象。[19]從豬的角度來看，被屠宰並奉為祭祀桌上的貢品，已經是頗悲慘，卻還要被迫咬著一個柑橘表示自己是心甘情願。祭祀的豬即使心有所不甘，卻還要被擺布成甘願的模樣，這種形象與臺灣人被殖民的歷史命運有著相似性，如此當然可以完整地做這樣的政治解釋。

至於男女關係的詮釋，杜潘芳格相當早期的研究者提到「詮釋男女的婚姻關係，及男女的共存關係」[20]，不過並未多做解釋。是否我們可以從詩的語氣思考，或從祭祀豬的形象找到支持的論證？

林亨泰則從這首詩不同版本的比較出發，據了解最早是日文版，而華語版、客語版是後來作者自行翻釋的。他認為這首詩的日文版第三、第五行出現特殊語尾助詞「のぬ」與「の」。這種女性用語，而使得整篇詩現女性化的氣氛。但華語版因缺乏這種語尾助詞而無法呈現這樣的氣氛。日文書寫，明顯地是一篇一氣呵成不需分段的詩作，但是翻釋成中文後，因為缺乏特殊女性用語，便不得不分成四個段落，來營造一位女子向一位男子娓娓道來的氣氛。尤其是最後一句，讀起來帶點淘氣而不失幽默的女性化口氣。[21]其實林亨泰所察覺的日語女性專屬語尾助詞的特色，其實比較接近法國評論家所說的「陰性書寫」（écriture féminine），這種書寫特色其實無法從中文翻釋感受到。如果不是從這首日文原詩出發，讀者可能很難讀得出「你」與「我」的性別差異，可能也不容易感受到林亨泰所說的「帶點淘氣而不失幽默的女性化口氣」。

此外，關於祭祀豬的形象與兩性關係，筆者發現臺灣日治時代陳華培1937 年原載於《臺灣新文學》的小說〈豬祭〉，很巧地藉著祭祀豬的形象，相當深刻地描寫男人矛盾的心理，尤其是祭祀的豬與男女慾望之間的聯想。主人翁楊火龍身處中元節祭祀的場合，卻產生迷亂的情緒。一開始

[19]李元貞，〈詩思深刻迷人的女詩人——杜潘芳格〉，《文學臺灣》第 3 期（1992 年 6 月），頁 68。
[20]同前註。
[21]林亨泰，〈杜潘芳格的〈中元節〉〉，《笠》第 219 期（2000 年 10 月），頁 131～132。

是旁人起鬨地說他喜歡豬,「想起女人的肥臀了吧!」「脂肪球,有味道喔!楊。」脂肪球,也就是楊家的童養媳,即使楊火龍嫌棄她癡肥如母豬,對話時總是以「少囉唆!母豬」、「愛哭鬼!愛哭的母豬!只知道哭,沒出息!」等言語來損她,但青春期時的他,又每每被她豐滿的肉體所誘惑,「他每每想著母豬有什麼好?但她肉感的身軀,卻不停地在他眼前盪。」直到他們已經送做堆,白天他總有想離婚的念頭,晚上卻情不自禁地與之燕好。[22]如果說祭祀豬去毛之後龐大潔白的軀體,讓人聯想起女性褪掉衣衫後豐滿的裸體,那麼祭祀豬可說是一種強烈的情慾象徵,成為兩性之間,或婚姻關係的隱喻。男女之間的情慾,如果只是單方面的一相情願,可能只是淪為色情狂;而如果是兩情相悅,應該是婚姻關係可長可久的穩固基礎,如杜潘芳格詩所說的:「無論何時/使牠咬著『甘願』的/是你,不然就是我。」那麼回頭解讀〈中元節〉這首詩開始的句子:「你/喜愛在紛雜的人群裡/追求『忘我』」,是否如同〈豬祭〉這篇小說主角身處中元節祭祀場合,卻產生迷亂的情緒?

　　雖然從這首詩的語氣與祭祀豬的形象,可以將〈中元節〉重新解讀為男女兩性的關係,但這並非說明政治解釋的詮釋就不足以成立。換句話說,兩種詮釋都能從詩作的祭祀豬形象,各自找到相似性的情境,不管是當作被宰制的對象,或被視為情慾的象徵。但兩者詮釋基礎,應該是來自「我/你」性別的不同觀點,到底是男性與女性的關係,抑或沒有性別的差異。「我」作為詩的主體性,唯有在陳述活動中方得以實踐,透過與個人言說的非我關係中類似辯證的相互指認、相互交換建構言說身分的關係,意義得以產生。這裡的「非我」不見得必須是一個實體的人,它可以是一個虛構的主體。採取政治詮釋者,可能將這個「你」視為虛構的主體,泛指不特定對象的臺灣人;而採取男女關係的詮釋者,可能比較傾向將這個「你」視為實體的人,而且是面對女性的男人。總之如果缺乏日文「陰性

---

[22]陳華培,〈豬祭〉,載於鍾肇政、葉石濤編《光復前臺灣文學全集(6)送報伕》(臺北:遠景出版公司,1979 年 7 月),頁 243~259。

書寫」的語氣分析，那麼在中文世界的詮釋，可能會比較傾向前者。

　　由此可知，缺乏明確指射對象的「你」與「我」的關係，可能使得語意變得比較抽象，不但其關係不一定清楚，可能連性別都可能很模糊。這種不清楚與模糊的關係，也增加了詩的解讀更高的曖昧性。如同法國文學理論家克莉絲蒂娃（Julia Krsteva，1941～）所深刻指出的：詩的語言最根本的問題，就在於符號意義形成的過程（procès de signifiance）。符號意義從來就不是封閉的、有限的，而是經由讀者的衝動穿透語言，穿透角色與交換而產生的。這樣的過程是異質性的，並非完全無政府的分裂狀態，也不是精神分裂狀態的鎮靜，而是一種建構過程與解構過程（pratique de structuration et déstructuration），跨越主體與社會的極限所達成的。[23]

　　換句話說，讀者的閱讀過程，並非完全被動的，而是一種創造的過程，只有經過不斷結構的過程，經由不斷地衝突、破壞的精神冒險，最後才能夠了解或重建文本符號的整體。而這樣的了解或重建，則依照不同讀者的年齡或心境而有所差異，是異質性的。閱讀，並非作者與讀者之間的對話，而是有趣的創造性的活動。讀者，是透過詩本身，一種印刷品（包含文字、空格、空行等），而非藉由詩人生命史本身來閱讀。文學批評所說的文本，並非只是物質層面的印刷品，對讀者而言，也並非完全死亡的結構，或完全封閉的文字而已。

結語

　　十年前，筆者曾經到新埔做民間信仰的田野調查，那是我第一次認知到新竹有這麼一位詩思深刻的女詩人杜潘芳格。透過《新埔鎮誌》〈第七篇人物誌〉，了解了杜潘芳格的重要生平事蹟[24]，而〈第十一篇新埔文獻〉所收錄的杜潘芳格詩選，包括客語版的〈平安戲〉、〈中元節〉[25]，第一次讓筆

[23]Julia Kristeva, *La révolution du langage poétique* (Paris: Seuil, 1974), p.15.
[24]林柏燕，《新埔鎮誌》（新竹：新埔鎮公所，1997 年），頁 486。
[25]林柏燕，《新埔鎮誌》，頁 730～731。

者驚嘆客語書寫的美感。

　　本文首先從符號化過程的任意性，來了解詩與現實對應的任意性特質。其次，從杜潘芳格詩很獨特的，將人稱抽象化的觀點，來了解廣泛的詮釋可能。杜潘芳格的詩，有時如同猜謎活動一般。如同法國象徵詩派詩人馬拉美（Stéphane Mallarmé，1842～1898）曾說：詩的創作，應該永遠存在著謎（Il doit y avoir toujours énigme en poesie.）。而解開謎語的過程，確實經常要跳脫一般人所習以為常的認識論，才能夠掌握其詩句的精妙。本文的企圖並非完全沉醉在尋找謎底的活動，而是藉著語言符號的隱喻開始，來了解詩如何對認識論的顛覆。無論是〈一隻叫臺灣的鳥〉藉著想像翅膀，鳥瞰自己所生長的島嶼，以「正亦展翅而起的時候」，顛覆一般人以二度空間的地圖來認知臺灣。或〈相思樹〉不僅是從靜態的觀看（會開花的樹／雖靜卻不華美，開小小的黃花蕾），也可以緩慢行進的車窗裡觀看的動態視野（克拉基四，速必度三十）。甚至觀看者與觀看的對象合而為一，化為一棵樹，一棵女人樹（我也是／誕生在島上的／一棵女人樹）。她不但是一棵會移動的樹，一棵會相思的樹，而且是一棵會觀看生命中消失風景、回味在記憶深處的樹（或許我的子孫也將會被你迷住吧／像今天，我再三再四地看著你）。這些豐富而複雜的隱喻義涵，只有在詩句行間努力尋找才能夠發掘。

　　此次得知，杜潘芳格獲得臺灣文學獎牛津獎，本人撰文以表祝賀之意，而最大的盼望是期待杜潘芳格全集能夠出版，如同清華大學臺灣文學研究所陳萬益所長所說：「文學家全集的出版，才是文學研究的開始」。如此，我們才能夠建立真正的杜潘芳格研究。

參考書目

一、史料

・趙天儀、李魁賢等，《混聲合唱——笠詩選》（高雄：春暉出版社，1992 年 9 月）。

・商禽、焦桐編，《八十七年詩選》（臺北：創世紀詩雜誌社，1999 年 6 月）。

‧杜潘芳格，《慶壽》（臺北：笠詩刊社，1977 年 3 月）。

‧杜潘芳格，《淮山完海》（臺北：笠詩刊社，1986 年 2 月）。

‧杜潘芳格，《朝晴》（臺北：笠詩刊社，1990 年 3 月）。

‧杜潘芳格，《青鳳蘭波》（臺北：前衛出版社，1993 年 11 月）。

‧杜潘芳格，《芙蓉花的季節》（臺北：前衛出版社，1997 年 3 月）。

‧陳華培，〈豬祭〉，載於鐘肇政、葉石濤編《光復前臺灣文學全集（6）送報伕》（臺北：遠景出版社，1979 年 7 月）。

二、論著

‧Émile Benveniste, *Problèmes de linguistique générale I* (Paris: Gallimard, 1966).

‧Etienne Souriau, *Vocabulaire d'esthétique* (Paris: P.U.F., 1990).

‧Ferdinand de Saussure, *Cours de linguistique générale*, éd par Tullio de Mauro (Paris: Payot, 1985).

‧Julia Kristeva, *La révolution du langage poétique* (Paris: Seuil, 1974).

‧Roman Jakobson, Essai de linguistique générale: les fondations du langage (Paris: Minuit, 1963).

‧江嵐，〈我看〈平安戲〉的心情〉，《臺灣現代詩》第 7 期（2006 年 9 月），頁 59～60。

‧利玉芳，〈向日葵的圖畫──杜潘芳格的詩〉，《笠》第 225 期（2001 年 10 月），頁 9～11。

‧吳達芸，〈變色龍的性別為何？──女詩人杜潘芳格研究〉，《臺灣文藝》第 170 期（2000 年 6 月），頁 62～82。

‧李元貞，〈詩思深刻迷人的女詩人──杜潘芳格〉，《文學臺灣》第 3 期（1992 年 6 月），頁 68～77。

‧林亨泰，〈杜潘芳格的〈中元節〉〉，《笠》第 219 期（2000 年 10 月），頁 130～132。

‧林柏燕，《新埔鎮誌》（新竹：新埔鎮公所，1997 年）。

‧莊紫蓉，〈當代成名作家訪談錄──訪杜潘芳格〉，《臺灣新文學》第 11 期（1998 年 12 月），頁 17～25。

- 徐碧霞，〈臺灣戰後客語詩研究〉（臺南：成功大學臺灣文學研究所碩士論文，2005年6月）。

- 張典婉，〈臺灣文學中客家女性角色與社會發展〉（臺北：世新大學社會發展研究所碩士論文，2002年7月）。

- 莫渝，〈綠色荒原的徘徊者——杜潘芳格研究〉，《笠》第 230 期（2002 年 8 月），頁 109～131。

- 陳謙，〈悲情之繭：杜潘芳格作品研討會〉，《文學臺灣》第 7 期（1993 年 7 月），頁 199～213。

- 黃秋芳，〈詩是杜潘芳格的童話故事〉，《明道文藝》第 306 期（2001 年 9 月）頁 54～74。

- 劉維瑛，〈杜潘芳格的詩與人〉，《文學臺灣》第 56 期（2005 年 10 月）頁 211～233。

- 蔡秀菊，〈戰火中的百合——杜潘芳格〉，《笠》第 224 期（2001 年 8 月）頁 38～41。

- 謝嘉薇，〈原鄉的召喚——談杜潘芳格的客語詩〉，《臺灣文藝》第 179 期（2001 年 12 月），頁 86～99。

- 謝嘉薇，〈原鄉的召喚——杜潘芳格詩作研究〉（臺北：淡江大學中國文學研究所碩士論文，2002 年）。

——選自真理大學麻豆校區語文學院臺灣文學系主編《第十二屆
臺灣文學家牛津獎暨杜潘芳格文學學術研討會資料彙集》
臺南：真理大學麻豆校區語文學院臺灣文學系，2008 年 12 月
——於 2015 年 10 月 21 日修改

日語・華語・母語

◎鍾肇政[*]

　　日前女詩人杜潘芳格由夫婿杜慶壽醫師陪同來舍，惠贈近著《青鳳蘭波》（前衛出版社）。我適有一場演講必須及時出門，以致未及細談就匆匆握別，心中留下一抹憾悵。

　　過了些日子，我才有了餘暇翻翻這本裝幀精緻的書本，並訝異於書名的別致，也突然想起女詩人臨去時說的一句話：「女兒吵著要我把她的名字用上去，所以取了這樣的書名。」原本也有乍看似懂非懂、而在朦朧間卻那麼自然地驅使人迅速地聯想的書名，至此才覺得恍然若有所悟。

　　這本書大概可以稱為詩文集吧。而詩的部分又分成華語詩與客語詩兩個部分，後者共有 43 首，與前者之僅列九首，數目上不成比率，由此亦可看出近年來女詩人所著力經營之用心與努力方向。不用說，這個部分也特別吸引同為客家人的我的注意。

　　這裡讓我們先來看看杜潘筆下幾個客語詩句「敢係，正經秋天近？／高處颺尾仔成群轉。／銅像一仙一仙倒下去。／有兜還在翻筋斗。／有位紅花人家女／佢在崩岡擔頭看……」（〈化妝等清秋〉）。又「春雨刷了。熱天到／赤腳麻沾涼 Sim Sim／大家想愛打赤膊／亞當夏娃个思想葉／早就成熟大大皮／應該遮羞應該遮羞……」（〈打赤膊〉）。

　　這些詩句是筆者隨便抄錄下來的，從這些也可以想像到女詩人是在尋覓客語語詞，也在鍛鍊它們，並且毫無疑問地在下著提煉與錘鍊的功夫，

---

[*]小說家、翻譯家、評論家，長期致力於臺灣文學、客家文化的藝文與公眾事務之推展。發表文章時為臺灣客家公共事務協會理事長，現已退休。

過程的艱難，也許在想像之外。自然，也不可避免地顯露出一種語言被提升到文學語言以前的純度不足的微憾。

　　客語詩而結集成書者，筆者孤陋寡聞，前此僅見黃恆秋的《一桿擔竿》一書，該也是同樣的慘澹經營之作，也似同樣地有著詩語純度難臻理想境地之憾。這當然無損於兩者的文學成就，也更無損於吾人對兩位詩人的欽佩。然而想到客語文學作品，不管詩也好小說也好，還有一段遙遠的路途，不免為之沉思者再。而就這一點而言，不管是客家語臺語也好，抑或福佬臺語也好，情形如出一轍，尚待有心的作家詩人們的努力以赴。

　　說到女詩人杜潘女史的作品，環顧吾臺詩壇，堪稱獨樹一幟，詩思之深、詩格之高，殊有令人不可逼視者。本書裡，兩位著名詩人李魁賢與李敏勇各寫了一篇序，刊於卷首，對女詩人的詩作做了一番精到的解剖與闡釋，筆者尤其佩服敏勇所寫的題為〈誕生在島上的一棵女人樹〉這一篇，可謂直逼女詩人的詩心，也是我所拜讀過的敏勇詩論中最撼我心的一篇文章。

　　筆者曾經受託將杜潘的若干日文詩文譯成中文，對女詩人的文心、詩心略有體會。詩壇上，似乎曾經有過對她的詩作提出不同的解釋，或因現實主義，或因神祕主義；或舉其抒情性、或談其思想性，不一而足。而這種種，不外表露出她思維、文思、詩思的複雜性。

　　有一件在女詩人來說，好像是不容讀者、欣賞者忽視的事實，是她跟為數不少的從日文過渡到中文的詩人、小說家一樣，思考時往往仍會在有意無意之間，讓日語語詞在腦中馳騁，其間華語與客語，往往是被「帶」出來的。

　　思考的方式，也就是文體；文體，也就是思維的轉達。吾人所比較熟悉的日本作家，川端被譽為「幽玄」，實則文體本身是明淨的；三島則富於邏輯格句，反見晦澀。女詩人即令驅用日文，也與這些日本當代文風截然有異。或許我們可以聯想谷崎的深邃複雜，但我也會忍不住把聯想上溯到紫式部與清少納言等古代女作家。杜潘的思考方式，常見曲折幽邃，顯現

出深奧晦澀之妙，往往在曖昧中透露出絲絲芒光，卻令人為之目眩神迷；迻譯之際，忽覺忘言而陶醉。

　　在這當中，吾人不免深覺客語的精緻度，以目前狀況言，確實還不足以表達這種複雜、曲折的思維。由母語而日語，而華語，最後回歸母語，這是臺灣人（無分福客），尤其活過戰前戰後的臺灣人的悲劇。如何克服這種困局，該是女詩人——也是所有臺灣作家、詩人的課題吧。

——1993 年 12 月 29 日《自由時報》

——選自杜潘芳格《芙蓉花的季節》
臺北：前衛出版社，1997 年 3 月

感知抬升與趨力上揚（節錄）

◎張典婉[*]

　　杜潘芳格、利玉芳的詩作亦開始在 1970 年代間，身處緊張的社會環境，在詩作中對身為女性，身為客家族群鮮明旗幟，前後接棒。

　　讀過杜潘芳格、利玉芳……等人作品，相信會對客家女性有另一番想像，甚至是顛覆過去對客家女性的了解，或許這是不同於閱讀鍾理和筆下「平妹」的經驗，也不同於閱讀鍾肇政筆下「女主角」的視覺陳述。

　　面對臺灣文學中的客家女性，對書寫及閱讀者而言，那將呈現一個什麼樣的世界？杜潘芳格、利玉芳用她們的文學帶大家進入一個不同以往客家女性的閱讀視野。

　　坐火車看出去
　　桃園過去是鶯歌。
　　有翠綠個細崗，
　　月桃花在个位開垂乳色白花。
　　像婦人家个乳房垂開一波一波。
　　長又大个葉下搖阿搖像乳姑樣。

　　上臺北个車窗看過个景色
　　從臺北南下時還想愛再看一擺
　　但

[*]作家、資深媒體工作者，《聯合報》兩屆報導文學獎得主。發表文章時為世新大學社會發展研究所碩士生。

因為坐唔對邊
只有看到
鄭成功个鶯歌石。[1]

——杜潘芳格〈月桃花〉

　　這是住在中壢，原籍新竹新埔客家村的杜潘芳格著名的一首詩，發表後頻頻成為文學評論者論述的指標。在許多客家人的印象中，五月滿山的月桃花開，是宣示一個季節，一個生活節令的開始，相信許多人的童年經驗都有採月桃花葉包粽子，打粄的生活經驗，而月桃花豐滿多乳的花串，也象徵了豐滿的女性意象，對於常坐火車在春夏季節，走過北部丘陵地的旅人，那是一種極為熟悉的生活體認。

　　這是極端典型的客家意象。直到現在，桃竹苗地區的山巒起伏，還有很多地方，叫做「乳姑山」。這種貼燙的、豐厚的大自然生命基底，再回頭，已難捉摸，居然只看到，鄭成功的鶯歌石。是因為殖民的宿命？還是大自然的毀壞？或者，還含藏著什麼原因，讓我們不得不錯過了那些豐富過、美麗過的月桃花呢？[2]

　　在習慣隱藏自己身影的客家女性而言，在臺灣文學作品中。多半是以他者為主體，對照出女性在客家社群中的角色扮演。長期以來，母職、勞動者、弱勢者、佣人、小妾、養女……身分展露的被加害者角色，往往是臺灣文學作家筆下最常現身的人物題材。但是以女性自身為主體的書寫經驗，帶來相異於「想當然爾」的閱讀視角。並挑戰了二元化的相對兩性關係。

---

[1]杜潘芳格，〈月桃花〉，《青鳳蘭波》（臺北：前衛出版社，1993 年 11 月），頁 137～138。
[2]黃秋芳，〈鮮花水鏡——靠近杜潘芳格的人和詩〉，《芙蓉花的季節》（臺北：前衛出版社，1997 年 3 月），頁 205。

在 1960 年代之後，女性主義者開始運用語言的籌碼，分解女性為主體與他者的區分，開始認同女人的主體性，主體是有性別、身體，而在女性主義分解中，相對於傳統父系社會，女人往往被建構成他者，與女人聯繫在一起的「身體」和「自然」，被建構為他者。[3]

崛起於 1960 年代後的女性文學研究者中，亦將時代中女性書寫主體性，作另番陳述，強化女性書寫主體的認同，如女性自傳、家族史、大同小說與情欲小說……，而當肖維特在 1971 年即提及：「女性作家不應該因為她們寫作相似的假定，或甚至是展現獨特的女性風格。但是女性真的有特別的歷史容易分析，包括複雜的因素如她們跟文學市場關係的經濟；女性地位社會性及政治轉變對個人的影響，及女性作者的原型及其藝術獨立性的限制之含意。」[4]

在國外對婦女主體意識與女性文學作品，即用以詮釋女性與社會不斷進化觀點，甚至提出用社會資料檢驗作品之社會性，而內心感情必須受不同形式控制。

在臺灣文學作品中，女性作家作品，亦在文學視野當中嘗試以自身經驗，與主體性強烈題材、書寫出自我主體性強烈的作品，與女性自身的符碼，隨著社會發展脈動做內觀的描寫。

以杜潘芳格為例，她出生於日據殖民時代，早年以日文寫作，之後再用中文寫作，育有七名子女，雖然嫁作醫生娘，但是早年為拉拔七個孩子長大，她必須在操持家務，照顧診所病患，有時還一大早去臺北批花，在中壢家中教插花貼補家用，走過生命的困頓，甚至在中年後，又得為兒子破碎的婚姻善後，帶第三代孫子。曾經是她最放心、最信賴的丈夫，在婚前經過苦戀的丈夫，也和家中收養的原住民養女談起戀愛來。走過大半生，杜潘芳格依然寫作不歇，晚期作品中，女性意象作品更加明顯。

---

[3] 王志弘，「從哲學人類學到認同政治」講義，世新大學社會發展研究所課堂講義，2000 年。
[4] Torll Moi 著；陳潔詩譯，《性別／文本政治：女性主義文學理論》（臺北：駱駝出版社，1995 年 6 月），頁 45。

把奶罩緊緊拘束

乳房也會垂下，向大地

把內衣緊緊扣上

肚皮還是皺皺地垂下，向大地

只有頭髮，一開始就垂向大地伸長著

基督的神，有清晰的臉

一直帶著笑容

餘暉染紅了西天，貓還在玩

在院子薔薇下，貓還在玩[5]

——杜潘芳格〈乳姑山〉

　　小時候出生新埔望族，母親在日據時代曾在第三高女就讀，是少見的知識分子，童年的杜潘芳格常被日本小孩欺負，心裡想做臺灣人真悲哀，專科畢業到學校教書，很小的時候，她說「自己想嫁一個貧苦一點的丈夫，因為我不曾吃過苦，又看了《聖經》以及托爾斯泰等人的著作，《聖經》都教我們要同情；要愛人」。[6]

　　許多人評論她的詩作，對女性自覺與族群議題著墨時，她解釋為：「身為一個女性，其實我很少刻意區分男性或女性，我認為性別是天生的，生下來就註定的了，我們應該超越男性與女性的分別，而以人性為出發，站在人的立場去思考問題，現在有很多所謂女權主義者是站在女性立場來思考問題，但是我認為更應該站在人性、人格上來判斷與思考，這樣才能更有永久性，所以不要太過分了才好。」[7]

　　擅長以意氣，象徵處理女性與族群命題的杜潘芳格，有基督的使命與母性韌性感知的一面，除了處理女性與意識覺醒的流暢，面對政權、族群

---

[5]轉引自黃秋芳，〈鮮花水鏡——靠近杜潘芳格的人和詩〉，《芙蓉花的季節》，頁205～206。

[6]杜潘芳格，〈消失中的阿媽——杜潘芳格訪問記〉，《芙蓉花的季節》，頁176。

[7]同前註，頁187～188。

意識，杜潘芳格有深沉感知流動。

　　杜潘芳格作品歷經日本殖民時代，中文寫作、國語化年代加上她的母語：客語，三種語言體系創作呈現在她作品中，除了女性意象的詩作，反省與批判詩作題材更活躍，詩評人李敏勇曾說她的詩「含有菁英分子，知識人的觀察與批判，但另一方面又有菁英分子、知識人的自我批判，顯示了詩人在批判社會時那道悲憫的態度。」[8]

　　婦人家（1）　料理青菜時

　　傴腰菜（2）　一定愛用　桔漿豆油

　　紅菜葉（2）一定要用　薑麻酸酢

　　限菜（2）　煮湯時　愛配　細魚甫干

　　鹹菜豬肝湯　係客家名菜之一，有傳統个。

　　一家團圓食飯時

　　婦娘人（1）就想，那係民進黨係傴腰菜，國民黨就桔漿豆油。

　　國民黨係紅菜葉，無黨派就係薑麻酸酢。　盡合味（3）。

　　臺灣人大家圓滿享受客家好味道一樣選出好人才。[9]

——杜潘芳格〈選舉合味〉

　　你

　　歡喜在个紛雜个（1）人群知背（2）

　　追求「唔記得你自家係嘛儕」。（3）

　　㑌（4），在人群知背

---

[8]李敏勇，〈誕生在島上的一顆女人樹——杜潘芳格詩風格的一面，兼序《青鳳蘭波》〉，《青鳳蘭波》，頁15。

[9]附註：（1）婦人家、婦娘人：結過婚的女人；（2）傴腰菜、紅菜葉、限菜：青菜名稱；（3）合味：配得適當，好味的意思。杜潘芳格，〈選舉合味〉，《自立早報・本土副刊》，1989 年 12 月 9 日。

越來就越清楚

𠊎係孤獨心蕉人（5）。

貢獻畀（6）中元節祭典个大豬公

打開大大个嘴，含一隻「甘願」（7）。

不論脈个（8）時節

畀佢（9）含「甘願」个

就係𠊎，沒就係你。[10]

——杜潘芳格〈中元節〉

——選自張典婉〈臺灣文學中客家女性角色與社會發展〉

世新大學社會發展研究所碩士論文，2002 年 7 月

---

[10]附註：（1）个：的；（2）知背：裡面；（3）意謂：不記得你自己是誰；（4）𠊎：我；（5）心蕉人：心很寂寞的人；（6）畀：給；（7）甘願：甘心願意之意。普渡時供祭畜生含的鳳梨、柑子等；（8）脈个：什麼；（9）佢：他、它。

認同與批判
論杜潘芳格的現代客家詩

◎杜昭玫*

一、前言

　　白 1987 年解嚴後，地方組織與團體獲得些許的政治發展空間與發言權。其中，臺灣的客家族群在一群知識分子的領導下，順勢催生了《客家風雲》雜誌[1]與 1988 年的「還我母語運動」。在呼應「我手寫我口」的文學號召之下，鍾肇政等客籍文學家及文化界人士相互奔走，集結了不少客籍作家投入臺灣客家公共事務協會之業務，也爭取到在《自立晚報》副刊、《自由時報》副刊、以及《臺灣時報》副刊設立客家論述與創作的專欄，開拓了客籍作家的發聲空間。客家文學本身在臺灣 20 世紀 80 年代的時空下具有與主流文化、主流政權相抗衡的特性與使命。而在此對抗的氛圍下，客家文學也不免複製了主流文化的模式，建構起客家民族誌（ethnography），以彰顯客家族群之歷史傳統，進而建立起其正統性。

　　所謂民族誌，原指研究—民族共有的文化價值、語言、行為模式等，並透過客觀的描述與質化研究，解釋促成這些文化、價值與行為模式的成因。[2]而建構客家民族誌的主要目的在於重建客家族群之歷史源流、追溯客

---

*發表文章時為臺灣師範大學華語文教學系助理教授，現為臺灣師範大學華語文教學系副教授。

[1]《客家風雲》雜誌於 1987 年 10 月 15 日創刊，1990 年更名為《客家雜誌》。此雜誌於 1988 年 12 月 28 日促成「還我母語」大遊行的活動，提出開放客語廣播節目、實行雙語教育、建立平等語言政策，修改廣電法第廿條對方言之限制條款為保障條款等三大訴求。一般客家研究者如范振乾、謝文華、曾金玉亦視此雜誌之創辦為臺灣客家運動之開端。

[2]Marvin Harris, *The Rise of Anthropological Theory: A History of Theories of Culture* (New York: AltaMira Press, 2001), p.16.

家文學與文化傳統的源頭，企圖改變一般人對客家族群有如散沙負面刻板印象，最後達到凝聚族群意識的目的。但是，在建立民族誌的過程中，因受本身動機與資料考證困難的影響，這個重建的結果不免過於強化客家人在「中國」歷史、文學上的重要性，並將原本在歷史中隱形的客家身分曝光，強調客家人在臺灣歷史，甚至是中國歷史上的貢獻與努力，而這些貢獻往往非源於其身為客家人的特殊取向或性格，僅可說只是身分與歷史偶然的交錯。[3]

除了建立民族誌與人物誌／群英集以外，另一個建構族群認同的模式即為塑造一個客家人的共同形象，而所塑造出的客家人共同特質或精神表徵，大抵都不脫刻苦耐勞、勤儉持家、愛鄉愛國等概括性的特質。這樣的型塑過於抽象，而也因太有彈性而往往被過度引申。其中一例即是「硬頸」這個詞彙的意義及其衍生意義。在客家人建構客家民族誌的過程中，不可避免的是歌頌客家人勤儉、刻苦耐勞的美德，並謳歌其「硬頸」精神，給予了這個原本是負面、代表固執不知變通的客家詞彙另一個時代「新解」，成為遇逆境而不屈撓的個性。但如此塑造出的「客家本色」為一抽象特質，儘管理論上無法成為客家人的「普世」特性，但可預見的是，在文化政策的鼓吹與推動之下，這個詞彙將慢慢獲得新義，而「新解」將成為「正解」。語言意義的變遷本為歷史趨勢，本身為一客觀現象，而無孰對孰錯，只是在新解成為正解的過程中，舊的意義與解釋將遭到汰換，但這被汰換的並非僅僅是語言的本意，更是語言背後的歷史發聲權，也因此，對於語言的歷時變異研究才顯得的格外有意義。

在此論述此歷史發聲權的汰換，並非只是誇大後的疑慮或質疑，而是藉此提出一個更廣泛的問題，即在論述所屬族群的傳統文化時，身為文化傳譯者（cultural interpreter）以及在地資訊提供者（native informant），如何

---

[3]客家人隱形於主流文化中而未被強調，在歷史中並非偶然。而正如此時將其客家身分曝光，自有其社會政治背景；因此，研究與分析客家人如何與為何在社會中選擇或被迫隱形，將更具有意義。

面對文化認同與批判之間的兩難，這在世界各地少數族群的文化再現（cultural representation）或是文化書寫中亦相當常見。如 20 世紀初的美國黑人女作家兼考古學研究者賀斯頓（Zora Neal Hurston）在大學畢業後，即獲得研究補助，前往童年故鄉做田野調查。賀斯頓同時身為研究者與居民的雙重身分，讓這個調查工作本身成為一個學術上的爭論。此爭議主要在於客觀與主觀書寫之間的模糊界線以及非主流文化的再現問題。賀斯頓本身的專業學術訓練要求從客觀、科學的角度呈現美國非裔的文化現象並加以分析；但身為社群的一分子，賀斯頓又不免因親身的參與和體驗而寫出帶有主觀意識的文化采風紀錄。弔詭的是，正是這居民的身分讓賀斯頓得以深入社區核心，獲得資料作為分析對象；也只有親身參與一些社群的文化活動，賀斯頓方能領悟當地文化活動的本質與意義。在文化認同與批判之間，賀斯頓透露兩者之間的兩難，但也因此而為文化再現與文化研究的本質及方法論帶來新的見解與契機。

　　同樣的，在美國華裔作家湯亭亭（Maxine Hong Kingston）出版的第一部半自傳性作品《金山勇士》中，充滿了對於美國華裔生活與文化的批判，而這樣的書寫與文化再現的方式，卻觸怒了另一位當代同為美國華裔的男作家趙健秀（Frank Chin），而導致後者於雜誌上大肆批判、並質疑湯亭亭書寫之真實性（authenticity）。類似的情形亦發生在客籍女作家杜潘芳格的書寫中，而本文即以此為起點，以杜潘芳格之數首詩作為例，論述杜潘芳格身為客籍女作家，加上其生於日治時期、戰後成為「跨越語言的一代」的處境，女作家是如何看待客家傳統文化與母語的？而杜潘芳格又是如何以客籍作家及知識分子的雙重身分，在歷經日本殖民統治、國民黨集權統治以及短暫旅美生活後，對於母語的使用與翻譯提出新解。本文並嘗試說明杜潘芳格書寫客家的發聲策略與呈現方式，如何有別於一般客家書寫與論述中一逕對於客家語言與文化的讚歌策略與形式。

二、文化認同與「客語」詩的寫作

在「我手寫我口」的文學召喚下,杜潘芳格於 1989 年開始從事客語詩創作,詩作集結於其後出版的數本詩集中。當時以客語從事文學創作,所面臨的主要困境是一些客語口語的詞彙無法在漢語中找到相對應的字,如何呈現這些詞彙成為爭論。一些作家主張完全以羅馬拼音呈現客家發音;一些則採折衷的方式,主要以漢字呈現,而一些特殊的客家詞彙則盡量找出漢字中的對應字,其次方以羅馬拼音標示。如羅肇錦即主張在有音無字時,以六個原則來解決:找出本字、採用俗字、採堪用字、採用同源字、採用借音、採用音標。[4]因這些原則合乎現況需求,也堪稱完備。所以,以漢字為主,並盡量找出意義與語音上的對應字在今日的客家文學中成為主流,而杜潘芳格亦主要採用此方法。杜潘芳格本身早期受日文教育,1945年以後開始嘗試以中文寫詩,並認同客家人為漢人之一宗,此似乎為必然之選擇。而選擇以漢字書寫非中文的母語,本身即為一種文化翻譯的選擇,也是一種政治姿態,顯示作者本身的身分認同。

除了語言的選擇以外,客家文學的創作,還涉及了另一個更複雜的要素,即在從事「文化翻譯」或語言翻譯的過程中,一些特殊的文化元素因翻譯而變質,失去「原汁原味」,甚至因加入異文化的「雜質」而令人難以下嚥、消化。在以官方文字表達以口語為主要表達形式的族裔文化內容時,因必須透過官方文字這個媒介,也勢必需要與主流語言融合或妥協,而產生了「不純」、「不淨」的疑慮。就族裔文化發展而言,這種產出是必要之事,唯有如此方能在主流社會中建立主體,才能保有族裔文化在主流社會中的存在與特殊性。若過度沉湎於「純」與「淨」的理想狀態中,固執地完全以客語口語呈現傳統文化,如選擇以拼音文字的聲音表達客家口語,則將無法在主流社會獲得充分的認知與認可(recognition),最後的結

---

[4]羅肇錦,〈臺灣饒平、大埔、詔安客語辭典編輯說明〉,(來源:http://www.hakka.gov.tw/ct.asp?xItem=42473&ctNode=1754&mp=1722&ps,行政院客家委員會網頁,2014 年 3 月 10 日)。

果可能是停留在自戀的階段而導致「失語症」，即因缺乏「語言」這個在社會中表達與表意的工具，而導致最後在社會中無法言語。

　　上述之翻譯的「窘境」，為族裔文學場域裡不可避免之事。但在此必須指出的是，這未必完全是一種無法逃脫的困境或無解的難題，近代的翻譯與後現代理論已另闢蹊徑，指點出一條翻譯的新路，讓翻譯不再只能是遺失／迷失（loss），而是在翻譯的過程中，對於語言的使用，提出另一新解與創見，甚至可進一步創造生機（viability）。魯西迪（Salman Rushdie）即曾說過：「一般認為某些東西在翻譯時總是會不見，但我深信，總會有一些意外的收穫」。[5]德希達（Jacques Derrida）亦指出：「翻譯即是書寫，也就說，翻譯並非只是抄錄（transcription），而是受原典召喚而出現的創造性書寫（productive writing）」。[6]如此的詮釋方式，讓族裔文學中的文化翻譯有了新的生機。但究竟翻譯如何能產生創意與新意，但又不失原味呢？這在魯西迪和德希達的論述中並未做細部交代，但一位美國學者卡特（Martha Cutter）曾就美國多元文化中族裔文學的翻譯問題提出了較為實際的見解。卡特的分析揭明了一些美國族裔文學作家如何「翻譯」族裔文化與語言的情形，其分析亦在相當程度上與當前臺灣族群文學所面臨的問題類似。以杜潘芳格為例，因其歷經三次改變國籍，並經歷三種強制或半強制形式之語言政策，「翻譯」成為其發聲不可避免之現實。而如何翻譯，並加入個人的創意與洞見，即成為詩人的首要任務，且為探討其作品的重要議題之一。

　　卡特指出，有效率的翻譯者（effective translators）的確能達成文化融合的使命（A+B=AB），但不只如此，其更能促成「創新、獨特的文化與語言形式（formulations）」：

---

[5]Salman Rushdie, *Imaginary Homelands: Essays and Criticism, 1981-1991* (London: Granta, 1991), p.17.
[6]Jacques Derrida, *The Earth of the Other: Otobiography, Transference, Translation: Texts and Discussions with Jacques Derrida* Ed. Christie V. Mc Donald. Trans. Peggy Kamuf (New York: Schocken, 1985), p.153.

有效率的翻譯者運用創意融合語言與世界觀,讓翻譯者在進入一個新的文化與語言時,不致失去母文化的精神、文化及社會價值。對這些作家來說,翻譯讓一個文化的想法與價值進入一個新的情境(context),但同時也移植、移轉(transplanting, transmigrating)了這些想法與價值,……進而創造出一個新的聲音、語言或主體性(subjectivity),超越原有的主體性與語言。[7]

卡特以較具體的語言闡明德希達在詮釋翻譯行為時所指的變異/差異(difference)情形,即族裔作家如何讓族裔文化與語言在翻譯成主流語言後,在不同時空條件中,既能保存原有的族裔特色、促成其發聲,並在主流文化中占下一席之地,確保族裔文化的永續。而在和主流的對話、交融中,不僅是照本宣科的「翻譯」,卻是能產生德希達所謂的創意書寫(productive writing)。在時空移轉變化的情境下,卡特所說的對話與交流是必要的,因唯有如此才能讓古老的族裔語言在時代更迭不斷擴充其彈性與可能性,而不致在多元文化或是強權文化的洪流中成為「不適者生存」的犧牲者或是被淘汰者。這和客家文學創作如今所面臨的問題有密切的關係,在杜潘芳格的作品中亦可見一斑。而究竟杜潘芳格是如何看待語言與翻譯的相關議題,並且企圖在文化與語言「翻譯」的過程中尋找出路與創新呢?同時,這文化翻譯的產出是否遭到質疑,批判其語言與文化之「不純」、「不淨」呢?以下將以杜潘芳格的〈出差世?〉這首客語詩作進一步的詮釋與分析:

第一世,大方白中有小紅心旗幟下(1895年~1945年)

偓,唔係沒母語,

---

[7]Marsha Cutter, *Lost and Found in Translation: Contemporary Ethnic American Writing and the Politics of Language Diversity* (NC: The University of North Carolina Press, 2005), pp.2-3.引文為筆者自譯。

有！！有倕个客家話。
畀日本管了半世紀，
有字變沒字，會講唔會寫。

唔單淨恁樣
因為，強迫愛學習日語，
必須用日語去生活日常个一切。
兩代受過日本教育个客家人，
腦袋充滿，畀佢灌進了當時个
「國語」。
日本帝國主義下个殖民地个言語，思想並文化。

第二世，青天祖國滿地紅（1945 年～1990 年）

光復後，子孫統統講北京話，
……
客家有字變沒字，頭頭會講唔會寫，今，連講都唔不會講了。

第三世，美麗綠翠臺灣客家人（現在）

近來大家興起來，到處聽到係臺語，
愛講就講臺灣話，愛寫就寫臺灣文。
講起臺語有種種，雖然山地九族話，客家也算臺語。
……
想起祖公自來臺，
以後客人盡量學，
學講啊！學講啊！
學會曉得講鶴佬。
學到家世三代後

連自家母語忘了了。
真真出差有三世，
恁樣下去作得麼？
偲等客家人喲！！
反省，自強，愛打拼。[8]

如本詩所示，在語言翻譯上，杜潘芳格所選擇之策略是以漢字為主，並盡
力尋求近義或近音字，詩中一些客語口語也約定成俗地在漢字中找到對應
字，如「唔」為「不」、「係」為「是」（此在漢語書寫已常用，但在客語中
卻為口語表達）、「畀」為「被」、「个」為「的」。這些常用客語字詞的替代
漢字已大致被接受，但一些客語常用字詞的漢字替代詞至今仍有爭議、莫
衷一是，且文學創作不能僅限於常用字詞，通篇口語將無法表現出詩的特
性與美學。也就是說，雖在「我手寫我口」的號召下，杜潘芳格致力於以
客語為媒介的文學創作，但所謂「我口」不應僅局限於口語的表達，如此
是無法將語言提升到文學或創作的地位，也無法表達較深層的思想。在此
情況下，詩人本身的語言認知敏感度與創作意識即扮演了重要角色，而這
正是杜潘芳格所擅長的。

三、翻譯與難語

早期以日文從事創作時，杜潘芳格即展現了其跨文化的創作意識與對
語言的敏感度。如莫渝在論述杜潘芳格的日文詩作時曾言及：

由於和 1960 年中期以前的臺灣詩絕緣，杜潘女士閱讀寫作的營養，自然
跟圈內的中文思維模式有異。……杜潘女士的日文思維是她寫作醞釀的
優先歷程。……從日文思維轉換日文寫作，再經他人或親自翻譯為中

---

[8]劉維瑛編，《杜潘芳格集》（臺南：國立臺灣文學館，2009 年 7 月），頁 40～43。

文，這樣翻譯轉折的過程，必然要喪失掉某些東西，呈現出異質或不熟練的表現。如：〈荒原〉一詩的首行「映在肉眼」，中文習慣是「出現眼前」、「映入眼睛」等；她為臺灣九二一地震所寫的〈難語〉一詞係日語，未經翻譯的轉折，直接搬移挪用，初看，很難體會原意。[9]

莫渝對於杜潘芳格的客語詩寫作部分並未多加著墨，僅簡短地論及客語詩在 1980 年代嶄露頭角，而杜潘芳格女士積極加入客語作家「我手寫我口」的陣營，並有傲人的成績。但莫渝對於杜潘芳格日文詩的解析，討論到杜潘芳格初期的中文詩作中使用日文詞彙，如「映在肉眼」、「難語」等字眼時，認為其「喪失掉某些東西」及「呈現出異質或不熟練的表現」。這樣的評論往往落於傳統詩學的窠臼，「未能如德希達及魯西迪從（後）現代和後殖民文學的觀點解讀其詩作，也就無法進一步剖析其特色。

　　對於「跨語言一代」作家在創作上所面臨的問題，也有論者提出另一種詮釋。曾巧雲將之名為臺灣本地作家在二次大戰後一種普遍的「腦譯」現象，並指出此將日文翻譯成中文的「腦譯」現象，「蝕刻了這些跨語言書寫世代的自我認識與被迫自我翻譯的痕跡」。「腦譯」是這些跨語言書寫者「為了解放戰後被禁錮在語言牢籠裡的主體而進行的翻譯」。也就是說，「跨語言一代」作家的文學創作本身即是對戰後臺灣威權政治的一種挑戰與抗爭。[10]翻譯或許能將主體自語言的牢籠中解放出來，但莫渝所舉之「映在肉眼」及「難語」這些例子卻會讓這個翻譯與解放的抗爭義涵大打折扣。若如此解讀，一些未經翻譯或無法翻譯的成分將代表著這解放的不完整。基於以上解讀所面臨的困境，或許我們應從另一角度來看杜潘芳格的作品。

　　正如上述魯西迪、德希達、卡特所言，語言在被移殖後所產生的變異

---

[9]莫渝，〈綠色荒原的徘徊者──杜潘芳格研究〉，《臺灣詩人群像》（臺北：秀威資訊科技公司，2007 年 5 月），頁 83。

[10]曾巧雲，〈從腦譯到殖民地經驗的再翻譯──初探跨語世代的後殖民翻譯〉，《臺灣文學研究學報》第 12 期（2011 年 4 月），頁 135～161。

／差異方是焦點所在、方是語言在「眾語喧嘩」的場域中展現其生命力的機會。「映在肉眼」、「難語」的異質性、難懂,所呈現的並非作者的不熟練,而是作者置身於臺灣歷史發展軌跡中所受到的影響。這並非指日本文學之影響為正面或負面、或是日本殖民對作者的書寫是正面的或負面的影響,而是正視這個歷史事實,也正視這個歷史事實在個人身體／語言上所留下的不可抹滅的痕跡。也就是說,在這首詩的本文性(textuality)裡,體現了歷史的脈絡與糾葛,以及作者本身處身於歷史中的體驗與感知。

但同時,在中文現代詩中使用日語詞彙也為這個詞彙帶來「新解」及引出其在詩中更深一層的義涵:「映在肉眼」在〈荒原〉這首詩中所描述的是眼睛所見的事物透過眼睛這個身體器官(肉眼)進入了(映在)腦中,和腦中原有的庫存資料產生了激盪、互動,進而牽引出一連串的腦部活動,促成一系列有關荒原的思考;而非僅是出現在眼前,僅供觀賞、賞玩,而沒有進一步的互動。[11]這個寫法和杜潘芳格另一首詩〈身體與語言〉裡的觀點是一致的:

所有活生生的語言們啊!
你,一直獨自奔跑
用腦庫裡的東西構築
理想國,

你是靠著

奔馳的電車上
看人們
看外景
這視線的末稍神經

---

[11]杜潘芳格,〈荒原〉,《慶壽》(臺北:笠詩刊社,1977 年 3 月),頁 113～115。

或在花園裡掘挖泥土的手指頭的末稍神經，

做你生生活活的語言。[12]

由此詩可知，杜潘芳格認為對於語言的認知與身體的經驗與感官息息相關，看似無機的語言必須在和有機的人體器官連線後方能予以生活化，語言對於杜潘芳格來說也必須是「活生生的」與「生活的」。因此，「映在肉眼」除了表現出作者的教育背景與臺灣歷史的痕跡，也強調了語言與感官的緊密關係。這既是詩人的身體經驗，亦是歷史文化的刻痕。而「難語」則同時表現出作者體會到本身語言的局限，無法表達出所見所感，必須藉助於另一種語言，而呈現出「跨界」與「翻譯」的多元性。這種跨界書寫也成為了一種創意書寫。

語言（客語）的跨界之後如何保有其「活生生的」與「生活的」力量，為作者努力的目標。此於〈出差世？〉一詩中亦可見一斑。原本「出差世」僅是找出漢字中的近音字以翻譯這個客家口語詞彙（後有一說是找出漢語中古時的意義與用法），而「翻譯」後，客語中的口語被賦予形與象，成為以漢字表示的「出差世」。由此漢字本身的意義去解析，「出差世」因而帶有出生在錯誤的時代、或是出世時出了差錯的義涵。與漢字「接觸」後所產生的「翻譯」與原來的客語語詞似乎不只是發音接近，在意義上亦可作引申，而作者更在詩中進一步展現其對語言的敏銳而進一步衍生出「出差有三世」的觀點，表示錯誤一再重演，客語的發聲空間不斷被擠壓，而導致客語從「有字」的情況演變成今日人們「連講都唔不會講了」的慘況。雖然客語本身究竟是否曾經「有字」仍有爭議之處，但本詩題目的音譯、選字、與語意的轉換即耐人尋味，詩中也帶有對政治以及語言政策的批判意味。這顯示出作者身為詩人對於語言的敏銳度、在語言創作上的巧思、以及對客家語文的琢磨與錘鍊時所做的嘗試與挑戰。

---

[12]杜潘芳格，〈身體與語言〉，《震鯨——九二一大地震二週年紀念詩專輯》（臺北：書林出版公司，2001 年 9 月），頁 114。

　　〈出差世？〉一詩之目的在鼓勵客家後代要積極尋回並學習即將被遺忘、遺失的母語。而「三世」分別指的是臺灣歷經日本殖民時的廢漢文政策和皇民文學、國民黨威權統治的「國語」政策時代、乃至今日客語在眾聲喧嘩中仍不免被淹沒的困境。作者亦於每段落前清楚點出其歷史座標與當時的臺灣統治者。這是作者本身客觀加上主觀所認知的「臺灣歷史三部曲」，標明了臺灣歷史的演變與政治主權對客語文化的摧殘。而至於第三世（即現在）的「美麗綠翠臺灣客家人」究竟是作者本身的政治認同，抑或別有所指，則有待解讀。若參照杜潘芳格的另一首詩作〈選舉合味〉即可見：

> 一家團圓食飯時
>
> 婦娘人就想，那係民進黨係倨腰菜，國民黨就係桔醬豆油。
>
> 國民黨係紅菜葉，無黨派就係薑麻酸酢，　盡合味。
>
> 臺灣人大家圓滿享受客家好味道一樣選出好人才。[13]

其中以某些道地客家菜必需與特有醬料、配菜得體搭配方能成為佳餚，點出民進黨、國民黨與無黨籍需圓滿搭配方能「合味」（味道搭配），可知〈出差世？〉詩中的「綠翠」並非完全是指作者的政治傾向。「美麗綠翠臺灣客家人」的身分認同是以臺灣這個「母地」上茂盛青翠的植物物種作為一個認同的共同符碼，同時也是基督教中牧羊人所流連之綠茵草地。這在〈母地〉這首詩中得到印證：

> 我・今天這樣做
>
> 主・您高興嗎？
>
> 主・您有滿意嗎？

---

[13] 劉維瑛編，《杜潘芳格集》，頁 38。

那裡爽朗的翠綠水稻苗長

白鷺鷥的翼膀映照著大蕾青桐白花

木棉花盛開滿樹，相思花也綻金黃色了。

綺麗的臺灣，我的母地

綠茵默默地承著春雨

耶穌回答說

是，我很高興！

再說

我會愛你！保守你和環繞你的一切的一切。[14]

在此詩中，除了展現作者本身的虔誠的宗教信仰外，這首詩亦代表著作者以地域為主的政治取向以及其對臺灣的認同。

　　但杜潘芳格藉「翻譯」以活化語言的動機與呈現卻未能獲得普遍文學家或文學批評者的了解、或甚至是青睞。在一次訪談中，杜潘芳格曾提到身為「跨越語言的一代」的困頓：「攝取過多的語言，反而難以整理而痛苦。有時為了過分保重語言，會使語言陳腐生苔。不得不把語言從思想的抽屜裡，拿出來曬太陽或換掉」[15]。但她這個把腦中陳舊的語言（包括日語）拿出來曬太陽的舉動卻引來莫渝遺憾的感慨。正如「映在肉眼」、「難語」這些日語詞彙在中文詩境中所產生的變異與創意無法為論者所接受，在客語的創作上，也是如此。在客語詩的創作上，杜潘芳格一直在尋找另一種語言的彈性／可能性，對此，客籍作家鍾肇政是相當肯定的，但也不免發出類似莫渝的感慨。鍾肇政在閱讀了杜潘芳格的詩集《青鳳蘭波》後道：「可以想像到女詩人是在尋覓客語語詞，也在鍛鍊它們，並且毫無疑問地在下著提煉與錘鍊的功夫，過程的艱難，也許在想像之外。自然，也不

---

[14]劉維瑛編，《杜潘芳格集》，頁71。
[15]李敏勇，〈杜潘芳格：一株會開花的女人樹〉，《人本教育札記》第239期（2009年5月），頁103。

可避免地顯露出一種語言被提升到文學語言以前的純度不足的微憾」[16]。在此，鍾肇政先提及客語文學創作的困難並肯定杜潘芳格的努力，但身為客家文學的先進，仍不免就其創作提出一些批判與建議，從純文學的角度觀照杜潘芳格的詩作。這個「詩語純度難臻理想境地之憾」也是客家文學在主流文化中必須探究的一個主題。究竟何謂「詩語純度」？以及鍾肇政所謂的「詩語純度」是否確為文學創作的「理想境地」？杜潘芳格對此議題的思考在〈虛構〉這首詩中可見一斑：

> 只有語言
> 你被寫成後，得到的生命
> 會死也會永生，
> 虛構。鬼斧神工的虛構，
> 是活生生的。
> 決定你的生與死的
> 是什麼力量呢？[17]

文學作品本為虛構，此為杜潘芳格對於文學作品的疑問，認為唯有鬼斧神工的虛構方能成為「活生生的」作品、方能因而獲得永生或是永久流傳。在西方浪漫主義傳統中，對於文學作品能超越作者的短暫生命期限的感知已早有所聞，但究竟是什麼力量給予作品源源不絕的生命力、讓作品歷久彌新呢？而又如何才能稱得上是「鬼斧神工」之作呢？是作者表達出的深度思想？文化關懷？多元視角？文學語言的「純度」？抑或是政治、經濟、社會政策及思想的考量與干預？在詩中，杜潘芳格思考這個問題，但卻未給予一個肯定的答案。正如所有創作者一般，杜潘芳格思考了創作的

---

[16] 鍾肇政，〈日語・華語・母語——談《青鳳蘭波》客語詩集〉，（來源：http://literature.ihakka.net/hakka/author/zhong_zhao_zheng/zhao_composition/zhao_onlin/essay/essay_13.htm，2014年3月10日）。
[17] 杜潘芳格，〈虛構〉，《笠》第146期（1988年8月），頁24。

本質或目的、以及文學作品如何成為不朽作品的問題，但這問題並非因無知而無解，反而引起對於文學典律形成（canon formation）過程的質疑。也就是說，在此值得思考的是，從事客語詩創作的目的，是否僅僅在於錘鍊客語至文學語言的程度，僅僅作為純文學欣賞，而沒有任何與文學無關的「雜質」？答案自是否定的。自 20 世紀以來，現代詩向來即帶有一些「使命」，不論是文學的、政治的、或是社會的。而自 1988 年的「還我母語運動」以來，身為首位客籍女詩人，杜潘芳格更是對於客語的流失、被壓抑、與沉默深感必須解放並促成其發聲。當文學不再僅僅是文學，並且有了明確的讀者，文學語言的純度已不再是首要的考量。反而是需要吳達芸所說的「變色龍」的特性方能有所成就。在〈變色龍的性別為何〉一文中，吳達芸論道：「那思考的主人以自己為設想主體，可以『賦予』變色龍不同的性別，就像它的不斷隨機轉換顏色一樣，可以是她或他，這當然也是詩的語言是多義語的迷人之處！」[18]。雖說吳達芸變色龍之指涉為作者賦予其詩中主角之性別變異，以及作者本身之一反傳統女性刻板印象之作風與寫作，但本文所論及的詩作中，作者本身即是一變色龍，在環境變異下，不斷變換顏色／語言，在逆境中求生存，也在逆境中獲得新的生命。

　　綜合以上所言，杜潘芳格面臨強權文化主導下客語流失的情況，企圖以主流語言翻譯客語與文化，但這翻譯的過程需要作者不時跳脫客家思維，且必須不斷地在異質的語言領域中跨界與搜尋，在儲存於腦庫的語言中尋找最合適的表達方式。但這個「跳脫」並不是指完全脫離，而是保持適當的距離，在不同語言的空間與邏輯裡找到適切的表達方式，達到融合的效果。這個過程或許充滿了掙扎，但在另一方面，卻因情境與語言空間的轉換與移植有了意外的收穫，產生另一種創意書寫，使思想與語言在不同的時空與媒介中，因變異而擁有生生不息的生命力與新意，不但不是所謂的失真的「翻譯」，而是帶有新解與創意的文化書寫。也就是說，雖然在

---

[18]吳達芸，〈變色龍的性別為何？──女詩人杜潘芳格研究〉，《成功大學校刊》第 194 期（2000 年 8 月），頁 35。

跨語言與跨文化的創作中不免陷於翻譯之窘境與責難，但若將焦點投注於多語言的抵觸與融合的狀態，即可見創作之新意，亦可觀察到在世代交替與主權文化的影響下，欲保有主體性與文化存在所需採用的發聲策略。

四、對客家論述的異議

杜潘芳格的詩中所展現的不只是與主流文化對話或翻譯的問題，亦展現出其與一般客家論述衝突的地方。例如，許多人將客家人比喻為「東方的猶太人」，這樣的說法，或許為客家族群在尋找理想的家園而不斷遷移的歷史過程中提供了一個類比與光榮的歷史註解。但在〈（我的）identity〉一文中，杜潘芳格略微描述了類似的離散（diaspora）經驗，其過程可說是充滿了掙扎與不堪。[19]杜潘芳格一生歷經三次變更國籍，最後一次甚至「拼命地去尋求移民美國」，而最後卻導致「一家離散」。於是，這位「東方的猶太人」又回到了原點，在臺灣找到了最後安身立命的「烏托邦」。於是，在1980年代末期，杜潘芳格在一些客家知識分子的號召之下，站在臺灣這個美麗島上大聲疾呼、企圖振興客語與文化。在這過程中，對於客家文化和歷史傳統的認同與異議也同時在杜潘芳格詩作中並陳與對話。如果說，對於客家文化的認同使得杜潘芳格在文化與語言保存的使命感中寫出富有新意的「翻譯」作品，而以下所討論的詩作中，則表現出了作者對於客家文化的一些意見與批判，在此以其對於客家祭典這類文化活動的議論為探析對象。

自復興客家文化的聲浪於1980年代大量出現後，一些與客家事務相關的政府與民間單位如雨後春筍般相繼成立。尤其是2001年行政院客委會成立之後，政府資金的挹注更使客家語言與文化獲得發展。這股洪流使一些傳統客家節慶與客家元素在文創產業的創意行銷與包裝下，展開了新的面貌；同時，也讓向來隱形在都市中、不願表明身分的客家人如今也樂於表

---

[19]杜潘芳格，〈（我的）identity〉，《朝晴》（臺北：笠詩刊社，1990年3月），頁91。

達其族群身分與認同。根據邱昌泰在 2006 年所做的民意調查結果顯示，「客家族群比非客家族群更能主動表明自己族群身分」，其比例分別 43%與 25.3%。[20]而在這個重建族群認同的過程中，所需要的就是，如邱昌泰所言，「文化實作者（cultural makers），將族群所有的祖先淵源、文化特徵、歷史傳統、生活習慣、族群性格等行為上或客觀上的共同特徵加以有系統的整理，然後自認為屬於該族群性的一群人就從主觀上產生光榮感、喜愛感與歸屬感」。[21]這裡除了指出客觀條件與主觀認同之間的關聯，同時也點出了族群認同為一需要經過「有系統的整理」的建構過程，也需要「文化實作者」在其中扮演積極推動此形象與認同的角色。也就是說，必須透過一系列的文化「創造」與「操作／演練」的過程方能內化所謂的「客觀」條件（其實已不客觀），達到族群認同的效果。

　　就客家族群而言，建構上述所謂「行為上或客觀上的共同特徵」，進而形成主觀的認同，卻不是輕而易舉之事。尤其是客家人在血統上或外表上並未有明顯區別於臺灣其他族群的共同特徵，而行為上的共同特徵，因長期與其他族群混居，加上主流政治與文化權力的長期干預，也消抹了一些特有的客家行為。此外，除客家聚落外，大部分的客家人散居於都會中，加上不同的遷移路線、歷史發展，造成國籍或是政治認同上的差異。由客家「文化實作者」建立客家族群認同的任務，在早期是由民間發起，且大多建立在民間信仰、歌謠與神話的傳統上。而客委會的成立，則是在此民間自我意識的基礎上，予以強化與推展。換句話說，傳統上客家族群是藉由實質行動和參與客家節慶而產生共同族群意識，但到後來這些已擴展成更具意識滲透力的媒體與網路行銷。如 2009 年由行政院客委會所規畫的「客庄十二大節慶」即在行銷客家庄之觀光產業。其中，除了較具跨族群性的客家桐花季成為一項全民觀光活動，另一項較受關注與矚目的即為傳

---

[20]丘昌泰，〈臺灣客家的社團參與和族群認同〉，收於江明修、丘昌泰編《客家族群與文化再現》（臺北：智勝文化公司，2009 年 5 月），頁 20。
[21]同前註，頁 17。

統與歷史義涵最深遠的義民祭與收冬戲（或稱平安戲）。這兩個節慶活動是客家人早期「凝眾我族意識」與自我認同的主要祭典活動，透過實質的參與行為，每年依慣例重複操演而培養出族群認同。現今，政府也加入了「文化實作者」的工作行列，進一步鞏固了族群的認同感，讓這些祭典活動成為高知名度的觀光活動。在置入了觀光與娛樂的價值加以行銷後，確實增加了其能見度，使其成為一個跨族群的活動，同時也讓非客家人對客家意象產生了符號連結，成為客家文化的集體象徵資本，但是同時也產生了一些疑問。雖然在其行銷策略中仍著眼於傳統與歷史淵源，並以文字與意象的方式呈現其原始的文化義涵，然而這些成分似乎在喧嘩聲中被掩蓋了，或是成為無聊、例行的活動前奏，進而減弱了其歷史的事實性與意義。這即是班雅明（Walter Benjamin）在其關於後現代的論述中揭示的後現代資本主所造成的隱憂。

班雅明認為在後現代資本主義與媒體的操弄之下，對於藝術品（the work of art）的不斷重複製造與仿製使其失去了藝術光環（aura）。失去光環的主因是時間與空間的移轉，導致傳統的灰飛煙滅，而原本依賴傳統儀式（ritual）產生意義的藝術品也就無法繼續擁有這歷史的光環。但班雅明同時亦闡明，從另一個角度來看，複製讓藝術品不用再附庸於儀式，也不用再自傳統中擷取其意義與內容，此時對於真實性（authenticity）的追求亦失去了意義；而當真實性不再是問題時，藝術品的功能就不再是建立在儀式的基礎上，而是建立在政治的基礎上。[22]這個對於藝術品在資本主義下被大量製造的分析，為現今的客家節慶文化與祭典活動亦提供了一個解讀觀點。在客家慶典活動（如義民祭和收冬戲）由單純的兩三天活動擴展為一週甚至是一個月的活動時，時間的拉長可視為一種複製的過程，活動本身也產生了質變，即由原來的忙中偷閒以聯絡感情、活動結束後不久將再投入勞動的族群生活中抽離，轉變成如今活動本身即成為勞動產業的一部

---

[22]Walter Benjamin, *Illuminations* (Berlin: Schocken, 1969), p.221.

分，希望透過這個「休閒」活動，創造觀光產值、利潤、甚至是工作機會。同時，此文化活動也由以往的對內凝聚共識，建立族群內的認同，轉變成傳播／散播這個認同的符號，建立起個人對客家族群的「認同」。但從另一個角度來看，也正因為擺脫了這傳統歷史的負擔，這些祭典活動也才能在新的時空中獲得新的意義，這時原本的意義也就不是那麼重要了，反而能切合當前的需求方為重點，尤其是政治方面的需求──即客家族群企求在主流文化中提高其能見度並獲得發聲機會需求。

　　而在政治與媒體操控下所建立起的客家族群共同特徵與符號，並不是一綱至上的，間或質疑與抗爭亦時有所聞。究竟這「共同特徵」與「共同符號」是否為自圓其說或謊言，或是提供了一個認同的基礎，這正是杜潘芳格的一些客語詩中所要批判的。早在〈紙人〉這首詩中，杜潘芳格就表現出其對傳統客家論的批判：

> 地上到處都係紙人，
> 秋風一吹來，搖過來搖過去。
> 佢毋係紙人，
> 因為，佢个身體就係器皿，
> 佢个心就係神个殿，
> 佢个頭腦充滿了天賜个啟示。
> 佢有力量，佢有能力。
> 紙人充滿了臺灣島上，
> 佢尋，佢到處去尋，
> 像佢共樣个真人。[23]

這首詩和另一首詩〈到个時揭个旗無根就無旗〉相同，均表現作者在歷經

---

[23]劉維瑛編，《杜潘芳格集》，頁 50。

島上政治變遷之後的感慨：臺灣人有如紙人，是空有軀殼而無內心或頭腦，在如秋風般的主導政權吹襲下，搖擺不定，隨著風向改變身體的方向。作者雖知道周圍都是紙人，隨著政治的風向而改變信仰，但也無奈，畢竟「大論述」與大時代是無可抗拒的，但在形單影孤的情況下，作者仍是堅持作個「真人」，有力氣及頭腦，有膽識及知識，能堅持自己的信念及思想，並企圖尋找其他「真人」。雖說這首詩裡帶有作者本身的宗教信仰觀念，而弱化了詩中的政治批判義涵，但也正因如此，也將這首詩感性化，柔軟了作者的語氣，而這也是作者一徑的寫作風格：以冷靜沉穩的態度提出批判。這個態度在〈中元節〉詩中亦可見一斑：

> 你，
> 歡喜在个紛雜个人群知背
> 追求「唔記得你自家係嚒儕。」
>
> 倕，在人群知背
> 越來就越清楚
> 倕係孤獨心蕉人。
> 貢獻畀中元節祭典中个大豬公
> 打開大大个嘴，含一隻「甘願」
>
> 不論脈个時節
> 畀佢含「甘願」个
> 就係倕，沒就係你。[24]

這首詩使用了客語口語中的使用習慣，如「倕」為「我」，「知背」為「裡面」，「越來越清楚」在口語中為「越來就越清楚」，而「不是你，就是我」

<hr>

[24] 劉維瑛編，《杜潘芳格集》，頁 57。

則為「就係𠊎，沒就係你」。同時，詩中也點出了個人在人群中追求「忘了我是誰」的傾向，而這也是在建立族群認同時不可避免的過程。作者深知唯有忽略本我和他者的差異性，積極尋找與「人群」的共同特徵，方能「凝聚共識」。但作者明顯地在對人群的認同、對大豬公的認同，與對「真我」的追求中搖擺不定。一方面，作者認知到自身的孤單寂寞（孤獨心蕉人），無法在「紙人群」中找到同樣的「真人」，在無法認同於「紙人群」的同時，作者的認同的對象又轉向了祭典中口含「甘願」的大豬公，並口風一轉，加入「不論脈个時節」（無論什麼時候），使大豬公的象徵衍生為以「甘願」、吃苦耐勞為其共同性格特徵的客家族群。而究竟是什麼造成這個共同性格，讓客家族群總是逆來順受、拿吃苦當吃補呢？這個共犯結構的範圍不只包含屈服於主流霸權下的「紙人」，迎風搖擺，同時也包含了冷眼旁觀，孤立於紙人之外的「我」。

　　上述「冷眼旁觀」的態度在另一首詩〈平安戲〉中有更細膩的描寫：

年年都係太平年，年年都作平安戲，
就曉得順從个平安人，就曉得忍耐个平安人，
圍著戲棚下，看平安戲。

个係你兜儕肯佢作个呵！

儘多儘多个平安人
情願嚙菜餔根
Ｋ甘蔗含李仔鹹
保持一條佢个老命
看，平安戲。[25]

---

[25]劉維瑛編，《杜潘芳格集》，頁88。

　　平安戲即為收冬戲，和義民祭（即客家中元節）相同，為客庄十二大
節慶中之一，亦是作者故鄉一年裡主要的重頭戲。身為地方鄉紳家族的一
分子，作者對於慶典的進行亦留下了深刻印象。但身處傳統慶典的行列
中，作者道出的卻是她的不耐與不平之鳴：「年年都係太平年，年年都作平
安戲，就曉得順從个平安人，就曉得忍耐个平安人」。此詩中批判了一般客
家人為了安身立命，「保持一條佢个老命」看平安戲，而「情願囓菜舖根，
啃甘蔗含李仔鹹」，不知或不願道破其困境之根源。在這極為口語但也極為
傳神的首行裡，作者表達了不同於客家主流文化對於客家傳統節慶的詮
釋。在一般人眼裡的客家節慶，像是中元節和收冬戲，除了具備祭鬼酬神
的功用外，也是客家族群凝聚共識的機會。正如另一位客家女詩人利玉芳
在〈還福〉這首詩中所言，收冬戲的演出是為了：

　　　收冬時節
　　　達到願望也好
　　　得著平安也好
　　　求來个福　愛還
　　　……
　　　灶下傳來廚味百香
　　　甜粄發粄龜粄三牲
　　　借春天一拖盤个福氣
　　　收冬就愛做一棚戲還給大地[26]

由此詩可知，每年的收冬戲是客家庄裡一個約定成俗的習慣（習俗），在客
家人的認知裡收冬戲代表「惜福」與「還願」。而弔詭的是，收錄利玉芳這
首詩的選集，名為《收冬戲：客家詩與歌交會的慶典》，也同時收錄了杜潘

---

[26]利玉芳，〈還福〉，黃子堯編《收冬戲：客家詩與歌交會的慶典》（臺北：寶島客家廣播電臺，
　2001 年 12 月），頁 28。

芳格的一些詩作，包括〈子宮〉、〈有光在該位个的時節〉及〈含笑花〉；但是杜潘芳格這首明顯名為〈平安戲〉的詩作卻未獲選入。由此可見，編者亦深知此詩與整本選集的意識形態有所衝突，其他選詩均歌頌或記載傳統客家美德以及風土人情，而杜潘芳格有關平安戲或是中元普渡的詩卻和這些詩有著明顯的對比，甚至是反其道而行。作者大肆批判這些看似歡樂的場景有如大論述的收編機制，透過安逸與「惜福」、「還願」的心理轉換機制，削弱了客家人對於本身困境與劣境的反抗意識，而僅想苟活得以每年看一場平安戲，並慶幸著自身能倖存，得以享受平安戲的犒賞。這時，看平安戲的觀眾和中元節含著「甘願」的大豬公可說是畫上了等線，看官們渾然不知自己是一個在客家大論述底下的「犧牲」品。

　　若由這個觀點延伸，也可以看出杜潘芳格的客家詩與其他客家詩人的作品在主題與內容上的差異。〈子宮〉、〈有光在該位个的時節〉及〈含笑花〉這三首詩與選集中其他詩作沒有直接的關聯性，將其放在這本詩選集裡顯得格格不入，詩的內容與書名亦不見有何相關，頂多只能說是以客語寫的詩，但其客語詞彙卻又比其他作品明顯少很多。這個情形可以進一步引申到杜潘芳格的詩作和整個客家現代詩的關係。因杜潘芳格為最早從事客家現代詩創作者，因應當時政治發聲的迫切需要，杜潘芳格的詩作關切的重點並不在於宣揚客家美德與客家精神，畢竟其家人包括作者本身可說是這客家美德與精神的受害者。[27]除了基督教思想以外，其詩作中最常表達的主題即是對故鄉風土的思念以及對於臺灣政治的感想，這相當符合當時1980年代末期及其後對於鄉土與方言的關注。作者這些帶有政治評論意味的詩，其論述方式多以感性加上理性的論述方式，平鋪直敘道出心中感受

[27]在和莊紫蓉的訪談中，杜潘芳格曾提及在小時候父親在日治時期因其曾赴日本受教育而為日本統治者賞識與重用，但父親因不認同於日本人卻又必須忍氣吞聲在其麾下工作，故脾氣暴躁，每每回家即毆打、責罵妻子作為發洩的管道，而妻子也是不吭聲地忍耐了下來。這對身為長女的杜潘芳格來說，一方面是客家人「硬頸」精神的負面表現，一方面也讓作者對於女性在傳統客家社會中的卑微地位感到不平。莊紫蓉，〈痛苦的救贖：宗教與文學〉，「臺灣文學家訪談錄」，（來源：http://www.twcenter.org.tw/b01/b01_7101.htm，2014年3月10日）。

與哲理，而非一般的藉景或藉物來表情說理。這種透過散文詩直接描述，並間或融入哲理的寫作手法，可說是作者所特有的。而這個特殊性卻也令作者的作品往往和一些以描述傳統客家風土民情的作品之間存在著很大的差異。

當代在建構所謂客家認同的過程中，對於客家風土民情的描述成為其中一個重要的建構要素。如黃恆秋在《臺灣客家文學史概論》中即指出客家文學研究的未來面向有三個重點工作，其中之一即為「從民俗出發：客家風土民情的表現。」其意即指需從文化功能學派的觀點，研究客家文學作品中展現的風土民情，以了解客家族群如何在獨特的生活和社會系統下，「形成並發展了自身的文化個性」。[28]這裡所謂在獨特的環境下，所發展出的文化特性仍無法脫離一般對於「客家風土民情」的描述與詮釋，重複強調客家族群在不斷遷徙的逆境中，所發展的毅力與吃苦耐勞的精神，但杜潘芳格在其詩中所要批判的正是這逆來順受的精神。

五、結論：認同與批判之間的兩難、契機與挑戰

在此總結上述兩部分的論述。杜潘芳格的客家詩中，呈現了認同與批判之間的兩難，但也展現了其中的契機與挑戰。在族群認同上，杜潘芳格完全認同其客家人的血緣傳承，並分享了客家族群振興母語的共識。因此，在文學創作上，杜潘芳格極力追求接近客語，充分利用在客家語言與文化中「浸潤」（immersion）的優勢，尋求以漢字貼近客語、重現客語，並以客語詩的創作展現客語的（後）現代性。如上所述，作者在詩中重現客家語文時，也同時為客家口語找到了另一種（alternative）書寫的方式，讓客語跨界，與漢語重疊、交匯。這個重疊與交匯所創造出的書寫空間既屬於客語、亦屬於漢語，並且能夠在移植後發展出新的語言與義涵，透過語言的變異與轉換為其創造生機。這種變異在一些評論者眼中或為不成熟

---

[28]黃恆秋，《臺灣客家文學史概論》（臺北：客家臺灣文史工作室，1998 年 6 月），頁 217。

或不純的表現，但仍是杜潘芳格所構思出的一種「翻譯」方式，而這種翻譯方式需要的是對客家語言文化的浸潤，但同時亦對其保持距離。另一方面，即使充分認知振興客家語言文化的重要性，杜潘芳格並未一味謳歌客家傳統文化或風土民情的歷史光環與光榮。在凝聚族群意識的慶典活動中，杜潘芳格雖身處慶典之氛圍中，仍保有其知識分子特有的距離與洞見，指出在一般傳統客家論述中的共犯結構，甚至連其自身亦難免其責。

參考資料

（一）專書

・女鯨詩社編，《震鯨──九二一大地震二週年紀念詩專輯》（臺北：書林出版公司，2001 年 9 月）。

・江明修、丘昌泰編，《客家族群與文化再現》（臺北：智勝文化公司，2009 年 5 月）。

・杜潘芳格，《慶壽》（臺北：笠詩刊社，1977 年 3 月）。

・杜潘芳格，《朝晴》（臺北：笠詩刊社，1990 年 3 月）。

・莫渝，《臺灣詩人群像》（臺北：秀威資訊科技公司，2007 年 5 月）。

・黃子堯編，《收冬戲：客家詩與歌交會的慶典》（臺北：寶島客家廣播電臺，2001 年 12 月）。

・黃恆秋，《臺灣客家文學史概論》（臺北：客家臺灣文史工作室，1998 年 6 月）。

・劉維瑛編，《杜潘芳格集》（臺南：國立臺灣文學館，2009 年 7 月）。

・Jacques Derrida, *The Earth of the Other: Otobiography, Transference, Translation: Texts and Discussions with Jacques* Derrida. Ed. Christie V. Mc Donald. Trans. Peggy Kamuf (New York: Schocken, 1985).

・Marsha Cutter, *Lost and Found in Translation: Contemporary Ethnic American Writing and the Politics of Language Diversity* (NC: The University of North Carolina Press, 2005).

・Marvin Harris, *The Rise of Anthropological Theory: A History of Theories of Culture* (New York: AltaMira Press, 2001).

・Salman Rushdie, *Imaginary Homelands: Essays and Criticism, 1981-1991* (London: Granta,

1991).

· Walter Benjamin, *Illuminations* (Berlin: Schocken, 1969).

（二）論文

· 曾巧雲，〈從腦譯到殖民地經驗的再翻譯──初探跨語世代的後殖民翻譯〉，《臺灣文學研究學報》第 12 期（2011 年 4 月），頁 135～162。

（三）雜誌文章

· 吳達芸，〈變色龍的性別為何？──女詩人杜潘芳格研究〉，《成功大學校刊》第 194 期（2000 年 8 月），頁 25～37。

· 李敏勇，〈杜潘芳格：一株會開花的女人樹〉，《人本教育札記》第 239 期（2009 年 5 月），頁 102～105。

· 杜潘芳格，〈虛構〉，《笠》第 146 期（1988 年 8 月），頁 24。

（四）電子媒體

· 莊紫蓉，〈痛苦的救贖：宗教與文學〉，「臺灣文學家訪談錄」，（來源：http://www.twcenter.org.tw/b01/b01_7101.htm，2014 年 3 月 10 日）

· 鍾肇政，〈日語·華語·母語──談《青鳳蘭波》客語詩集〉，（來源：http://literature.ihakka.net/hakka/author/zhong_zhao_zheng/zhao_composition/zhao_onlin/essay/essay_13.htm，2014 年 3 月 10 日）。

· 羅肇錦，〈臺灣饒平、大埔、詔安客語辭典編輯說明〉，（來源：http://www.hakka.gov.tw/ct.asp?xItem=42473&ctNode=1754&mp=1722&ps，行政院客家委員會網頁，2014 年 3 月 10 日）。

──選自《臺灣文學學報》第 24 期，2014 年 6 月

臺灣客語文學的女人樹

杜潘芳格及其客語詩

◎向陽[*]

一

2011 年秋天,《文訊》雜誌為臺北市文化局籌畫中的「閱讀華文臺北——華文文學資訊平臺」約集作家朗讀作品並錄影,當時我選了收在《向陽詩選:一九七四——一九九六》(臺北:洪範書店,1999 年 8 月)的序〈折若木以拂日〉做為朗讀文本。紀州庵二樓,我在攝影機前逐字朗讀這篇文章:

> 我看到我的生命,在歲月沉埋的甬道中,由浪漫、華美、典麗,折若木以拂日,向著當代、臺灣、土地,九死而不悔。但這也使我難免寂寞悲涼,在黑幕沉旬、人聲沉澱的夜裡,我的叩問,似乎很難期待回聲。在非詩的年代中,我執意於螢火稀微,用著暗啞的嗽聲呼喊土地,是否真能被聽見呢。

唸到文末「是否真能被聽見呢」時,我心裡忽然浮現了前輩詩人杜潘芳格女史的臉顏,想到這篇文章發表後她寄來的賀卡,以及賀卡中熱情回應我這句話的溫馨。

1998 年夏天,洪範出版社葉步榮先生打電話給我,說詩人楊牧囑洪範

---

[*]本名林淇瀁,詩人。發表文章時為臺北教育大學臺灣文化研究所副教授,現為臺北教育大學臺灣文化研究所教授。

出版我的詩選，希望我精選詩作交他處理。能在洪範出版詩集，對我來說，是莫大榮幸，敢不從命？這年 12 月我將詩選交出，也為該書寫了序文〈折若木以拂日〉，交代我自 1974 年發表詩作以來的心路歷程；我另寄一份給《聯合》副刊主編瘂弦先生，沒多久就被發表了。

序文在《聯合》副刊發表後數日，我接到杜潘芳格女史從中壢寄來的賀年卡，賀卡上她以娟秀的字跡寫著：

向陽！！

看了你的〈折若木以拂日〉了，我的中文能力很差……，但還會感覺，你的興奮。我自己也想去和我的人生，自十多歲到現在的種種大事，打滾翻轉。哈哈哈，探索我的生命，和你一樣。期待《向陽詩選》。

代表臺灣的，43 歲的你！！

73 歲的我。家庭主婦／客家詩人。

祝福

1999 年元旦

杜潘芳格　賀

看著前輩詩人給我的這封賀卡，不覺莞爾。信上「哈哈哈」三個字，顯現了一個老詩人的童心，自嘲中兼有認真，尤其下接「我的生命，和你一樣」句，意味著她對詩的執著和生命感可不輸給我呢；「43 歲的你」對比於「73 歲的我」就有 40 年歲差，算來如今的杜潘女史也已是米壽之年了。

但最讓我感動的是，這位跨越日治、民國年代的前輩詩人，儘管自認「中文很差」，還讀出了我即將由洪範出版詩選的興奮。我們都寫詩，都在一個不讀詩的年代奮力以詩的語言想喚醒臺灣，我以臺語，她以更少人閱讀的客語寫詩，寫在暗夜中，等有緣的人來讀。

看著這封賀卡上的字句，我彷彿看到杜潘芳格女史從流利的日文書

寫，轉入中文學習的頓挫、迷茫，以及此後又從仍然難以駕馭的中文書寫，轉入客語書寫的喜悅和驕傲——家庭主婦、客家詩人的杜潘芳格女史，以客語詩的創作扭轉了她被兩個年代、兩種語文耍弄的命運，也為臺灣客家文學開創了新的園圃。

二

我與杜潘芳格女史初識於何時，如今已無印象，因為詩而相識則是確鑿的。她於 1965 年加入笠詩社，但直到 1977 年出版中文和日文新詩合集《慶壽》之後，才真正受到詩壇注目，這時她已經 50 歲；1979 年她的詩被收入《笠》創刊 15 年同仁詩選《美麗島詩集》（臺北：笠詩社），才確立了她在詩壇的位置。我與她認識，應該是在我主編《自立》副刊時期，以編者和作家的關係，有了互動。見面則是在本土詩人聚會之中，她總是鼓勵我要持續臺語詩寫作，說我寫的〈阿爹的飯包〉是讓她掉過眼淚的詩。

其實，她的詩更令我動容，早期寫的〈相思樹〉以「雅靜卻華美，開小小的黃花蕾」的相思樹為書寫對象，呈現臺灣常見的風土之美之外，還通過女性的視角，看到白色燈塔之後、青色山脈的相思樹林的雅靜，詩的末段神來一筆：

> 或許我的子孫也將會被你迷住吧
> 像今天，我再三再四地看著你。
> 我也是
> 誕生在島上的
> 一棵女人樹。

就把她身為臺灣女性的堅強和相思樹的雅靜連於一體，成了自況之作。但這首詩除了是以物喻己的詠物詩之外，實則還寫出了臺灣女性的形象：「開小小黃花蕾的相思樹」，隱喻少女的雅靜而華美；「誕生在島上的一棵女人

樹」，則轉喻已經走過人生行路的臺灣母親的堅強。

　　是的，雅靜而堅強，這就是我所認識的杜潘芳格女史。手頭上一張照片，是 1987 年臺灣筆會成立時所拍，杜潘女史挽著我，合照者還有鍾逸人、楊千鶴、彭瑞金。當時我還擔任副刊主編，在會場上見到杜潘芳格女史，她當天打扮得高雅大方，很高興地來參加臺灣筆會的大會，對她和同一年代的鍾逸人先生、以及遠從美國回臺的楊千鶴女史來說，臺灣作家終於有了自己的筆會，可以告別悲情，也算是揚眉吐氣了。她高興地挽著我，說：「向陽先生，未來的臺灣文壇要看你們這一批年輕人了。」即使對晚輩如我，還是以先生稱呼，這是走過日本年代的上一輩特有的禮節，但我確知，她之待我還有來自詩的親切。

　　1989 年 8 月，在時任臺灣筆會會長的鍾肇政先生率領下，我們一起到日本筑波大學參加張良澤教授主辦的「臺灣文學研究會筑波國際會議」。當時剛解嚴不久，臺灣文學研究仍不為學院所接受，張良澤教授以他對臺灣文學的熱愛，邀集美國、日本的學者以及臺灣作家，共聚於他任教的筑波大學，讓臺灣文學得以首次在國際舞臺發聲。就我記憶所及，來自美國的有時任北美臺灣文學研究會會長的小說家黃娟、楊千鶴、許達然、謝里法、洪銘水、陳芳明、林衡哲、張富美、胡民祥等；日本有下村作次郎、今里禎、黃英哲等；臺灣則有李敏勇、吳錦發、林宗源、林文義、黃樹根、杜潘芳格和我。當時杜潘芳格女史偕同夫婿杜慶壽醫師一起參與會議，兩人謙和有禮，在會議上發言不多，對於我們幾位來自臺灣的年輕作家則照顧有加。幾天同行，看到她與杜醫師兩人相互扶持，流露出的恩愛敬惜，也讓我印象深刻，她的第一本詩集何以名為《慶壽》，終於有了答案。

　　後來我才知道，杜慶壽先生曾於 1967 年 9 月因為一場車禍受傷，當時杜潘女史不斷為他禱告，祈求上帝讓杜先生好起來。是這樣的深情，讓她將自己的第一本詩集以先生的名字為名吧；這場災難，也使她體悟到生命的脆弱，積極地在客家地區傳播福音，並且在她的詩作中也呈現超越生死

的宗教觀。我注意到，同樣也在 1967 年，她寫的一首題為〈重生〉的短
詩：

> 黃色的絲帶
> 和
> 黑色絲帶。
>
> 我的死
> 以桃紅色柔軟的絲帶
> 打著蝴蝶結的
> 重生。

這首詩和杜慶壽先生的車禍受傷應有關聯。詩中以「黃色的絲帶」、「黑色
絲帶」和「桃紅色柔軟的絲帶」三個不同顏色的絲帶，象徵生離、死別和
愛，呈現人生必得面對的三道難題。杜潘女史以「重生」看待「我的死」，
因此要「以桃紅色柔軟的絲帶／打著蝴蝶結的／重生」來欣然赴約。這不
僅寫出了她對生命的深沉體驗，表現了她「持著死觀，超脫『死線』的意
象」的宗教觀念，也足以看出她的深情。

三

　　1990 年代之後，我因為生涯轉折，與杜潘芳格女史已較無機會碰面，
但仍然關心她的書寫。我看到她以客語寫詩，佳作甚多，如〈平安戲〉、
〈紙人〉、〈含笑花〉等詩作，都具有高度的藝術性。

　　杜潘芳格女史是最早投入客語現代詩創作的先行者（另一位則是黃恆
秋），她的客語詩集從 1990 年開始推出，先後有《朝晴》（臺北：笠詩刊
社，1990 年 3 月），收十首客語作品；《青鳳蘭波》（臺北：前衛出版社，
1993 年 11 月），均收客語作品，計 43 首；《芙蓉花的季節》（臺北：前衛

出版社，1997 年 3 月），收 14 首客語詩。我在翻閱這些詩集時，總會想到
1980 年代中期和她在筆會、在日本見面的種種畫面，以及 1991 年元旦她
寫給我的賀年卡上頭所署「家庭主婦／客家詩人」的自稱。

　　這自稱充滿自信，在家庭主婦的這一端，她一如相思樹開的花那般雅
靜華美；在客家詩人的這一端，她又態度篤定、思維細緻，且洋溢批判活
力，正如她在〈詩的教養──我對客語詩的創作觀〉一文中所說：

> 臺灣人啊！不要再懶惰下去。外來的言語你也可以修到這麼棒，那麼我
> 們自己的母語呢？努力，用功像一塊一塊的磚起出疊出高層建築般，實
> 實在在的日常生活裡講的母語用來思考，寫出來。言文一致，我寫我口
> 說的，我用我的母語思考、思想、思念、思維。

她用客語思考、思想、思念、思維的，一言以蔽之，就是要「起出疊出高
層建築般」的文學殿堂。她以身為臺灣作家為榮，以做為客家詩人為傲，
後半生脫離語言的束縛，回到最自在的喉舌，寫出動人的客語詩歌。這就
是了，一棵女人樹，杜潘芳格女史以她的客語詩，讓我們看到一棵女人樹
的的美麗和堅強。

──2012 年 12 月

──選自向陽《寫字年代──臺灣作家手稿故事》
臺北：九歌出版公司，2013 年 7 月

日常的興味

杜潘芳格詩中的生活美學

◎洪淑苓*

> 生命鐘告中午了，快快洗米，燒飯，快喲！！
> 棄掉黃朽腐爛的枯葉子，
> 選擇清嫩的青翠綠葉，
> 開火、炒菜、煮湯。
> 餵養你我有形的生命體。
>
> ——杜潘芳格，〈秋晨〉

　　杜潘芳格（1927～　）為臺灣女詩人中的前輩，具有跨語言寫作的背景，她的詩風以理性見長，相當有個人特色。關於杜潘芳格，已經有不少文章討論到她的作品，無論是本土關懷、現實批判、女性議題、語言風格等不同角度，評論者都有所關注與闡發，也已經有研究相當完整的學位論文。[1]

　　杜潘芳格為笠詩社的一員，笠詩社詩人的作品，普遍表現對日常生活的摹寫，對此類題材也掌握得很好，杜潘芳格的詩同樣具有這樣的特色。這類日常題材的書寫，類似於宋代詩歌趨於日常性，表現家庭生活和身邊

---

*發表文章時為臺灣大學中國文學系暨臺灣文學研究所合聘教授，現為臺灣大學中國文學系教授。

[1]譬如李元貞，〈詩思深刻迷人的女詩人——杜潘芳格〉，《青鳳蘭波》（臺北：前衛出版社，1993 年 11 月），頁 193～202；趙天儀，〈杜潘芳格詩作的位置與特徵〉，杜潘芳格，《青鳳蘭波》，頁 224～228；笠詩刊社 1992 年 1 月 10 日也舉辦過「悲情之繭——杜潘芳格作品研討會」，《青鳳蘭波》，頁 234～251；吳達芸，〈變色龍的性別為何？——女詩人杜潘芳格研究〉，《臺灣文藝》第 170 期（2000 年 6 月），頁 62～82；曾詩頻，〈站在天地接線上的一株女人樹——杜潘芳格作品主題研究〉，《中央大學中文所研究論文集刊》第 7 期（2001 年 6 月），頁 109～138。學位論文則有謝嘉薇，〈原鄉的呼喚——杜潘芳格詩作研究〉（臺北：淡江大學中文所碩士論文，2001 年 6 月）。

事物的體驗。也受到德、日文壇「新即物主義」的啟發：在態度上，採取主知的態度，企圖「在日常性的題材中發現新的認知視野，對現實中不合理的現象加以揭露和嘲諷」；在本質上，表現為「對於自然與現實中一切事物的體驗與關切，對人生的狀態或人類的命運加以形象化的藝術處理，以探究生命的意義及生死的本質」；在創作上，則是「以日常事物為對象，在語言表現上注重意義性，是直接的、凝視的、洞察的、思考的、探究的，而使用的散文，是簡潔樸素的、準確明晰的、直接冷峻的，而不是美言麗句的古典詩意的重複，不是浪漫情緒的直接傾訴和告白，也不是扭曲、空洞、晦澀、矯飾的文字遊戲」。[2]以這些特性來驗證杜潘芳格的作品，我們的確可以看到她對周遭事物的細心描繪，無論是花草樹木或是人情瑣事，她都以生動細膩的文字來刻畫；她對於生死的領悟，對於時間、空間的觀察與體認，更有著直觀、敏銳而獨特的表現。以下將從信仰、生死觀、生活體驗與倫理親情四個面向來探討。

一、虔誠的信仰

據所知，杜潘芳格是個基督徒，因此她的作品中有不少直接引用《聖經》的章節文字，也有以禱告、靈修為題材的作品。或者應該說，當她在看命運與人生、詮釋整個宇宙生命時，都和所信仰的「神」有密切的關聯。

譬如〈讚美〉，以「主，我大聲讚美您」來開頭與結束，篇中「永生的喜悅」、「神與我同在」、「真、善、美的極致」等語，都很能顯現身為基督徒的特點。又如〈禮拜〉，此詩共有五段：

---

[2]笠詩社詩人對日常生活題材的掌握與表現，杜國清曾以「新即物主義」的角度，介紹這類書寫的源流與特色。新即物主義在 1920 年代初在德國藝術界興起，中後期傳到日本詩壇；1960 年代經笠詩社陳千武、杜國清等人間接引進臺灣詩壇，形成笠詩社的主要詩論。杜國清為臺灣的新即物主義歸納六個特徵，除本文正文所引的三個之外，尚有：新即物主義與超現實主義的對照性；新即物主義又兼具「新現實主義」與「魔術現實主義」的雙重性格；新即物主義假借物象來抒發個人感受，介入社會的變動以及對時代的批判。笠詩社與新即物主義的關聯，經杜國清提出後，受到其他學者注意與回應，也為笠詩社的集體風格寫下一個重要的注腳。參見陳俊榮，〈杜國清的新即物主義論〉，《學院作家學術研討會論文集》（臺北：國立臺北教育大學，2007 年 9 月），頁 34～47，引文見頁 42。

主啊

人是什麼？

絕望於語言的表明

毫無鹹味的淚是

聖靈的感動。

慈愛，慈悲。

托身於柔和的讚美

飛翔天空吧

乘在很大，很大的堅強的羽翼，

疊起羽翼溫柔地擁抱我啊，

誘導入平安的憩息

感謝和感激，

呼吸在永恆中，

多麼藍而高而廣大的

天空啊！[3]

在這裡我們看到一個教徒的禮拜禱告之語，以虔誠的心呼喚神靈，這份感動超越了語言，只能以「毫無鹹味的淚」表達感動。我們常說淚水是略帶鹹味的，但這裡卻說是「毫無鹹味」，應是指純粹的感動，不同於一般世俗的眼淚。[4]

---

[3] 杜潘芳格，〈禮拜〉，《淮山完海》（臺北：笠詩刊社，1986 年 2 月），頁 12～13。

[4] 有關杜潘芳格對基督信仰的虔誠態度，劉維瑛指出：「在杜潘芳格詩作中的禱告默想，不是僵硬地自說自話，也是茫無目標的靜坐，而是在創作的發端，尋求精神的寧適，安安靜靜地憩息，並面對自己。禱告默想，不但是沉靜自己心靈的方式，更是轉向上帝，領會、接受上帝的『知』，一種不同於現今理性、科學、工具性的『知』，⋯⋯透過禱告默想，杜潘芳格進入了基督的歷史，被釘十字架、復活等福音信息，使她的詩充滿基督教的情感，加上她默想禱告的平實文字，將她經歷基督的得勝，形諸於詩，更為她生命建造感性十足的內在空間。」劉維瑛〈流向奶與蜜之地的詩

　　除了禮讚，省思、懺悔也是重要的心靈活動，因此我們也可看到像
〈花與蘋果〉，借用《聖經・創世紀》第四章「該隱」與「亞伯」的故事，
省思憤怒、嫉妒的情緒，認為那是一種罪惡，需要誠懇地道歉與寬恕。詩
中雖未明言觸動憤怒嫉妒的原因，但也許是指一次離別事件中，兩人因小
事而齟齬，反而忽視了對方的真情真意；因為一時的任性，而激起憤怒、
嫉妒的情緒，事後平靜下來，才感到懊悔。在詩中，杜潘芳格認為死別、
重病都是不可抗力的，又何必急於嘗受「生的分離」的苦痛？換言之，不
該在有限的共處時光中，還要憤怒、嫉妒，形成雙方的隔閡。詩中的句
子，如：「是怎樣的罪惡，憤怒又嫉妒的罪惡嗎？」、「受過洗禮就不再犯罪
應能是不再犯罪／可是被憤怒的惡魔纏住著，不平安」、「志向聖潔　而摘
取了邪淫之芽」、「憤怒就是罪惡」等，尤其第十段「終於吃不到蘋果只／
買到花的我／不看電視　只跟著聖書和祈禱生活／卻也會被憤怒的火燒
傷」，都很能呈現個中懺悔的心情。而詩題「花與蘋果」也就是試圖以一盆
鮮花代表心中的懺悔，所以有「把花插好／而誠懇地抑壓憤怒道歉吧」的
句子；又以蘋果代表美好平和的時光，因此在最後四段是這樣寫的：

> 審判同於感受
> 厭惡延續著生的分離
> 只有寬恕才能統治罪惡
> 薔薇和卡特利亞的花蕾
> 在秋陽裡逐漸綻開
>
> 死別是無可避免的人間世
> 何必表演生的分離？
>
> 審判　經過了批判

徑──論杜潘芳格詩作中的宗教情懷〉，《遠走到她方：臺灣當代女性文學論集》（臺北：女書文化
公司，2010 年 10 月），頁 234～265。

　　寬恕　治理了憤怒

　　再一次去買
　　蘋果　到街上的日子
　　是什麼時候？[5]

　　然而必須指出的是，詩人的洞見不僅在個人信仰的虔誠，而是能夠由此開展對人類整體命運的省思。杜潘芳格以基督徒的身分，藉由詩歌作品表達對耶穌真主的信仰，固然形成她作品中的一大特色，但我們若仔細推敲，就會了解，「信仰」本身就是一種態度，無關乎信的是什麼教派，即使是文學、藝術，創作、勞動，都可能是一個人的「信仰」。一個沒有「信仰」的人，他的內心是空洞的、盲目的，他沒有立足點，對這個世界沒有終極關懷，這樣的人生，可說乏味、可悲。杜潘芳格的「信仰」，不只展現在對基督教義的服從與頌讚，有些作品，縱以「神」為名義，但因為作品內容的廣度與深度，也可以視為人類命運以及生命本質的關懷。譬如〈神〉一開始質疑：「是神，把命運給了每一個人？／否則，／是每個人自己，／才能改變人們的命運。」但有鑑於世上這麼多苦痛與災難，這麼多受疾病折磨、在死的邊緣掙扎的人，杜潘芳格也不禁問：「在人們祈禱的時候，／神啊您能夠傾聽嗎？」最後的八行，尤其可看出對世人普遍的關懷與祝禱：

　　神啊！
　　您為什麼創造它？
　　您為什麼？
　　　創造它又摧毀它。
　　神啊！

---

[5] 杜潘芳格，〈花與蘋果〉，《淮山完海》，頁 74～77。

　　您能聽見我的祈禱嗎？
　　如果您能聽到人們的祈禱，
　　　請您幫助他們。[6]

　　這裡的「神」，固然是杜潘芳格信奉的神（耶穌），但我們也不妨擴而大之，就是對抽象的、普遍的「神」的呼喚，請求「神」可以聽到吾人的祈禱，拯救、渡化受苦受難的人們。這首詩所表達的，對世間苦難的悲憫之情是具有普世標準的，不只是某一個宗教。即使是像〈謙虛的小鳥〉在詩末說：「在那歌聲裡／聽見了／讚美創造萬物之主宰，榮光神。」很明顯是屬於基督徒的語彙，但是全篇所流露的謙虛、感恩的情感，仍然可以打動非教徒的心。

　　〈謙虛的小鳥〉是以黃昏來臨，小鳥各自歸巢為起點，描述小鳥在黑夜裡祈禱、省思：「誰也無法知曉明天的事兒／因濃霧　遇車禍而遽然逝世的／因地震　被瓦礫壓在下面而逝世的／因搭飛機　在天空同機撒手塵寰的」──這類的體認，在佛教「人生無常」、道家「禍福相倚」等觀念中也是經常出現的；而夜雨驟臨，小鳥震驚害怕，直到黎明乍現，小鳥才雀躍飛翔，「為今朝欣獲新生命的喜悅，盡力地大聲唱歌」，這感恩、惜福的心情，與諸多宗教、哲學的理念也是相通的。[7]因為有這個相通之處，一般讀者才能了解杜潘芳格詩作中的思想，與之共鳴。

　　尚可注意的是，對於神的信仰，杜潘芳格常以崇高的「天」來代表。譬如前引〈禮拜〉詩中，「飛翔天空吧」、「多麼藍而高而廣大的／天空啊！」等語，已經點出了對至高無上、廣漠無邊的天，有著崇敬、景仰的心理，另一首〈天〉表達得更為清晰，全篇凡四段：

　　無邊際的廣闊

[6]杜潘芳格，〈神〉，《淮山完海》，頁 68～70。
[7]杜潘芳格，〈謙虛的小島〉，《淮山完海》，頁 32～34。

> 無底的深奧
> 抓也抓不住的天
>
> 那是釋迦牟尼的天
> 那是所羅門王的天
>
> 難耐，肉體重量的浮雲
> 仍然，被允許幾顆星星在此閃爍的天。
>
> 藍藍而無底，抓也抓不到
> 但，仍然，存在的天喲。[8]

　　這個天，不是特定的天，可以是釋迦牟尼的，可以是所羅門王的，當然也可以是穆罕默德、耶和華的天，神祕、深奧，若近若遠，但「仍然存在的天」，就是宗教裡最高的境界，使人嚮往、崇敬。

　　杜潘芳格名作〈信仰〉，屢屢被女性主義者拿來討論，因為詩的前五句分別以奶罩、乳房、內衣、肚皮、頭髮等意象呈現，和女性身體有密切關係；[9]但是我們試著以其本題「信仰」來看，這裡的信仰，就是要尋求永恆的生命，因此必須看破生死、名利，肉身終將回歸大地，而心靈與靈魂飛向生前信念的方向去。詩末以「但丁的神曲啊」作結，又以括弧寫著：「信就是所望之事的實底，是未見之事的確據」，可見「信」、「信仰」在她的思想中占著多麼重要的位置。而這是由她自身的基督教信仰出發，推及所有普遍的人生信仰，以虔誠、謙虛、悲憫的態度，體察這世間的一切，並回觀生命的本質，〈信仰〉一詩恰恰印證她對「信仰」二字的堅持，其實也就得自於「尋求永恆的生命」的理念。[10]「信仰」的力量形成了「所望之事的

---

[8]杜潘芳格，〈天〉，《淮山完海》，頁55。
[9]李元貞，《女性詩學──臺灣現代女詩人集體研究》（臺北：女書文化公司，2000年11月），頁173〜174。
[10]杜潘芳格，〈信仰〉，《淮山完海》，頁22〜23。

實底,未見之事的確據」,因為有所「信仰」,所以我們才看到她對各種事物的好奇與觀察,並且以禮拜、讚美,也以詩的形式,用文字建構她所期盼的世界。

二、通達的生死觀

杜潘芳格曾說:「我的生觀就是死觀。死也不悔,不把今天的善惡帶過明天。……因此持著死觀,超脫死線的意象。」[11]這個獨特的「死觀」很有「方死方生」的意味,所以不帶有悲情,反而積極勇敢地面對「死」。以下從兩個面向觀察她獨特的生死觀念。

(一)藉親人之死表達「死即重生」的觀念

從杜潘芳格幾首關於父親的死亡、喪禮等作品看,對於親人的死,杜潘芳格並不是以哀戚逾恆的態度來書寫,反而是以歡喜的心情,期待與往生者的再會之期。這或許也顯現了基督教信仰——在天國相會的思想,但無論如何都顯示她對死亡的達觀看法。尤其令人激賞的是,她用鮮明的桃紅色意象來譬喻死亡。〈桃紅色的死〉、〈重生〉兩首都以此為喻,前者敘述父親之死,對人死後的世界有著清晰而堅定的認知,那是「世外新世界」,也是「神的起點」、「生命的根源」;詩最後的兩句更坦然地說:

> 以桃紅色柔軟的絲帶,打著蝴蝶結的我底死。
>
> 可再遇見慈祥父親的,高興時刻。[12]

在大多數詩人筆下,死亡的意象總是與黑色聯結,不然也該是白色。桃紅色在傳統社會代表喜慶,也往往和愛情事物結合;質言之,桃紅色是甜美、嬌豔,充滿活力,也帶著誘惑,加上蝴蝶結的意象,簡直是個浪漫的禮物——而它包裝的竟是晦澀沉重的「死亡」!這個蝴蝶結不是「死」

---

[11]陳千武,〈臺灣女詩人的詩〉,《青鳳蘭波》,頁232~233。
[12]杜潘芳格,〈桃紅色的死〉,《淮山完海》,頁25~27。

結，也不是「活」結，而是超越生死、美麗浪漫的結。它充分展現杜潘芳格的才華創意，剎那間就攫獲我們的目光，有著驚心動魄、熱情澆灌的心理效果。後者〈重生〉，篇幅短，共兩段七行，但衝擊性更大：

　　黃色的絲帶
　　和
　　黑色的絲帶。

　　我的死，
　　以桃紅色柔軟的絲帶
　　打著蝴蝶結的
　　重生。[13]

〈重生〉和〈桃紅色的死〉兩首詩在意象使用上似乎有著某些相同度，但這裡以「重生」為題，可以說更生動地點出蝴蝶結的繫與解，蝴蝶結不只造型似蝴蝶而美，它的便利是可以繫得牢，又可以拆解；拆解的動作，和「重生」的意義之間確實有著巧妙的聯想。如果生命是上帝寄出的包裹，那麼打上蝴蝶結歸還原處，打開蝴蝶結，又是個新生的開始。這裡，黃色、黑色和桃紅色的絲帶，分別代表不同的死亡觀，黑色的晦澀沉重不必說，黃色也有明亮的視覺效果，但終不如桃紅色來得搶眼。而且這裡還特別描述「柔軟的」這樣的質感，把死亡到重生的轉化過程，形容得溫柔可人，而不是硬梆梆、扎手刺人的感覺。這份對「死」的喜悅之情，從〈在桑樹的彼方〉猶可得到印證，這首詩也是為父親而寫，想像父親在死後去了好地方。詩的開頭有很奇妙的比喻，把蛾張開翅膀的模樣形容是「像飛機一樣地停息著」；第二段獨立一行說「搬運亡逝的人的靈魂的，說是飛蛾呢」；接著，第三段說：

---

[13]杜潘芳格，〈重生〉，《遠千湖》（臺北：笠詩社，1990 年 3 月），頁 5。

在桑樹上的小枝上生滿了許多鋸齒狀邊緣的葉子，從那葉叢細細
的罅隙向遙遠的山嶺抬舉了眼。
看到天使們開朗地成群結隊在微笑裡，
爸爸，我也可以看到您的笑容，
死，是一點也不可怕的事吧，
是要去好的地方嘛。[14]

對於至親之人的死亡如此豁達看待，正可說明杜潘芳格對生死的透澈了解。雖然杜潘芳格也有以「悲」的態度來抒發對死亡的感覺，但整體來說，仍是接受死亡的存在，以正面的態度回應。譬如〈悲情之繭〉，如題所示，把人的一生解讀為絞盡全力奔赴死，像春蠶吐絲，把自己包裹起來，仿若「悲情之繭」。但這裡卻又透顯著幾許溫馨，而不是冰冷的感覺，更藉由身邊的小事物，傳達死亡並不可怕，反而是受到大自然的呵護，與自然同化：

跟隨一切生命的軌跡，
在不可計數的生命歷程之後，
如今，你我也正絞盡全力奔赴生命的彼端。

小小的蟲兒，細細的嫩草，
樹木、花蕾、鳥兒……
連吹拂浮雲的風也痛愛悲情之繭。
而將蔚藍的天空捲入白色的懷抱裡，
緊緊地擁著，用滋潤和藹的眼神和輕柔的
語言，
加以擦拭使天空明亮。[15]

---

[14]杜潘芳格，〈在桑樹的彼方〉，《朝晴》（臺北：笠詩刊社，1990 年 3 月），頁 10。

詩中的小蟲、嫩草、樹木、花蕾、鳥兒，甚至風，這些和煦可愛的大自然景象，莫不疼惜這悲情之繭，陪伴吾人的一生，也陪伴吾人奔向生命的彼端。因此死亡之路或許孤單，但並不寂寞，也毋須逃避，反而應該「絞盡全力奔赴生命的彼端」，這彷彿「視死如歸」，也可說是把死亡視為重生的開始。

（二）在柴米油鹽中提煉死與生的滋味

　　杜潘芳格也常藉日常生活的描寫表達對生死的看法。譬如〈問〉詩係以其穿梭於廚房與（其丈夫診所的）門診部之間，寫出了穿梭在生活、病患與死亡消息之間的心情。這首詩在在體現了日常生活中的哲理，把平凡的日常生活和生死大事搓揉在一起，提煉出複雜的人生滋味。試看其詩作：

> 在廚房裡，把一撮鹽巴撒在豆腐上──用我顫抖的手指，
> 用我朦朧的眼睛。
>
> 在，門診部
> 「安靜！」
> 正在給一個小孩病患治療的老醫師吼叫著。
> 為了不使鼓膜受傷，必需把小孩的身子，頭部緊緊固定住。
> 「不要動！動了，會把鼓膜弄破啊！」
> 顫抖的手指緊緊地握住治療器具。
>
> 煎好豆腐，加上蔥，滋──，一聲倒下醬油
> 端到確實還活著的人們的餐桌上。
>
> 盜賊突然在意料不到的時候來襲（註）
> 友人們同樣突如其來地受到死的侵襲。

---

15 杜潘芳格，〈悲情之繭〉，《朝晴》，頁13～14。

已經有好幾個了。

是真的嗎？
顫抖的嗓音問：有人說死不足懼。

註：新的《聖經‧帖撒羅尼迦前書》第五音第二節：「主的日子好像夜出的賊一樣。」[16]

詩中一再出現「顫抖」的字眼，傳達了非常生動的意義：首先，形容撒鹽巴的動作──「用我顫抖的手指，用我朦朧的眼睛」，顫抖在這裡可以是因年邁而肌肉顫抖，也可以是純粹形容撒鹽巴的動作（抖一抖鹽匙，或用手抓一些鹽，搓搓指尖撒下去）；其次，在門診部幫老醫生把小病患的頭部固定住，以便醫治耳疾，相關句子是「顫抖的手指緊緊地握住治療器具」，這裡的顫抖，除了指老醫生因年邁而肌肉顫抖，也可以指因為小心翼翼，所以表現顫抖、戰戰兢兢的樣子；最後，在聽到友人相繼過世的消息時，「是真的嗎？／顫抖的嗓音問：有人說死不足懼。」最後的這個「顫抖」，可說把全篇推向極致，讓我們感受到那種衝擊──在這之前，詩中的「我」還在那裡煎豆腐，並且「煎好豆腐，加上蔥，滋──一聲倒下醬油／端到確實還活著的人們的餐桌上。」就在這家常美食上桌之後，卻緊跟著寫下友人噩耗，「確實還活著的人們」句好像在暗示著下文的死訊，由此呈現了生與死的衝突。是故，「顫抖的嗓音」所問的「有人說死不足懼」，也就呈現了杜潘芳格對死亡的深沉思考。

另一首〈日常秋日〉同樣也以煮飯、看診為題材，點出生命的甘甜滋味。這是一首客語詩，前半部以對話形式呈現：

「你煮飯係麼？」

---

[16] 杜潘芳格，〈問〉，《朝晴》，頁38～39。

「係。」
「你看患者係麼？」
「係。」
「你有叁[17]蕃薯麼？」
「有。」[18]

這一問一答，沒有多餘的語言，簡單樸實，顯示日常生活就是如此的步調。詩的後半是杜潘芳格對番薯的看法：

在蕃薯生死命體
知背[19]
掘起生命蕃薯體。
又甜，又有營養。[20]

「蕃薯生死命體」、「生命蕃薯體」為其自造語彙，從字面上推測，應是指蕃薯這個食物奉獻了自己的生命（塊莖）為人們提供了甘甜、營養；進一步詮釋，這首詩正是藉煮飯摻番薯起興，以番薯的甘甜營養比喻生命的本質，用來代指人的生命本體也該是這樣的甘甜美味，則吾人只要努力過活，也就有充實的生命。

　　再看〈秋晨〉。這首詩第一段引用《聖經·雅歌》的句子，代表杜潘芳格的信仰，然後就以洗米、燒飯、煮菜為喻，流露人到中年，但不是「哀樂中年」、「萬事休」的感慨，而是兒孫各自成家，銀髮夫妻開始享受生命果實的悠閒泰然：

---

[17]原注：叁，加上。
[18]杜潘芳格，〈日常秋日〉，《青鳳蘭波》，頁68。
[19]原注：知背，裡。
[20]杜潘芳格，〈日常秋日〉，《青鳳蘭波》，頁68～69。

　　生命鐘告中午了，快快洗米，燒飯，快喲！！
　　棄掉黃朽腐爛的枯葉子，選擇清嫩的青翠綠葉，
　　開火、炒菜、煮湯。
　　餵養你我有形的生命體。

　　已經大菜筐、大碗公、大盤仔都統統收藏起來了。
　　　（兒孫們，各各獨立成家）
　　剩下
　　在愛的旗幟飄逸下，頂滿銀霜的你我，靜坐樹林中的蘋果樹蔭裡嘗他果
　　子的滋味覺得甘甜。[21]

　　這裡，「快快洗米，燒飯，快喲！！」一連用兩個驚嘆號，讓煮飯、吃飯這日常瑣事顯得興奮無比，「開火、炒菜、煮湯」一連三個快速的動作，使詩的節奏保持快速脆爽，簡單的生活也因此有了輕巧的趣味。代表昔日大家族一起用餐情形的「大菜筐、大碗公、大盤仔」收起來了，但夫妻倆並不因此感到孤單，反而可以並肩靜坐，一同品嘗生命的果實，其味甘甜無比。這首詩藉日常的燒飯炒菜，帶出了心中的欣喜滿足，充滿了對生活的熱忱。

　　　從以上可知，〈問〉、〈日常秋日〉及〈秋晨〉這三首詩都是在日常生活、柴米油鹽中帶入對生與死的思索。〈問〉中友人的死訊並沒有使日常生活停頓下來，〈日常秋日〉則是在煮飯時藉番薯的滋味譬喻生命的滋味，〈秋晨〉也是在煮飯、吃飯之間享受生命的果實。三首詩都是從日常生活去觀察、領會生與死，而不是從特定的、轟轟烈烈的「偉大」題材，所以作品也就格外平易近人，透顯杜潘芳格的敏銳詩思。

---

[21]杜潘芳格，〈秋晨〉，《朝晴》，頁82。

三、理性與感性並俱的生活體驗

　　杜潘芳格是個獨具慧眼的詩人，她對於生活的關注，常有令人意想不到的神來之筆。她有時用理性之眼，在平常事物中，看透事物的本質，有時又用感性的眼光，抒發她對於自然萬物的喜愛。以下從節日、風物和自然的題材，看杜潘芳格對生活諸事的刻畫。

（一）對民俗節日的冷靜觀察

　　在平凡的日常生活中，節慶每每令人以歡欣鼓舞的心情期待。但杜潘芳格對節慶生活的描寫卻獨樹一格，不取其熱鬧場景，反而從旁冷靜觀察，甚至有所批判、反思。譬如〈中元節〉，係描述農曆 7 月 15 日的祭典，焦點放在作為祭品的大豬公，這類神豬口中大都咬著一個橘子，但杜潘芳格卻從客語「橘子」的諧音「柑仔」和「甘願」聯想，提出批判，全篇共四段，最後兩段尤其突出：

　　貢獻於中元祭典的豬，張開著嘴緊緊咬著一個「甘願」。

　　無論何時
　　使他咬著「甘願」的
　　是你，不然就是我。[22]

本來描寫民俗題材的，大多以鄉土情感為訴求，但這首〈中元節〉卻另闢蹊徑，直接揭示祭物的命運，同時也諷刺了縱容這種罪惡的眾人。

　　又如〈平安戲〉，這首詩描寫歲末時演戲謝神的習俗，但主旨不在於感恩、謝神或祈求平安，反而是諷刺只會苟且偷安的「平安人」，如同其第二段云：「只曉得順從的平安人／只曉得忍耐的平安人／圍繞著戲臺／捧場看戲」，接著也丟出一句有力的譴責，並且描寫眾人得過且過的心理：

---

[22] 杜潘芳格，〈中元節〉，《淮山完海》，頁 47。

> 那是你容許他演出的。
>
> 很多很多的平安人
> 寧願在戲臺下
> 啃甘蔗含李子鹹
> 保持僅有的一條生命
>
> 看，
> 平安戲。[23]

「那是你容許他演出的」，和上一首〈中元節〉「是你，不然就是我」的意思相同，都認為是我們默許，自願受屈辱。而最後的「看，／平安戲」非常簡短有力地再次諷刺人們的苟安心理。

笠詩社曾為〈中元節〉與〈平安戲〉召開過小型座談會，與會者剖析這首詩的主題，例如白萩認為：「在上與下，統治與被統治的衝突之間，作者所觸及的不只是諷刺、反抗、批評對方，而深入譴責自己！」李魁賢則說：「杜潘芳格這兩首詩有濃厚的階級意識，但與生產者無關，而是支配者與受支配者的階層。……〈平安戲〉中的平安人，必得要順從、忍耐，表示實際上是『不平安的』。而〈中元節〉中豬隻咬著『甘願』，實際上也是支配者強制執行的，顯示實際上『不甘願』。」何豐山強調的是殖民意識與反抗：「她刻畫了殖民地下的人民，樂天知命，安於現實，生活跟著人潮走，但求溫飽、順從的生命，正是受宿命論支配嘲弄的一般人，也正是標準的臺灣殖民意識。兩篇中具濃厚的政治意味，重複語言的運作很成功；在〈平安戲〉詩中，重複使用『平安』字眼，而流露著內心的掙扎、反抗與不安。在〈中元節〉詩中，以人代表統治階層，而以豬的擺弄做犧牲品，象徵殖民地下的被統治階級，重複使用『甘願』字眼流露著內心的無

---

[23]杜潘芳格，〈平安戲〉，《淮山完海》，頁48～49。

奈渾噩，諷刺著失卻自我的生活。」[24]這些意見都說明了這兩首詩主題上的
深刻意義，但不可忽視的是，二詩的取材都是來自於極為平常的生活事
物，非常符合「在日常性的題材中發現新的認知視野，對現實中不合理的
現象加以揭露和嘲諷」的寫作基調。

　　或許也可以這麼說，杜潘芳格是個基督徒，因此對於傳統民俗節日的
觀感，和一般信奉佛道的民眾不盡相同。但這兩首節日詩，她刻意保持距
離，也善盡詩人的職責，提示另一層涵義，引人思考。可見，在日常生活
的軌道下，杜潘芳格保持超然理性的態度，以詩人之眼冷靜觀察人的生
活。

（二）對本土風物、氣候的巧妙體會與運用

　　日常生活的瑣細，本就與強烈的愛恨情仇題材不同質素，但它的難度
也在這裡，而杜潘芳格卻能巧妙靈活地運用日常題材，增加了作品的獨特
風味。譬如她的客語詩〈選舉合味〉，運用客家菜餚中，青菜與醬料的搭
配，比喻政治上各黨派的和諧，是一首妙絕的好詩：

　　婦人家　料理青菜時
　　傴腰菜　一定愛用　桔漿豆油，
　　紅葉菜　一定要用薑麻酸酢，
　　限菜　煮湯時　愛配　細魚甫干
　　鹹菜豬肚湯　係客家名菜之一，有傳統个。

　　一家團圓食飯時
　　婶娘人就想，那係民進黨係傴腰菜，國民黨就桔漿豆油。
　　國民黨係紅葉菜時，無黨派就係薑麻酸酢。　盡合味。[25]

[24]白萩等，〈潘芳格作品〈平安戲〉和〈中元節〉合評紀錄〉，《淮山完海》，頁87～94。
[25]原注：婦人家、婶娘人，結過婚的女人；傴腰菜、紅葉菜、限菜，青菜名稱；合味，配得適當，好味的意思。

臺灣人大家圓滿享受客家好味道一樣選出好人才。[26]

這首詩特別標明「婦人家」、「婣娘人」，提示婦人在廚房裡烹調的祕訣，展現女性的智慧，更巧妙的是將日常飲食和政黨政治聯結的巧妙譬喻。

另一首〈菜頭花開囉！〉則是充滿日常田野的生機，也型塑了臺灣的田園風光：

> 在大空中旋迴个衛星
> 放下來一粒種仔，
> 種仔滯歇了這島國後吸收土中个養份，
> 培育成長佢个生命開出嫩嫩黃綉色个
> 菜頭花。
> 春霞矇矓个中央山脈下直直橫過嘉南大平原，
> 到臺灣海峽濱滿邊
> 盡開你个生命花喲！
> 田唇路邊還有帶來初生个細牛仔，
> 公牛背上阿啾鳥母牛背上白鷺鷥，
> 慢慢散步配伴你，
> 青春清純个菜頭花，
> 島嶼个冬陽係溫暖。[27]

菜頭（蘿蔔）是臺灣日常食材，菜頭花開卻帶給詩人這般興奮的感覺，直呼它是「生命花」、「青春清純」，杜潘芳格對生活的喜悅、滿足，由此可略窺一斑。而詩後半部的田野牛鷺圖，也引領讀者飽覽臺灣田園風光。

杜潘芳格所玩味的，不只是這些可食可玩的臺灣風物，她對臺灣常見

---

[26] 杜潘芳格，〈選舉合味〉，《青鳳蘭波》，頁59～60。
[27] 杜潘芳格，〈菜頭花開囉！〉，《青鳳蘭波》，頁87～88。

的颱風、西北雨的來臨，也感覺熟悉、欣喜，而不是苦惱、厭惡，彷彿把這些天氣的變化也融入日常生活當中。其〈自然〉詩一開始即云：「秋天个太平洋上　又有遲來个颱風，／一步　一步迫近　恩兜个臺灣島來。」接著以發現梅子樹發芽，驅除了心中的鬱悶；颱風在這裡做了很好的引子，如同詩的最末說：

> 偓　現在　脫離鬱卒了。
> 純真个一片細梅嫩葉仔界偓內心深處湧出感動，像心靈
> 觸到電流，軀殼五臟六腑統統得到自由自在甘心樂意，
> 活動起始。
> 滿溢出新个生命。[28]

又如〈講酒話〉中也有「今年太平洋上襲過有十九次颱風／帶來秋雨桂花香」，[29]也是以颱風帶出臺灣的氣候特色，而詩中的「我」正在這清秋桂花香中獨享清涼的啤酒和一段快活的時光。

杜潘芳格也曾描寫夏日午後常見的西北雨，可看〈打風時水〉詩。「打風時水」即客語的西北雨之意。在這首詩中，杜潘芳格以西北雨來臨時，打雷、閃電、落大水的意象，傳達出天氣燠熱，西北雨恰恰為人們帶來清涼之意，好比人心煩躁時，如能及時飲下一陣「風時水」，則必然能夠恢復平靜爽快。詩的最後兩段還說：

> 飲下一陣風時水
> 骨枯乾憂个火躁心
> 如同獲得良藥醫治
> 落大水、落大水，大家轉到原本喜樂心。

---

[28]杜潘芳格，〈自然〉，《青鳳蘭波》，頁80～82。
[29]杜潘芳格，〈講酒話〉，《青鳳蘭波》，頁83～84。

　　聆聽！

　　天降下來个甘露聲音。[30]

杜潘芳格對客家菜餚、田園風光、颱風、西北雨的歌詠，在在顯示她獨具
詩人之眼，因此日常的食衣住行、天時氣候、鄰里鄉間、家庭生活等，都
可能成為她筆下的風景。

（三）對自然萬物的賞愛與啟悟

　　跳開柴米油鹽，杜潘芳格對周遭的自然萬物充滿賞愛的情懷。特別是
對於花木的喜愛，使得她作品中經常可看到相思樹、油桐花、月桃花等意
象。其中相思樹是杜潘芳格經常描繪的。相思樹是臺灣常見的植物，樹身
可以燒製成上好的「相思炭」，是窯燒的最佳材料；五月時開花，花小色
黃，點點密布於枝葉間，微風吹拂，清香陣陣，因此獨獲詩人青睞，如同
〈相思樹〉一詩，杜潘芳格一開始就讚美相思樹優雅沉靜、與世無爭的樣
子，甚至發出讚嘆：「繁茂在島上的相思樹呵」，最後則對相思樹產生認
同：

　　我也是

　　誕生在島上的

　　一棵女人樹。[31]

此外，如〈世〉、[32]〈樹花開〉[33]等，也都是在詩中敘述四、五月間依序盛
開的油桐花、木棉花和相思花，藉由花的綻放，表現對自然界的生命力的
頌讚。

　　生命力正是杜潘芳格喜愛花的一大因素，譬如〈月桃花〉，杜潘芳格形

---

[30]杜潘芳格，〈打風時水〉，《青鳳蘭波》，頁 100。
[31]杜潘芳格，〈相思樹〉，《淮山完海》，頁 44～45。
[32]杜潘芳格，〈世〉，《青鳳蘭波》，頁 95～96。
[33]杜潘芳格，〈樹花開〉，《青鳳蘭波》，頁 135～136。

容乳白盛開的月桃花就像女性的乳房一樣，賦予月桃花母性的意象，可以
餵哺大地；[34]又如〈春晴花朝〉，先是對於杏花、杜鵑花的凋謝而微微感
傷，但旋即發現桃花結了果，因此轉憂為喜：

> 略，施粉紅色的化妝
> 又，使金毛耀成黃金色的
> 桃花果，孕育著小小核兒
> 在，嫩葉背後招喚春風[35]

此外，譬如〈低賤的成長在地上〉，係以野花為主角，從野花身上得到
安慰、啟示，而野花仍兀自在風中微微擺動，生活在低賤但卻是自由、自
足的世界。試看其詩作：

> 微微搖晃的野花，因我看到你、聽到你，
> 對蠢動的神和人的不信，疑惑
> 確實由於你的無聲的溫柔，而消失。
>
> 野花啊，
> 由於你無聲的溫柔，從我彆扭的劣性成長的，
> 傲慢、失意、暗鬱、懊惱、自虐……等，
> 也發出吱吱的聲音，消失了。
> 你卻低賤地成長在地上
> 向自由飛奔於天地的風
> 微微搖晃著。[36]

---

[34] 杜潘芳格，〈月桃花〉，《青鳳蘭波》，頁 137。
[35] 杜潘芳格，〈春晴花朝〉，《朝晴》，頁 45。
[36] 杜潘芳格，〈低賤的成長在地上〉，《淮山完海》，頁 20。

這首詩的意境，有如英國詩人威廉・布雷克（William Blake）的名句：「一花一世界，一沙一天堂。」（To see a world in a grain of sand / And a heaven in a wild flower）但杜潘芳格更從野花身上反思自我，進而扭轉了她的不良習性與各種煩惱，這是多麼謙卑的態度，向一朵毫不起眼的野花懺悔、學習！又如〈有貓的風景〉，描寫小貓在陽光下、春風裡跳躍玩耍的樣子，頑皮可愛。試看其詩作：

陽光照射的地方　　有貓
忽隱忽現忽隱
忽而跳入草叢捉蝴蝶
爭奪花朵
忽而停下來　悄悄地靠近
瞬間　前肢抓住了小生物
春風　暖和地吹進來

為了夜晚變冷
儲蓄太陽的熱氣
餘暉染紅了西天　貓還在玩
在院子薔薇花下
貓還在玩。[37]

「忽隱忽現忽隱」句和兩個「忽而」句，將小貓的靈巧舉動和頑皮個性描寫得很生動；最後重覆的「貓還在玩」句，更增添活潑可愛的氣息。這兩首詩中的野花、小貓，也是平凡事物，就在身邊眼前，不是稀有珍奇，不必遠征萬里，就能享受自然萬物帶來的親切和喜悅，充分證明杜潘芳格擅長在「日常」中，挖掘生活的機趣與理趣。

---

[37]杜潘芳格，〈有貓的風景〉，《朝晴》，頁6〜7。

四、奉獻與珍愛的倫理親情

　　愛，是支撐起宇宙四方的標竿。杜潘芳格心中的愛，分別表現在對耶穌基督的信仰、對臺灣鄉土的熱愛、對家族與友人的關懷，也表現在對萬物的庇護之心。這裡想對其中親情與夫妻之情的部分加以討論，因為這是最切身的情感表現，使我們看到，在家庭論理的軌道下，杜潘芳格對家人深厚的摯愛，她對父母具有深刻的孺慕之情，對子女、丈夫更是無條件的奉獻，對家族中每一個親人也都是一樣珍重、感恩。以家庭、家族為中心，由此肯定人生的意義，無疑是杜潘芳格一生中最重視的理念，而她也一直在努力實踐。

　　杜潘芳格對父親的孺慕之情，在前引〈桃紅色的死〉、〈在桑樹的彼方〉等詩已可察見，對母親的思念，則可以〈秋〉詩為代表：

> 讀著詩而哀傷地
> 浮現與母親分別而落淚的
> 秋天，我要獨處。
>
> 今年十一月　我四十歲
> 多雲的那天
> 見過母親後的歸途
> 我憂鬱
> 無終盡的憂鬱。
>
> 今天，
> 秋深了。
> 無終盡的秋深
> 會持續到何時何處？

秋。

我。[38]

全篇以秋天的意象為喻，流露悲涼的氣息。詩中的分別似是指母親逝世，母女訣別，那年秋天「我」已感到孤獨無依，而後在「我」40 歲這年的秋天，讀詩之際又想起母親。40 歲，也已屬人生的秋天。在多重感傷下，這個秋天似乎也變成「無終盡的秋深」。這首詩文字簡潔，不像父親的那兩首那麼情感淋漓盡致，但哀傷、獨處、憂鬱的字眼，配合深秋的氛圍，已能感發思親之情。

對丈夫的情感，以〈吾倆〉最為人知，也是一首膾炙人口的佳作：

被強勁的海風吹拂，被炙熱的太陽灼曬，

綠濃濃午后，雌雄野鳥又來了。

吾倆成對的夫妻樹在搖撼的美麗島上，

至今，你仍讓十七歲的我繼續長在你的心中。

初戀的我，如花將怒放的我，

在頭髮灰白的你心懷中，

伸張活潑如羚羊的四肢，到處跑，到處奔，卻而無意地站住。

擁有一對宛如聖僧般澄明眼眸，像學生兵的往日的你。

啊！

盼望你活著，再接再厲地，

追越過年老而活下去吧。

願你，請你活著，活下去吧。

---

[38]杜潘芳格，〈秋〉，《淮山完海》，頁 62～63。

　　再接，再屬地。[39]

這首詩動人之處頗多，丈夫眼中的妻子仍是 17 歲初戀時的模樣，妻子眼中
丈夫的眼神仍然清澈如學生兵，兩人都擁有彼此最清純的模樣，始終不
渝，令人感動。而妻子希望、請求丈夫活下，俾使兩人可以白首偕老，這
堅份的情分，也同樣讓人感動。杜潘芳格與其夫是青梅竹馬的戀人，兩人
婚後共組家庭，杜潘芳格相夫教子，經常在家庭與醫生丈夫的診所間忙碌
穿梭。晚年時，丈夫曾遭到一次嚴重的車禍，劫後餘生，因此杜潘芳格才
在詩中呼喚「盼望你活著」，這種同生共死的情志，可參看另一首客語詩
〈婚後四十年〉：

　　你還生生　偓也生生
　　剩下一蘱　粉紅玫瑰花

　　唔返轉去看，只有向前看。

　　綻開芬芳　繼續郁馨
　　只剩下一蘱花蕾，
　　儘燃燒吾倆生命體，
　　天空也儘燃燒著，猩紅个黃昏。[40]

詩的主題傳達，在晚景絢爛時節，如果能夠一同老去，是非常美好的事，
粉紅玫瑰花恰是他倆愛情的見證，而這股燃燒的熱情就像黃昏時猩紅的天
空，彩霞滿天的情景，著實動人。
　　對於兒子的關懷，可看其〈兒子〉。這首詩寫母親為兒子擔憂，兒子卻
嫌母親嘮叨，這不僅是杜潘芳格和兒子的親子衝突，也是普天下親子之間

---

[39]杜潘芳格，〈吾倆〉，《遠千湖》，頁 54。
[40]杜潘芳格，〈婚後四十年〉，《朝晴》，頁 88。

的問題。第四段「檸檬的切片，靜寂地／浮沉在你我的杯子裡顯得青酸」寫得極傳神。但是兒子也不一定完全不懂父母的苦心，因此詩的最後是：

> 又到半夜，兒子才如被我的胸脯吸住般回來說：
> 「媽，您又等得這麼晚！」[41]

從這裡可以看出杜潘芳格擅於掌握關鍵字句的功力，這句話既表現青少年期的兒子粗中有細，也十足反映為人母者知道兒子不是真正叛逆、不耐煩，他也懂得體諒母親的苦心。值得注意的是「又到半夜，兒子才如被我的胸脯吸住般回來」這句，又反映出為人母者的慈愛母性，她永遠準備為兒女奉獻，一如幼時的哺乳。另一首〈母鳥淚〉更能看出杜潘芳格的這種母性胸懷：

> 母鳥的羽毛脫落
> 寒天近
>
> 但
> 已經
> 所有的小鳥都離巢
> 飛走了
>
> 瞳孔
> 釘著地上
> 母鳥看自己脫落的羽毛
> 隨著秋風
> 一片一片
> 飄飄飄

---

[41] 杜潘芳格，〈兒子〉，《淮山完海》，頁 56～57。

看啊
看
寒天冷
母鳥淚。[42]

詩中藉由幼鳥離巢而引發感傷，這時的母鳥已經羽毛脫落，但牠並不能呼喚誰，只能看著自己脫落的羽毛隨著秋風飄飛，「一片一片」的飄零情景，更襯托著為人母者無私的奉獻，可說至死不悔。最後杜潘芳格為之發出感慨：「看啊／看／寒天冷／母鳥淚。」這淚，必定都滴進天下母親的心底。

杜潘芳格對於家庭倫理的重視，也表現在她對於女性人生歷程的認知。她有一首客語詩〈末口〉，即是以油桐樹和相思樹對照，描寫傳統保守和現代前衛婦女不同的婚姻和家庭觀，在她筆下，傳統婦女是：

所有个婦人家應該愛經過生產个痛苦
受過艱苦生養自家个細孲孲子个姺娘人
還係會愛慕姖个丈夫畀丈夫管治到底[43]

前衛婦女是：

這下有盡多唔甘願受生產个痛苦，唔甘心樂
意生養細孲孲子个婦人家出現咧，
姖兜儕根本唔使丈夫个存在囉。[44]

禁忌果子完完全全畀姖消化到徹底光光。[45]

---

[42] 杜潘芳格，〈母鳥淚〉，《淮山完海》，頁28～29。
[43] 原注：个，的；愛，要；細孲孲子，嬰孩；係，是；姖，她；畀，被。
[44] 原注：唔，不；姖兜，她們；儕，人；唔使，不必要。
[45] 杜潘芳格，〈末日〉，《青鳳蘭波》，頁129～130。

杜潘芳格顯然比較認同傳統的婦女，要經過生產的痛苦，養個自己的孩子，愛丈夫、聽丈夫的話；她對於現代前衛婦女不生孩子，甚至不要丈夫，只想要享受情欲的禁果，感到不以為然。[46]思慕父母，永懷孝思；做個賢妻良母，無怨無悔地付出；眷戀婚姻，照顧丈夫兒女，包容與感恩，這便是杜潘芳格對於家庭倫理的肯定與體現。

　　至於對家人、朋友的念舊、關懷，也可從一個特別的地方看到。李敏勇說，杜潘芳格的詩集命名，往往以親人的名字入題：《慶壽》，係以丈夫之名，為父親祝壽而出版；《朝晴》，「朝」取自孫子名，「晴」取自孫女名；探究杜潘芳格心中的濃郁的愛，《淮山完海》，「淮」是父名，「海」是母名；《遠千湖》，「遠」、「湖」為其少女時代男性友人名，「千」則借自詩人陳千武；《青鳳蘭波》，「青」、「波」為其少女時代男性友人名，「鳳蘭」為其女兒名，女兒常要求母親詩集要用到她的名字。[47]這是個很有意思的發現，創意之外，更令人感覺杜潘芳格對親友的用心，這比「獻給某某」的題辭更直接表達對他的敬意，也使我們了解，她是個多麼重感情的詩人！而推究杜潘芳格心中濃郁的愛的起源，應該理解她的生命原型就是以根深蒂固、枝葉繁茂的「樹」為依歸，有著強韌的生命力，與土地緊密結合，和風雨對抗，張開枝葉為人遮蔭，洋溢著生生不息的生命氣息。她以「夫妻樹」比喻夫妻（〈吾倆〉），以「一棵生長在島上的女人樹」（〈相思樹〉）自比，都可以說明她認同的是生命力旺盛的樹，而不是嬌弱的花朵。又如〈樹的話〉，[48]也是以樹自比，提供鳥兒做窩休息，樹上的嫩葉恰好是牠們的暖床，這棵樹還勇敢地抵抗颱風的侵襲，迎接平安的一天。我們因此知

---

[46]李元貞認為，杜潘芳格這首詩把兩種樹並列，雖然有兼容並包的意思，但題為「末日」，實則對兩種女性命運都有無可奈何的心境。參見李元貞，《女性詩學——臺灣現代女詩人集體研究》，頁152。但筆者以為，杜潘芳格的觀念仍是以一個賢妻良母為女人的天職，她對於女人必須被丈夫控管的命運，有著無奈的心情，不過基本上她還是丈夫愛兒女的。這首詩把「禁忌果子完完全全界炬消化到徹底光光」這一行獨立出來，其實正顯示她對於前衛婦女的行為有著譴責的意味，至少是訝異而難以接受的。

[47]李敏勇，〈誕生在島上的一棵女人樹——杜潘芳格詩風格的一面，兼序《青鳳蘭波》〉，杜潘芳格，《青鳳蘭波》，頁12～13。

[48]杜潘芳格，〈樹的話〉，《淮山完海》，頁38。

道正是這樹般的生命原型，才使得杜潘芳格有著深厚寬廣的愛，愛她的家人、親友、鄉土以及世間萬物。

五、結語

以上，分四個層面探討杜潘芳格的作品。這四個面向可說具有引領與穩固的作用，使得杜潘芳格的心靈世界得以呈顯，也透露她既能承擔人生責任，又能享受生活的巨大能量。她虔誠的信仰由一己之身而擴及普世思維，通達的生死觀則促使她樂觀面對死亡，平和走向生命的彼端。當她盡情享受日常生活，並且從柴米油鹽中，體悟人生哲理，也就向我們展現她特有的生活美學觀。那是一種從身邊人事，落實對親人朋友的關懷，並且以此為生命最大的圓滿，甘苦相伴，卻樂在其中；也是從微小事物中，體察萬物生機，從而感受到花兒、雲朵、飛鳥、犬貓的生命姿態是那麼美那麼輕盈，激發起內心的欣喜與仿傚，使自身的生命也卸除了不必要的煩惱負擔。

值得注意的是，杜潘芳格在探觸這些主題時，儘管可能觸及時間、死亡、國族等重大的、「重量級」的主題，但她採取的寫作策略，仍然以日常的食衣住行、身旁的家人朋友與周遭可見的尋常景物為主，仍然以日常的食衣住行、身旁的家人朋友與周遭可見的尋常景物為主，從而在這些日常意象、平常人生歷程中，呈現淋漓有味的生活意趣。這四個面向中，信仰、生死觀，負載杜潘芳格對人生的中心理念，而透過日常的祈禱、省思，以及透過對親人的思念，與丈夫的相處，種種生活細節去體現虔誠、通達的感悟；而生活體驗與倫理親情的面向，則可看到杜潘芳格對於自然事物的賞愛之心，對倫理親情的珍惜。透過這些心靈投影、生活經驗，抽象與具象的分析，我們可以看到杜潘芳格展現她獨到的「生活美學」，塑造出一個豐富自足又富於美感趣味的心靈世界。

尤其有意思的是，她對臺灣鄉土的關懷，也同樣落實在日常景象，颱風、相思樹、月桃花、含笑花、油桐花、菜頭花、水牛、白鷺等，在在展現庶民風格的臺灣情懷，這使人相信她是確確實實踩踏在這塊土地上，確

確實實融入這裡的一草一木，所以才能發現平凡中的美與意義。

　　綜覽其詩作，總讓筆者聯想繽紛活潑的「小宇宙」。「小宇宙」係借用一部生態紀錄片的片名，其內容乃攝錄大雨之後的沙漠，動植物紛紛活絡起來，重新繁衍、覓食或者發芽、茁壯，整個世界變得生氣蓬勃。因此，「小」宇宙之「小」，並不是格局的小，而是由小見大，透顯著宇宙的生機與意志力。[49]杜潘芳格的詩也給人這樣的感覺，她的遣詞用字淺顯明朗（而不是雕琢晦澀），取材也平易近人（而不是高亢聳動），但總覺得在字裡行間可以尋覓到她寬容親切的微笑，而在文字背後的，則是不可抑遏的、充沛的生命流泉。她具有樹般的生命原型，因此擁有源源不絕的愛的力量，奉獻與珍惜所擁有的倫理親情，使得她的人生臻於和諧的境界。是故，流動在杜潘芳格作品中的，是一股旺盛的生命力，清新充沛，她以文字創造了豐富自足的心靈世界，就像一個小宇宙，每個字句都會發光發熱。

　　在信仰裡學會虔敬，透過生死界限領悟通達，在日常生活裡發掘自然機趣，在親情倫理中體現和諧、包容，正是杜潘芳格展現給我們的生活美學。

——本文原題〈杜潘芳格詩中的生活美學〉，載於

《當代詩學》第 3 期，2007 年 12 月。

——選自洪淑苓《思想的裙角——臺灣現代女詩人的自我銘刻與時空書寫》

臺北：臺灣大學出版中心，2014 年 5 月

---

[49]克勞德・紐何薩尼（Claude Nuridsany）拍攝，《小宇宙》（Microcosmos）（1996 年）。

杜潘芳格《福爾摩莎少女日記》解題

◎ 下村作次郎[*]

◎ 李魁賢譯

　　本書為臺灣現代詩人杜潘芳格的日記。杜潘芳格是近年來特別引人注目的女性詩人。而且以詩人身分，前後與日本、中國、韓國詩人，甚至華裔美國詩人，進行詩的交流，非常活躍。杜潘芳格冠夫姓，本姓潘。戰前的女性在婚後，大多會如此冠夫姓自稱。

　　《福爾摩莎少女日記》是杜潘芳格少女時代，從第二次世界大戰終戰前夕寫到戰後初期，正確的說，是從 1944 年（昭和 19 年）5 月 27 日到1946 年（民國 35 年）3 月 23 日為止的一年十個月間，年號則從昭和變成民國。日記書寫的時代，對臺灣而言是從日本時代末期到臺灣省行政長官公署統治臺灣初期之大轉捩時期。

　　潘芳格，1927 年誕生於新竹郡新埔街（今新竹縣新埔鎮），由此算來，寫此日期是在 18 歲到 20 歲的時候。

　　執筆日記的當時，杜潘芳格擔任故鄉的國民學校教師。正式名稱是訓導，有甲乙兩種，她是其中的乙種訓導（見《日記》，頁 26）。她畢業於臺北女子高等學校，到故鄉的新埔國民學校就任。究竟是要她繼續常任國民學校教師，還是到臺北女子專門學院進修，傷透腦筋。

　　茲就日記的社會背景和主要出現人物加以說明。

　　此日記一開頭記載閱讀蘇格拉底或戰前流行的弘津正二著的《年輕哲

[*]日本天理大學國際學部外國語學科教授。

學之徒手記》等哲學或文學書籍，在探究真理盒中仍然不免多愁善感的文學少女般的思考，接著是年輕教師的苦惱，為究竟轉職還是進修的操煩，還有與情人談戀愛，因此引起父女意見不合等等，是一部個人內心所串聯的日記，缺乏社會性的記載。可是，若考慮到此日記書寫當時的時代背景，儘管內容是以個人性內在的描寫為中心，但做為從戰前到戰後初期的臺灣社會史研究的寶貴文獻，有高度的資料價值。當然，在詩人杜潘芳格研究方面，成為第一手的文獻資料，自不待言。

　　日記開頭的 1944 年 5 月 27 日正是海軍紀念日。當日在作者服務的國民學校，舉辦了小型運動會。由於 1941 年 12 月 8 日攻擊珍珠港，而陷入「大東亞戰爭」（太平洋戰爭）的大日本帝國，從翌年起也在臺灣實施「高砂義勇隊」志願軍或陸軍特別志願兵制度，第三年是海軍特別志願兵制度。而且，到 1944 年 9 月，終於在臺灣也實施徵兵制了。

　　時代正當臺灣被軍事要塞化，做為南進基地，進行徹底皇民化運動，把臺灣住民視同日本人，投入戰爭的時期。從日記可以看到許多臺灣人改姓名，使用日本式名字。作者也自稱「米田芳子」。朋友和學校同事之間，也通用「米田」暱稱。

　　日記所載空襲，是從 1944 年 6 月 21 日起。臺灣總督府受到轟炸是在一年後的 5 月 31 日，由此日記可知從一年前開始美軍似乎就已經在地方都市持續進行轟炸。空襲不分晝夜，11 月 17 日寫下「似乎眼前出現生命緊要關頭」。記載敵機頻頻來襲。但大本營發表的報導對臺灣島的「敵機來襲」，是從 1944 年 10 月 12 日開始。

　　另外，在 7 月 23 日記載有東鄉內閣總辭，小磯陸軍大將就任新首相的新聞，「塞班島剛玉碎後的政府，給國民的感受如何。身為臺灣人活到現在的 18 年當中，好像是五味雜陳。」

　　臺灣也實施了徵兵制，軍隊也駐紮到學校。日記寫到作者的女教員同事與日本人之間的交往。

　　然而，戰爭結束了。日記裡當天有如下記錄：

　　8 月 15 日　　星期三　　天氣　　晴

　　大日本帝國天皇裕仁陛下親自站到臺上發表詔書。好像接受了四國條
約。面對承認三千年來歷史上首次敗北的事實。五十年為政下的本臺灣
和本民族，本人身為其中之一份子，只有茫茫然然，在對慵懶倦怠的自
己厭煩中過著日子。

　　從 6 月 17 日起到迎接敗戰的此日止，在二個月當中，日記留著空白。
因而，敗戰狀況在日記上完全看不出來，從 6 月 16 日的日記記載「空襲頻
繁，損害不少」看來，似乎在兩個月間沒有心情寫日記的樣子。無論如
何，日本統治的「五十年為政下」告終，自覺改稱「本臺灣和本民族」的
作者，在敗戰的當天，浮現出極虛脫感而過了一天。這裡看不出從異民族
統治下解放出來的感覺。

　　可是，解放感不久就來造訪了。

　　翌日 8 月 16 日記載，「今天開始心心相印的日子」。這裡意義不明。不
過，一星期後的 8 月 23 日，「民族！生命的價值！未來的理想」的字句，
則慢慢傾向落實解放感。然而，很快在一個月後，參加了為邁向新時代而
舉行的集會。

　　學校教育藉日本敗戰的機會，從日本教育改變成中國教育。從皇國史
觀教育改成三民主義教育。日本政府與中國的國民政府間，在 1945 年 10
月 25 日舉行正式的受降典禮。其間，亦即從 8 月 15 日至 10 月 25 日為止
的二個月當中，臺灣呈無政府狀態。然而從日記看來，學校教育在 9 月以
後，即穩定順利地準備朝向中國教育的新體制（見 1945 年 9 月 24 日的日
記）。從日記也可以探知，其間的治安似乎特別混亂。

　　這一年，臺灣首度慶祝雙十節（中華民國的國慶日）。如上所述，當年
10 月 10 日尚未完成正式受降典禮，但臺灣當天已人人揮舞著中華民國的
青天白日旗，熱烈慶祝雙十節。

　　作者當時的感動有如下記載：

極大的興奮！和兒童一齊揮舞青天白日旗時的感動！！今日，此日，完
全表露。中華民國！啊！我的祖國！血的沸騰、翻滾，無法止息。

對戰後臺灣「省籍矛盾」存在一事，茫然不知。戰前就住在臺灣的人
民，亦即本省人，與戰後成為新的統治階層，遷移到臺灣的中國大陸出身
的外省人之間，引起文化摩擦，在 1947 年發生了二二八事件。從此，「省
籍矛盾」對臺灣社會籠罩著很大的陰影。只是這種「省籍矛盾」在戰後初
期尚未存在。從上述的杜潘芳格日記即可明瞭。

其次，就日記的言語加以說明。戰前的日記完全使用日語書寫。日語
完美，當然也有筆誤或錯字，但這不是以日語為外語而學習的人那樣的錯
誤。可以說不過是以日語為本土語言的人所犯的筆誤或錯字。對作者而
言，日語不啻是自己的語言。

以這種自己語言的日語書寫日記的作者，突然開始寫起中文。在剛終
戰後的 9 月 23 日的日記中寫出如下文字：

今日我等女性，十名，今後進方向會談為集合。最初始會合，我等願望
中華民國理想之女性。修身、齊家、治國、平天下，專問修身努力齊家
邁進理想。必要實踐，論過不實無，內容充實，真劍當事，薛種何時割
實，努力有已。

當日的日記結尾是「不論通不通，想寫！以自己國家的語言！！」
這裡引用的一段談不上中文。只是把認識的漢字串聯起來的日語而
已。杜潘芳格從此也參加中文講習會，努力學習中文，以此學習過程的中
文所書寫的日記，出現在（1945 年）12 月 6 日、12 月 7 日、12 月 9 日、
12 月 11 日、12 月 12 日、12 月 13 日、12 月 14 日、12 月 15 日、12 月 17
日、12 月 19 日、12 月 20 日、12 月 25 日，（1946 年）1 月 24 日。
由日記可見，作者拚命想用中文寫作。戰後，臺灣人如何學習中文，

以及學習過程情況如何，等等艱難的痕跡，從這本日記就可以理解。

身為國民學校教師的作者，姑不論思想的轉換，連語言的變更，也不得不要快速適應。

以上係就日記的時代背景或語言問題加以說明，但此日記的大部分，如前指出的，是以作者的內在世界為中心。因此，儘管日記所寫的時代是從第二次世界大戰末期到戰後初期的大變動時期，但如此激盪時期的臺灣社會情況，卻沒有很多記載。

在這方面，此日記的文獻資料價值不高。不過，在臺灣社會文化史研究領域，尤其是臺灣女性史研究方面，具有寶貴文獻資料價值。

這就是有關與情人杜慶壽戀愛赤誠的記述部分，作者坦率記錄著戀愛中女性的內心。

中國的婚姻，與子女的意志無關，而是由尊親決定，漠視當事人彼此間的結合，變成為家庭而結婚。這是基於傳統家庭制度的中國式婚姻。這種婚姻形態，在臺灣也是如此。日治時代的臺灣文學，有許多作家描寫過童養媳制度或聘金制度下的婚姻。

杜潘芳格日記的價值，在於對抗這種婚姻觀，可以說是與舊價值觀相反的婚姻觀。這樣的作者身為女性的生活方式、思想，受到身為文學少女的教養或基督教的影響很大。

於此，必須提到情人杜慶壽。杜慶壽是杜潘芳格的夫婿（敬稱從略）。

杜慶壽與杜潘芳格同鄉，生於 1923 年，是臺灣大學醫學院戰後第一屆畢業的醫師。

杜慶壽的名字在日記中首度於 1944 年 10 月 25 日，以「慶壽啊，真實的人喲」出現。兩人意識到彼此親近存在，是在超過兩個月以上的 8 月 16 日和 17 日。在 8 月 16 日的日記中寫著：「感覺到身邊有程度迥異，卻同為生命煩惱而憂慮的人，主觀地說，似乎是開始要了解我的部分的人。」

此時，杜慶壽還是臺北醫學校的學生，杜潘芳格是新埔國民學校的教員，兩人的交往由於沒有門當戶對等等的理由，受到杜潘芳格雙親的決然

反對。

　　《福爾摩莎少女日記》中附錄一封當時杜慶壽寫的信。

　　杜潘芳格的詩，近年來引起女性主義立場的研究，意味著此《福爾摩莎少女日記》會成為寶貴的文獻。本著可以各種各樣的角度閱讀，在詩人杜潘芳格研究方面當然不用說，對臺灣社會文化史研究或者臺灣女性史研究方面也有用，預期本書的價值會愈來愈高。

　　杜潘芳格如今依然用日語寫詩。用曾經是殖民統治者語言的日語寫日記，在國民學校從事兒童教育，夢想成為文學家。戰後，則拚命學習中國話。

　　然而，杜潘芳格如今依然用日語寫詩。日語已經不是殖民統治者的語言。那麼，杜潘芳格使用的語言到底是什麼語言呢。杜潘芳格思想深沉的詩只有用日語寫。生活層面的語言是客家話。也用客語寫詩，然而，這種詩畢竟不過是生活層面的詩。

　　杜潘芳格有幾次對筆者談到：「稍微複雜的思想層面的詩，非用日語寫不可。」這種話，我們究竟要如何理解呢。

　　杜潘芳格在戰後的臺灣現代詩人中，可以算是屬於「跨越語言的一代」。然而，杜潘芳格卻是從日本話到中國話的語言轉換未成的詩人。她決心不去跨越語言。不過，可以確定如今杜潘芳格使用的語言絕對不是被殖民者的語言。

　　本書附錄的〈詩觀〉是新作，杜潘芳格對詩和語言的觀點，由此多少可以了解罷。

　　最後，對本書的出版事宜想說明一下。本書出版耗費了相當時間。由於找不到接受出版者，一度想放棄在日本出版，後來，幸虧出現了伸手願意出版的出版社。就是綠蔭書房的南里知樹。由南里知樹介紹給總和社的竹下武志，終於實現了在日本出版。在此對南里知樹和竹下武志深誌謝意。本書出版之際，也接到筆者執教的天理大學學術圖畫出版補助，在此載明，以示謝忱。

　　再者，於此出版的日記只是杜潘芳格日記三年的部分而已，日記迄今仍然書寫未中斷。

——選自《自立晚報》，2001 年 1 月 31 日～2 月 1 日，17 版

輯五◎
研究評論資料目錄

作家生平、作品評論專書與學位論文

專書

1. 藍建春訪問撰寫　　新竹縣客家文史學家口述歷史專書：杜潘芳格生命史　新竹　新竹縣政府文化局　2014 年 12 月　175 頁

本書以杜潘芳格口述紀錄形式，書寫其生平歷程與文學經驗。全書共 8 卷：1.童年、家庭、成長；2.求學、學校生活、日語教育；3.青年、新竹女中、臺北女高；4.戀情；5.家庭生活；6.宗教信仰；7.閱讀、寫作與笠詩社；8.旅美時期與晚年生活。正文前有邱鏡淳〈縣長序〉、蔡榮光〈局長序〉、藍建春〈臺灣島上的一棵女人樹，客家女詩人杜潘芳格——代序〉、〈杜潘芳格生命史紀要〉。正文後有〈杜潘芳格作品目錄〉、〈杜潘芳格作品評論引得〉。

學位論文

2. 謝嘉薇　　原鄉的召喚——杜潘芳格詩作研究　淡江大學中國文學系　碩士論文　何金蘭教授指導　2001 年　193 頁

本論文從作者創作的時代背景、求學經歷、人生歷練之觀察，加以分析探討，以明瞭其創作的外緣因素。從文學現象的角度，以及女性主義的觀點，來探討觀照作品本身的內在特性，作家所屬的文學集團特性及時代氛圍中，從事語言的奮鬥，透過詩文本的研析深究，深刻體察她身為臺灣人的心靈原鄉。全文共 5 章：1.緒論；2.杜潘芳格詩的寫作背景及其詩觀；3.語言的原鄉；4.女性的原鄉；5.結論。正文後附錄〈杜潘芳格大事紀〉、〈杜潘芳格訪談〉。

3. 王瓊芬　　臺灣前行代女詩人之研究——陳秀喜和杜潘芳格　中正大學臺灣文學系　碩士論文　陳明台教授指導　2009 年 6 月　172 頁

本論文採用大量後殖民與女性主義相關論述做為本論文的基本論述，研究同屬《笠》詩社陳秀喜和杜潘芳格的詩創作，探討其本土現實風格及臺灣意識。全文共 6 章；1.緒論；2.臺灣前行代女詩人之研究——陳秀喜和杜潘芳格；3.陳秀喜的詩；4.杜潘芳格的詩；5.陳秀喜和杜潘芳格詩的比較研究；6.結論。

4. 黃俐娟　　笠詩社女詩人政治詩研究——以陳秀喜、杜潘芳格、利玉芳和張芳慈為例　臺北教育大學臺灣文化研究所　碩士論文　林于弘教授指導　2010 年 6 月　214 頁

本論文是透過「笠詩社」、「女詩人」、「政治詩」三元素交集，探討笠詩社女詩人——陳秀喜、杜潘芳格、利玉芳和張芳慈的政治詩書寫內涵和寫作特色。經由對女詩人政治詩的整理、分析和比較，彰顯政治詩於此四人筆下和笠詩社男詩人、社外女詩人寫作的共相與殊相，建構笠詩社四位女詩人對政治抱持的觀點和關注的面向。全文共 6 章：1.緒論；2.政治詩的起源與發展；3.笠詩社及四位女詩人的創作概述；4.笠詩社四位女詩人政治詩書寫意涵；5.笠詩社四位女詩人政治詩的綜合比較；6.結論與建議。

5. **林璟瑜　杜潘芳格、利玉芳、張芳慈客語詞彙風格比較研究　彰化師範大學臺灣文學研究所　碩士論文　邱湘雲教授指導　2013 年　229 頁**

本論文以杜潘芳格、利玉芳及張芳慈的客語詩為研究範圍，從三芳詩人的詩集、與其他詩人的合集以及散見於雜誌篇章的客語詩作，探討她們在客語詩中各自的詞彙風格及比較。全文共 6 章：1.緒論；2.文獻回顧及作品介紹；3.「三芳」詩人作品物象詞彙風格；4.「三芳」詩人作品主題詞彙風格；5.「三芳」詩人作品方言詞彙風格；6.結論。

6. **劉維瑛　臺灣女詩人的精神圖像：杜潘芳格的生命史探究　成功大學中國文學系　博士論文　陳昌明教授指導　2014 年　226 頁**

本論文藉著杜潘芳格日記、書信資料的整理，理解日本時代臺灣的新知識女性；在現代性的影響下，做為殖民地底下的個人經驗。讓人重新看見女詩人的人生觀與對家國認同，同時重新思索她的作品。全文共 6 章：1.研究動機；2.家庭背景與自我意識；3.以愛戀為出發的寫作初衷；4.尋回文學創作的信念；5.解嚴之後的書寫；6.結論。正文後附錄〈杜潘芳格年表〉。

作家生平資料篇目

自述

7. 杜潘芳格　詩的問答　笠　第 20 期　1967 年 8 月　頁 46

8. 杜芳格　語彙與詩　笠　第 54 期　1973 年 4 月　頁 98—99

9. 潘芳格　語彙與詩　潘芳格詩集／淮山完海　臺北　笠詩刊社　1986 年 2 月　頁 82—86

10. 杜潘芳格　詩歷・詩觀　美麗島詩集　臺北　笠詩社　1979 年 6 月　頁 217—218

11. 杜潘芳格　　（我的）Identity　朝晴　臺北　笠詩刊社　1990 年 3 月　頁 90
　　　　　　　　—92

12. 杜潘芳格　　「小心」是對的——我的四十五年　自立晚報　1992 年 8 月 3 日
　　　　　　　　19 版

13. 杜潘芳格　　「小心」是對的——我的四十五年　青鳳蘭波　臺北　前衛出版
　　　　　　　　社　1993 年 11 月　頁 180—182

14. 杜潘芳格　　為何寫作？　青鳳蘭波　臺北　前衛出版社　1993 年 11 月　頁
　　　　　　　　167—169

15. 杜潘芳格　　回憶漩渦：杜潘芳格　笠　第 181 期　1994 年 6 月　頁 94—95

16. 杜潘芳格　　詩的教養——我對客語詩的創作觀　芙蓉花的季節　臺北　前衛
　　　　　　　　出版社　1997 年 3 月　頁 116—126

17. 杜潘芳格　　杜潘芳格　中外文學　第 27 卷第 1 期　1998 年 6 月　頁 133

18. 杜潘芳格　　我的四個書寫階段　聯合報　1999 年 4 月 30 日　37 版

19. 杜潘芳格　　我就是你，你就是我　文訊雜誌　第 235 期　2005 年 5 月　頁 51

他述

20. 杜慶壽　　我的妻子杜潘芳格　笠　第 139 期　1987 年 6 月　頁 59

21. 向　明　　女詩人群像——潘芳格　文訊雜誌　第 39 期　1988 年 12 月　頁 12

22. 井關えつこ　　語言的細胞——無限的溫暖　臺灣文藝　第 152 期　1995 年
　　　　　　　　12 月　頁 62—65

23. 井關えつこ　　語言的細胞 ——無限的溫暖　芙蓉花的季節　臺北　前衛出版
　　　　　　　　社　1997 年 3 月　頁 137—146

24. 王昶雄　　還我當初美少年——樂天豁達的「益壯」一群人〔杜潘芳格部分〕
　　　　　　　　阮若打開心內的門窗　臺北　草根出版公司　1996 年 3 月　頁 252

25. 王昶雄　　還我當初美少年——樂天豁達的「益壯」一群人〔杜潘芳格部分〕
　　　　　　　　阮若打開心內的門窗　臺北　前衛出版社　1998 年 4 月　頁 252

26. 王昶雄　　還我當初美少年——樂天豁達的「益壯」一群人〔杜潘芳格部分〕
　　　　　　　　王昶雄全集・散文卷 2　臺北　臺北縣文化局　2002 年 10 月　頁 264

27. 鳳　蘭　　我的母親　芙蓉花的季節　臺北　前衛出版社　1997 年 3 月　頁
208—209

28. 興　政　　媽媽：女詩人十女強人　芙蓉花的季節　臺北　前衛出版社　1997
年 3 月　頁 210—213

29. 常　愛　　我的母親　芙蓉花的季節　臺北　前衛出版社　1997 年 3 月　頁
214—215

30. 杜興贏　　樓梯下的小房間　芙蓉花的季節　臺北　前衛出版社　1997 年 3 月
頁 216—218

31. 杜祺玉　　我的母親　芙蓉花的季節　臺北　前衛出版社　1997 年 3 月　頁
219—220

32. 杜佳陽　　我的母親——杜潘芳格女士　芙蓉花的季節　臺北　前衛出版社
1997 年 3 月　頁 221—226

33. 杜常華　　母親　芙蓉花的季節　臺北　前衛出版社　1997 年 3 月　頁 227—231

34. 杜朝生（Joseph Tu）　我心中的「阿婆」　芙蓉花的季節　臺北　前衛出版
社　1997 年 3 月　頁 232—235

35. 林柏燕　　民國時代人物——杜潘芳格　新埔鎮誌　新竹　新埔鎮公所　1997
年 7 月　頁 486

36. 〔岩上主編〕　杜潘芳格（1927—）　笠下影：1997 笠詩社同仁著譯書目集
臺北　笠詩社　1997 年 8 月　頁 28

37. 李魁賢　　步道上的詩碑〔杜潘芳格部分〕　笠　第 203 期　1998 年 2 月　頁
196

38. 李魁賢　　步道上的詩碑〔杜潘芳格部分〕　李魁賢文集 8　臺北　行政院文
建會　2002 年 10 月　頁 92—93

39. 黃恆秋　　客家文學的類型——杜潘芳格　臺灣客家文學史概論　臺北　客家
臺灣文史工作室　1998 年 6 月　頁 148—149

40. 黃秋芳　　住在十字架裡的杜潘芳格　文訊雜誌　第 176 期　2000 年 6 月　頁 72

41. 陳玉玲　　作者介紹　臺灣文學讀本（二）　臺北　玉山社出版公司　2000 年

11 月　頁 158—159

42. 莊紫蓉　　文學、宗教、親情——痛苦的救贖——側寫杜潘芳格　臺灣新聞報
　　　　　　2001 年 4 月 17 日　23 版

43. 〔蕭蕭，白靈編〕　　杜潘芳格簡介　臺灣現代文學教程：新詩讀本　臺北
　　　　　　二魚文化公司　2002 年 8 月　頁 106—107

44. 林政華　　受過苦難熱愛鄉土的客籍女詩人——杜潘芳格　臺灣新聞報　2002
　　　　　　年 11 月 21 日　9 版

45. 林政華　　受過苦難熱愛鄉土的客籍女詩人——杜潘芳格　臺灣古今文學名家
　　　　　　臺北　開南管理學院通識教育中心　2003 年 3 月　頁 63

46. 吳月蕙　　波瀾壯闊的臺灣客家新文學（下）〔杜潘芳格部分〕　中央日報
　　　　　　2003 年 11 月 7 日　17 版

47. 丁文玲　　客籍女作家，一枝筆打翻刻板印象　中國時報　2004 年 5 月 31 日
　　　　　　B1 版

48. 林民昌　　青春的瞬間——無憂的笑顏——杜潘芳格　臺灣文學館通訊　第 12
　　　　　　期　2006 年 9 月　頁 20

49. 〔陳嘉萍，廖雅君編〕　　幼時寄給前方將士的慰問信　當我們青春年少：作
　　　　　　家影像故事展展覽專輯　臺南　國家臺灣文學館　2007 年 2 月　頁
　　　　　　6—7

50. 莊紫蓉　　杜潘芳格　面對作家——臺灣文學家訪談錄（一）　臺北　財團法
　　　　　　人吳三連臺灣史料基金會　2007 年 4 月　頁 63—65

51. 〔中國時報〕　　杜潘芳格——臺灣文壇首位客語文學女詩人　中國時報
　　　　　　2007 年 6 月 18 日　D5 版

52. 〔自由時報〕　　杜潘芳格——文壇首位客語女詩人　自由時報　2007 年 6 月
　　　　　　18 日　B6，B7 版

53. 〔鹽分地帶文學〕　　前輩作家寫真簿——杜潘芳格：活一天猶如一生，是我
　　　　　　的理想。　鹽分地帶文學　第 11 期　2007 年 8 月　頁 10

54. 〔封德屏主編〕　　杜潘芳格　2007 臺灣作家作品目錄　臺南　國立臺灣文學

館 2008 年 7 月 頁 352

55. 謝鴻文 杜潘芳格：沉重的嘆息 文訊雜誌 第 276 期 2008 年 10 月 頁 92—93

56. 黃騰輝 杜潘芳格的生平與風格 第十二屆臺灣文學牛津獎暨杜潘芳格文學 學術研討會 臺南 真理大學語文學院 2008 年 11 月 22 日

57. 趙慶華，許倍榕 焦點人物——杜潘芳格 2007 臺灣文學年鑑 臺南 國立 臺灣文學館 2008 年 12 月 頁 131—132

58. 劉維瑛 杜潘芳格小傳 杜潘芳格集 臺南 國立臺灣文學館 2009 年 7 月 頁 7

59. 林皇德 杜潘芳格——十字架裡的母親 用愛釀成篇章：臺灣文學家的故事 臺南 國立臺灣文學館 2011 年 7 月 頁 97—101

60. 〔莫渝，利玉芳，林鷺〕 杜潘芳格簡介 笠園玫瑰：笠女詩人選集 高雄 春暉出版社 2012 年 4 月 頁 30

61. 劉維瑛口述訪問；簡佳惠整理 1930 年代女學生杜潘芳格：日本教育 觀‧ 臺灣 第 14 期 2012 年 7 月 頁 14—16

62. 林 鷺 陽光照在她的臉上——與杜潘芳格書房相見 笠 第 292 期 2012 年 12 月 頁 13—15

63. 李昌憲 「杜潘芳格書房」攝影側記 笠 第 292 期 2012 年 12 月 頁 174

64. 邱鏡淳 縣長序 新竹縣客家文史學家口述歷史專書：杜潘芳格生命史 新 竹 新竹縣政府文化局 2014 年 12 月 頁 2—3

65. 蔡榮光 局長序 新竹縣客家文史學家口述歷史專書：杜潘芳格生命史 新 竹 新竹縣政府文化局 2014 年 12 月 頁 4—5

66. 藍建春 臺灣島上的一棵女人樹，客家女詩人杜潘芳格——代序 新竹縣客 家文史學家口述歷史專書：杜潘芳格生命史 新竹 新竹縣政府文 化局 2014 年 12 月 頁 6—7

訪談、對談

67. 杜潘芳格等[1]　星火的對晤　臺灣精神的崛起——《笠》詩論選集　高雄　文
　　學界雜誌　1989 年 12 月　頁 187—206

68. 涂春景　詩中有真理——與客家女詩人杜潘芳格談詩（上、下）　聯合報
　　1993 年 3 月 27—28 日　33，37 版

69. 涂春景　詩中有真理——與客家女詩人杜潘芳格談詩　客家雜誌　第 34 期
　　1993 年 3 月　頁 23—31

70. 杜潘芳格等[2]　悲情之繭——杜潘芳格作品研討會　文學臺灣　第 7 期　1993
　　年 7 月　頁 199—213

71. 杜潘芳格等　悲情之繭——杜潘芳格作品研討會　青鳳蘭波　臺北　前衛出
　　版社　1993 年 11 月　頁 234—251

72. 杜潘芳格等　悲情之繭——杜潘芳格作品研討會　林亨泰全集・文學論述卷
　　6　彰化　彰化縣立文化中心　1998 年 9 月　頁 318—320

73. 曾秋美　消失中的阿媽——杜潘芳格訪問記　芙蓉花的季節　臺北　前衛出
　　版社　1997 年 3 月　頁 151—189

74. 莊紫蓉　當代成名作家訪談錄——訪杜潘芳格[3]　臺灣新文學　第 11 期
　　1998 年 12 月　頁 17—25

75. 莊紫蓉　痛苦的救贖——宗教與文學　面對作家——臺灣文學家訪談錄
　　（一）　臺北　財團法人吳三連臺灣史料基金會　2007 年 4 月　頁
　　66—83

76. 謝嘉薇　杜潘芳格訪談　原鄉的召喚——杜潘芳格詩作研究　淡江大學中國
　　文學系　碩士論文　何金蘭教授指導　2001 年　頁 184—186

---

[1]主持人：梁景峰；與會者：桓夫、林亨泰、白萩、趙天儀、林宗源、陳鴻森、岩上、拾虹、李敏
勇、陳明台、羅杏、衡榕、鄭烱明、陳秀喜、杜潘芳格、李魁賢、谷風；紀錄：李敏勇。
[2]與會者：王瑞香、王瑞蓬、利玉芳、李元貞、李魁賢、林亨泰、林玉敏、林秀梅、林蔚文、林敬
殷、林鷺、旅人、莫渝、莊柏林、陳謙、梁郭謙、梁隆鑫、傅中其、黃恆秋、趙天福、趙天儀夫
人、劉捷及其夫人、鄭世璠、鄭至慧、錦連、簡扶育、關雲、羅能平、羅秋琳、歐陽柏燕、杜潘
芳格、杜慶壽；主持人：李敏勇；紀錄：陳謙；整理：林秀梅。
[3]本文後改篇名為〈痛苦的救贖——宗教與文學〉。

77. 魏可風　杜潘芳格：雙思樹　文訊雜誌　第 210 期　2003 年 4 月　頁 31

78. 蔡依伶　家在中壢，杜潘芳格　印刻文學生活誌　第 15 期　2004 年 11 月　頁 78—85

79. 劉維瑛　夏日午後，溫柔的光——訪問客家女詩人杜潘芳格　臺灣文學館通訊　第 12 期　2006 年 9 月　頁 50—55

80. 林麗如　一起走遍千山萬水，資深作家談書寫與閱讀——杜潘芳格：永保靈性，不忘生產　文訊雜誌　第 264 期　2007 年 10 月　頁 87

81. 陳慕真　臺灣島上个女人樹——專訪客語作家杜潘芳格　臺灣文學館通訊　第 32 期　2011 年 9 月　頁 98—101

82. 游文寶　詩想世界——杜潘芳格　誰領風騷一百年——女作家　臺北　天下遠見出版公司　2011 年 9 月　頁 143—147

83. 莊紫蓉　默默綻放芬芳的花朵——探訪杜潘芳格側記　文訊雜誌　第 347 期　2014 年 9 月　頁 107—110

年表

84. 謝嘉薇　杜潘芳格大事紀　原鄉的召喚——杜潘芳格詩作研究　淡江大學中國文學系　碩士論文　何金蘭教授指導　2001 年　頁 175—177

85. 劉維瑛　杜潘芳格寫作生平簡表　杜潘芳格集　臺南　國立臺灣文學館　2009 年 7 月　頁 138—140

86. 藍建春訪問撰寫　杜潘芳格生命史紀要　新竹縣客家文史學家口述歷史專書：杜潘芳格生命史　新竹　新竹縣政府文化局　2014 年 12 月　頁 10—12

87. 藍建春訪問撰寫　杜潘芳格作品目錄　新竹縣客家文史學家口述歷史專書：杜潘芳格生命史　新竹　新竹縣政府文化局　2014 年 12 月　頁 148—163

88. 劉維瑛　杜潘芳格年表　臺灣女詩人的精神圖像：杜潘芳格的生命史探究　成功大學中國文學系　博士論文　陳昌明教授指導　2014 年　頁 216—226

其他

89. 〔民生報〕　　跨越時代兼具抒情與深思・杜潘芳格獲陳秀喜詩獎　民生報　1992 年 4 月 21 日　14 版

90. 李翠瑩　第一屆「陳秀喜詩獎」揭曉──杜潘芳格《遠千湖》奪魁　中國時報　1992 年 4 月 21 日　20 版

91. 傳　中　第一屆陳秀喜詩獎揭曉，得主杜潘芳格　聯合報　1992 年 4 月 23日　27 版

92. 李敏勇　杜潘芳格獲第一屆陳秀喜詩獎　文學臺灣　第 3 期　1992 年 6 月頁 108—109

93. 李敏勇　杜潘芳格獲第一屆陳秀喜詩獎　陳秀喜全集・資料集　新竹　新竹市立文化中心　1997 年 5 月　頁 103—105

94. 蒲　明　杜潘芳格獲第一屆陳秀喜獎　文訊雜誌　第 80 期　1992 年 6 月頁 53—55

95. 施宏政　真理大學第十二屆臺灣文學牛津獎・81 歲杜潘芳格・女得主第一人中華日報　2008 年 11 月 23 日　B8 版

96. 詹宇霈　杜潘芳格獲臺灣文學家牛津獎　文訊雜誌　第 279 期　2009 年 1 月頁 134

97. 〔中華日報〕　　詩人杜潘芳格捐贈展・具史料價值　中華日報　2015 年 2 月10 日　B6 版

98. 〔編輯部〕　杜潘芳格捐贈展　自由時報　2015 年 3 月 15 日　D6 版

作品評論篇目

綜論

99. 劉　捷　杜潘芳格的詩觀　笠　第 131 期　1986 年 2 月　頁 10—12

100. 陳明台　死與生的思索──淺論杜潘芳格的詩　笠　第 131 期　1986 年 2月　頁 12—14

101. 陳明台　死與生的思索──淺論杜潘芳格的詩　心境與風景　臺中　臺中

縣立文化中心　1990 年 11 月　頁 106—109

102. 趙天儀　笠下影——潘芳格　笠　第 131 期　1986 年 2 月　頁 15—17

103. 李篤恭　與神同在——試析杜潘芳格女士的詩心　兩岸詩刊　第 3 期　1987
　　　年 10 月　頁 180—183

104. 李青果　詩心批判力——評臺灣女詩人潘芳格　笠　第 161 期　1991 年 2
　　　月　頁 138—141

105. 李青果　詩心批判力——評臺灣女詩人潘芳格　青鳳蘭波　臺北　前衛出
　　　版社　1993 年 11 月　頁 203—207

106. 邱　婷　杜潘芳格・詩路廣　民生報　1992 年 5 月 10 日　14 版

107. 李元貞　詩思深刻迷人的女詩人——杜潘芳格　文學臺灣　第 3 期　1992
　　　年 6 月　頁 68—77

108. 李元貞　詩思深刻迷人的女詩人——杜潘芳格　青鳳蘭波　臺北　前衛出
　　　版社　1993 年 11 月　頁 193—202

109. 李元貞　詩思深刻迷人的女詩人——杜潘芳格　女人詩眼　臺北　臺北縣
　　　立文化中心　1995 年 6 月　頁 279—290

110. 李元貞　詩思深刻迷人的女詩人——杜潘芳格　陳秀喜全集・資料集　新
　　　竹　新竹市立文化中心　1997 年 5 月　頁 106—119

111. 利玉芳　女詩人杜潘芳格愛的世界　臺灣時報　1992 年 10 月 10 日　22 版

112. 利玉芳　女詩人杜潘芳格愛的世界　青鳳蘭波　臺北　前衛出版社　1993
　　　年 11 月　頁 208—215

113. 利玉芳　女詩人杜潘芳格愛的世界　向日葵　臺南　臺南縣立文化中心
　　　1996 年 6 月　頁 236—248

114. 李敏勇　誕生在島上的一棵女人樹——杜潘芳格詩風格的一面，兼序《青鳳
　　　蘭波》　青鳳蘭波　臺北　前衛出版社　1993 年 11 月　頁 9—24

115. 趙天儀　潘芳格詩作的位置與特徵　青鳳蘭波　臺北　前衛出版社　1993
　　　年 11 月　頁 224—228

116. 張超主編　潘芳格　臺港澳及海外華人作家辭典　江蘇　南京大學出版社

1994 年 12 月　頁 371

117. 黃秋芳　　鮮花水鏡——靠近杜潘芳格的人和詩　文訊雜誌　第 132 期　1996 年 10 月　頁 80—84

118. 黃秋芳　　鮮花水鏡——靠近杜潘芳格的人和詩　芙蓉花的季節　臺北　前衛出版社　1997 年 3 月　頁 191—206

119. 李敏勇　　不甘不願——杜潘芳格　綻放語言的玫瑰　臺北　玉山社出版公司　1997 年 1 月　頁 19—24

120. 鄭烱明　　語言、記憶與尊嚴　芙蓉花的季節　臺北　前衛出版社　1997 年 3 月　頁 3—4

121. 鍾肇政　　日語・華語・母語　芙蓉花的季節　臺北　前衛出版社　1997 年 3 月　頁 147—150

122. 阮美慧　　宗教情懷的禮讚者——杜潘芳格　笠詩社跨越語言一代詩人研究　東海大學中國文學研究所　碩士論文　陳鴻森教授指導　1997 年 5 月　頁 223—248

123. 李元貞　　從「文化母親」的觀點論——陳秀喜與杜潘芳格兩位前輩女詩人的精神映照　竹塹文獻　第 4 期　1997 年 7 月　頁 26—30

124. 鍾肇政　　臺灣客家文學營——兼談杜潘芳格的詩　自由時報　1998 年 12 月 7 日　41 版

125. 鍾肇政　　臺灣客家文學營——兼談杜潘芳格的詩　鍾肇政全集・隨筆集（一）　桃園　桃園縣文化局　2004 年 11 月　頁 376—377

126. 陳義芝　　繆思（Muses）歌唱——臺灣戰前世代女詩人十一家選介〔杜潘芳格部分〕　中日文學交流——臺灣現代文學會議座談會論文　臺北　行政院文建會主辦　1999 年 3 月 21—27 日　頁 31—32

127. 陳義芝　　繆思（Muses）歌唱——臺灣戰前世代女詩人選介〔杜潘芳格部分〕　從半裸到全開——臺灣戰後世代女詩人的性別意識　臺北　臺灣學生書局　1999 年 9 月　頁 154—155

128. 吳達芸　　跨越語言一代女詩人的臺灣意象——以陳秀喜、杜潘芳格為例

詩／歌中的臺灣意象：第二屆臺灣文學學術研討會　臺南　臺杏文教基金會主辦　2000 年 3 月 11—12 日

129. 吳達芸　變色龍的性別為何？——女詩人杜潘芳格研究　臺灣文藝　第 170 期　2000 年 6 月　頁 62—82

130. 莫　渝　杜潘芳格的異質思維　臺灣新詩筆記　臺北　桂冠圖書公司　2000 年 11 月　頁 247—249

131. 陳明台　詩，愛和誠——杜潘芳格的世界　抒情的變貌：文學評論集　臺中　臺中市文化局　2000 年 11 月　頁 3—6

132. 莫　渝　綠色荒原的徘徊者——杜潘芳格研究　竹塹文獻　第 22 期　2001 年 1 月　頁 38—59

133. 莫　渝　綠色荒原的徘徊者——杜潘芳格研究　笠　第 230 期　2001 年 8 月　頁 109—131

134. 莫　渝　綠色荒原的徘徊者——杜潘芳格研究　螢光與花束　臺北　臺北縣文化局　2004 年 12 月　頁 42—73

135. 莫　渝　綠色荒原的徘徊者——杜潘芳格研究　臺灣詩人群像　臺北　秀威資訊科技公司　2007 年 5 月　頁 69—90

136. 曾詩頻　站在天地接線上的一株女人樹——杜潘芳格作品主題研究　中央大學中國文學研究所論文集刊　第 7 期　2001 年 6 月　頁 109—138

137. 蔡秀菊　戰火中的百合　笠　第 224 期　2001 年 8 月　頁 38—41

138. 蔡秀菊　戰火中的百合　詩的光與影　臺中　臺中市文化局　2007 年 11 月　頁 69—73

139. 黃秋芳　詩是杜潘芳格的童話故事　明道文藝　第 306 期　2001 年 9 月　頁 54—74

140. 利玉芳　向日葵的圖畫——杜潘芳格的詩　笠　第 225 期　2001 年 10 月　頁 9—11

141. 張典婉　感知抬昇與趨力上揚〔杜潘芳格部分〕　臺灣文學中客家女性角

色與社會發展　世新大學社會發展研究所　碩士論文　李松根教授指導　2002 年 7 月　頁 83—88

142. 彭瑞金　杜潘芳格——以詩見證存在　臺灣文學 50 家　臺北　玉山社出版公司　2005 年 7 月　頁 307—313

143. 劉維瑛　杜潘芳格的詩與人　文學臺灣　第 56 期　2005 年 10 月　頁 211—233

144. 彭瑞金　從客語詩的發展看臺灣客家文學與文化的互動〔杜潘芳格部分〕臺灣文學史論集　高雄　春暉出版社　2006 年 8 月　頁 267—269，270—272

145. 劉維瑛　女詩人的自白與聆聽——論陳秀喜與杜潘芳格早期作品裡的創作意識　「笠與七、八〇年代臺灣詩壇關係」學術研討會論文集　高雄　春暉出版社　2008 年 8 月　頁 190—228

146. 徐碧霞　杜潘芳格客語詩中的哲思表現　杜潘芳格文學學術研討會　臺南　真理大學臺灣文學系主辦　2008 年 11 月 22 日

147. 王慈憶　上帝女兒的晚禱——論杜潘芳格與蓉子詩作的宗教意識　第十二屆臺灣文學牛津獎暨杜潘芳格文學學術研討會　臺南　真理大學語文學院　2008 年 11 月 22 日

148. 林鷺　信望愛的女人樹——論杜潘芳格的情性與詩蘊　第十二屆臺灣文學牛津獎暨杜潘芳格文學學術研討會　臺南　真理大學語文學院　2008 年 11 月 22 日

149. 邱一帆　追尋杜潘芳格客語詩歌特色　第十二屆臺灣文學牛津獎暨杜潘芳格文學學術研討會　臺南　真理大學語文學院　2008 年 11 月 22 日

150. 張芳慈　天堂之路——杜潘芳格詩作中意象空間虛實反轉表現的探討　第十二屆臺灣文學牛津獎暨杜潘芳格文學學術研討會　臺南　真理大學語文學院　2008 年 11 月 22 日

151. 連姿媚　再現女鯨——臺灣第一個現代女性詩社及其詩叢之杜潘芳格作品

的再閱讀　第十二屆臺灣文學牛津獎暨杜潘芳格文學學術研討會　臺南　真理大學語文學院　2008 年 11 月 22 日

152. 陳昊宇　　杜潘芳格詩的花與人生觀　第十二屆臺灣文學牛津獎暨杜潘芳格文學學術研討會　臺南　真理大學語文學院　2008 年 11 月 22 日

153. 陳雪姿　　杜潘芳格詩的分期探討　第十二屆臺灣文學牛津獎暨杜潘芳格文學學術研討會　臺南　真理大學語文學院　2008 年 11 月 22 日

154. 陳龍廷　　詩的觀點與詮釋──論杜潘芳格對認識論的顛覆　第十二屆臺灣文學牛津獎暨杜潘芳格文學學術研討會　臺南　真理大學語文學院　2008 年 11 月 22 日

155. 劉維瑛　　詞語，或隱或顯──再探杜潘芳格詩中的神學意涵　第十二屆臺灣文學牛津獎暨杜潘芳格文學學術研討會　臺南　真理大學語文學院　2008 年 11 月 22 日

156. 劉維瑛　　解說　杜潘芳格集　臺南　國立臺灣文學館　2009 年 7 月　頁 109─137

157. 游文寶　　杜潘芳格客家詩諷時政・捱過日據・走過 228・感受臺灣人的悲哀　聯合報・桃竹苗　2009 年 11 月 1 日　B2 版

158. 洪淑苓　　杜潘芳格詩中的生活美學[4]　遠走到她方──臺灣當代女性文學論集（下）　臺北　女書文化公司　2010 年 5 月　頁 211─233

159. 洪淑苓　　日常的興味──杜潘芳格詩中的生活美學　思想的裙角──臺灣現代女詩人的自我銘刻與時空書寫　臺北　臺大出版中心　2014 年 5 月　頁 237─266

160. 劉維瑛　　指向流奶與蜜之地的詩徑──論杜潘芳格詩作中的宗教情懷[5]　遠走到她方──臺灣當代女性文學論集（下）　臺北　女書文化公司　2010 年 5 月　頁 234─265

---

[4] 本文從杜潘芳格的日常意象來綜論其詩中的生活美學。全文共 6 小節：1.前言；2.虔誠的信仰；3.通達的生死觀；4.喜悅理趣的生活體驗；5.奉獻與珍愛的倫理親情；6.結語。

[5] 本文綜論杜潘芳格之詩作，並藉由詩來討論其宗教情懷。全文共 4 小節：1.前言；2.神祕經驗的體察與分享；3.聆聽、言說與回到詩；4.結語。

161. 林　鷺　　女性詩人對土地與生命的關懷──杜潘芳格（1927─）　《笠》第 280 期　2010 年 12 月　頁 147─149

162. 林　鷺　　女性詩人對土地與生命的關懷──杜潘芳格（1927─）　笠文論選 II：風格的建構　高雄　春暉出版社　2014 年 5 月　頁 285─287

163. 黃俐娟　　笠詩社女詩人政治詩中「朝野政黨的監督」和「選舉亂象的批判」描寫〔杜潘芳格部分〕　當代詩學　第 6 期　2010 年 12 月　頁 53─81

164. 樊洛平　　立足於臺灣客家鄉土的女性言說──以杜潘芳格、利玉芳的詩歌為研究對象　廣西民族大學學報　第 34 卷第 1 期　2012 年 1 月　頁 114─119

165. 鄭烱明　　敬愛與祝福〔杜潘芳格部分〕　笠園玫瑰：笠女詩人選集　高雄　春暉出版社　2012 年 4 月　頁 21

166. 莊金國　　詩感敏銳的女人樹──以杜潘芳格為例　鹽分地帶文學　第 42 期　2012 年 10 月　頁 58─67

167. 劉維瑛　　從杜潘芳格日記探其角色扮演與自我實現　日記與社會生活史學術研討會　臺北　中研院臺史所，臺灣歷史博物館，成功大學歷史系主辦　2012 年 11 月 16─17 日

168. 向　陽　　臺灣客語文學的女人樹：杜潘芳格　文訊雜誌　第 327 期　2013 年 1 月　頁 12─15

169. 向　陽　　臺灣客語文學的女人樹──杜潘芳格及其客語詩　寫字年代──臺灣作家手稿故事　臺北　九歌出版社　2013 年 7 月　頁 225─234

170. 黃惟誼　　試析客家女詩人杜潘芳格之詩歌[6]　美和學報　第 32 卷第 1 期　2013 年 5 月　頁 291─304

171. 陳政華　　論向明詩的前景化[7]　問學　第 17 期　2013 年 6 月　頁 113─136

---

[6]本文以女性主義的觀點詮釋杜潘芳格作品的意蘊內涵。全文共 4 小節：1.前言；2.相關杜潘芳格詩集敘述；3.杜潘芳格詩歌的內容分析；4.結論。

[7]本文就前景化理論所舉的文本之「失協」與「失衡」的概念，論析詩人向明的現代詩作。全文共 4 小節：1.前言；2.書寫視覺的失協；3.語句反覆的失衡；4.結語。

172. 劉維瑛　　從「杜潘芳格日記」重新看見臺灣女詩人　笠　第 296 期　2013
　　　　　　　年 8 月　頁 96—103

173. 吳俊賢　　相思的女人樹　笠　第 296 期　2013 年 8 月　頁 107—113

174. 林　鷺　　信望愛的女人樹──論杜潘芳格的情性與詩韻　笠　第 296 期
　　　　　　　2013 年 8 月　頁 114—136

175. 白佳琳　　風景心境──淺析杜潘芳格的「角色經驗」　笠　第 296 期　2013
　　　　　　　年 8 月　頁 137—141

176. 劉維瑛　　靜默有時，言語有時──臺灣女詩人杜潘芳格其人其詩　新使者
　　　　　　　第 140 期　2014 年 2 月　頁 47—52

177. 蔡佩臻　　花意繽紛──試論杜潘芳格詩中「花」的象徵　笠　第 299 期
　　　　　　　2014 年 2 月　頁 187—204

178. 李敏勇　　聽，臺灣在吟唱　中華日報　2014 年 6 月 20 日　B4 版

179. 杜昭玫　　認同與批判：論杜潘芳格的現代客家詩[8]　臺灣文學學報　第 24 期
　　　　　　　2014 年 6 月　頁 91—117

180. 李敏勇　　杜潘芳格───一株會開花的女人樹　聽，臺灣在吟唱──詩的禮
　　　　　　　物 1　臺北　圓神出版公司　2014 年 7 月　頁 69—86

分論

◆單行本作品

詩

《慶壽》

181. 莊金國　　《慶壽》───一本持續追求完美的詩集　笠　第 296 期　2013 年
　　　　　　　8 月　頁 104—106

《遠千湖》

182. 李敏勇　　第一屆陳秀喜詩獎揭曉公告：得獎評語　陳秀喜全集・資料集
　　　　　　　新竹　新竹市立文化中心　1997 年 5 月　頁 93—94

---

[8]本文以杜潘芳格為例，觀察作家選擇客語的書寫策略。全文共 5 小節：1.前言；2.文化認同與「客語」詩的寫作；3.翻譯與難語；4.對客家論述的異議；5.結論：認同與批判之間的兩難、契機與挑戰。

183. 李敏勇等[9]　　第一屆陳秀喜詩獎評選報告書　陳秀喜全集・資料集　新竹　新竹市立文化中心　1997 年 5 月　頁 95—102

《青鳳藍波》

184. 劉　捷　　《青鳳蘭波》　臺灣新聞報　1997 年 4 月 15 日　13 版

185. 李魁賢　　一隻叫臺灣的鳥——序杜潘芳格詩集《青鳳蘭波》　自立晚報　1993 年 11 月 14 日　19 版

186. 李魁賢　　一隻叫臺灣的鳥——序杜潘芳格詩集《青鳳蘭波》　青鳳蘭波　臺北　前衛出版社　1993 年 11 月　頁 3—8

187. 李魁賢　　一隻叫臺灣的鳥——序杜潘芳格詩集《青鳳蘭波》　詩的見證　臺北　臺北縣立文化中心　1994 年 6 月　頁 357—361

188. 李魁賢　　一隻叫臺灣的鳥——序杜潘芳格詩集《青鳳蘭波》　李魁賢文集・第 6 冊　臺北　行政院文建會　2002 年 10 月　頁 299—303

散文

《フオモサ少女の日記〔日本〕》

189. 下村作次郎著；李魁賢譯　　杜潘芳格《福爾摩莎少女日記》解題（上、下）　自立晚報　2001 年 1 月 31 日，2 月 1 日　17 版

190. 鄭清文　　杜潘芳格的《少女日記》　民眾日報　2001 年 4 月 18 日　15 版

191. 鄭清文　　杜潘芳格的《少女日記》　多情與嚴法　臺北　玉山社出版公司　2004 年 5 月　頁 62—64

文集

《芙蓉花的季節》

192. 宋澤萊　　出版界的一件大事——評介杜潘芳格女士的詩文集《芙蓉花的季節》　芙蓉花的季節　臺北　前衛出版社　1997 年 3 月　頁 5—12

193. 宋澤萊　　出版界的一件大事——評介杜潘芳格女士的詩文集《芙蓉花的季節》　臺灣新文學　第 7 期　1997 年 4 月　頁 241—244

---

[9]評選委員：白萩、李魁賢、呂興昌、李元貞、李敏勇。

單篇作品

194. 陳千武　作品的感想〔〈山〉部分〕　笠　第 19 期　1967 年 6 月　頁 20

195. 陳明台　慈母心〔〈兒子〉〕　笠　第 24 期　1968 年 4 月　頁 62—63

196. 陳明台　慈母心〔〈兒子〉〕　青鳳蘭波　臺北　前衛出版社　1993 年 11 月　頁 216—219

197. 趙天儀　杜潘芳格的〈兒子〉　笠　第 123 期　1984 年 10 月　頁 74—75

198. 趙天儀　潘芳格的〈兒子〉　青鳳蘭波　臺北　前衛出版社　1993 年 11 月　頁 222—223

199. 李元貞　臺灣現代女詩人的自我觀〔〈兒子〉部分〕　中外文學　第 17 卷　第 10 期　1989 年 3 月　頁 28

200. 李元貞　臺灣現代女詩人的自我觀〔〈兒子〉部分〕　女人詩眼　臺北　臺北縣立文化中心　1995 年 6 月　頁 256—257

201. 李元貞　臺灣現代女詩人的自我觀〔〈兒子〉部分〕　女性詩學　臺北　女書文化公司　2000 年 11 月　頁 14—15

202. 李元貞　自由的女靈——談臺灣現代女詩人的突破〔〈兒子〉部分〕　解放愛與美　臺北　婦女新知基金會出版部　1990 年 1 月　頁 183—188

203. 李元貞　臺灣現代女詩人的詩壇顯影〔〈兒子〉部分〕　詩潭顯影　臺北　書林出版公司　1999 年 9 月　頁 24

204. 李元貞　臺灣現代女詩人的詩壇顯影〔〈兒子〉部分〕　中國女性書寫國際學術研討會　臺北　臺灣學生書局主辦　1999 年 9 月　頁 19—63

205. 李元貞　臺灣現代女詩人的詩壇顯影〔〈兒子〉部分〕　女性詩學　臺北　女書文化公司　2000 年 11 月　頁 370—371

206. 林鍾隆　我對〈瞭解〉的瞭解　現代詩的解說與評論　臺中　現代潮出版社　1972 年 1 月　頁 72—77

207. 郭成義　臺灣現代詩的本土意識〔〈平安戲〉部分〕　臺灣文藝　第 76 期　1982 年 5 月　頁 37—39

208. 郭成義　臺灣現代詩的本土意識〔〈平安戲〉部分〕　臺灣精神的崛起——
《笠》詩論選集　高雄　文學界雜誌　1989 年 12 月　頁 81—82

209. 李敏勇　詩的社會批判〔〈平安戲〉〕　笠　第 138 期　1987 年 4 月　頁
109—110

210. 李魁賢　臺灣詩人的反抗精神——跨越語言的一代——杜潘芳格　臺灣文
藝　第 112 期　1988 年 8 月　頁 38—41

211. 李魁賢　臺灣詩人的反抗精神——跨越語言的一代——杜潘芳格　李魁賢
文集 10　臺北　行政院文建會　2002 年 10 月　頁 145—148

212. 陳千武　臺灣女詩人的詩〔〈平安戲〉部分〕[10]　自立晚報　1991 年 11 月
24　5 版

213. 陳千武　臺灣女詩人的詩〔〈平安戲〉部分〕　青鳳蘭波　臺北　前衛出
版社　1993 年 11 月　頁 232—233

214. 陳千武　詩人印象——杜潘芳格〈平安戲〉　臺灣新詩論集　臺北　春暉
出版社　1997 年 4 月　頁 217—218

215. 孟　樊　當代臺灣政治詩學〔〈平安戲〉部分〕　當代臺灣政治文學論
臺北　時報文化出版公司　1994 年 7 月　頁 340

216. 江　嵐　我看〈平安戲〉的心情　臺灣現代詩　第 7 期　2006 年 9 月　頁
59—60

217. 蔡榮勇　我喜愛的詩——讀潘芳格的〈信仰〉　笠　第 140 期　1987 年 8
月　頁 94—95

218. 蔡榮勇　我喜愛的詩——讀潘芳格的〈信仰〉　青鳳蘭波　臺北　前衛出
版社　1993 年 11 月　頁 229—231

219. 黃恆秋　客家文學裡的客語詩〔〈茶園〉部分〕　客家臺灣文學論　苗栗
苗栗縣立文化中心　1993 年 6 月　頁 67—68

220. 吳潛誠　臺灣在地詩人的本土意識及其政治涵義——以《混聲合唱——
「笠」詩選》為討論對象〔〈一隻叫臺灣的鳥〉部分〕　當代臺

---

[10]本文後節錄為〈詩人印象——杜潘芳格〈平安戲〉〉。

灣政治文學論　臺北　時報文化出版公司　1994 年 7 月　頁 414

221. 李長青　現實主義？抑或神秘主義？——試論杜潘芳格及其詩作〈一隻叫臺灣的鳥〉　笠　第 261 期　2007 年 10 月　頁 170—182

222. 張芳慈　星星的正面〔〈背面的星星〉〕　笠　第 187 期　1995 年 6 月　頁 117—118

223. 李魁賢　詩的意識和想像〔〈夢〉部分〕　聯合報　1995 年 11 月 6 日　37 版

224. 李魁賢　詩的意識和想像〔〈夢〉部分〕　笠　第 190 期　1995 年 12 月　頁 105—106

225. 李魁賢　詩的意識和想像〔〈夢〉部分〕　李魁賢文集 7　臺北　行政院文建會　2002 年 10 月　頁 66—67

226. 張堂錡　臺灣客家文學中所反映的社會關係〔〈平安靈人〉部分〕　臺灣文學中的社會：五十年來臺灣文學研討會論文集（一）　臺北　行政院文建會　1996 年 5 月　頁 175

227. 陳義芝　〈蜥蜴〉賞析　八十七年詩選　臺北　創世紀詩雜誌社　1996 年 6 月　頁 126

228. 李魁賢　物性、人性、神性〔〈蜥蜴〉〕　民眾日報　2000 年 5 月 25 日　17 版

229. 李魁賢　物性、人性、神性——釋杜潘芳格的詩〈蜥蜴〉　李魁賢文集 9　臺北　行政院文建會　2002 年 10 月　頁 198—200

230. 張　默　從〈秋晚的江上〉到〈時間進行式〉——「七行詩」讀後筆記〔〈蜥蜴〉部分〕　小詩·牀頭書　臺北　爾雅出版社　2007 年 3 月　頁 186

231. 蔡榮勇　讀詩寫詩〔〈梅花〉〕　笠　第 194 期　1996 年 8 月　頁 98—99

232. 李元貞　從「性別敘事」的觀點論臺灣現代女詩人作品中「我」之敘事方式〔〈紙人〉部分〕　中外文學　第 25 卷第 7 期　1996 年 12 月　頁 21—22

233. 李敏勇　〈紙人〉充塞的世界　臺灣詩閱讀——探觸五十位臺灣詩人的心

臺北 玉山社出版公司 2000 年 9 月 頁 35—39

234. 邱一帆 紙人同真人（客語）——杜潘芳格〈紙人〉賞析 掌門詩學 第 53 期 2008 年 11 月 頁 124—126

235. 喬 林 杜潘芳格的〈紙人〉 人間福報 2011 年 10 月 17 日 15 版

236. 喬 林 杜潘芳格的〈紙人〉 笠 第 296 期 2013 年 8 月 頁 171—173

237. 李元貞 為誰寫詩？——論臺灣現代女詩人詩中的女性身分〔〈末日〉部分〕 中外文學 第 26 卷第 2 期 1997 年 7 月 頁 65—66

238. 李元貞 為誰寫詩？——論臺灣現代女詩人詩中的女性身分〔〈末日〉部分〕 女性詩學 臺北 女書文化公司 2000 年 11 月 頁 150—152

239. 劉維瑛 從流動的記憶連結，或繼續——試論笠下女詩人的記憶書寫——銘刻母性經驗的記憶〔〈末日〉部分〕 笠詩社四十週年國際學術研討會論文集 臺南 國家臺灣文學館籌備處 2004 年 11 月 頁 266—269

240. 顏艾琳 〈末日〉作品賞析 閱讀文學地景・新詩卷 臺北 行政院文建會 2008 年 4 月 頁 109—110

241. 陳玉玲 二二八的新詩世界〔〈聲音〉部分〕 中外文學 第 27 卷第 1 期 1998 年 6 月 頁 40

242. 金尚浩 戰後現代詩人的臺灣想像與現實〔〈聲音〉部分〕 第四屆臺灣文化國際學術研討會論文集：臺灣思想與臺灣主體性 臺北 臺灣師範大學臺灣文化及語言文學研究所 2005 年 10 月 頁 275

243. 李敏勇 只能等待新的聲音〔〈聲音〉〕 經由一顆溫柔心：臺灣、日本、韓國詩散步 臺北 圓神出版社 2007 年 10 月 頁 28—30

244. 李敏勇 傷口的花——臺灣現代詩中的白色恐怖顯影〔〈聲音〉部分〕 烈焰・玫瑰——人權文學・苦難見證 臺北 國家人權博物館籌備處 2013 年 12 月 頁 246—247

245. 莫 渝 要去更好的地方〔〈在桑樹的彼方〉〕 國語日報 1999 年 1 月 28 日 5 版

246. 莫　渝　　笠下的一群——〈在桑樹的彼方〉欣賞導讀　笠　第 210 期　1999 年 4 月　頁 124—125

247. 莫　渝　　〈在桑樹的彼方〉欣賞導讀　笠下的一群：笠詩人作品選讀　臺北　河童出版社　1999 年 6 月　頁 135—136

248. 李元貞　　臺灣現代女詩人作品中的語言實踐——意象的雙重呈現，流露「非一」的觀點〔〈在桑樹的彼方〉部分〕　兩岸女性詩歌學術研討會論文集　臺北　中國詩歌藝術學會主辦　1999 年 7 月 4 日

249. 李元貞　　臺灣現代女詩人作品中的語言實踐——意象的雙重呈現，流露「非一」的觀點〔〈在桑樹的彼方〉部分〕　臺灣詩學季刊　第 29 期　1999 年 12 月　頁 122—123

250. 李元貞　　臺灣現代女詩人的語言實踐〔〈在桑樹的彼方〉部分〕　女性詩學　臺北　女書文化公司　2000 年 11 月　頁 311—314

251. 陳芳明　　夢的消亡〔〈在桑樹的彼方〉部分〕　聯合文學　第 281 期　2008 年 3 月　頁 15

252. 李敏勇　　〈在桑樹的彼方〉作品導讀　青少年臺灣文庫 2——新詩讀本 3：天門開的時候　臺北　國立編譯館　2008 年 12 月　頁 63

253. 林亨泰　　杜潘芳格的〈中元節〉　笠　第 219 期　2000 年 10 月　頁 130—132

254. 彭瑞金　　臺灣新文學的民間信仰態度及其影響〔〈中元節〉部分〕　臺灣文學史論集　高雄　春暉出版社　2006 年 8 月　頁 41

255. 李敏勇　　〈中元節〉解說　笠　第 294 期　2013 年 4 月　頁 17—18

256. 鄭慧如　　隱喻的身體觀——以一九七〇年代臺灣新詩作品為例——隱喻的身體：文化脈絡下的私衷〔〈更年期〉部分〕　臺灣詩學季刊　第 40 期　2002 年 12 月　頁 117—118

257. 李敏勇　　〈相思樹〉解說　啊，福爾摩沙！　臺北　本土文化公司　2004 年 1 月　頁 29

258. 陳幸蕙　　〈重生〉向星輝斑斕處漫溯　小詩星河：現代小詩選 2　臺北　幼獅文化公司　2007 年 1 月　頁 64

259. 顏艾琳　　〈月桃花〉作品賞析　閱讀文學地景‧新詩卷　臺北　行政院文
　　　　　　　建會　2008 年 4 月　頁 95

260. 顏艾琳　　〈故里〉作品賞析　閱讀文學地景‧新詩卷　臺北　行政院文建
　　　　　　　會　2008 年 4 月　頁 104

261. 顏艾琳　　〈月清‧秋深〉作品賞析　閱讀文學地景‧新詩卷　臺北　行政
　　　　　　　院文建會　2008 年 4 月　頁 106—107

262. 李敏勇　　你為什麼活得那麼冰冷〔〈白楊樹〉〕　在寂靜的邊緣歌唱：世
　　　　　　　界女性詩風景　臺北　圓神出版社　2008 年 6 月　頁 175—178

263. 向　陽　　〈化妝等清秋〉作品導讀　青少年臺灣文庫 2——新詩讀本 1：春
　　　　　　　天在我的血管裡歌唱　臺北　國立編譯館　2008 年 12 月　頁 54

264. 李敏勇　　〈子宮〉作品導讀　青少年臺灣文庫 2——新詩讀本 3：天門開的
　　　　　　　時候　臺北　國立編譯館　2008 年 12 月　頁 5

265. 李敏勇　　〈葉子們〉作品導讀　青少年臺灣文庫 2——新詩讀本 4：我有一
　　　　　　　個夢　臺北　國立編譯館　2008 年 12 月　頁 94

266. 郭成義　　臺灣現代詩的本土意識〔〈平安戲〉部分〕　笠文論選 II：風格
　　　　　　　的建構　高雄　春暉出版社　2014 年 5 月　頁 10—11

267. 林盛彬　　笠詩社的現實主義美學——「笠」的現實主義〔〈秋天的故里〉
　　　　　　　部分〕　笠文論選 II：風格的建構　高雄　春暉出版社　2014 年
　　　　　　　5 月　頁 370—371

268. 陳芳明　　夢的消亡〔〈在桑樹的彼方〉部分〕　美與殉美　臺北　聯經出
　　　　　　　版公司　2015 年 4 月　頁 79—80

多篇作品

269. 陳明台　　讀詩隨筆〔〈中元節〉、〈平安戲〉〕　青鳳蘭波　臺北　前衛出
　　　　　　　版社　1993 年 11 月　頁 220—221

270. 鄭烱明等　作品合評——杜潘芳格〈平安戲〉、〈中元節〉[11]　笠　第 104 期

---

[11] 合評者：鄭烱明、倪遠宏、錦連、李敏勇、桓夫、白萩、林亨泰、李魁賢、何豐山、杜榮琛、許
正宗、楊潔美、陳坤崙、林宗源、莊金國、棕色果。

1981 年 8 月　頁 72—76

271. 鄭炯明等　　杜潘芳格〈平安戲〉、〈中元節〉　林亨泰全集・文學論述卷 6
彰化　彰化縣立文化中心　1998 年 9 月　頁 159

272. 鄭炯明等　　潘芳格作品〈平安戲〉和〈中元節〉合評紀錄　潘芳格詩集／
淮山完海　臺北　笠詩刊社　1986 年 2 月　頁 87—94

273. 李敏勇　　臺灣的心——詩人抵抗證言〔〈中元節〉、〈平安戲〉〕　笠　第
196 期　1996 年 12 月　頁 96—98

274. 李漢偉　　偏向「見證／控訴」的記錄〔〈中元節〉、〈平安戲〉部分〕　臺
灣新詩的三種關懷　臺北　駱駝出版社　1997 年 10 月　頁 51—
52

275. 李敏勇　　〈中元節〉、〈平安戲〉作品導讀　青少年臺灣文庫 2——新詩讀本
4：我有一個夢　臺北　國立編譯館　2008 年 12 月　頁 2—3

276. 李敏勇　　死與生的抒情——杜潘芳格和陳秀喜的詩〔〈中元節〉、〈荒原〉
部分〕　臺灣詩季刊　第 1 期　1983 年 6 月　頁 37—40

277. 李敏勇　　傷口的花——臺灣詩的二二八記憶與發現（上）〔〈聲音〉、〈生
日〉部分〕　自立晚報　1997 年 2 月 22 日　14 版

278. 劉維瑛　　從流動的記憶連結，或繼續——試論笠下女詩人的記憶書寫——
記憶時間，向原鄉靠攏〔〈聲音〉、〈生日〉部分〕　笠詩社四十
週年國際學術研討會論文集　臺南　國家臺灣文學館籌備處
2004 年 11 月　頁 290—293

279. 李元貞　　論臺灣現代女詩人作品中「身體」與「情慾」的想像〔〈信仰〉、
〈更年期〉部分〕　中外文學　第 28 卷第 4 期　1999 年 9 月　頁
47—51

280. 李元貞　　論臺灣現代女詩人作品中「身體」與「情慾」的想像〔〈信仰〉、
〈更年期〉部分〕　女性詩學　臺北　女書文化公司　2000 年 11
月　頁 172—178

281. 陳玉玲　　〈兒子〉、〈一隻叫臺灣的鳥〉、〈蜥蜴〉、〈變成蝴蝶像星星奈麼遠

的！〉、〈吾倆〉導讀　臺灣文學讀本（二）　臺北　玉山社出版公司　2000 年 11 月　頁 157—158

282. 李元貞　臺灣現代女詩人作品中的國家論述〔〈無臺的灣〉、〈一隻叫臺灣的鳥〉部分〕　女性詩學　臺北　女書文化公司　2000 年 11 月　頁 36—37

283. 張典婉　女性發聲的年代：客家婦女感知抬昇及趨力上揚〔〈月桃花〉、〈乳姑山〉、〈選舉合味〉、〈中元節〉部分〕　臺灣客家女性　臺北　玉山社出版公司　2004 年 4 月　頁 189—198

284. 葉　笛　論《笠》前行代的詩人們——跨越語言的前行代詩人們〔〈聲音〉、〈紙人〉、〈祈禱〉部分〕　笠詩社四十週年國際學術研討會論文集　臺南　國家臺灣文學館籌備處　2004 年 11 月　頁 61—64

285. 莫　渝　杜潘芳格 5 首詩欣賞〔〈蜥蜴〉、〈重生〉、〈聲音〉、〈子宮〉、〈相思樹〉〕　螢光與花束　臺北　臺北縣文化局　2004 年 12 月　頁 80—93

286. 莫　渝　杜潘芳格 5 首詩欣賞——〈蜥蜴〉、〈重生〉、〈聲音〉、〈子宮〉、〈相思樹〉　臺灣詩人群像　臺北　秀威資訊科技公司　2007 年 5 月　頁 340—346

287. 〔林瑞明選編〕　〈聲音〉、〈紙人〉、〈更年期〉、〈相思樹〉賞析　國民文選‧現代詩卷 1　臺北　玉山社出版公司　2005 年 2 月　頁 236

288. 向　陽　〈重生〉、〈紙人〉賞析　臺灣現代文選‧新詩卷　臺北　三民書局　2005 年 6 月　頁 46—47

289. 曾貴海　戰後臺灣當代詩的重讀、再現與詮釋——殖民暗夜的幽泣與吼聲〔〈平安戲〉、〈紙人〉部分〕　戰後臺灣反殖民與後殖民詩學　臺北　前衛出版社　2006 年 6 月　頁 112—115

290. 蔣為文，徐碧霞　土地 kap 母語——臺灣母語文學 lāi-té 自然書寫之初探〔〈養老峽谷〉、〈腦庫〉部分〕　臺灣的自然書寫　臺中　晨星

國家圖書館出版品預行編目資料

臺灣現當代作家研究資料彙編. 72, 杜潘芳格/ 劉維瑛編
選. -- 初版. -- 臺南市：臺灣文學館, 2015.12
　面；　公分
ISBN 978-986-04-6395-8 (平裝)

1.杜潘芳格　2.傳記　3.文學評論

863.4　　　　　　　　　　　　　　104022653

【臺灣現當代作家研究資料彙編】72

杜潘芳格

發 行 人　陳益源
指導單位　文化部
出版單位　國立臺灣文學館
　　　　　地　　　址／70041 臺南市中西區中正路 1 號
　　　　　電　　　話／06-2217201　　　　傳　　　真／06-2218952
　　　　　網　　　址／www.nmtl.gov.tw　　電子信箱／pba@nmtl.gov.tw

總 策 畫　封德屏
顧　　問　林淇瀁　張恆豪　許俊雅　陳信元　陳義芝　須文蔚　應鳳凰
工作小組　白心瀞　呂欣茹　郭汶伶　陳欣怡　陳映潔　陳鈺翔　張傳欣　莊淑婉
編　　選　劉維瑛
責任編輯　汪黛姒　陳映潔
校　　對　呂欣茹　林沛潔　陳欣怡　陳映潔　張傳欣
計畫團隊　財團法人台灣文學發展基金會
美術設計　翁國鈞・不倒翁視覺創意
印　　刷　松霖彩色印刷事業有限公司

著作財產權人　國立臺灣文學館
　　　本書保留所有權利。欲利用本書全部或部分內容者，須徵求著作財產權人
　　　同意或書面授權。請洽國立臺灣文學館研究典藏組（電話：06-2217201）

經銷展售　國家書店松江門市（02-25180207）
　　　　　國立臺灣文學館－雪芙瑞文學咖啡坊（全面 85 折優惠，06-2214632）
　　　　　國立臺灣文學館藝文商店（全面 85 折優惠，06-2216206）
　　　　　三民書局（02-23617511、02-2500-6600）
　　　　　台灣的店（02-23625799）　　　　府城舊冊店（06-2763093）
　　　　　南天書局（02-23620190）　　　　唐山出版社（02-23633072）
　　　　　草祭二手書店（06-2216872）　　五南文化廣場（04-22260330）

初版一刷　2016 年 3 月
定　　價　新臺幣 370 元整
　　　　　第一階段 15 冊新臺幣 5500 元整　第二階段 12 冊新臺幣 4500 元整
　　　　　第三階段 23 冊新臺幣 8500 元整　第四階段 14 冊新臺幣 5000 元整
　　　　　第五階段 16 冊新臺幣 6000 元整
　　　　　全套 80 冊新臺幣 24000 元整

GPN　1010500057（單本）　　ISBN　978-986-04-6395-8（單本）
　　　1010000407（套）　　　　　　　978-986-02-7266-6（套）

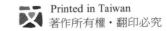